本书系国家社科基金项目（批准号：15XWW002）研究成果

《尤利西斯》的认知诗学研究

吴显友 著

中国社会科学出版社

图书在版编目（CIP）数据

《尤利西斯》的认知诗学研究 / 吴显友著 .—北京：中国社会科学出版社，2022.7
　ISBN 978-7-5227-0116-5

Ⅰ.①尤⋯　Ⅱ.①吴⋯　Ⅲ.①《尤利西斯》—小说研究
Ⅳ.①I561.074

中国版本图书馆CIP数据核字（2022）第066704号

出 版 人	赵剑英
责任编辑	史慕鸿　王小溪
责任校对	师敏革
责任印制	戴　宽

出　　版	中国社会科学出版社
社　　址	北京鼓楼西大街甲158号
邮　　编	100720
网　　址	http://www.csspw.cn
发 行 部	010-84083685
门 市 部	010-84029450
经　　销	新华书店及其他书店
印　　刷	北京君升印刷有限公司
装　　订	廊坊市广阳区广增装订厂
版　　次	2022年7月第1版
印　　次	2022年7月第1次印刷
开　　本	710×1000　1/16
印　　张	19.75
插　　页	2
字　　数	301千字
定　　价	99.00元

凡购买中国社会科学出版社图书，如有质量问题请与本社营销中心联系调换
电话：010-84083683
版权所有　侵权必究

前　言

乔伊斯是20世纪西方最富有创新精神的小说家之一，其影响力堪与卡夫卡、普鲁斯特、艾略特等文学家媲美。《尤利西斯》是乔伊斯留给世人的不朽的文学遗产，其潜在的文学价值正逐步被世人所认知。早在1960年，美国评论家哈利·列文就对《尤利西斯》进行了解析与点评，认为乔伊斯的文学成就不亚于乔叟、莎士比亚、弥尔顿等英国文学大师。乔学专家拉尔夫·雷德（2011）则认为："《尤利西斯》是20世纪英语作品中一部无与伦比、最伟大的作品。"如今，乔学研究已走过近百年，其学术价值及影响力与日俱增，乔伊斯的遗产历久弥新。2015年，笔者申报的国家社科基金项目"《尤利西斯》的认知诗学研究"获得立项资助，并于2020年6月顺利结题，获得"良好"等级。五位匿名评审专家对该结题成果给予了充分的肯定，认为"作者深入细致的文本细读，加以引证或理论辅证，论证到位，有较强的说服力"，"其突出特点是将文学与认知诗学相结合，可谓在文学研究方面另辟蹊径"，"运用认知诗学的理论对于《尤利西斯》的全方位批评，国内为尚属首次，具有填补空白之功"；同时，评审专家也对该结题成果提出了宝贵的修改意见。在此，笔者谨代表课题组成员向国家社科基金委的经费资助，向辛勤工作的各位匿名评审专家表示衷心的感谢！

认知诗学批评方法是一种综合性的、跨学科的文本阐释方法，具有较强的理论指导意义和阐释力，尤其是对读者的认知心理机制、文本意义的生产与消费过程具有较为客观、合理的阐释效果。近年来，国外一批从事认知语言学、文学批评、文体学等研究的学者纷纷转向"认知诗学"，代表学者有斯多克维尔（2002）、加文斯和斯蒂恩（2003）、西米诺和库尔佩伯（2002），等等。霍格（2014）在《尤利西斯与认知诗学》序言里指出："《尤利西斯》对人类思维运作方式给予了无与伦比的关注，因此评论家对作品的心理分析就不足为奇，但是几乎没有学者借用认知科学去研究小说中思维和情感。"该著作从认知诗学的角度重读经典，借用认知诗学的多种理论，如认知语法理论（认知语音、认知词汇、认知语义）、认知隐喻理论、认知突显理论和认知叙述学理论对该著作进行阐释与评价，具有以下四个方面的特色。

第一，从故事的话语和叙事两个层面研究《尤利西斯》，建立了一个由两大层面和多个分支层面组成的分析框架。其中，话语层面（即语言的内部层面）包括语音（包括非言语声音）、词汇创新、句法结构、文体戏仿、认知隐喻、意识流语体等；叙事层面涉及宏观叙事策略和微观叙事策略。

第二，在话语层面，重点讨论突显的语言表征形式，如非言语声音、词汇创新、文体仿拟、认知隐喻、意识流语体等的认知语义功能，以及它们与人物性格特征、人物思维风格和意识流语体建构策略之间的关系，揭示乔伊斯文学语言的本质特征以及乔伊斯的语言观：语言的创新性、不确定性和游戏性。

第三，在叙事层面探讨小说的隐喻性宏观叙事策略和微观叙事策略。宏观叙事策略探讨了荷马史诗神话叙事结构、西方戏剧"三一律"的经典叙事、"抛物线"叙事轨迹、"太阳轨迹"叙事结构等内容，微观叙事策略涉及小说中的第一人称和第三人称体验性叙事技巧。

第四，从读者或评论者的角度研究作品里突显的语言表征与认知语义、认知心理机制、人物思维风格、意识流语篇建构策略之间的关系，有利于揭示文本意义的生产与消费过程。读者可以结合自己已有的百科图式知识、相关概念的知识程度、逻辑推理能力、语境因素等，通过语用认知推理和意义协商等手段，去识解、建构文本意义。

前　言

认知诗学分析方法对理解乔伊斯的其他作品,甚至其他现代或后现代意识流作品也具有借鉴意义。乔伊斯的小说成就贵在"实验""创新",这种勇于探索创新的精神在当下也具有特别重要的意义。

希望该成果出版后,可作为大学外国文学课程的补充阅读材料,也可满足乔伊斯普通读者的阅读需要,对推动《尤利西斯》在中国的接受和传播起到积极作用。

由于笔者的水平有限,恳请各位专家、学者提出宝贵的批评意见。

吴显友
2021 年 2 月于师大苑

目 录

绪 论 ·· 1
  0.1 《尤利西斯》：小故事里的大世界 ································· 2
  0.2 《尤利西斯》的国内外研究现状 ···································· 4
  0.3 认知诗学：文本阐释的新方法 ······································ 9
  0.4 研究方法、分析框架和主要目标 ·································· 12
  0.5 本书基本结构 ··· 15

第一章 非言语声音与象征语义 ·· 17
  1.1 语音的认知基础 ··· 18
  1.2 语音修辞 ··· 21
  1.3 两种独特的声音与认知语义 ······································· 22

第二章 语言突显之词汇创新 ·· 35
  2.1 认知突显观 ·· 36
  2.2 词汇突显之一：词类转换 ·· 39
  2.3 词汇突显之二：复合词类 ·· 48

第三章 语言突显之文体戏仿 ·· 90
  3.1 文体戏仿：典型的互文性指称 ···································· 90
  3.2 戏仿：用于反讽或嘲弄 ·· 94
  3.3 戏仿：表达崇敬和隐喻意义 ······································· 110

第四章　认知隐喻与语义表征 …… 122
4.1　《尤利西斯》：言说人体器官的故事 …… 123
4.2　认知隐喻：始源域对目标域的映射 …… 125
4.3　身体类隐喻 …… 128
4.4　生活／爱情类隐喻 …… 144
4.5　花草类隐喻 …… 158

第五章　语言图式与人物认知思维风格 …… 175
5.1　语言图式与思维风格理论 …… 175
5.2　布卢姆的认知思维风格 …… 178
5.3　斯蒂芬隐喻式的思维风格 …… 191

第六章　宏观与微观叙事：认知叙事视角 …… 203
6.1　认知叙事学概述 …… 203
6.2　《尤利西斯》：隐喻性的宏观叙事策略 …… 205
6.3　叙事化与体验性叙事模式 …… 215

第七章　意识流语体：表征模式与认知解读 …… 245
7.1　意识流语体：一种特殊的语言变体 …… 246
7.2　意识流语体：言语与思想表征模式 …… 248
7.3　规范型的 SOC 表征模式：以《画像》为例 …… 252
7.4　过渡型的 SOC 表征模式 …… 259
7.5　极端型的 SOC 表征模式 …… 265

总　结 …… 279

参考文献 …… 288

附录1　《尤利西斯》的写作提纲（吉尔伯特，1931） …… 303

附录2　詹姆斯·乔伊斯生平大事记 …… 305

图表索引目录

图 0-1　《尤利西斯》的认知分析框架 …………………………………… 14
表 3-1　"市民"的身体部位和他的服饰品的描写统计 ……………… 105
表 3-2　《尤利西斯》中的互文性指称统计 …………………………… 110
表 3-3　乔伊斯作品中有关但丁的互文性指称统计 …………………… 111
表 4-1　《尤利西斯》中部分身体词频率统计 ………………………… 125
表 4-2　爱情隐喻构成要素分析 ………………………………………… 156
图 4-1　"男人花"（manflower）的概念合成示意 …………………… 167
表 5-1　Sternberg 思维风格分类 ………………………………………… 178
表 6-1　《尤利西斯》与《奥德赛》的神话结构对应关系 …………… 205
图 6-1　《尤利西斯》抛物线结构 ……………………………………… 211
图 6-2　《尤利西斯》的太阳轨迹叙事结构 …………………………… 211
表 6-2　叙述者对杂交犬的描述与评价 ………………………………… 236
图 7-1　例（1）的四级心理网络空间结构 …………………………… 255
图 7-2　例（2）的并列心理网络空间结构 …………………………… 258
图 7-3　例（4）的并列心理网络空间结构 …………………………… 264
表 7-1　《尤利西斯》第 18 章的句子分布情况 ……………………… 267
表 7-2　《尤利西斯》中部分缩略词出现次数统计 …………………… 271
表 7-3　《尤利西斯》中部分连词的出现次数统计 …………………… 275

绪　论

　　乔伊斯是20世纪西方最富有创新精神的小说家之一,其影响力堪与卡夫卡、普鲁斯特、艾略特等文学家媲美。《尤利西斯》是乔伊斯留给世人不朽的文学遗产,其潜在的文学价值正逐步被世人所认知。早在1960年,美国评论家哈利·列文就对《尤利西斯》进行了解析与点评,认为乔伊斯的文学成就不亚于乔叟、莎士比亚、弥尔顿等英国文学大师。乔学专家拉尔夫·雷德则认为:"《尤利西斯》是20世纪英语作品中一部无与伦比、最伟大的作品。"(Rader, 2011:340)莱瑟姆认为,《尤利西斯》是无穷尽的、富有创新思想的源泉,它的阅读难度、它所产生的文化与全球的共鸣、它对现代伦理道德的深切观照、它赋予日常生活无与伦比的价值以及它启发和吸引读者的无穷魅力,一直对读者提出挑战(Latham, 2014: xvi)。如今,乔学研究已走过近百年,其学术价值及影响力与日俱增,其学术研究队伍不断壮大。在当下,文学研究的认知转向已初见端倪,"认知批评"(cognitive criticism)、"认知文学批评"(cognitive literary criticism)或"认知诗学"(cognitive poetics)等认知批评范式已在不同程度上应用于文学文本的阐释活动中,并取得了丰硕的成果,也为本书提供了可资借鉴的理论模式和研究方法。因此,本书从认知诗学的角度重读经典,从小说的话语和故事两个层面入手,借用认知诗学、认知心理学、认知叙事学的相关理论,如认知语法(认知语音、认知词汇、认知句法)、语言突显理论(图形-背景理论)、认知隐喻理论、体验性叙事等，采用文本细读、审美批评、认知阅读等批评方法，从语言表征、人物思维风格、叙述策略、意识流文本建构策略等方面对《尤利西斯》的语言表达艺术、认知语义、主题思想和美学价值展开研究，揭示文本的认知语义、语言创新艺术及艺术价值，探讨读者的认知推理活动，以及它们如何影响读者对文本的意义阐释。绪论部分简要介绍研究背景、研究目的和研究方法，包括小说概括、国内外研究动态、认知诗学/认知文体学概述等内容。

0.1 《尤利西斯》：小故事里的大世界

《尤利西斯》是意识流小说的代表作，被誉为20世纪一百部最佳英文小说之首。小说讲述的是1904年6月16日都柏林三个小人物——犹太后裔广告推销员利奥波德·布卢姆、他的妻子玛莉恩·布卢姆和文艺青年斯蒂芬·迪达勒斯——一天的经历以及他们的所思所想。借用古希腊荷马史诗《奥德赛》的神话结构，乔伊斯把主人公布卢姆比喻成荷马史诗中的英雄人物尤利西斯，把布卢姆的妻子比喻成奥德修斯的妻子——忠贞不渝的潘奈洛佩，把斯蒂芬比喻成史诗中寻找亲生父亲的帖雷马科。《奥德赛》讲述的是一名不愿意参加特洛伊战争的希腊战士花了十年时间归家的故事。乔伊斯12岁在写作英雄人物时就选择了这位智勇双全的古希腊英雄奥德修斯。在创作《尤利西斯》时，乔伊斯曾告诉他的朋友，奥德修斯是文学作品中最"人性化"和最完美的人物。就小说的创作意图、故事梗概和写作技巧而言，1921年9月21日，乔伊斯用意大利语写给他的好友利内蒂的信中透露了《尤利西斯》的玄机："这是两个种族（以色列与爱尔兰）的史诗。不仅是一天（一生）的小故事，也是人体的循环。……这本书我已写了7年——该死！它也是一种百科全书。我的意图是不仅表现'当代外表下的'神话，而且让每一个历险（即每一时辰，每一个器官，每一种艺术都在整个体制中相互关联）决定甚至创造自己的技巧。一次历险可以说是一个人物，尽管它包含了许多人物——就像阿奎那谈及日月星辰那样。"（詹姆斯·乔伊斯，2013a: 331-332）从传统的小说评价标准来看，尤其是从故事情节来看，《尤利西斯》似乎与它作为现代意识流小说的经典名著并不相称，但如果读者肯花三个月时间仔细品读小说中的每个章节、每个段落、每个句子，甚至每个短语、单词、音素，就会逐步发现这个小故事里的大世界：你会逐步认识小说神话结构的内涵与张力，你会身临其境地体会小说中人物的辛酸与苦闷，你会发现小说的情节虽然很简单，但其中的各种矛盾、冲突却无处不在，这些矛盾有个体的也有民族的、有外在的也有内在的、有物质的也有精神的、有世俗的也有宗教的，等等，实际上，后者才是推动小说进展的真正动因。比如，在小说的第一章"帖雷马科"里，斯蒂芬和两个"朋友"同住在都柏林沙湾的炮楼里，看似相安无事，但各种矛盾、冲突却一触即发：斯蒂芬因违背母亲的临终遗愿（跪下祈祷）而受良心的谴责，他在文学道路上举步维艰，他和父亲的关系逐渐疏远，仅仅是法律或生物学上的父子关系，医科学生穆利根又夺走了圆塔的钥匙，等等。该章还涉及英国与爱尔兰的主仆身份问题，还有盖尔语、历史、宗教、政治等问题。由此可见，小说中的世界，连同它的结构、人物、情节、事件、语言符号、叙事等，都是隐喻的，它们的语言能指符号是确定的，但它们的意义所指却是若隐若现、若即若离的，是不确定的，是异延的。1932年，著名心理学家荣格花三年时间读了《尤利西斯》后，在给乔伊斯的信中写道：

> 总的来说，您的书给了我无穷的麻烦，我大约琢磨了3年算有了点门路。但是我必须告诉您，我深深地感谢您和您的巨著。因为我从中学到了许多东西。……我也不知道，您是否喜欢我写的有关《尤利西斯》的评论文章，因为我不能不根据我的实际情况，说明我是怎样厌烦，怎样发牢骚，怎样诅咒以及怎样欣赏。书末那一气呵成的四十页是一连串名副其实的心理描写。我猜想只有魔鬼的奶奶才会把女人的心思猜得那么透，我可办不到。（Ellmann, 1966:253）

在这部旷世奇书里，乔伊斯采用离经叛道的创作手法从不同的叙事角度、叙事时间和叙事空间讲述了都柏林一天中发生的故事，小说的每一章，甚至是同一章的不同部分，都有不同的体裁结构和叙事风格，在世界文学史上树立了一座难以超越的丰碑，留下了一份用之不竭的文学遗产。

0.2 《尤利西斯》的国内外研究现状

0.2.1 国外《尤利西斯》研究现状

《尤利西斯》被誉为意识流小说开山之作，自1922年出版以来，一直倍受文学界和语言学界的关注。早在1933年12月6日，美国地方法官约翰·乌尔赛在法庭上对《尤利西斯》进行裁决时就做出了这样掷地有声的评价：

> 《尤利西斯》是一部令人惊异的杰作，不是一本很好读的书。它既精彩又枯燥，既可以理解又十分晦涩。许多地方让我觉得恶心，但是尽管它包含许多通常认为污秽的字眼，我却不认为它们是为了污秽而污秽的。书中的每一个字都像镶嵌在一幅画作上的细节，呈现在读者的面前。

近年来，乔学专家艾尔曼（1975）、阿特瑞吉（2000）对乔伊斯作品的价值和影响有这样的评价：

> 我们至今仍在学习如何成为他的同时代人，的确他似乎远远超越了他的时代，我们要赶上他还有很远的距离。（Ellmann, 1975:3）

> 在最近20年，许多最有影响的文学理论家的观点已经渗到成千上万的学校课堂里，这足以证明在他们思想的成熟过程中阅读乔伊斯的重要性。（Attridge, 2000:24）

绪 论

　　《尤利西斯》是乔伊斯意识流小说创作的最高成就，其研究大致经历了早期的文本阐释、考据与评述，以及现在的综合性、专业性、跨学科研究两大阶段。20 世纪 30—70 年代，批评家们借用经典的文学批评理论，如传记批评、心理分析、语言学批评、新批评、神话与原型等理论，从主题、文体、形式、结构、语言、政治、心理学、社会学等不同的角度对这部作品做了全方位的、深度的评析，如理查·艾尔曼（Ellmann）的《詹姆斯·乔伊斯》（1959）以编年史的顺序详细介绍了乔氏的文学生涯，至今仍是众多乔伊斯评传中无出其右的经典之作，唐·吉福德和罗伯特·萨伊德曼（Gifford & Seidman）的《〈尤利西斯〉注释》（1988）为读者扫清了语言、文化、神话、文学、政治、宗教等方面的阅读障碍。20 世纪八九十年代，文艺理论界出现的一些新理论、新视角，如文化研究、新历史主义、女性主义、性学、后现代主义，甚至是巴赫金理论、后殖民理论、量子力学等，也被应用到乔学研究之中，取得了一系列重大突破，《尤利西斯》研究呈现出综合性、专业性、跨学科性的特点。拉康和德里达分别在 1975 年和 1984 年两次乔学国际学术交流会上做了主题发言，随后，福柯、克里斯蒂娃和巴尔特等著名现代、后现代主义学者也相继撰文研究《尤利西斯》的艺术价值。哈特和海曼（Hart & Hayman）合编的《〈尤利西斯〉批评文集》（1974/2000）选收了 18 位一流乔学家的专题论文，从文体、色调、视点、叙事结构、象征意义等角度，论述了这部作品在形式、技巧、结构等方面的成就。乔伊斯的影响与日俱增，乔伊斯的遗产历久弥新。

　　20 世纪以来，国外乔学研究在深度和广度上都呈现出欣欣向荣的景象，一批高质量的学术成果相继问世。莱瑟姆在其主编的《剑桥文学指南：〈尤利西斯〉》（2014）的序言里列出了研究《尤利西斯》的六大理由：第一，因为它的存在（because it is there）；第二，因为它是一种智力上的挑战；第三，因为它赞美普通生活；第四，因为它给我们提出了一些棘手而紧迫的问题；第五，因为它把我们与世界上不同的阅读爱好者联系起来；第六，因为它永远都是一种非凡的想象资源（Latham, 2014：XIV-XVI）。赖斯的《乔伊斯研究指南》（2016）全书共390页，分三大部分介绍了乔伊斯研究成果和简要的评介，涉及乔伊斯著作、自传、书信、访谈、专著、论文、论文集、学位论文等，是迄今为止最全面、系统的乔学研究成果汇编，对乔伊斯研究者具有重要的参考价值和启发意义，充分说明了乔学研究潜在的学术价值和影响力。其他重要学者还有：阿特瑞吉（Attridge, 2000），纳什（Nash, 2002），布尔逊（Bulson, 2006），普兰特（Platt, 2007），赖斯（Rice, 2016），等等。

0.2.2 国内《尤利西斯》研究现状

国内对《尤利西斯》的研究起步较晚，近年来呈现出快速发展之势，但尚未有从认知诗学的角度研究《尤利西斯》的成果。最早把《尤利西斯》介绍给中国读者的是茅盾先生，他于1922年在《小说月报》第13期11号上介绍了乔伊斯的新作，但在《尤利西斯》发表后的半个世纪里，国内的乔学研究"几乎是一片空白"。笔者通过"中国知网"关键词检索发现，有关"乔伊斯"和"《尤利西斯》"的研究成果分别多达1823条和239条[①]，但鲜有从认知诗学的角度研究《尤利西斯》的成果。20世纪70年代末以来，乔学研究在中国大致经历了从初步介绍、宏观描述、微观剖析到全面深化的过程，代表学者有金隄（1986，1998），萧乾（1994），李维屏（1998，2002），戴从容（2003，2011），王江（2016），等等。但总的来看，无论是在数量上还是在质量上，国内乔学研究都不容乐观，"到90年代在翻译上真正有大面积的收获，但研究缺少有分量有独创性的成果"（王友贵，2000）。

0.2.3 研究动态：认知诗学研究

认知诗学/认知文体学是一门借用认知语言学、认知心理学等学科理论，对文学文本进行较为客观、公正、系统的研究的文学批评流派，

---

① https://kns.cnki.net/kns/brief/default_result.aspx，访问日期：2019年10月26日。

属于典型的跨学科研究。经过40年的发展，认知诗学批评在国内外呈星火燎原之势。国外一批认知语言学、文学批评、文体学等领域的学者纷纷向"认知诗学"转向，著书立说，代表学者有：斯克多韦尔（Stockwell, 2002, 2009），加文斯和斯蒂恩（Gavins & Steen, 2003），西米诺和库尔佩伯（Semino & Culpeper, 2002），霍根（Hogan, 2014），詹塞恩（Zunshine, 2015），哈里森（Harrison, 2017），等等。斯克多韦尔的专著重点讨论了认知诗学的理论基础和研究方法，如图形与背景、认知语法、脚本与图式结构、话语世界与心理空间、概念隐喻、文本世界等重要的基础理论。加文斯和斯蒂恩、西米诺和库尔佩伯主编的两部论文集各自邀请了12位国际知名的认知诗学专家，借用不同的认知诗学理论，对精选的小说、诗歌文本进行了富有创新的阐释与评价，较好地体现了认知诗学/认知文体学领域的新视野、新进展、新观点。斯克多韦尔的另一力作《文本性：阅读的认知美学》（2009）从认知文体学的角度阐释了一些文学术语或概念，如人物塑造、动机、声音、暗讽、感知、移情等，并借用认知语法对威廉·华兹华斯的"水仙花"、查尔斯·狄更斯《荒凉山庄》中的片段以及J. R. R.托尔金的《指环王》进行了样例分析，很有启发意义。詹塞恩出版的论文集《牛津手册：认知文学研究》（2015）可谓认知诗学的集大成之作，全书分为五个部分，包括：一，叙述、历史、想象；二，情感与移情；三，新无意识研究；四，文学的实证与定性研究；五，认知理论与文学经验，收录了32位国际著名的认知文学研究专家的30篇论文，涉及认知历史学、认知叙述学、认知酷儿理论（cognitive queer studies）、神经美学（neuroaesthetics）、认知后殖民研究、认知残疾研究（cognitive disability studies）、决策理论等多门分支学科，彰显了认知诗学研究的丰硕成果和广阔的研究前景。哈里森的专著《当代小说中的认知语法》（2017）借用认知语法理论对伊恩·麦克尤恩的《爱到永远》、保罗·奥斯特的《纽约三部曲》、尼尔·盖曼的《卡洛琳》等作品进行了颇有见地的阐释；纳托尔（Nuttall, 2018）的专著《思维风格与认知语法：推理小说中的语言与世界观》对推理小说中的语言特征进行了详尽的认知解读，并就认知语法与系统功能语法的批评方法进行了较深入的对比分析，也讨论了识解与思维风格之间的关系。

乔学专家帕特里克·C.霍根的专著《〈尤利西斯〉与认知诗学》（2014）是目前唯一一部运用认知心理学、认知叙事理论研究《尤利西斯》的叙事风格的力作，在学界引起了强烈的反响。认知诗学界的权威皮特·斯托克韦尔在该书的扉页评论道："这无疑是一部精彩的著作：势必成为《尤利西斯》研究的经典之作，也是目前用认知科学研究文学作品的完美范例。"霍根聚焦《尤利西斯》中的人物心理活动、人物情感态度、个体与集体身份、心理叙事、伦理与政治等诸多方面，提出了自己独特的见解，令读者耳目一新。他在该著作的序言中评论道："《尤利西斯》对人类思维运作方式给予了无与伦比的关注，因此评论家对作品的心理分析就不足为奇，但是几乎没有学者借用认知科学去研究小说中的思维和情感。"（Hogan,2014:4）由于霍根借用的是认知心理学、心理叙述学等相关理论，研究的内容主要是有关认知的、心理的、情感的、主题的等方面的问题，因此其理论性、学术性较强，对普通的读者而言，理解他的著作难度较大。研究故事文本还可以从认知语言学、认知诗学等角度切入，重点关注语言或话语层面的文本阐释与评价，而后者则是本书研究的对象和重点。

国内的认知诗学研究还处于起步阶段，具有广阔的发展前景。笔者通过中国知网关键词检索[①]，关于"认知诗学"的论文约有497篇（包括硕博论文、会议报道等），代表作者有张敏（2007），马菊玲（2007，2017），熊沐清（2008，2012），胡壮麟（2010，2012），赵秀凤（2010，2012），司建国（2014），程瑾涛（2014），邹智勇、薛睿（2014），汪虹（2016），等等，涉及认知诗学的基础理论和分析方法探讨、国内外文学文本的阐释与评价。由四川外国语大学熊沐清教授任会长的中国认知诗学研究会已成功举办了三届认知诗学国际学术研讨会和多场相关高层论坛，出版了4期《认知诗学》辑刊，对推动认知诗学研

---

① https://kns.cnki.net/kns/brief/default_result.aspx，访问日期：2019年10月26日。

究起到了积极作用。杨建的《乔伊斯诗学研究》(2011)以批评史研究与文本细读相结合的方法，较全面系统地考察了乔伊斯文论，在此基础上发现、梳理、整合乔伊斯的美学、诗学思想体系，但其研究并非从认知诗学的角度切入。刘文、赵增虎的《认知诗学研究》(2014)借用认知诗学的相关理论，对多个中外文学文本进行了认知解读，着重比较了认知诗学与传统文学批评的异同，但其理论介绍较多，文本阐释较少，且其研究对象为多个中外文学文本，并非某一特定文学作品。

"《尤利西斯》在本质上是诗歌，实际上它是小说，最新的认识它是'文本'。"(Levine, 2000:137) 的确，《尤利西斯》呈现出跨语类的文本属性，涉及诗歌、小说甚至戏剧等多种体裁的文本属性。总的来看，乔学界从认知诗学的角度研究《尤利西斯》的成果寥寥无几，在国内几乎还是空白，其原因是认知诗学是一门新兴的文学批评范式，加之，熟悉认知诗学和《尤利西斯》作品的学者相对较少，因此，从认知诗学的角度研究《尤利西斯》具有广阔的空间和前景。

0.3 认知诗学：文本阐释的新方法

0.3.1 认知诗学：以认知语言学为理论基础

认知诗学是一个新兴的跨学科研究领域，涉及语言学、心理学、人工智能、哲学、人类学和神经科学等诸多学科，以语言、感知、记忆、注意、推理和情感等为研究重点，研究人类神经系统如何表征、感知和处理信息的过程和规律。认知科学的基本理念是"理解思维可以通过大脑的表征结构和对这些结构运作程序而实现"(Thagard, 2012)。认知诗学具有广、狭二义。狭义的诗学是研究诗歌创作与批评的学科；广义的诗学几乎涵盖全部的文学理论，即诗学是文学学或者文学理论的学科。本书中的"认知诗学"属于广义的诗学理论，它植根于认知语言学的沃土，是以认知为出发点，研究形式和意义及其规律的科学，"是基于人们对于世界的经验和对世界的感知和概念化的方法来研究语言的科学"(Ungerer & Schmid, 2001)。就理论资源而言，认知诗学依托认知语言学这棵参天大树，并不断从认知心理学、文艺理论等领域吸收养分，如认知文体学不断从认知科学、心理学、计算机科学和人工智能等学科吸收理论资源。

认知语言学以语义研究为重心，认为语义即人的概念化，是人类关于世界经验和认识事物的反映，与人类对事物的认知方式及其规律相一致。在语义方面，认知语言学既不区分语义，也不区分语用，只探讨意义在人脑中是如何建构的，研究原型理论、范畴化、概念形成的过程及其加工机制；在语法方面，认知语言学认为对同一真值事件的表达，由于观察者的角度、注意焦点、详细程度不同，会在头脑中形成不同的意象，反映不同的认知。相似的意象抽象出图式，构成完形，并且不断地、隐喻性地被引申而形成相似的概念。不同的图式和意象表现出不同的句义。海德格尔（Heidegger, 1962）和梅洛－庞蒂（Merleau-Ponty, 1962）以身体现象学为基础，认为"心智的本质源自身体的经验，强调心智的体验性、认知的无意识性、思维的隐喻性"（齐振海、高波，2009）。其中思维的隐喻性是指隐喻基于身体经验，它是身体、经验、大脑和心智的产物，通过体验获得意义。人们形成的概念、思想、知识、情感、语言等都是基于经验、体验而获得的。莱考夫和约翰逊（Lakoff & Johnson, 2003）认为认知科学是研究概念系统的科学，是以经验为依据对心智进行研究的科学。

0.3.2 认知诗学：探讨读者意义建构的认知过程

认知诗学有时也被称为"认知文体学"或"认知修辞学"，充分说明它与文体学的密切关系，尤其是在文本阐释模式、语境意识、跨学科性质、阅读体验等方面都与文体学不谋而合。文体学的认知转向为文学批评提供了一个跨学科的分析方法，一个把文体分析与认知体验结合起来的方法，通过综合运用不同的批评理论和方法，去验证读者的阅读直觉。对文学文本的实际分析被放在一个突出的位置，而非一个辅助手段或推论。理论探讨部分地来自详尽的文体分析，而语言研究已成为文学研究的重要组成部分。斯托克韦尔对认知诗学批评方法

绪 论

有这样的评价：

> 文体学的认知转向提供了一个综合的分析方法，用以讨论跨学科的文学阐释所关心的问题，它提供了一个把文体学研究根植于阅读体验之中，并通过文体分析去验证读者的直觉感知。这就意味着对文学文本的语言分析被放在了最重要的位置，而非无足轻重的位置。理论的发展部分来源于详细的文体分析，语言研究正成为一门普遍认同的学科，居于不同文学研究学科的核心地位。（Stockwell, 2002:60）

认知文体学家斯托克韦尔倾向于认为，在文学批评的不同分支学科里，认知诗学与文体学（有时称为文学语言学）之间的关系最为密切，在有些地方也有人称之为认知文体学。"文体学的基本印象是文体学是以一种十分机械的、非评价式的方式，对文本的语言特征进行描写，但是，大部分优秀的文体学家在研究某个文本的文学效果和价值时一直在关注文学语境的重要性。"（Stockwell, 2002:6）韦斯特认为认知文体学研究通常关注如下四个问题：我们是如何理解文学文本的？我们是如何从阅读中获得快乐的？当我们阅读作品时我们怎样解释我们经历的情感变化（有时十分强烈）？文学文本会对我们产生怎样的影响？（West, 2011:240）这些也是笔者在进行《尤利西斯》研究时需要铭记于心的问题。焦瓦内利和哈里森则倾向于使用"文体学中的认知语法"来替代"认知文体学"，并从认知语法的角度讨论了诸如概念语义学、识解、名词与动词、小句、背景、话语等重要概念的认知识解和机制，以及如何应用这些原则和概念对文学文本与非文学文本进行阐释与评价（Giovanelli & Harrison, 2018）。认知文体学主要研究读者在阅读过程中的假设推理活动以及它们如何影响读者对文本的意义阐释，其基本假设是阅读是一个积极的过程，作者在建构文本意义时起到了积极作用，文本意义不仅仅存在于文本的形式结构里，从某种意义上讲，也是读者借用已有的先前背景知识协商的结果。"认知文体学与阅读关系更为密切,与读者的阅读过程和此后的解释过程有关。这个阅读过程是主动的、活化的。"(胡壮麟,2012)因此,笔者认为,同认知文体学一样,认知诗学重点关注文学文本与读者阅读、阐释文本时潜在的认知过程,如注意分配、阅读期待、记忆加工、范畴化、类比推理等。"理解文学价值、地位、意义等问题的关键在于能够对文本和语境、情景和功能、知识和信仰有一个清楚的观点。认知诗学为实现这个目的提供了一种方法。它具有语言学的维度,这就意味着我们可以对文体风格和文学作品进行详细的和精确的文本分析,它以一种系统的方式和一种能够把情景因素和功能与文学语言联系起来的模式,提供了描写和线性处理各种各样的知识和信仰的手段。"(Stockwell, 2002:4)揭示文本的意义可以从文本的两个层面入手:一是文本的话语层面或形式层面,对其突显的语言现象进行认知语义阐释;二是故事层面,即文本的叙事层面,对其叙述艺术进行认知解读,这也是本书研究的对象。

近年来,认知语言学、认知诗学在国内外语言学、文学研究领域得到了迅猛发展,涌现出诸多分支理论,如图形-背景理论、认知语法理论、指称转移理论、概念隐喻理论、概念整合理论、心理空间理论、文本世界理论,等等。本书涉及一些主要的认知诗学理论,如认知语法(认知语音、认知词汇、认知句法)、认知隐喻理论、认知突显理论(图形-背景理论)、认知叙事理论、认知语义理论等,笔者会在相关章节进行讨论。

0.4 研究方法、分析框架和主要目标

0.4.1 研究方法

第一,认知诗学批评方法。要正确处理好语言学描写与文本阐释之间辩证统一的关系,也即是客观描写与主观评价之间的关系。恰当把握二者之间的关系或"度"是本书的关键所在。语言描写要具有典型性、代表性,文本阐释要以语言事实为依据,辅助以恰当的文学批

评理论，对文学文本进行较为客观、系统的阐释。根据不同的研究对象，拟采用相应的认知诗学理论，如认知语法理论（认知语音、认知词汇、认知语义）、认知隐喻理论、认知突显理论和认知叙述学理论等。

第二，审美批评方法。审美批评是一种语言形式或形象的直觉批评方法，属于情感性评价。它与实证方法之间是一种互为依靠、互为补充的关系。实证批评以语言事实、例证为基础，让事实说话，具有较为科学、客观的语言描写方法，同时也具有一定的审美批评成分或情感性评价；审美批评同样包含着实证批评方法，没有实证的审美批评就会陷入主观臆断的泥潭，缺乏系统性、客观性和可靠性。

第三，定性、归纳的综合研究方法。以语言事实为依据，辅之以图形、图表、统计分析方法，对文本进行定性与定量研究。

第四，文本细读法。结合文本的内外语境，从语境、认知和审美角度深挖作者的语言艺术、叙述策略、主题思想、美学价值以及乔伊斯的语言观等重要问题。

0.4.2 认知分析框架

结构主义叙事学把叙事分为两部分：故事（histoire）：即内容或一些事件（行为、发生）以及存在因素，如人物、背景成分等，回答"what"，叙述中描写了什么？话语（discourse）：即表达方式，如内容是如何组织安排的，回答"how"，故事材料是如何组织的？俄罗斯形式主义叙述学家把叙事分为故事（fabula）和情节（sjuzet）。故事，即基本的故事材料，与叙述相关的所有事件，"在讲故事时传给我们的事件的总和""最终发生了什么事情"；情节，即讲故事时把事件联系起来的技巧，回答诸如"读者是如何知道所发生的事情的？"也即"作品中事件出现的先后顺序"，它既涉及语言表达方式，也关注叙述技巧。本书拟采用结构主义叙事学对叙事的分类和定义，即把叙事分为话语和故事两个层面。本书的认知分析框架如图 0-1 所示。

```
                        ┌──────────┐
                        │ 叙事文本  │
                        └──────────┘
          ┌──────────────┬──────────┐
┌────┐  ┌─────────────────┐  ┌──────────────┐
│语言│  │话语层面          │  │故事层面（宏观│
│描写│  │（语音/非言语声音、│  │与微观叙事策略）│
│    │  │词汇、句法、文体戏 │  │              │
│    │  │仿、意识流语体）   │  │              │
└────┘  └─────────────────┘  └──────────────┘
        ┌─────────────────┐  ┌──────────────┐
        │认知语言学理论    │  │认知叙事理论  │
        │（如认知语法、认知│  │叙事化理论    │
        │突显理论、认知隐喻、│  │认知心理学理论│
        │认知心理学理论）   │  │              │
        └─────────────────┘  └──────────────┘
┌────┐  ┌─────────────────┐  ┌──────────────┐
│认知│  │话语层面          │  │认知叙事      │
│阐释│  │认知语用功能      │  │功能          │
└────┘  └─────────────────┘  └──────────────┘
```

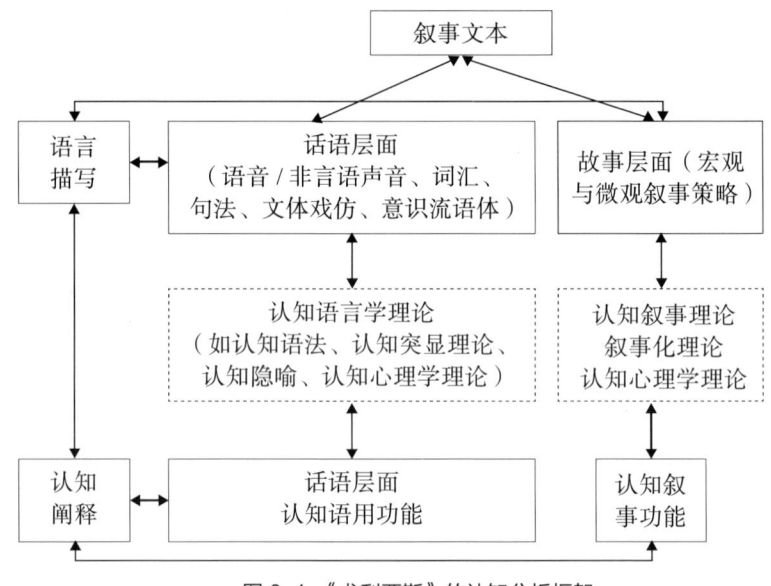

图 0-1 《尤利西斯》的认知分析框架

该分析框架有如下三个特征。（1）该分析框架由叙事的两大层面和多个分支层面组成。其中，话语层面涵盖语言的内部层面，包括语音（含非言语声音）、词汇、句法、文体戏仿、意识流语体等多个内部层面。故事层面包括宏观叙事策略和微观叙事策略。前者包括荷马史诗神话叙事结构、西方戏剧"三一律"的经典叙事、"抛物线"叙事轨迹、"太阳轨迹"叙事结构等内容，后者涉及小说中第一人称和第三人称体验性叙事技巧。（2）分析方法包括语言描写和认知阐释两个阶段。语言描写的对象是故事的话语和故事层面上典型的或突显的语言特征或叙事技巧，认知阐释阶段应结合文本的内外语境，借用相关的认知诗学理论，如认知语言学、认知心理学和认知叙事学等学科的相关理论，对典型的语言特征或叙事技巧进行认知阅读与阐释。介于语言描写与认知阐释之间的虚线框架是认知语言学理论，它起到了一种桥梁和纽带的作用，把文本阐释的两个阶段有机地联系起来。（3）每个环节、步骤的双箭头，表明认知阐释是借用认知诗学理论对文本进行循环往复的阅读阐释过程，也即是基于文本内外语境而进行的自下而上和自上而下的反复分析、验证和协商的过程。

0.4.3 主要目标

第一，从认知诗学的角度重读经典，研究《尤利西斯》在话语和故事层面的语言创新艺术和小说叙述艺术，尤其是在语言表达形式、人物思维风格、叙述策略、意识流语篇建构策略等层面的创新艺术，探讨乔伊斯的语言观、语言符号与文学、思维、认知之间的关系问题。

第二，从认知语法的角度探讨小说中突显的语言现象，如特殊声音、词汇创新、文体戏仿等的认知意义，揭示乔伊斯文学语言的本质特征以及乔伊斯的语言观：语言的创新性、不确定性和游戏性。探讨小说中的两个男主角——布卢姆和斯蒂芬的个人言语特征与人物思维风格之间的关系，揭示小说人物的个体状态、性别角色等。

第三，从认知隐喻的角度研究小说中三类隐喻——身体类、生活/爱情类和花草类隐喻的隐喻类型、认知语义和认知机制，探讨认知隐喻的形象性、体验性和创新性等本质特征以及乔伊斯对身体叙事、身体诗学的关注。

第四，从认知叙事视角分析小说隐喻性的宏观叙事策略和微观叙事策略。前者包括荷马史诗神话叙事结构、西方戏剧"三一律"的经典叙事和"太阳轨迹"叙事结构等内容，后者涉及小说中第一人称和第三人称体验性叙事的认知功能，揭示小说的宏观与微观叙事艺术。

第五，从认知语法角度揭示乔伊斯意识流语篇的建构策略，探讨乔伊斯三种独特的意识流语体风格：规范型、过渡型和极端型的语体风格，以及其认知语用功能。

0.5　本书基本结构

绪论部分简要介绍《尤利西斯》的故事梗概，目前国内外研究现状和研究动态，认知诗学的文本阐释方法，本书的研究方法、分析框架和主要目标。

第一章首先介绍语言突显理论（图形-背景理论）、语音的认知属性和小说中的语音修辞类型，然后重点讨论两类突显的非言语语音现象——教堂钟声和马车铃铛发出的"叮当"声，以及其独特的象征意义或认知语义。

第二章从认知突显观的角度讨论小说中两大类、五小类词汇创新类型及其认知语义，力求揭示乔伊斯的语言创新艺术和语言观，即语言的游戏性、不确定性和创新性。

第三章讨论另一类语言突显现象——文体戏仿及其认知语义功能：用以实现文本的风趣、幽默、讽刺等语言表达效果。

第四章借用莱考夫和约翰逊认知隐喻理论，采用文本细读和统计分析方法探讨《尤利西斯》的三种典型的隐喻类型——身体类、生活/爱情类和花草类隐喻以及它们的认知语义及情感意义，并从空间合成理论的角度对"男人花"的认知语义生成机制进行了论述，从一个侧面探讨了小说中布卢姆和妻子摩莉的人物性格特征。

第五章首先介绍语言图式理论和思维风格理论，随后对小说中的两个男主人公布卢姆和斯蒂芬的言语表征模式与思维风格之间的关系进行研究，认为布卢姆具有局部型和内倾型的思维风格特征，而斯蒂芬则具有隐喻的思维风格特征。

第六章简要介绍认知叙事学的基本理论和研究方法，借用弗卢德尼克与申丹的叙事化和体验性视角理论研究《尤利西斯》里几个叙事问题：隐喻性的宏观叙事策略、叙事化与体验性视角、第一人称与第三人称体验性叙事技巧及认知叙事功能。

第七章首先介绍利奇和肖特的五种言语表征模式和五种思想表征模式，随后从认知语法、心理合成理论的角度讨论乔伊斯三种独特的意识流语体表征模式——规范型、过渡型和极端型的 SOC 表征模式，以及其典型的认知语用功能，以期对乔伊斯意识流语体的类型和功能有比较全面的把握。

总结部分对全书的主要内容进行了归纳和总结，并得出结论。

第一章　非言语声音与象征语义

　　阅读《尤利西斯》，各种声音从四面八方涌入读者的耳朵：有人类的、有动物的，有高亢的、有低沉的，有轻柔的、有粗鲁的，有滑稽的、有荒谬的，如猫的叫声，乔治教堂的钟声，印刷机的多种声音，打击乐器、马车发出的"叮当"声，顾客的吆喝声、碰杯声，盲人调音师的敲打声，特别是布卢姆不雅的放屁声。本章所说的声音是广义上的，既包括人物的声音，也包动物或器物的声音，而非言语的声音通常被人们视为"噪声""杂音"而嗤之以鼻，更不用说能登堂入室，进入作家、评论家的法眼。乔伊斯却是十足的另类的、离经叛道的作家，他似乎对生活中那些微不足道的"噪声"情有独钟。就《尤利西斯》的各类声音而言，乔学评论家们似乎对此充耳不闻，没有引起他们的足够重视。本章从认知语音理论和认知心理学的角度，探讨小说里两类独特的声音——人类的与非人类的声音的认知语义。小说中反复出现的两种非言语声音——教堂的钟声和马车的"叮当"声，犹如交响乐中清晰而突显的主旋律，给读者带来独特的认知效果、审美体验和深刻的象征或隐喻意义。

1.1 语音的认知基础

1.1.1 认知语音

认知语法家认为语言系统本身并非一个独立于其他认知官能的抽象系统，相反，它与其他认知功能具有内在的联系，通过语言的概念化把人们的外在经历和内心感受表征出来。意义存在于人们两种概念化方式之中。第一种是人们与他人交往互动的方式，第二种是人们构建和使用在互动中获得的各种知识的方式。这些知识表征通过意象图式、概念化、百科知识、图式框架等形式储存在人们的记忆中，供人们在需要时激活、提取。而这两种概念化方式的认知基础则来自人的体验认知。赛伦指出：

> 说认知是体验的，是指它来自身体和外界的互动，并与之持续地交织在一起。根据这一观点，认知依赖于身体带来的各种体验，而身体拥有不可分割地相互联系的特定的知觉和运动能力，并且它们共同组成了孕育推理、记忆、情绪、语言和其他所有心理活动的母体。（Thelen, 2000:5）

由此可见，体验认知强调"身体和外界的互动"与"身体带来的各种体验"，而语言的诞生、发展与成熟离不开其产生的社会、文化语境，也离不开身体与外部世界的互动。语言是由三个相互联系、相互依存的层面组成的：实体层面（认知语音层面，如发声器官、书写用的笔墨纸张、电脑），形式层面（词汇语法层面），情景层面（语义层面）。就认知语言学、认知文体学或认知诗学的研究而言，学者们更关注后两个层面——词汇语法层面和语义层面，而较少关注认知语音层面。无论是认知诗学家斯托克韦尔的《认知诗学简介》（2002），还是乔瓦内利和哈里森的新作《文体学中的认知语法》（2018），都未能探讨认知语音，这不能不说是一种遗憾。那么，语音结构是否具有认知属性呢？是否应该纳入认知语言学的研究范围内？

泰勒在《认知语法》（2013）中严肃地指出："把语音学排除在认知语法的研究范围之外是一种错误，其理由如下：（1）排除语音学，认知语言学不能称为一种综合的语言学理论……（2）更为重要的是，把'认知'、'概念'、'语义'（意义）看成相同的概念是一种错误。语言的语音结构的认知属性不亚于语义结构。语言的语音结构是人们语言能力不可分割的部分，它是一种人们发出语音、感知语音，尤其是对语音进行范畴化，从而形成语音的心理表征的语言能力。"（Taylor, 2013:79-80）索恩博罗和韦尔林（2000）也强调了语音的重要性，尤其是诗歌的语音和格律的重要价值，还提出了诗歌分析的语音模式：

有规律的格律。哪些音节带重音？在重读音节之间重读音节数是否相同？一行诗里有几个音步（重读音节）？

尾韵。如果有尾韵，把它们标示出来。可以查阅《诺顿选集》末页、由乔恩·斯塔尔沃森撰写的一篇文章，确定诗歌的格律和尾韵符合哪一种诗歌体裁（民谣、十四行诗、十九行二韵体诗）。

其他一些语音模式，如半谐音（come, love），尾韵（will, all），头韵（me, my），侧押韵（live, love），倒尾韵（with, will），辅音押韵（love, prove）和重复（the sea, the sea）。（Thornborrow & Wareing, 2000:46）

索恩博罗和韦尔林从格律、尾韵以及语音模式等方面讨论了语音分析的范围和方法，对研究认知语音具有重要的参考价值。

1.1.2 拟声词

从认知语音的角度来看，英语、汉语中不少元音、辅音、辅音组合、拟声词等，具有明显的音义结合的本质特征。拟声词（onomatopoeia），模拟声音的词，又称为象声词、摹声词、状声词，是所有语言中最典型的音义结合的词汇。它是模拟、表达、暗示自然界中动物、植物、事件等所发出的声音而形成的一种词。在汉语中，通常是把汉字当成"音标"符号来构成拟声词，它和音译词、联绵词在性质上是同类的，汉语中拟声词种类很多，百度百科把拟声词归入四类：①单音节拟声词，如"乒、乓、唰、哗、轰、砰、嘘、嗖、当、叮、吱"；②双音节拟声词，可分为叠词和 AB 型词，叠词如"啦啦、哗哗、汪汪、咚咚、隆隆、潺潺、嘘嘘、关关、啾啾、唧唧、喳喳"，AB 型词如"喀嚓、滴答、叮当、知了、啪嗒、哗啦、呼噜、噼啪"；③三音节拟声词，可分为 AAA、AAB、ABB、ABA 几种类型，AAA 型词如"嘻嘻嘻、呵呵呵、哈哈哈、嗡嗡嗡、呱呱呱、嘟嘟嘟、咕咕咕、笃笃笃、咚咚咚"；④四音节拟声词，可分为 AAAA、AABB、ABAB、ABCD、ABCA、ABBB 几种类型，ABCD 型词如"呜里哇啦、丁零当啷、叽里呱啦、叽里咕噜"等①。英语也同样存在着大量的拟声词。就模拟动物声音而言，典型的例证如：Cats *meow/miaow* or *purr*（猫喵喵地叫）、Dogs *bark* or *woof*（狗吠）、Snakes *hiss*（蛇发出咝咝声）、Horses *neigh*（马嘶）、Lions *roar*（狮吼）、Cows *moo*（奶牛发出哞哞声）、Sheep *baa*（咩咩叫）。

1.1.3　语音象征

除拟声词外，语音象征（sound symbolism）是另一种表达音义之间关系的语音修辞手段，指的是英语中的某些元音、辅音或辅音组合借助于人的听觉官能产生某种联想意义或象征意义。伊万·福纳吉（Fonagy，1978）认为音素和隐喻联系紧密，如鼻音和软腭元音通常与"黑暗"相联系，前元音与"精美""高音调"有关，欧洲语言学家认为轻塞音与"微弱"有关，而希腊人认为摩擦音让人想到"未熟的""多毛的"。阿伯克龙比（Abercrombie，1965）把英语辅音分为不同的维度：硬辅音/软辅音（hardness/softness）、淡薄/响亮（thinness/sonority），

---

① https://baike.baidu.com/item/%E6%8B%9F%E5%A3%B0%E8%AF%8D/6041604?fr=aladdin，访问日期：2019 年 3 月 1 日。

并认为它们在不同的语境里会产生不同程度的移情作用。热拉尔·热奈特（Genette）于 1976 年出版音义学史《模仿学》，他在长达 450 页的著作里，详细论述了语言相似性在句法学、形态学和语音学中的演化过程。英语里有些辅音组合具有明显的象征意义，如：

[sn]：与鼻音、嗤之以鼻（轻蔑）之意有关，如 sniff, snuff（用鼻子使劲吸），sneeze（打喷嚏），snivel（流鼻涕），snicker（窃笑），snooze（打瞌睡），snide（卑鄙的）。

[sl]：表示"滑的"，如 slick, sleek, slippery, slithery（滑的），sled, sledge, sleigh（滑雪橇），sloppy, slosh, sloughy, sludgy, slushy（滑的，泥泞的），slope（斜坡），slump（暴跌）。

[-ash]：表示"猛烈碰撞"，如 bash（猛击），crash（撞碎），thrash（击打）。

利奇认为，语音和意义之间的联想"不仅是通过耳朵本身，而且还是通过大家共知的移情（empathy）和联觉的微小通道建立起来的"（Leech, 2001:100）。泰瑟姆进一步指出，"认知语音学研究涉及把编码和解码思维转换为声音传递的最后阶段的心理过程。它涉及在读者脑海里产生的联想，即当读者听到某个巧妙的语音音素，尽可能将接收到的声波原原本本地解码为说话人最初的思想"（Tatham, 1990:209）。由此可见，语言是基于体验性的，认知语音、语音象征也不例外，应引起足够的重视。

1.2 语音修辞

就《尤利西斯》的语音修辞而言，笔者在较早的一篇论文里讨论了《尤利西斯》中因音素变异（破格）和音素强化（平行）而形成的 18 个辞格，揭示出其特有的文体功能，认为小说中的语音修辞增强了语言的音乐性和游戏性，对文本起到了衔接和连贯作用，有时还可产生联觉效果，具有较强的人际意义（吴显友，2006）。语音修辞对小说语言的诗化倾向起到了十分重要的作用。小说里的语音修辞格包括词首增添字母（prosthesis）、词中增添字母（epenthesis）、词尾增添字母（paragoge）、首字母省略（apheresis）、词中省略（syncope）、词尾省略（apocope）、字母替换（antisthecon）、重组字母（anagram）、头韵（alliteration）、谐韵（assonance or vowel rhyme）、押韵（rhyme）、颠倒韵（reversed rhyme）、半押韵（semirhyme）、混合省略（telescoping of words）、拟声（onomatopoeia）、音节区分（diaeress）、首音误置（spoonerism）和语音感染（mimology or contamination）。

《尤利西斯》把读者带进了一个声音的世界，各种拟声词随处可见，如教堂里传出的低沉悠长的钟声（*Heigho! Heigho*! 4:85），印刷机发出的"呲呲"声（*Sllt*. 7:154），马车的"叮当"声（*Jingle jingle jaunted jingling*，11:329），奥蒙德酒吧里各种打击乐器的声音（*Imperthnthn thnthnthn*. 11:328），酒吧里不时发出的碰杯声（*Tschink. Tschink*. 11:330），布卢姆形容妻子摩莉小便时发出的声音（*Diddleeiddle addleaddle ooddleoodle. Hissss*. 11:364），盲人钢琴调音师的拐杖声（*Tepping-tapping*. 11:373），布卢姆趁电车经过时发出的放屁声（*Pprrpf-frrppffff*，11:376），火车汽笛声（*Frseeeeeeeefronning* train. 18:894），布卢姆家那张铜制旧床不时发出的"吱嘎"声（*...this damned old bed too jingling* like the dickens. 18:914），等等。"乔伊斯最看重语流，有时候很使他们吃惊，他对声音和韵律的要求要比对意义的要求更高。"（艾尔曼，2016:979）毫无疑问，所有这些拟声词为逼真地再现都柏林的人、事、物以及人物的内心活动起到了十分重要的作用。

1.3 两种独特的声音与认知语义

1.3.1 教堂钟声：死亡的代名词

在第 4 章"卡吕蒲索"的结尾，布卢姆从家里出来，听到了教堂里的钟声：

第一章　非言语声音与象征语义

（1）A creak and a dark whirr in the air high up. The bells of George's church. They tolled the hour: loud dark iron.

Heigho! Heigho!

Heigho! Heigho!

Heigho! Heigho!

Quarter to. There again: the overtone following through the air, third.

Poor Dignam! (4:85)①

[1] 空中响起金属的摩擦声和低沉的回旋声。这是乔治教堂在敲钟。那钟在报时辰，黑漆漆的铁在轰鸣着。

叮当！叮当！

叮当！叮当！

叮当！叮当！

三刻钟了。又响了一下。回音划破天空跟过来。第三下。可怜的迪格纳穆！（4:136）

"叮当！"的声音最初出现在小说的第4章，威斯敏斯特教堂钟声报告着时间：上午八点四十五分，"布卢姆一整天都会把钟声和他已故的熟人帕迪·迪格纳穆和他的葬礼联系起来"，"在第1章'忒勒玛科斯'结尾部分，那萦绕在斯蒂芬脑海中的赞美诗（饰以百合的光明）也与死亡有关"②。

"饰以百合的光明"在小说里出现了5次，在第1章出现了2次，在第9章、15章和17章各1次。"饰以百合的光明的司铎群来伴尔，极乐圣童贞之群高唱赞歌来迎尔"（1:38），原文为拉丁文祈祷文，意思是："愿光辉如百合花的圣徒们围绕着你；愿圣女们的唱诗班高唱赞歌迎接你。"（Gifford & Seidman, 1988:27）教堂钟声和祷告词"饰以百合

---

① 指引文出处，即书中的章节和页码。4：85指《尤利西斯》（萧乾、文洁若译，2003）的第4章，第85页，下同。

② http://www.robotwisdom.com/jaj/ulysses/notes04.html#calypso，访问日期：2003年3月20日。

·23·

的光明"具有重要的隐喻意义,是死亡的象征。教堂的钟声作为小说死亡的基调,连同小说中的其他死亡意象,共同突显小说低沉、郁闷、死气沉沉的主题。这里的"基调"指的是"与基音同时产生并在基础音上面发出的较高的声音之一,它与基音一起构成复杂的音调"(《韦氏词典》[①],2002)。

第4章是有关小说男主人公利奥波尔德·布卢姆的描写。场景是在布卢姆的家,位于都柏林西北城区的埃克尔斯大街七号。在参加帕迪·迪格纳穆的葬礼之前,布卢姆正在为他和妻子(以及他的猫)准备早餐。楼上床上的"叮当"声表明他的妻子摩莉已经醒来。布卢姆联想到那张床的由来:它和摩莉一样,都来自直布罗陀。他上街买了猪腰子。一路上,他思维活跃,浮想联翩。所见之人、之物、之事都会勾起他的回忆、想象和憧憬,对自己看到的女人、充满异域风情的地中海展开联想。他匆匆赶回家,在门前的台阶上拾起邮件:一封来自女儿米莉的信,另外一封由布莱泽斯·博伊兰(摩莉的情人)写给妻子摩莉的,博伊兰正在组织一次巡回演唱会。布卢姆内心焦灼难安,他走到房子外面,听到了教堂的钟声。

乔伊斯在描写教堂的钟声时,写道:"空中响起金属的摩擦声和低沉的回旋声","那钟在报时辰,黑漆漆的铁在轰鸣着",营造了一种低沉、黑暗、阴森的气氛,对布卢姆来说,清晨出门之前听到这样的钟声,是不祥之兆。稍早一点,布卢姆在茅房时构思了一篇小故事:"黄昏时分,姑娘们穿着灰色网纱衫。接着是夜晚的时光,穿黑的,佩匕首,戴着只露两眼的假面具。多么富于诗意的构思啊,粉色,然后是金色、灰色,然后是黑色。"例句中的"黄昏""灰色""夜晚""穿黑的,佩匕首,戴着只露两眼的假面具""灰色,然后是黑色"等,也同样暗示了一种黑暗、阴沉而可怕的氛围。因此,教堂"叮当"的钟声,既是死亡的象征,为小说第6章布卢姆参加迪格纳穆的葬礼起到铺垫的作

---

① http://www.m-w.com/cgi-bin/dictionary?book=Dictionary&va=overtone,访问日期:2004年11月15日。

用，也预示布卢姆将会度过阴郁、难熬的一天。不出所料，布卢姆度过了最悲惨的一天：在第 12 章，妻子与博伊兰通奸，他被一些激进的民族主义者鄙视，差点被市民扔出的罐头盒击中头部，等等。尽管经历了种种的屈辱和不幸，但布卢姆从未放弃，从未失去信心，经过漫长的等待与煎熬，就跟《奥德赛》里的英雄人物尤利西斯一样，最终回到了他自己的家。伴随布卢姆一天的是教堂的钟声，它与迪格纳穆的葬礼、与死亡紧密地联系在一起。再如第 17 章的例证：

（2）What echoes of that sound were by both and each heard?
By Stephen:
Liliata rutilantium. Turma circumdet.
*Iubilantium te virginum. Chorus excipiat.*①
By Bloom:
Heigho, Heigho,
Heigho, Heigho. (17:826–827)
[2] 他们各自听到的钟声是何种回音？
斯蒂芬听到的是：
饰以百合的光明的司铎群来伴尔，
*极乐圣童贞之群高唱赞歌来迎尔*②。
布卢姆听到的是：
叮当，叮当，
叮当，叮当。（17:1078）

---

① Latin: "May the glittering throng of confessors, bright as lilies, gather about you. May the glorious choir of virgins receive you. May the glorious choir of virgins receive you." The *Layman's Missal* quotes this as one part of Prayers for the Dying and remarks, "In the absence of a priest, these prayers for commending a dying person to God, may be read by any responsible person, man or woman." (Gifford & Seidman, 1988:19)

② 拉丁文："愿光辉如百合花的圣徒们围绕着你；愿童女们的唱诗班高唱赞歌迎接你。"《外行的祈祷书》引用这个词作为死亡和言论祈祷的一部分："在没有牧师的情况下，这些可以由其他任何男女负责诵读向上帝推荐一个垂死的人的祷告。"（Gifford & Seidman, 1988:19）

"叮当，叮当"的声音出现在小说的第11章、15章和17章，反复出现的拉丁语祷告词"饰以百合的光明"都象征死亡，而帕迪·迪格纳穆的名字在布卢姆和其他人物的话语中，甚至是内心独白中提到了十几次，甚至在摩莉的潜意识里也出现了"可怜的帕迪·迪格纳穆也是这样 我有点儿替他感到难过"（18:1188）。就死亡主题而言，小说里年轻主人公斯蒂芬则喜欢用"良心的谴责"（Agenbite of Inwit），也与母亲的死有关。此外，小说中有很多与死亡有关的人物、事件和物体。

第6章"地狱"突出了死亡主题。上午11点，布卢姆与他的三个朋友——杰克·鲍尔、马丁·坎宁翰、西蒙·迪达勒斯（斯蒂芬的父亲）——去参加帕迪·迪格纳穆的葬礼，灵车到达格拉斯公墓。科菲神父主持了葬礼仪式。乔伊斯采用客观现实主义的叙述笔法，逼真地刻画了都柏林的市井生活图景，都柏林的凋敝、压抑、瘫痪被暴露无遗：贫困的人群，放高利贷的鲁本·多德，蔡尔兹谋杀案，布卢姆父亲的自杀，《哈姆雷特》中的掘墓人，布卢姆的母亲和儿子的葬礼，还有恋尸癖、鬼魂、地狱等阴森恐怖的联想。在《奥德赛》第11卷里，尤利西斯赶赴阴间去询问自己未来的命运。

在第6章乔伊斯采用了"梦魇化"的创作技巧。梦魇是一种恶魔，它能导致人做噩梦，出现鬼压床的现象，因此，这种写作技巧通过反复描写死亡意象，从而增强表达效果。死亡和腐朽一览无余地呈现在面前，在小说里还有许多间接描写死亡或隐含描写死亡的现象。"本章的关键词是两个传统的押韵词 womb（子宫）和 tomb（坟墓）。如'在《祈祷书》的"死者的葬礼"篇所说，面对生活，我们也在面临死亡'，但是在此处，面对死亡，同样意味着生命。"（Hodgart, 1983:86）对于乔伊斯来说，生命与死亡之间存在着一种矛盾辩证关系，即"面对死亡，同样意味着生命"。

在小说中堆积如山的死亡意象烘托出该章的死亡主题，"叮当"的教堂钟声萦绕在整个小说中，为小说涂抹上一层黑暗或阴郁的底色。这种半生不死、瘫痪凋敝的底色正是20世纪初都柏林的真实写照，"似乎到处都是肮脏不堪，没有令人满意的生活方式"，"到处都是充满绝望，贫穷，醉酒和浪费的颓败气氛"（French, 1982:30）。看到如此触目惊心的死亡意象，难怪80年前教会人士不能忍受乔伊斯和他的《尤利西斯》！在《一个青年艺术家的画像》的结尾处，斯蒂芬（乔伊斯的代言人）告诉他的朋友克兰利："当一个人的灵魂出生在这个国家时，有许多张网便向它扑过去，不让它远走高飞。你同我讲民族、语言和宗教，我将拼尽全力飞出那些网……爱尔兰就像是吞食自己小猪的母猪。"（Joyce, 2016: 184-185）后来，他又说："我不再为她卖命，不论它自称是我的家，我的祖国，我的教会。"（Joyce, 2016: 222）从上述评论和教堂的死亡的钟声里，读者不难看出乔伊斯对都柏林社会和天主教的痛恨与愤怒。

1.3.2 "叮当"声："爱情的语言"

第11章"塞仑"的故事时间是下午四点，场景是都柏林著名的奥蒙德酒吧的音乐厅。奥蒙德酒吧是都柏林业余音乐爱好者经常光顾的地方，也是20世纪初小型音乐沙龙举办的场所，业余爱好者与专业人士相聚在一起，切磋技艺。该章以其歌曲和音乐典故而著称。除此之外，各种声音不绝于耳：歌声和钢琴声、盲人钢琴调音师拐杖的敲击声、马蹄声、硬币的碰撞声、时钟的嘀嗒声、吊袜带发出的啪嗒声、顾客的阵阵掌声和喝彩声。另外，还有博伊兰乘坐的马车发出的"叮当叮当"声、呼噜声、抽鼻子的声音、尖叫声、怒吼声、喷鼻声、叹息声、连续地轻敲声、噼啪声、咳嗽声，布卢姆甚至还发出了一长串放屁声！"塞仑"是需要诉诸耳朵来听的一章。在所有的声音中，马车发出的"叮当叮当"声清晰响亮，暗示小说的另一个主题：性爱。

在阅读《尤利西斯》时，"叮当叮当"的声音不时回荡在耳边。笔者通过对三个关键词 "jingle"、"jingled" 和 "jingling" 检索获得了如下结果：

"jingle, jingled"（总数：28次）如：

softer, as she turned over and the loose brass quoits of the bedstead **jingled**. (4:67)

jingling his keys in his back pocket. They **jingled** then in the air and against (7:165)

They **jingled** then in the air and against the wood as he.

Muslin prints, silkdames and dowagers, **jingle** of harnesses locked his desk drawer.

prints, silkdames and dowagers, **jingle** of harnesses, hoofthuds lowringing (8:213)

Jingle jingle jaunted jingling. (11:329)

Jingle. Bloo. (11:329)

Jingle.

for **jingle** jaunty blazes boy.

Jingle jaunted by the curb and stopped.

Jingle a tinkle jaunted.

Jingling. He's gone. **Jingle**. Hear.

Jingle jaunted down the quays. Blazes sprawled on bounding tyres.

By Bachelor's walk jogjaunty **jingled** Blazes Boylan, bachelor, in sun (11: 347)

Jingle jaunty **jingle**. (11:337)

Jiggedy **jingle** jaunty jaunty. (11:349)

Call name. Touch water. **Jingle** jaunty. Too late.

Jingle all delighted. He can't sing for tall hats.

Jingle by monuments of sir John Gray

Jingle into Dorset street.

Write me a long. Do you despise? **Jingle**, have you the? So excited.

Great Brunswick street, hatter. Eh? This is the **jingle** that joggled and (11:361) negroid hands **jingle** the twingtwang wires. Flashing white kaffir (15:573)

The brass quoits of a bed are heard to **jingle**. (15:595)

jingled. By Dlugacz' porkshop bright tubes of Agendath trotted a (11:361)

scooped anyway for new foothold after sleep and harness **jingled**. Slightly (16:739)

"jingling"（总数：8次），如：

She set the brasses **jingling** as she raised herself briskly, an elbow on (4:76)

jingling his keys in his back pocket. They jingled then in the air and against (7:165)

Jingle jingle jaunted **jingling**. (11:329)

Jingling. He's gone (11:337)

(stamps her **jingling** spurs in a sudden paroxysm of fury) (15:593)

has cleared off From the left arrives a **jingling** hackney car. It slows (15:685)

that he is reassuraloomtay. The tinkling hoofs and **jingling** harness (15:701)

bed too **jingling** like the dickens I suppose they could hear us away over (18:914)

名词"jingle"（叮当声）指的是一种两轮马车发出的有节奏、欢快的"叮当"声。这不禁让读者想起约翰·皮尔蓬特（1785—1866）作曲的一首儿童歌曲 *Jingle Bells*（《铃儿响叮当》），特别是第一节中的"Laughing all the way"（我们滑雪多快乐）、第三节中的"Take the girls tonight"（那位美丽小姑娘 她坐在我身旁）和合唱的"Jingle bells!

Jingle bells! / Jingle all the way!"（叮叮当叮叮当铃儿响叮当/我们滑雪多快乐　我们坐在雪橇上）的歌词给人留下美好而难忘的印象。但在乔伊斯生花的妙笔下，它给读者传递了什么信息？"叮当声"最早出现在第4章的"叮当作响"的床架，贯穿第7、11、15、17章以及描写摩莉意识活动的第18章（18:914, 917）。第11章可以说是各种"叮当声"组成的交响乐，共出现了20多次。另外，在小说的第4、18章，摩莉埋怨家里那张铜制旧双人床不时叮当作响：

[3] 不，她什么都不要。这时，他听到深深的一声热乎的叹息。她翻了翻身，床架上那松垮垮的黄铜环随之丁零当啷直响。叹息声轻了下来。真得让人把铜环修好。可怜啊。还是老远地从直布罗陀运来的呢。（4:119）

[4] ……这张该死的旧床丁零当啷乱响，真是的，我猜他们从公园的那一头都能听见我们啦　后来我想出了个主意　把鸭绒被铺在地板上　我屁股底下垫个枕头　白天干是不是更有趣儿呢……（18:1183）

[5] 这张老掉了牙丁零当啷响的笨床　总是教我想起老科恩……（18:1186）

从例[3]里可以知道，摩莉家的那张老式床来自遥远的直布罗陀，她在那儿度过了无忧无虑的少女时代，这张床是她父亲在总督府举办的一次拍卖会上通过几个回合的讨价还价才买下来的，16年前又将它作为结婚礼物送给了他们。使他们烦恼的是，那张床总是不停地发出叮当作响的声音，出卖他们的鱼水之欢。在第18章，摩莉担心"这张该死的旧床丁零当啷乱响，真是的，我猜他们从公园的那一头都能听见我们啦"，因此她想出一个好主意："把鸭绒被铺在地板上，我屁股底下垫个枕头。"习惯成自然，摩莉和布卢姆对叮当声既熟悉又亲切，也是他们行床笫之事的暗语。因此，对摩莉和布卢姆，甚至是博伊兰来说，"叮当声"是一种幽会、性爱的象征，他们彼此心照不宣。如前所述，在第

11章,"叮当声"出现的次数最多,如何理解其含义呢?

第11章"塞仑"发生的时间是下午4点,也是摩莉和情人博伊兰幽会的时间。但对布卢姆来说,这无疑是一天中最煎熬的时刻。酒吧里的碰杯声、乐器声、打情骂俏声和高亢动情的歌声此起彼伏,不绝于耳,与他郁闷的心情形成鲜明的对比,一曲曲有关甜蜜爱情的歌曲勾起了一幕幕心酸的回忆。此时,布卢姆独自坐在酒吧的角落里,借"吃"浇愁。"帕特上了菜,把罩子一一掀开。利奥波德切着肝。正如前文所说的,.他吃起下水、有嚼头的胗和炸雌鳕卵来真是津津有味。考立斯-沃德律师事务所的里奇·古尔丁则吃着牛排配腰子饼。他先吃牛排,然后吃腰子。他一口口地吃饼。布卢姆吃着,他们吃着。"(11:490)"布卢姆和古尔丁俨然像王侯一般坐下来,牛排、腰子、肝、土豆泥,吃那顿适宜给王侯吃的饭。他们像进餐中的王侯似的举杯而饮鲍尔威士忌和苹果酒。"(11:493)但他的脑子里不时响起"叮叮当当"的声音,尤其是他的情敌博伊兰乘坐的那辆马车上响起的丁零声,还有他和妻子摩莉早年恩爱的情景,还有他们的房事。与此相反,博伊兰正乘坐马车,赶往去约会的路上,脸上露出得意、轻浮的神情。在第10章末,读者看到他在桑顿鲜花水果店买了水果和鲜花,"她把圆滚滚的梨头尾交错地码得整整齐齐,还在夹缝儿里搌上羞红了脸的熟桃"。"布莱泽斯·博伊兰越发心荡神驰地瞅着她那衬衫敞口处,用牙齿叼着红花的茎,嘻笑着。"然后写下了送货的地址,叫对方赶快送过去。"布莱泽斯·博伊兰扬扬得意地踩着乐曲《我的意中人是位约克郡姑娘》①叠句的节拍走来——他脚蹬棕黄色皮鞋,短袜跟上还绣着天蓝色的花纹。"(10:457),然后他在酒吧里待了一会儿,得意扬扬地离开了。

"这张该死的旧床丁零当啷乱响"暗示了布卢姆夫妇床上的秘密,也是小说的主题之一:性爱。性爱主题在小说后面的部分更加凸显出来,不禁让读者联想到《奥德赛》里对爱情忠贞不渝的"潘奈洛佩",

---

① 该通俗歌曲由 C. W. 墨菲和丹利普顿创作。内容是追求同一女子的两个男人一道来到她的家,发现她原来是有夫之妇。

两张床、两对夫妻之间形成了鲜明的对照,产生了强烈的反讽效果。在第9章"斯鸠利和卡吕布狄"里,斯蒂芬在图书馆讨论莎士比亚时也涉及了爱情、性爱主题。他认为,莎士比亚通过留给他那不忠的妻子安·哈萨薇一张"次好的床",以示对她的惩罚。斯蒂芬辩论道:"也许跟苏格拉底一样,不仅妻子是个悍妇,母亲也是个产婆呢。然而她,那个喜欢痴笑的水性杨花的女子,并不曾撕毁床头盟。鬼魂满脑子都是那两档子事:誓盟被破坏了,她移情于那个迟钝的乡巴佬——亡夫的兄弟身上。我相信可爱的安是情欲旺盛的。她向男人求过一次爱,就会求第二次。""倘若你们否认他在《哈姆莱特》第五场里就给她打上了不贞的烙印,那么告诉我,为什么在他们结婚三十四年间,从迎娶那天直到她给他送殡,她始终只字没被提到过。"(9:360-361)

一些传统的评论家谴责摩莉是肮脏的淫荡女人,作为一个反面的例子,她与《奥德赛》里忠贞不渝的潘奈洛佩截然不同;另一些人则认为摩莉是勇敢的新女性,勇于挑战传统性观念的女汉子。长期以来,对摩莉的人物性格特征,尤其是有关她的性意识、性观念的话题一直争论不休,值得进一步研究。

当具有象征意义的叮当声结束时,盲人调音师拐杖发出的"笃笃"声便开始了。在"塞仑"的最后七页,有节奏的"笃笃"声出现了15次。它从1声、2声到8声。"笃笃的盲人,笃笃地敲着走,笃笃地一路敲着边石,笃笃又笃笃。这种声音最初来自奥蒙德酒吧的盲人钢琴调音师的敲打手杖。"(11:515)在第11章,布卢姆听到了各种各样的声音,他会不由自主地与酒吧里的声音联系起来。西蒙·迪达勒斯询问杜丝小姐关于她的假期的事,她的回应是"tiptop"声,服务生的名字叫"Pat",是单词"Tap"的倒写。

令人啼笑皆非的是,布卢姆甚至想象博伊兰与摩莉的颠鸾倒凤的场面时,也用了4个拟声词:tip(推倒),tep(抚摩),tap(拍拍),top(压住),"推倒她抚摩她拍拍她压住她"(11:497),在听了迪达勒斯演唱的歌词"现在一切都失去啦"之后,在场的人兴奋不已,布卢姆感到一股恋慕之情流过肌肤、四肢、心脏、灵魂和脊背,他暂时忘记了自己心中的烦恼与愤怒,"柔情蜜意涌了上来。缓缓地,膨胀着,悸动着。就是那话儿。哈,给啦!接呀!怦怦跳动着,傲然挺立着"。"布卢姆。温吞吞、乐融融、舔光这股秘密热流,化为音乐,化为情欲,任情淌流,为了舔那淌流的东西而侵入。推倒她抚摸她拍拍她压住她。公羊。毛孔膨胀扩大。公羊。那种欢乐,那种感触,那种亲昵,那种。公羊。冲过闸门滚滚而下的激流。洪水,激流,涨潮,欢乐的激流,公羊震动。啊!爱情的语言。"(11:497)根据吉福德和塞德曼的解释,所有这些由 t-p 构成的动词都有一个古老的含义:动物交配。动词"top"(压住)和"tip"(推倒)的意思是"像一只公羊一样交配",而"Tap"和"Tep"也是"Top"的方言变体(Gifford & Seidman, 1988:303)。

除了前面讨论的两种典型的声音外,小说中还有多种拟声词,它们形象生动,使读者如闻其声、如临其境,如在第 7 章"埃奥洛"中印刷机发出的咝咝声("Sllt", 7:154),在第 11 章奥蒙德酒吧里推杯换盏的声音("Tschink. Tschink", 11:330),布卢姆的放屁声("Pprrpf-frrppfff", 11:376),听众的鼓掌声("Clapclop. Clipclap. Clappyclap", 11:330),布卢姆回忆起摩莉的小便声("Diddleiddle addleaddle ooddleoodle. Hissss", 11:364),在最后一章摩莉在半梦半醒间听到的火车汽笛声("Frseeeeeeefronning train", 18:894)。霍根认为,这些被"语义化"的非言语声音,要么以单词的形式,要么以碎片化的单词出现,是乔伊斯辅助叙事技巧之一,用以表达联想、情感和感知的认知共时性,这比用语言描写更能产生直接的效果(Hogan, 2014:10)。

阅读《尤利西斯》,读者便进入了男主人公利奥波德·布卢姆的外部和内心世界,读者可借助他的双眼去观察都柏林的大街小巷、行色匆匆的人群,借助他的耳朵去聆听各种声音,有的如建筑工地发出的杂乱无章的噪声,有的如乐器发出的悦耳动听的声音;进入他的内心世界去体味都市流浪者酸甜苦辣、五味杂陈的思绪。这些声音既有人类的,也有非言语的;有的高亢,有的低沉;有的轻柔,有的粗鲁;有的风趣,有的滑稽。总而言之,在《尤利西斯》中,这些"含混不清"的声音是俏皮的,具有音乐性、情感性和表现力。似乎乔伊斯学学者还没有关注乔伊斯对声音的兴趣，以及这些声音所蕴含的丰富情感意义，尤其是本章所揭示的有关"死亡"和"性爱"的主题。"乔伊斯放弃了教会，即从对上帝的信仰转变为对构成人类精神的性本能的信仰……乔伊斯阅读了布莱克和笛福的作品，叶芝的神秘小说，对他本人影响最早、最强的《易卜生》，《圣经》和阿奎那及深奥的神学，以及莎士比亚和荷马史诗，最终他发现自己对性的兴趣得到了证实，而且他对每位作者的关于性行为的描写都表现出了自己的专注。"（Brown, 1990:126）性爱的主题不仅贯穿于"塞仑"，也贯穿于小说的其他章节。

第二章 语言突显之词汇创新

词汇被比喻为建筑物的砖块、石头、木料、水泥等基本建筑材料，可见其在语言学习及应用中的重要地位，词汇也是作家、诗人等进行创作的试验场地，词汇创新是现代后现代作品最典型的文体特征之一，而《尤利西斯》则是其经典之作。《尤利西斯》中到处是词汇创新的乐园，尤以新造词、临时用词、外来词、突显的句法结构等方面表现得更为突出。小说中涉及的词源可分为三种。一是外来词或语言表达形式。小说里不乏外来词，如来自意大利语、德语、法语、拉丁语、希腊语、瑞典语、威尔士语、俄罗斯语，还有很多借自阿拉伯语、印度语、波兰语、土耳其语、日语等。例如在第12章"独眼巨人"里，叙述者以讽刺、浮夸而鲁莽的口吻用十国不同语言的问候语迎接"这位闻名全世界的刽子手到来"："督府的贵妇们兴奋得挥着手帕。比她们更容易兴奋的外国使节杂七杂八地喝彩声，*霍赫、邦在、艾尔珍、吉维奥、钦钦、波拉·克罗尼亚、希普希普、维沃、安拉*的叫声混成一片。其中可以清楚地听到歌之国代表那响亮的*哎夫维瓦声*①（高出两个八度的F音，令人回忆起阉歌手卡塔拉尼当年曾经怎样用那尖锐优美的歌声使得我们的高祖母们为之倾倒）。"（12:554）而这样的外来词和陌生化的语言表征在《尤利西斯》里不计其数。二是爱尔兰英语，都柏林俚语与方言，陈词

---

① *hoch, banzai, éljen, zivio, chinchin, polla kronia, hiphip, vive, Allah*，*evviva*.

滥调，巴黎白话。三是通过词类转换和合成构词法组合的新词。在笔者看来，第三种最能体现乔伊斯的词汇创新艺术。乔伊斯天资聪颖，语言天赋极佳，这为他日后的创作打下了坚实的语言基础和文学基础。在读中学时，他学习了拉丁语、法语、意大利语。在读大学时，为了阅读易卜生的著作，他开始学习挪威语；为了阅读豪普特曼的剧作，他开始学习德语。"我在书中设置了大量谜团，要弄清它们的真意，足够教授们争辩几百年了。"（Ellmann, 1983:521）乔伊斯设置的各种"谜团"的秘诀就在于语言的创新性和游戏性。为更好地理解这些"谜团"，本章讨论认知突显观的内涵、机制和功能，并借用突显观理论对《尤利西斯》出现的两类词汇偏离现象，即词汇转换类和复合词类，进行识解与评价，力求揭示出乔伊斯的词汇创新技巧、方法和认知语义，揭示乔伊斯的语言创新艺术以及独特的语言观：语言形式上的创新性和游戏性，符号意义的不确定性和异延性[①]。

2.1 认知突显观

认知突显观是认知语言学研究的三大研究范式或框架之一（另外两种为经验观和注意观），指的是当人们在观察、感知物体时，物体的某个或某些突显的部分会从背景中显露出来。相较于背景，突显（图形）更容易引起人们的关注和兴趣。认知语言学家莱科夫（Lakoff, 1990）、塔米（Talmy, 2000）等对认知突显观进行了系统、深入的研究，提出了著名的图形-背景分离理论（figure-ground segregation theory），并借用该理论描述、阐释了部分方位介词，如 over-under, up-down, in-out, front-back 等，以及小句结构的认知模式和机制。认知突显观与

---

① 解构主义的代表人物雅克·德里达自创了一个词"异延"（differance）。他认为，语言不是所指与能指对应统一、规定明确的结构，符号不能在字面上代表其所意指的东西，产生出在场的所指。异延即是差异的本源或者生产，包括空间上的差异和时间上的绵延，语言的意义由符号之间的差异所决定，同时，意义又永无止境地"延宕"，因而，本文的意义不可能得到确证，本文只能是"永不停止的能指"。（Derrida, 1982:3-25）

注意观既有内在的、逻辑上的相互联系，又有区别。邵军航、余素青（2006）认为，注意里面有突显的成分，突显里面有注意的因素，两者是辩证统一的。注意和突显涉及客观突显与主观突显、信息组织者和信息解读者两组概念。突显和注意都存在主观性和客观性的两面性，就文本阐释而言，注意更多是针对读者、作者，因此主观性更强；突显更多是针对文本的语言表达形式，因此客观性更强。詹姆斯也看到了注意的主观性特征，他认为：

  人人都知道注意是什么。注意就是通过心理以清晰而鲜明形式从看来同时有可能看到的几个物体或思路中取其一的过程。意识的集中和专注是它的本质。它意味着从某些事物中撤出以便有效地处理其他事物。（James, 1950:403-404）

  认知心理学家告诉我们，在人类的信息加工中存在着顺序瓶颈现象（serial bottleneck），指的是人们在进行信息加工时只能按事情的先后顺序去做，而顺序瓶颈现象既存在于听觉注意的信息加工中，也存在于视觉信息加工中，且后者表现得更为明显。"当我们选择将自己的注意力集中在某处时，我们也在选择将我们的大部分视觉加工资源投向视野的特定部分，并减少对加工视野其他部分的资源分配。"（安德森，2015:75）另外，突显观在本质上也与俄国形式派提倡的"偏离说、陌生化说"、文体学中的"突出观、前景化观"、认知语言学的"图形–背景理论"等联系紧密。斯托克韦尔认为文体学中的前景化概念与图形–背景概念相对应，而在文本中前景化语言特征可以通过多种途径来实现，如重复、不同寻常的命名、富有新意的描写、创新的句法排序、双关语、押韵、头韵、格律重心、创新隐喻，等等，所有这些突显的语言形式把它们与周围普通的语言特征区别开来，起到了强调、突出的效果（Stockwell, 2002:14）。在讨论图形与背景的区别时，斯托克韦尔认为图形应具备下列六种情况之一：

（1）它会被看作本身是自足的物体或特征，具有可界定的边界把它和背景分开；

（2）相对于静止的背景而言，它处于运动状态之中；

（3）在时间或空间里它在背景的前面；

（4）它会成为已分离的背景的一部分，或成为新的图形；

（5）相比其他部分，它会更具体、更聚焦、更明亮或更有吸引力；

（6）它在顶端，或在前面，或在上面，或比背景部分的形状更大。（Stockwell, 2002:15）

斯托克韦尔从有界性、运动状态、时空关系、变异性、突显性和位置关系等六个方面对图形进行了清晰、准确的界定，这对正确识解图形理论具有重要的指导意义。随后，他讨论了小说或故事中的图形问题。根据他的观点，在大部分小说里，故事人物是图形，故事的场景是背景，因为他们的名字（如"贝奥武夫""哈姆雷特""布卢姆"）是有边界的，且具有不同的心理的或个人的特征；他们也可能是叙述的焦点，他们来往于不同的场景，用于描写他们活动的动词多为行动动词，而描写他们周围场景的动词则多为表属性或存在类动词。同样地，表达语言风格的突显的语言特征，当它们被用严格的文体学分析方法进行识别、标注和分类时，也会更容易被看作图形，如好莱坞音乐片中精心安排的歌曲、歌剧中的咏叹调等都与其他背景部分的表现风格不同，弗拉基米尔·纳波可夫的《洛丽塔》或斯哥特·菲茨杰拉德的《了不起的盖茨比》中的第一人称叙述者在小说的发展中也是突出的文体特征，等等。"在文学文本中，通常正是某些最小的语言项目或特征，如出现频率或比例，超出了实际的功能，看上去具有极为重要的价值。突显就是文本特质的一个要素。同样情况是，在视觉领域，突显的不起眼的东西会引起人们的关注，会成为背景中的图形，看上去比其他物体离我们'更近'。某个文本，如果具有深度、临近或亲密感，那么，它就具有文本特质。"（Stockwell, 2002:167）《尤利西斯》是典型的"作者型文本"①，在语言的各个层面，如语音、词汇、句法、语义、体裁等，都具有突显的文本特征。限于篇幅，本章讨论词汇层面的认知突显、读者认知心理、认知语义、注意分配等相关问题，这也可以从一个侧面窥探乔伊斯的语言创新艺术和他的语言观，即语言的游戏性和创新性。

2.2 词汇突显之一：词类转换

词类转换是一种常见的构词方法，指的是以不添加词缀的方法将一类词转换为另一类词，或被称为"零后缀的派生词"，其主要功能是通过改变其语法功能，扩大其语义范围。词类转换有以下几种：名词→动词，动词→名词，形容词→动词，形容词→名词，等等。在《尤利西斯》里各类词汇转换应有尽有，语料庞杂，限于篇幅，本章主要探讨两种转换形式：动词类转换与非动词类转换。前者涉及谓语动词和非谓语动词（包括现在分词和过去分词），而后者涉及除了动词类转换以外的其他词类转换。

2.2.1 动词类转换

动词类转换，或称为"动态的转换"，是乔伊斯典型的词汇创新手段。经他之手，不仅是名词，形容词（如"blue""wet"），副词（如"almost"），甚至是古英语词（如"thou"和"thee"），都可以转换为动词。这类新动词从其他背景词汇中凸显出来，很容易吸引读者的眼球，产生陌生化、前景化的艺术效果，它们新颖别致，语义浓缩，短小精悍，有助于增强语言的经验功能，有助于逼真地再现都柏林中的人、事、物。小说中动词类转换的例证比比皆是，试述如下。

---

① 罗兰·巴特把现实主义文本和现代主义文本分别称为"读者型文本"（readerly text）和"作者型文本"（writerly text），并指出读者型文本使读者成为文本意义、叙述和人物的"消费者"，而作者型文本则是读者积极参与生产意义的文本。（Barthes, 1975:4）

2.2.1.1 名词转换为动词

sirring（3:47），称呼名词"sir"转换为动词现在分词，意为"称为先生，以先生相称"；southing（3:61），方位名词"south"转换为动词现在分词，意为"朝南方走，向下方走"；bagged（5:86），名词"bag"转换为动词，意为"装入口袋"；to physic（5:104），名词转换为动词，意为"给……服药（尤指给……服泻药），治愈"；waltzing（6:109），名词转换为动词现在分词，意为"跳华尔兹"；aproned（7:155），名词转换为动词，意为"系围裙"；to mazurka（7:165），名词转换为动词，意为"跳玛祖卡舞"（波兰一种节奏轻快的舞蹈）；wolfing（8:215），名词转换为动词，意为"狼吞虎咽"；muttoning（10:287），名词转换为动词，意为"炖羊肉，烹羊肉"；mustachioed（10:293），名词转换为动词，意为"留胡须"；tambpourined（11:36），名词转换为动词，意为"击鼓"；girling（15:659），名词转换为动词，意为"当姑娘"；arabesquing（15:667），名词转换为动词，意为"以阿拉伯式图案装饰"；sherlockholmesing（16:735），人名转换为动词，意为"福尔摩斯式侦探"；bassooned（11:347），乐器名词转换为动词，意为"用低音管或巴松管演奏"。

2.2.1.2 形容词转换为动词

blued（3:59），形容词"blue"转换为动词，意为"变蓝"；happied（9:274），形容词转换为动词，意为"变高兴、幸福"；bloodying（3:60），形容词"bloody"转换为动词，意为"流血"；wetted（8:215），形容词转换为动词，意为"变湿润"。

2.2.1.3 一些副词、专有名词、人称代词转换为动词

to out（6:126，8:227），副词转换为动词，意为"走出去"；to up（12:433），副词转换为动词，意为"完蛋，走上去"。

在小说最后一章，还有一个极端的例子"crookeding"（18:908），

第二章　语言突显之词汇创新

是由动词 -ed，加分词后缀 -ing 重叠使用构成，可识解为"变弯曲"。这些被陌生化或前景化的例证，在特定的语境中，都被转换为动词。不难看出，"N-V"转换出现的频率最高，是乔伊斯语言表达风格的典型特征，充分体现了语言的游戏性、创新性等本质特征。

在第 3 章"普洛调"里，乔伊斯运用了"内心独白"的创作技法，他的传记作者艾尔曼称之为《尤利西斯》中最著名的写作手法（Ellmann, 1975:358），详见本书第八章。诗人斯蒂芬独自在都柏林附近山迪芒特（Sandymount）海滩上散步，思绪万千，绞尽脑汁思考物质世界的本质特征和他亲眼所见物质世界之间的联系。这种独特的创作技法就是乔伊斯、艾略特、伍尔芙等现代主义作家潜心实践的意识流技巧。例如：

（1）Wait. Open hallway. Street of harlots. Remember. Haroun al Raschid. I am almosting it. That man led me, spoke. I was not afraid. The melon he had he held against my face. Smiled: creamfruit smell. That was the rule, said. In. Come. Red carpet spread. You will see who.(3:58-59)

[1] 昨天夜里他把我吵醒后，做的还是同一个梦吗？等一等。门厅是敞着的。娼妓街。回忆一下。哈伦·拉希德。大致想起来了。那个人替我引路，对我说话。我并不曾害怕。他把手里的甜瓜递到我面前。漾出微笑：淡黄色果肉的香气。他说，这是规矩。进来吧，来呀。铺着红地毯哩。随你挑。（3:100）

例（1）中的"almost"乍看起来是英语初学者熟知的简单副词，但如果撇开其语境，它会使语言学家迷惑。"almost"究竟是什么意思？这里的 it 指的是什么？第一眼看去"almosting"似乎指的是"almost having sex with the prostitute"（与妓女有染），而 it 表示"the sexual affair"。理解该表达的最好方式就是回到原文语境里，进行文本细读，尤其要注意该部分的前后时态变化。在此，斯蒂芬的独白由两部分构

· 41 ·

成。第一部分是从开始到"almosting it",用的是第一人称单数与现在时态进行叙述。第二部分是从"that man"到结尾。第二部分描述了在妓院门口皮条客的声音,"In. Come. Red carpet spread. You will see who."显然,"I am almosting it"是斯蒂芬现在的想法,跟昨夜的梦境没有半点关系。因此,"almosting"指的是"almost remember/recall the name of the street of harlots"(几乎想起了妓院所在的街道名字)。"almosting"用作动词,是典型的乔伊斯语言风格。乔伊斯的例证与霍普金斯的诗行"the widow-making unchilding unfathering deeps"[the deeps which deprive (wives) of husbands, (children) of fathers, and (parents) of children],异曲同工,妙趣横生。顺便一提,据艾尔曼(Ellmann,1975:49)的介绍,乔伊斯14岁第一次去逛了妓院。另外,乔伊斯的好友巴津读到"almosting"一词时也惊奇不已,乔伊斯在回信中解释说:"那正是事物变化的本质特征。一切都在变化:大地、海水、狗、一天的时间。词性也在变化,副词变成了动词。"(Budgen, 1972:55)再看一例:

(2) He thous and thees her with grave husbandwords. Dost love, Miriam? (9:251)

[2] 他使用丈夫那种老式词句——就像浑家啦,内助啦。卿爱否,米莉亚姆?爱汝夫否?(9:353)

(3) Gerty: With all my worldly goods I thee and thou.(she murmurs). You did that. I hate you. (15:572)

[3] 我把在世上的全部财产你和你。(她喃喃地说)是你干的。我恨你。(15:760)

作为教友派信徒,未婚的利斯特以古英语体的第二人称单数称呼陌生人,以此体现手足情谊。"米莉亚姆,先知"是希伯来语中的玛利,也是摩西妹妹的名字。她起初是支持摩西的,但后来因为摩西娶了一位以色列女人便与之为敌。出于尊敬,利斯特称女士为"米莉亚姆"。1920 年，利斯特仍然单身，而退休不久便与简结婚（Gifford & Seidman, 1988:222）。在例（2）里，利斯特使用的老式词句无意中暴露了他的弱点：他属于那种很难适应时代的老古董。例（3）里的"thee and thou"用作动词，其意义与例（2）不同。在天主教婚礼中，对新人的祝福语是"我把在世上全部财产给予你"（With all my worldly goods I thee endow）。格蒂不懂古英语，把"给予你"（thee endow）说成"你和你"（thee and thou），可能是"thou"和"endow"（赠予）发音相似的原因。格蒂的口误说明她的学识不高、地位也较低。在第 13 章"瑙西卡"里，叙述者把格蒂描写成一位多愁善感的漂亮姑娘，她梦想和一个憨厚老实、身体健壮的男子结婚，而男主人公布卢姆正好符合她的理想，他们眉来眼去，暗生情愫，布卢姆难以控制自己骚动的情欲，不由自主地做了手淫。再看下面的例句：

（4）He (Virag) is sausaged into several overcoats and wears a brown macintosh. (15:628)

[4] 他身上紧紧地裹着几件大氅，外面罩着棕色胶布雨衣。（15:823）

例（4）里的"sausaged"是一个典型的名—动词转换的例子。维拉格是布卢姆的父亲，他服毒自杀。1865 年，布卢姆的父亲鲁道尔夫·维拉格，后来改名鲁道尔夫·布卢姆，三次改变自己的信仰。先是犹太教教徒，后来改信新教。1888 年，因为结婚，他又放弃了新教，转信罗马天主教。该转换词生动形象，栩栩如生，维拉格"裹着几件大氅"的模样便浮现在读者的眼前，这对刻画人物性格特征起到了重要作用，这也是乔伊斯在本章使用的"梦幻"技巧的典型例证。类似的富有创意、短小精悍的名—动转换词随处可见，也为读者增加了阅读乐趣。在第 11 章"塞仑"里，乐器名词也被转换成动词：

（5）Brightly the keys, all twinkling, linked, all harpsichording...

· 43 ·

(11:340)

[5] 所有的音键都明亮地闪烁着，相互连结，统统像<u>羽管键琴般轰鸣着</u>。（11:483）

"harpsichord"（大键琴），是一种乐器，在形制上与现代的三角钢琴相似，不同之处在于大键琴是拨弦乐器，而钢琴是用来弹奏的。通常我们会讲"某人在演奏大键琴"，但我们不会讲"琴键自己在演奏"。在带有宾语的句子中，其主语通常指动词的实施者或引起事件发生的原因，而宾语则指动作的承受者。在上例中，乔伊斯描写的重心不是动作的实施者而是其承受者，也即是承受者才是被突显的语言成分。对于乔伊斯而言，音乐声是琴键自己发出的而不是人们演奏的，这些被前景化的键盘似乎也有生命，也有自己的情感，这就更加突出了本章的音乐主题。该章还有一个例子："鲍勃·考利那双摊开来的利爪抓住了低音的黑键。"（11:508）（Bob Cowley's outstretched talons gripped the black deepsounding chords.）该例证的特别之处在于乔伊斯叙述考利神父弹琴的细节描写上。音乐家用来弹琴的双手被比喻成猛禽的利爪，他的双手不是在敲击琴键，而是紧紧地抓住琴键。"利爪"是小句的非人物化主语，生动形象，既给读者留下了一幅栩栩如生的画面，又突出了考利高超的弹琴技艺。另外，例证中的颜色词"黑色"也传递着丰富的象征意义，布卢姆仿佛听到了"阴暗的和弦。阴郁的。低低的。在地底下黑暗的洞穴里。埋着的矿砂。大量的音乐。黑暗时代的声音，无情的声音，大地的疲惫，使得坟墓接近，带来痛苦。那声音来自远方，来自苍白的群山，呼唤善良、地道的人们"（11:508）。

2.2.2 转换为其他词类

转换为其他词类，也称为"非动词转换类"，指的是除上节中讨论的动词转换类型之外的其他类型的词类转换。乍看起来，该类转换词涵盖面很宽，但其使用频率却没有动词转换类高。在特定的语境中，该类转换词生动形象、语义密度大，会对读者产生一种突兀、新奇的认知效果，对刻画人物性格特征、突出文本局部主题具有积极意义。请看例（6）：

（6）Perched on high stools by the bar, hats shoved back, at the tables calling for more bread no charge, swilling, wolfing <u>gobfuls</u> of sloppy food, their eyes bulging, wiping wetted moustaches. (8:215)

[6]他们有的端坐在酒柜旁的高凳上，把帽子往后脑勺一推，有的坐在桌前，喊着还要添免费面包。狂饮劣酒，<u>往嘴里填着稀溜溜的什么</u>，鼓起眼睛，揩拭沾湿了的口髭。（8:301）

（7）That fellow ramming a <u>knifeful</u> of cabbage down as if his life depended on it. Good stroke. Give me the fidgets to look. (8:216)

[7]那家伙挑起<u>满满一刀子</u>包心菜，往嘴里塞，像是来这活命似的。一口就吞了下去。我看着都吓一跳。（8:302）

例（6）和例（7）出现在第8章"莱斯特吕恭人"。中午1点，布卢姆穿梭于都柏林的大街小巷，经过了一家糖果店、奥康内尔大桥、《爱尔兰时报》报馆、眼镜店等，所到之处都勾起了他的一串串往事与想象。他感到精疲力尽，饥肠辘辘，他先走进伯顿小餐馆。此地既脏且乱，人们在狼吞虎咽，丑态百出，吃相十分难看。于是他又换了一家名叫"戴维·伯恩"的快餐馆。该例证描写了伯顿小餐馆里的众生相，例（6）里的"gobful"意为"一块，一团；凝块"，此处通过加后缀 -ful，使其变为量词，意为"一团团、一块块"。常见的例子还有"一捧泥土"（a handful of soil），"满屋子的烟雾"（a roomful of smoke），或者"一大口雪"（a mouthful of snow），但我们不说"a knifeful of cabbage"或"a forkful of mutton"，这就是乔伊斯语言表达的创新之处。"knife, fork"是餐具，是可数名词，不用作量词，而乔伊斯不走寻常路，在例（7）里偏偏使用了"knifeful"，把它用成一个量词，"一刀子包心菜"，既生动形象，又妙趣横生，食客们饥不择食、大快朵颐的吃相跃然纸

· 45 ·

上。该章的创作主题是"食物",乔伊斯采用的创作技法是:器官:食道;技法:肠胃蠕动。从认知隐喻来看,乔伊斯把布卢姆的延绵不断的思绪比喻成有规律的食物通过肠道的消化过程。乔伊斯花了两页篇幅来描写食客进食的情景,笔者认为,对餐馆的描写正是第一次世界大战后都柏林,乃至整个欧洲的缩影,具有极强的批判现实主义意义。再看例(8):

(8) He gazed round the <u>stooled</u> and <u>tabled</u> eaters, tightening the wings of his nose. (8:215)

[8] 他紧蹙鼻翼,四下里打量那些<u>坐在凳子上对桌进食</u>的人们。(8:302)

例(8)里的"stooled"和"tabled"是由名词转换为动词,意为"坐在凳子上,坐在餐桌旁"。通常,人们用"栅栏"(pen)、"关进畜舍"(stall)、"关进马厩、牛棚"(stable)等来描写农场里的牲口。而在伯顿餐馆的食客们:

[9] 他们有的端坐在酒柜旁的高凳上,把帽子往后脑勺一推,有的坐在桌前,喊着还要添免费面包。狂饮劣酒,往嘴里填着稀溜溜的什么,鼓起眼睛,揩拭沾湿了的口髭。一个面色苍白、有着一张板油般脸色的小伙子,正用餐巾擦他那玻璃酒杯、刀叉和调羹。又是一批新的细菌。有个男人胸前围着沾满酱油痕迹的小孩餐巾,喉咙里呼噜噜地响着,正往食道里灌着汤汁。另一个把嘴里的东西又吐回到盘子上。那是嚼了一半的软骨,嘴里只剩齿龈了,想嚼却没有了牙。放在铁丝格子上炙烤的厚厚的一大片肋肉,囫囵吞下去拉倒。酒鬼那双悲戚的眼睛。他咬下一大口肉,又嚼不动了。我也像那副样子吗?用别人看我们的眼睛来瞧瞧自己。(8:301)

在乔伊斯的笔下,这些食客们的吃相与牲口棚里的动物相比,有过之而无不及，人们像猪一样进食舔槽，地板上全是碎屑，屋子里满是尿液的怪味，乔伊斯辛辣的讽刺效果表现得淋漓尽致，无以复加。

（10）Horseness is the whatness of allhorse. (9:238)
[10] 马性者，一切马匹之本质也。（9:340）

第9章"斯鸠利和卡吕布狄"的故事，时间是下午2点，地点是都柏林国立图书馆馆长办公室，斯蒂芬正和批评家兼评论家约翰·埃格林顿、诗人乔治·拉塞尔、图书馆管理员兼教友派教徒利斯特讨论斯蒂芬的"哈姆雷特理论"，其间还涉及与柏拉图、荷马、莎士比亚、马拉美等学者有关文学、哲学、宗教等方面的引语、典故，整个讨论显得极为枯燥乏味、内容深奥难懂，不时充满了唇枪舌剑的火药味。斯蒂芬通过讨论莎士比亚的婚姻生活、作品中的人物形象，认为莎士比亚就是哈姆雷特的父亲，而不是哈姆雷特本人，遗憾的是他的观点没能被批评家们接受。斯蒂芬的核心观点在于，所有文学作品从某种意义上讲都是自传体性质的，《哈姆雷特》中的父子关系跟荷马史诗和《圣经》中表达的父子关系同等重要，这在一个侧面强化了小说的"寻父"主题。

例（10）里的两个抽象名词"Horseness"和"whatness"都是由形容词加后缀"-ness"构成的，"-ness"通常构成抽象名词，表示"性质、特征或程度"。"Horseness"用来强调马的本质特征和属性。据记载，柏拉图的对手古希腊哲学家安提西尼说过："啊，柏拉图，我看见了马，但看不到它的本性。"（O Plato, I see a horse, but I do not see horseness.）（Gifford & Seidman, 1988:199）柏拉图赞同这个观点，认为个体的马匹不能概括马的概念。斯蒂芬的观点与两大哲学家的思想不谋而合。"whatness"，表示"本质特征或根本属性"。

再如，biscuitfully（7:156），名词转换为副词；cityful（8:208），名词转换为形容词；dongiovannism（9:251），人名转换为抽象名词；warningfully（9:256），动词转换为副词；best（9:261），双关辞格，既指图书管理员的名字，又指形容词"good"的最高级；eglintine

(9:267),人名埃格林顿转换为普通名词；muchly（11:339），副词加后缀 -ly，仍为副词。总的来说，非动词类转换具有新闻词汇短小精悍、生动形象的特点，具有极强的语言表达效果和认知效果。据笔者统计，类似的非动词类转换多出现在叙述性的句子里，而非人物的内心独白或自由联想中。可能的原因是，叙述者处于全知全能的视角，他完全有时间推敲每个语言表达形式，而在描写人物的内心活动时，叙述者的叙述焦点不是落在意识流语体的措辞上，而是落在逼真模拟意识活动中的人、事、物上，因此，意识流语体中经常出现不符合语法的句子、无标点的句子、独词句，甚至是不符合逻辑的语言表达。

如果说 wolf + ing（像狼一般吃东西），horse + ness（具有马的特性）等转换词还可以被读者理解的话，那么，下节讨论的例证则超过了普通读者的认知范围，甚至是不可理喻的，集中体现了乔伊斯的词汇创新能力和胆识，也极大地丰富了英语词库。

2.3 词汇突显之二：复合词类

复合词是将两个或者两个以上的词干部分组成一个新词的构词方法，是构词法中最活跃的一种。复合词通常表达一种意义，当作一个独立的构词单位使用。复合词的构词类型很多，如名词复合词、形容词复合词和动词复合词，它们还可以分为若干次类。这些复合词生动形象，语义浓缩，描写性强，在文学作品，甚至是科技文本中也普遍使用。乔伊斯在小说中对复合词情有独钟，不惜笔墨将复合词的构词类型与表达功能发挥到了极致。

对于乔伊斯而言，几乎所有的词，不管是名词、动词还是副词，都可以放在一起组成临时复合词。复合词与其说是严肃的文学创作措辞技巧，还不如说是他喜爱的文字游戏。在本节里笔者将讨论四种类型的复合词：名词复合词、动词复合词、形容词复合词和复杂复合词。复杂复合词可分为两种：（1）超过三个以上词干的复合词（不包括三个）；（2）由非词干（拟声）构成的复合词或称拟声复合词。需说明的是，

《尤利西斯》中复合词种类繁多，上述四类复合词也很难涵盖所有的复合词类别，如副词复合词"eagerquietly"（Mr Best eagerquietly lifted his book to say），"shybrightly"（looked up shybrightly, 9:267）。由于副词复合词在作品中相对较少，故不在本节中讨论。

2.3.1 名词复合词

首先请看下面的例子：

his bigdrumming on his padded knees. (3:48)（形容词 + 动词 -ing）

At the lacefringe of the tide he halted with stiff forehoofs, seawardpointed ears. His snout lifted barked at the wavenoise, herds of seamorse. (3:57)（名词 + 名词）

Practice dwindling. A mighthavebeen. Losing heart. Gambling. (7:159)（动词 + have + 动词 -ed）

By the Nilebank the babemaries kneel, cradle of bulrushes: a man supple in combat:stonehorned, stonebearded, heart of stone. (7:180)（名词 + 专用名词，动词 + 名词 -ed）

-Sad to lose the old friends, Mrs Breen's womaneyes said melancholily. He has me heartscalded. (8:198)（名词 + 名词，名词 + 动词 -ed）

Twilightsleep idea: queen Victoria was given that. Nine she had. (8:204)（名词 + 名词）

Formless spiritual. Father, Word and Holy breath. Allfather, the heavenly man Hiesos Kristos, magician of the beautiful... (9:236) (all- + 名词）

Filled with his god he thrones, Buddh under plantain. Gulfer of souls, engulfer. Hesouls, shesouls, shoals of souls. Engulfed with wailing creecries, whirled, whirling, they bewail. (9:245)（人称代词 + 名词）

Quoth littlejohn Eglinton. (9:248) (形容词＋人名)

I hear that an actress played hamlet for the fourhundredandeighth time last night in Dublin. (9:254) (序数词连用)

Buck Mulligan gleefully bent back, laughing to the dark eavesdropping ceiling. (9:256) (名词＋动词-ing)

In the daylit corridor he talked with voluble pains of zeal, in duty bound, most fair, most kind, most honest broadbrim. (9:257) (形容词＋名词)

Till now we had thought of her, if at all, as a patient Griselda, a Penelope stayathome. (9:258) (动词＋介词＋副词)

—Once spurned twice spurned. But the court wanton spurned him for a lord, his dearmylove. (9:259) (形容词＋代词＋名词)

—what? Asked Besteglinton. (9:262) (人名1＋人名2)

—The sense of beauty leads us astray, said beautifulinsadness best to ugling Eglinton. (9:262) (形容词＋名词)

Eglintoneyes, quick with pleasure, looked up shybrightly. Gladly glancing, a meery puritan, through the twisted eglintine. (pun) (9:267) (人名＋名词)

Elijah, skiff, light crumpled throwaway, sailed eastward by flanks of ships and trawlers ... (10:321) (动词＋副词)

He's a cultured allroundman, Bloom is, he said seriously. (10:301) (形容词＋名词)

Bloowho went by by Moulang's pipes, bearing in his breast the sweets of sin. (11:331) (先行词＋关系代词)

Bloowhose dark eye read Aaron Figatner's name. (11:334) (先行词＋关系代词)

At four she. Winsomely she on Bloohimwhom smiled. Bloo smi qui go. Ternoon. (11:339) (先行词＋人称代词＋关系代词)

Bronzelydia by Minagold. (11:330) (名词＋名词)

第二章 语言突显之词汇创新

Yes, bronze from anear, by gold from afar, heard steel from anear, hoofs ring from afar, and heard steelhoofs ringhoof ringsteel. (11:332)（名词+名词）

Again Kennygiggles, stooping her fair pinnacles of hair, stooping... (11:334)（人名+动词）

Shebronze, dealing from her jar thick syrupy liquor for his lips, looked as it flowed (flower in his coat: who gave him?), and syrupped with her voice. (11:341)（代词+名词）

Roll of bensoulbenjamin rolled to the quivery loveshivery roof-panes. (11:347)（人名1+名词+人名2）

Musemathematics. (11:359)（名词+专用名词）

Cross Ringabella haven mooncarole. (11:359)（名词+名词）

VOICES: She's faithfultheman. (15:687)（形容词+定冠词+名词）

Gold cup. Throwaway. (He laughs) twenty to one. (15:698)（动词+副词）

名词复合词通常由两个名词构成，即N+N，但偶尔也由一个名词与一个人称代词或人名构成，如babemaries, Hesouls, shesouls, littlejohn, Besteglinton, Bronzelydia, Minagold, Kennygiggles, Shebronze, bensoulbenjamin，甚至是shebeenkeeper。另一种极端的名词复合词还具有语法意义。该类复合词由先行词+关系代词组成，如Bloowho, Bloowhose和Bloohimwhom。这类复合词是乔伊斯独有的构词方式，可称为乔氏复合词。看到这类复合词、生造词，读者会不由自主地想到路易斯·卡罗尔的名著《爱丽丝历险记》(1865)和《爱丽丝镜中世界奇遇记》(1871)，作品里的魔幻造词把读者带进一个永生难忘的奇幻世界。

（11）Bloowho went by by Moulang's pipes, bearing in his breast the sweets of sin. (11:331)(先行词＋关系代词)

（12）Bloowhose dark eye read Aaron Figatner's name. (11:334)(先行词＋关系代词)

（13）At four she. Winsomey she on Bloohimwhom smiled. Bloo smi qui go. Ternoon. (11:339)(先行词＋人称代词＋关系代词)

相对于实词类复合词的语义功能，代词复合词体现更多的是语法上的作用，而它也相对较容易理解。上述3例中的代词复合词——Bloowho, Bloowhose, Bloohimwhom，可以解释为先行词＋关系代词，即"Bloom who"，"Bloom whose"和"Bloomhimwhom"。

《尤利西斯》第11章的主题是音乐，地点是奥蒙德酒吧和餐厅，技巧是赋格曲，人物包括布卢姆、西蒙·迪达勒斯、本·多拉德、鲍勃·考利、酒吧两个侍女等。本·多拉德演唱了"爱情与战争"，迪达勒斯唱了《爱情如今》——歌剧《玛莎》中的主题曲，汤姆克南点了一首《推平头的小伙子》——一首民族主义歌曲，整个酒吧沉浸在音乐带来的喜、怒、哀、乐之中。在本章中，乔伊斯把音乐、节奏、旋律与语言的音韵美、节奏美有机地结合起来，语言与音乐交融，寓情于"乐"，具有极强的情感表达效果，具有典型的音乐叙事的特征。开篇是60余行诗歌体叙事，以赋格曲的形式呈现了该章的主要内容。在乔伊斯的笔下，每个音节，每个动词，每个短语，每个句子都有节奏，都有韵律，都是整个赋格曲中不可分割的部分。在笔者看来，3个Bloo-复合词也有音乐韵律方面的价值，同时也起到了风趣幽默、讽刺挖苦的艺术效果。随后，叙述者称布卢姆为"Bloom mur""Seabloom""Bloom, soft Bloom, I feel so lonely Bloom"，等等，郁闷、孤独、倒霉的布卢姆逐步成为叙述者嘲笑、挖苦的对象。透过叙述者表面的文字游戏，背后隐含着叙述者对布卢姆的同情与褒奖，读者会在幽默中感受到严肃，含着眼泪会心一笑。"布卢姆总是叙述者嘲讽的对象，但是由于只有布卢姆对周围的人怀有同情心，对他的悲伤、孤独、肉体欲望的讽刺已超出布卢姆本人，而是涉及所有人。"（French, 1982:135-136）另外，犹太后裔布卢姆不仅在家里失去了丈夫的身份,在社会上也是被排斥的对象。从Bloo-复合词来看,叙述者以及周围的人,不再尊敬布卢姆的姓氏,他的姓氏常被人们随意书写,他被看作无足轻重、被边缘化的小人物,他完全丧失了自己的文化身份,陷入严重的身份危机之中。

(14) Filled with his god he thrones, Buddh under plantain. Gulfer of souls, engulfer. Hesouls, shesouls, shoals of souls. Engulfed with wailing creecries, whirled, whirling, they bewail. (9:245) (人称代词 + 名词)

[14]他内心里充满了神,登上宝座。芭蕉树下的佛。吞入灵魂者,吞没者。他的幽魂,她的幽魂,成群的幽魂。他们呜呜哀号,被卷入漩涡,边旋转,边痛哭。(9:347)

例(14)出现在第9章"斯鸠利和卡吕布狄"。例证中的"Hesouls"指的是男人的灵魂,"shesouls"指的是女人的灵魂。上例中的描写让人不禁想到但丁的《神曲》第5章"地狱"中的描写:"把成群的幽魂飘荡着,播弄着,颠之倒之……呼号痛苦……"(5:35)这些文字也让人联想到绕口令:She sells sea shells by the seashore。

(15) By the Nilebank the babemaries kneel, cradle of bulrushes: a man supple in combat: stonehorned, stonebearded, heart of stone. (7:180) (名词 + 专用名词,动词 + 名词 -ed)

[15]婴儿的奶妈们跪在尼罗河畔。用宽叶香蒲编的篮。格斗起来矫健敏捷的男子。长着一对石角,一副石须,一颗石心。(7:252)

例(15)出自第7章"埃奥洛",地点是《自由人报》的办公室,全章类似新闻报刊的排版布局,每则新闻都由标题和正文组成,具有典型的新闻语篇的特征,这给读者带来了很大的阅读障碍。该例证出现在"教父们所示"的标题下面。名词复合词"babemaries"由 babe + mary 构成，其基本意思是"奶妈"（wet nurse），跟摩西的出生密切相关。在《出埃及记》前两章是有关摩西的身世的。那时，埃及国王命令把所有犹太男孩儿溺死在尼罗河。摩西的父母把他放在了芦苇摇篮中，摇篮沿着尼罗河顺流而下。幸运的是他被埃及公主救起，并取名为"摩西"。当小摩西被救起的时候，躲在暗处的女士走出来，并主动给公主建议自己去为婴儿找个奶妈。公主同意了，并把婴儿托付给这个希伯来女子。事实上，这个奶妈就是摩西的生母。当小男孩长大成人后，公主将其收为义子，也就是例证里提到的那个"格斗起来矫健敏捷的男子。长着一对石角，一副石须，一颗石心"。《尤利西斯》被誉为一部百科全书，涉及历史、文学、艺术、宗教、音乐等不同领域的引语与典故，也就是巴赫金所说的"互文性文本"。"我们的言语充斥着他人的语词，既包含一定程度的'他者的言语'，也包含着一定程度的'自我的言语'。"（Bakhtin, 1986:89）。换句话说，文本或言语与其他的文本或言语交织在一起，它们在本质上是互文性的。

"Bronzelydia by Minagold"（11:330）里有两个复合词，如何理解？答案就在后面几页中："Bronze by gold, Miss Douce's head by Miss Kennedy's head, over the crossblind of the Ormond bar heard the viceregal hoofs go by, ringing steel"。其中，"Bronzelydia"指代莉迪亚女士青铜色的头发，"Minagold"则指代肯尼迪金色的头发。她俩是酒吧侍女，帮人点歌送酒，有时也向客人唱歌跳舞，或开轻佻的玩笑，或进行滑稽表演。这两个复合词都有三个音节，和几乎一样的韵律结构，既符合本章的音乐主题，又增添了语篇的节奏感和韵律性，并从一个侧面反映了爱尔兰的民族特性和酒吧文化。

另一种更为偏离、奇特的复合词会给读者带来一种陌生化、前景化的艺术效果，增加读者阅读体验的认知效果，如：

(16) Practice dwindling. A mighthavebeen. Losing heart. Gambling. (7:159)（动词 + have + 动词 -ed）

[16] 本来或许可以有所成就的，可是业务荒疏了，灰心丧气，贪起赌来。(7:230)

该例出现在第 7 章的小标题 "Sad" 栏目，上述碎片化的语言片段是布卢姆的内心独白。布卢姆第一次出现在《自由人报》和《爱尔兰新闻报》的编辑办公室。此时，他在印刷车间谈论广告排版事宜，一起闲聊的还有杰克·麦克休教授（经常为《电讯晚报》写评论文章）、西蒙·迪达勒斯（斯蒂芬的父亲）、内德·兰伯特（谷物商）和杰·杰·奥莫洛伊。在例证中，朋友们很担心奥莫洛伊的病情，后者本来是律师，患了肺病，加上有赌博的恶习，现在落魄潦倒。那么，如何理解合成词 "mighthavebeen"？从语境来看，可以理解为 "he might have been a successful lawyer"，即他的 "业务荒疏了"。从该言语片段，也可以看到布卢姆身上可贵的品格：善良，富有同情心。在一天的漂泊中，他不时想到别人物质上的困境与精神的贫乏与忧虑，而这种品质在一个颓废、虚伪、利己的市侩社会里显得格外难能可贵。无独有偶，文体学家利奇和肖特也用过 "might-have-beens" 这个合成词，意为 "没有实现的可能性"（Leech & Short, 2003:133）。

（17）——What? asked Besteglinton. (9:262)（人名 1 + 人名 2）
[17]——说了什么？最好的埃格林顿问。(9:363)

Besteglinton 中包含两个名字：贝斯特与埃格林顿。贝斯特与埃格林顿曾在同一所学校共事，约翰·埃格林顿是学校图书馆的管理员。乔伊斯在此使用的合成词 "Besteglinton" 很可能表达一种 "时间上的共时性"，即两个人同时提出同样的问题。语言的创新性、共时性在这个例证中得到了充分的体现。除此之外，乔伊斯还充分利用同音异义、一语双关的语音修辞技巧，奇妙地把贝斯特先生（Mr. Best）和莎士比亚留给妻子 "次好的床"（second best）联系起来，产生了风趣幽默、忍俊不禁的艺术效果。"Second best" 中的 "best" 与贝斯特先生的名字一语双关。之后斯蒂芬便又在名字上做文章，称呼贝斯特先生为"Mr. Second Best"。据说斯蒂芬的打油诗还可以用瓦格纳的曲调演唱出来（10:402）。语言的游戏性、创造性在这个例证中得到了充分体现。据说，莎士比亚让他的律师草拟了第二份遗嘱，其大意是，把他次好的床和所有家具留给妻子。在第9章，斯蒂芬在发表他的"莎士比亚理论"时认为，莎士比亚是被他的妻子蒙骗后才成婚的，他们的婚姻生活一直处于破裂的边缘。斯蒂芬说："倘若你们否认他在《哈姆莱特》第五场里就给她打上了不贞的烙印，那么告诉我，为什么在他们结婚三十四年间，从迎娶那天直到她给他送殡，她始终只字没被提到过。"（9:360）。

　　（18）Gold cup. Throwaway. (He laughs) twenty to one. (15:698)（动词＋副词）

　　[18] 金杯奖。"丢掉"。（他笑了笑）以二十博一。（15:908）

"Throwaway" 出自短语 "throw away"，在小说中出现了18次，最早出现在第5章，随后在第8—17章时而出现。在第5章，布卢姆刚从药店给妻子买完化妆品出来，把卷起的报纸夹在腋下，此时正好遇到班塔姆·莱昂斯，他是布卢姆的熟人，热衷于赛马。他们聊道：

　　[19] "我想知道一下今天参赛的那匹法国马的消息，"班塔姆·莱昂斯说，"他妈的，登在哪儿呢？"
　　他把折叠起来的报纸弄得沙沙响，下巴颏在高领上扭动着长了须癣。领子太紧，头发会掉光的。还不如干脆把报纸丢给他，摆脱了拉倒。
　　"你拿去看吧。"布卢姆先生说。
　　"阿斯科特。金杯赛。一等，"班塔姆·莱昂斯喃喃地，"等一会儿。马克西穆姆二世①。"

"我正要把它<u>丢掉</u>呢。"布卢姆先生说。

班塔姆·莱昂斯蓦地抬起眼睛,茫然地斜瞅着他。

"你说什么来着?"他失声说。

"我说,你可以把它留下,"布卢姆先生回答道,"我正想<u>丢掉</u>呢。"

班塔姆·莱昂斯迟疑了片刻,斜睨着,随后把摊开的报纸塞回布卢姆先生怀里。

"我冒冒风险看,"他说,"喏,谢谢你。"(5:16-162)

在聊天中,布卢姆三次提到"丢掉"一词,"我正要把它(报纸)丢掉(throw away)呢。""我正想丢掉(throw away)呢。"真是说者无意听者有心,一清早莱昂斯就在琢磨赛马的事,参赛的马中就有一匹马叫"丢掉"(throwaway)。此时,莱昂斯误以为布卢姆要把赌注下在"丢掉"上,于是莱昂斯回答说:"我冒冒风险看。"出乎意料的是,"丢掉"最终成了一匹"黑马",获得了金杯赛马的冠军!遗憾的是,莱昂斯后来接受利内翰的劝告,没有把赌注押在"丢掉"上,输掉了一大笔钱。莱昂斯自然认为布卢姆在赛马中赚了一大笔钱,发了横财。随后,"丢掉"便成了人们茶余饭后的话题。"金杯赛"又出现在第12章"Cyclops"里,并引发了激烈的争论。现在来看下面的对话:

[20]"我知道他到哪儿去了。"利内翰用手指打着榼子说。

"谁?"我说。

"布卢姆,"他说,"法院不过是个遮掩。他在'<u>丢掉</u>'上下了几先令的赌注,这会子收他那几个钱去啦。"

"那个白眼卡菲尔吗?""市民"说,"他可一辈子从来也没下狠

---

① 马克西穆姆二世是一匹赛马的名字。每年六月,在英格兰伯克郡温莎-梅登黑德地区都要举行为期4天的皇家阿斯科特赛马会,胜者获得金杯奖。当天的《自由人报》刊登了该赛事,包括参赛马匹的名单。

心在马身上赌过。"

"他正是到那儿去啦，"利内翰说，"我碰见了正要往那马身上下赌注的班塔姆·莱昂斯。我就劝阻他，他告诉我说是布卢姆给他出的点子。下五先令赌注，管保他会赚上一百先令。全都柏林他是唯一这么做的人。一匹'黑马'。"

"他自己就是一匹该死的'黑马'。"乔说。

"喂，乔，"我说，"告诉咱出口在哪儿？"

"就在那儿。"特里说。（12:584）

这段对话围绕"丢掉""黑马"展开，涉及酒吧喝酒的多个人物，如饶舌的叙述者"我"、利内翰、独眼巨人"市民"、乔和特里。"市民"原名迈克尔·丘萨克，是盖尔体育协会创办者，自称"市民丘萨克"，因而得名（详见4.2节）。利内翰是《体育报》的赛马栏目记者，曾调戏摩莉，乔的全名是乔（约瑟夫）·麦卡西·海恩斯，布卢姆的同事，也替《自由人报》拉广告，特里是帕狄·迪格纳穆的遗孤中最年长的。在对话中，布卢姆再一次躺枪，他被冤枉是中了头彩的"黑马"，但又是个吝啬鬼，不愿请客付酒费，在付账时"溜掉"，最后导致布卢姆与"市民"的恶语相向，甚至是大动干戈。笔者认为，"丢掉"在小说中具有三层认知语义。

一是作为逸闻趣事，贯穿小说的多个章节，从第5章到第17章，起到了重要的文本衔接功能。"丢掉"源自第5章的偶然对话，到金杯赛马的"丢掉"夺冠，再到布卢姆的无辜躺枪，这一连串的"偶然、误会"正是推动故事情节进展的主线，也从一个细节体现了乔伊斯独特的小说创作技法。

二是有助于刻画布卢姆诚实、善良、宽容、乐善好施的性格特征（详见2、3、4节）。通过"丢掉"金杯赛马的小故事，可以看出布卢姆并非自私、狭隘、吝啬的小气鬼，恰恰相反，从他一天的所思、所言、所做来看，他是善良、诚实、正直、乐于助人的无名英雄。比如，在第12章的对话开始之前，布卢姆去见了坎宁翰（英国行政部门的一个小官员），商谈有关迪格纳穆的人寿保险以及为他的遗孀和五个孩子争取抚恤金等事宜。当布卢姆离开酒吧后，有关他的流言蜚语此起彼伏，说他吝啬，说他离开酒吧是逃避请客付账；在谈话期间，他的发言无端被打断，仿佛他不是社团中的一员。在酒吧闲聊中，人们不时转移话题，涉及爱尔兰历史、经济、文化、民族等，最后话题转向政治、宗教、反犹太主义等。在谈到犹太人的价值时，布卢姆与"市民"爆发了严重的言语冲突，甚至是语言暴力。布卢姆义正词严地反驳对方：

[21]"门德尔松是个犹太人，还有卡尔·马克思、梅卡丹特和斯宾诺莎。救世主也是个犹太人，他爹就是个犹太人。你们的天主。"（12:592）

"市民"气急败坏地吼叫道："耶稣在上，我要让那个该死的犹太佬开瓢儿，他竟然敢滥用那个神圣的名字。哦，我非把他钉上十字架不可。把那个饼干罐儿递给我。"（12:593）

尽管在一天中布卢姆度日如年，被人戴了绿帽子不说，还处处遭人白眼，处处被冷落、被嘲笑、被冤枉，但他终究挺过来了，他的诚实善良、宽容正直使他能够顺利度过充满艰辛、苦闷、彷徨的漂泊的一天，最终回到他的家园。乔伊斯在和知心朋友巴津讨论尤利西斯（布卢姆）的性格特征时，评论说，"他（尤利西斯）既是立体的，又是完整的。我可以看到他的各个侧面，因此他有你说的雕像的全面性，但他也是一个完整的人——一个好人"（Budgen, 1972:15-17）。

三是与荷马史诗中的人物形成对应，布卢姆被喻为以利亚的化身。"丢掉"主题把布卢姆描绘为"一匹完全不起眼儿的冷门马"和"一匹该死的'黑马'"，小说中"20:1"的赌注喻指尤利西斯离开伊大嘉（希腊西部爱奥尼亚海中群岛之一）后海上20年的漂泊。当利内翰在对话中透露布卢姆在金杯赛马中获胜的假新闻时，尽管布卢姆周围的人因各种原因瞧不起他、孤立他、嘲笑他，但是读者正是从这些嘲笑者的背后看到了布卢姆的本质特征，看到最后的"胜利者"的本色。作为一名

"流浪的犹太人",从布卢姆的被边缘化的身份来看,他被认为是一匹无名马,一匹被"丢掉"的马。第 12 章结尾处的描写耐人寻味,乔伊斯再次把布卢姆喻指为《旧约》中的先知以利亚。乔伊斯写道:

[22] 这时,天空中发出"以利亚!以利亚!"的呼声,他铿锵有力地回答道:"阿爸!阿多尼。"于是他们望到了他——确实是他,儿子布卢姆·以利亚,在众天使簇拥下,于小格林街多诺霍亭上空,以四十五度的斜角,像用铁锹甩起来的土块一般升到灿烂的光辉中去。(12:596)

在那个庄重而神圣的时刻,布卢姆被化身为布卢姆·以利亚,徐徐升入天空。此前,还有这样的描写,"他们所有的人都为极其明亮的光辉所笼罩。他们望到他站在里面的那辆战车升上天去。于是他们瞅见他在战车里,身披灿烂的光辉,穿着宛若太阳般的衣服,洁白如月亮"(12:596)。"丢掉"在《旧约》里也有典故。以利亚被认为是基督的先驱者,流浪的犹太先知被带入天堂,"丢掉"了他的披风,由他的指定继承人伊利沙继承衣钵。正如《旧约》中先知以利亚与"丢掉"主题联系紧密一样,布卢姆也通过"丢掉"的逸事击败盲目自大的市民,羽化成仙,升入天空,小说中布卢姆"反英雄"的人物形象得到了进一步升华。

2.3.2 动词复合词

首先,请看以下的例子:

Nose whiteflattened against the pane. (6:108) (形容词 + 动词 -ed)
Squarepushing up against a backdoor. Maul her a bit. (8:207) (副词 + 动词 -ing)
He smellsipped the cordial juice and, bidding his throat strongly to speed it, set his wineglass delicately down. (8:220) (动词 + 动词 –ed)

Davy Byrne smiledyawnednodded all in one: —Iiiiiichaaaaaaach! (8:226) (动词 1-ed + 动词 2-ed + 动词 3-ed)

Head, redconecapped, buffeted, brineblinded. (9:250) (形容词 + 名词 + 名词 -ed)

Primrosevested he greeted gaily with his doffed Panama as with a bauble. (9:253) (名词 + 名词 -ed)

—Antiquity mentions famous beds, Second Eglinton puckered, bedsmiling. Let me think. (9:261) (名词 + 动词 -ing)

Unseen brazen highland ladies blared and drumthumped after the cortege. (10:327) (名词 + 动词 -ed)

The boys sixeyed father Conmee and laughed. (10:282) (数词 + 名词 -ed)

He seehears lipspeech. (11:365) (动词 1+ 动词 2)

上面大部分动词复合词在句中充当谓语，只有少数作为状语或主语补语。这些复合词可分为六种：动词 1 + 动词 2，形容词 + 动词 -ed，名词 + 动词 -ing，数词 + 名词 -ed，形容词 + 名词 -ed 和副词 + 动词 -ing。动词词组与语言的经验功能密切相关，即用于描写人物的外在经历和内心体验。在《尤利西斯》里，动词复合词虽然数量很少，但在描述人物的"活动进展"——事件的发生、行动、感知、意义、存在和过程等方面尤为重要。现在来看下面一些典型的例子：

（23）The boys sixeyed father Conmee and laughed. (10:282) (数词 + 名词 -ed)

第 10 章"游岩"是小说的过渡章节，标志着小说在叙述技巧、文体风格等方面都呈现出本质的区别，全章由 19 个独立场景组成，叙述者用摄像机的镜头记录了在同一时间、不同的地方发生的事件。该例证出现在第一个场景，摄像机的镜头对准了康米神父的行进路线。他先乘电车往东，然后步行前往郊区，朝东北方向走去，途中遇到了总督的马车队。总督的马车队从凤凰公园附近的官邸出发，向东行进去开一个慈善义卖会。在蒙乔伊广场的拐角处，康米神父拦住了在贝尔维迪尔小学读书的三名学生，乔伊斯自己也在该小学读过书。康米神父指了指菲茨吉本街拐角处的红色邮筒，并吩咐少年布鲁尼·莱纳姆把信投到邮筒里，此时，"孩子们的六只眼睛盯着康米神父，大声笑了起来"（The boys sixeyed father Conmee and laughed.）（10:416）。此处，"sixeyed"被直译为"六只眼睛盯着"，言简意赅，生动形象。该复合词不仅传递了丰富的文本信息，同时还产生了风趣幽默的文体效果，三个可爱的男孩形象和康米神父善良、慈祥的面容跃然纸上，给读者留下了深刻的印象。

（24）He seehears lipspeech. (11:365)（动词1＋动词2）

例（24）是典型的 SVO 句子，但该句最突出的特点是两个复合词：一个动词复合词和一个名词复合词。要理解好这两个复合词，需要回到小说的语境中去。布卢姆在奥蒙德酒吧度过了一段痛苦、煎熬的时光。当男高音本·多拉德用"升F大调"演唱"推平头的小伙子"时，布卢姆坐立不安，去留未决。

（25）Must go prince Bloom told Richie prince. No, Richie said. Yes, must. Got money somewhere. He's on for a razzle backache spree. Much? He seehears lipspeech. (11:365)（动词1＋动词2）

[25]布卢姆对里奇说，他该走了。不，里奇说。不，非走不可。不知打哪儿弄到了一笔钱。打算纵酒取乐，一直闹到脊背都疼了。多少钱？他听人说话，总是靠观察嘴唇的动作。（11:508）

不难看出，例（25）由对话和布卢姆的内心独白两部分组成，在"非走不可"之前是布卢姆和里奇的简短对话，之后便是布卢姆的自

第二章　语言突显之词汇创新

由联想。布卢姆在观察对方的说话风格时思忖："他听人说话，总是靠观察嘴唇的动作。"在笔者看来，这两个合成词具有两种重要功能：（1）表达两个动作的同时性，即"看嘴唇"与"听说话"同时发生；（2）诉诸读者的视觉和听觉功能，给读者呈现出一幅生动形象的情景。该复合词用词精练、语义浓缩，令人拍案叫绝，足见乔伊斯高超的语言创新能力。请看另外两例：

（26）He smellsipped the cordial juice and, bidding his throat strongly to speed it, set his wineglass delicately down. (8:220)(动词＋动词-ed)

[26]他闻着并啜着那醇和的汁液，硬逼着自己的喉一饮而尽。然后，小心翼翼地把酒杯撂下。（8:306）

（27）Davy Byrne smiledyawnednodded all in one: —Iiiiiichaaaaaaach! (8:226)(动词1-ed＋动词2-ed＋动词3-ed)

[27]戴维·伯恩边微笑边打哈欠边点头。"啊——咳！"（8:256）

例（26）和例（27）出现在第8章"莱斯特吕恭人"，快到下午2点，布卢姆感到饥肠辘辘，就在伯恩快餐馆就餐。大鼻子弗林问起了摩莉和她的情人博伊兰即将举行的巡回演唱会的事，布卢姆感到郁闷、羞辱。布卢姆"闻着并啜着"（smellsipped），将葡萄酒一饮而尽。另一则例子是有关在快餐店大鼻子弗林看到布卢姆喝葡萄酒的描写：布卢姆先闻了酒，然后啜饮了一口。戴维·伯恩的三个连续动作："微笑、打哈欠、点头"（smiledyawnednodded）。这两个复合词的共同特点是强调多个动作的即时性和同时性。在第10章，乔伊斯使用了三个连词"以及"（and）来描写同时发生的动作："Father Conmee smiled and nodded and smiled and walked along Mountjoy square east"（10:282）。

从这类动词复合词可以看出，作为一位目光敏锐的文学家，乔伊斯十分注重生活中的细节，包括人物的一言一行，一颦一笑，尤其是人物细微的肢体动作变化，充分体现了他无与伦比的洞察力和创新能力。

2.3.3 形容词复合词

请看以下例子：

He walked along the upwardcuring path. (1:27) (副词 + 动词 -ing)

Allimportant question. In every sense of the word take the bull by the horns. (2:40) (all- + 形容词)

Mulligan will dub me a new name: the bullockbefriending bard. (2:44) (名词 + be- 名词 -ing)

The whitemaned seahorses,champing, brightwindbridled, the steeds of Mananaan. (3:47) (形容词 + 名词 -ed，形容词 + 名词 1 + 名词 2-ed)

the hundredheaded rabble of the cathedral close. (3:49) (数词 + 名词 -ed)

Under its leaf he watched through peacocktwittering lashes the southing sun. (3:61) (名词 + 动词 -ing)

Brown brilliantined hair. (4:83) (形容词 + 名词 -ed)

Mr Bloom turned his largelidded eyes with unhasty friendliness. (5:91) (形容词 + 名词 -ed)

Now who is that lankylooking galoot over there in the Macintosh? (6:138) (形容词 + 动词 -ing)

On the towpath by the lock a slacktethered horse. (6:124) (形容词 + 名词 -ed)

A smile of light brightened his darkrimmed eyes, lengthened his long lips. (7:169) (形容词 + 名词 -ed)

...welshcombed his hair with raking fingers. (7:160) (名词 1 + 名词 2-ed)

But I old men, penitent, leadenfooted, underdarkneath the night:

第二章　语言突显之词汇创新

mouth south: tomb womb. (7:175) (形容词 + 名词 -ed)

Birth, hymen, martyr, war foundation of a building, sacrificing, kidney burntoffering, druid's altars. Elijah is coming. (8:190) (过去分词 + 动词 -ing)

Weightcarrying huntress. (8:203) (名词 + 动词 -ing)

Paris: the wellpleased pleaser. (9:245) (副词 + 动词 -ed)

—A myriadminded man, Mr best reminded. Coleridge called him myriadminded. (9:262) (名词 + 名词 -ed)

The curying balustrade; smoothsliding Mincius. (9:276) (形容词 + 动词 -ing)

Puck Mulligan, panamahelmeted, went step by step, iambing, trolling. (9:276) (名词 + 名词 -ed)

...as you lay in your mulberrycoloured, multitudinous vomit! (9:279) (名词 + 名词 -ed)

Portals of discovery opend to let in the quaker librarian, softcreakfooted, bald, eared and assiduous. (9:243) (形容词 + 名词 1 + 名词 2-ed)

Near Aldborough house Father Conmee thought of that spendthrift nobleman. (10:283) (动词 + 名词)

His thinsocked ankles were tickled by the stubble of Clongowes field. (10:287) (形容词 + 名词 -ed)

H. E. L. Y.'S. filed before him, tallwhitehatted, past Tangier lane, ploddingtowards their goal. (10:291) (形容词 1 + 形容词 2 + 动词 -ed，动词 -ing + 介词)

A darkbacked figure under Merchants' arch scanned books on the hawker's car. (10:291) (形容词 + 名词 -ed)

Micky Anderson's all time ticking watches and James's wax smartsuited freshcheeked models, the gentleman Henry, dernier cri James. (10:326) (形容词 + 动词 -ed，形容词 + 名词 -ed)

· 65 ·

That's to say she. Nearly she poured slowsyrupy sloe. (11:341)
(形容词+形容词)

This is the jingle that joggled and jingled. By Dlugacz' porkshop bright tubes of Agendath trotted a gallantbuttocked mare. (11:361)
(形容词+名词-ed)

Ben Jumbo Dollard, rubicund, musclebound, hairynostrilled, hugebeaded, cabbageeared, shaggychested, shockmaned, fatpapped, stands forth, his loins and genitals tighted into a pair of black bathing bagslops. (15:637) (名词+分词, 名词+名词-ed, 形容词+名词-ed, 动词+名词-ed)

Milly Bloom, fair-haired, greenvested, slimsandalled, her blue scarf inseawind simply swirling, breaks from the arms of her lover and calls, her young eyes wonderwide. (15:653) (形容词+名词-ed, 名词+形容词)

High on Ben Howth throughrhododendrons a nannygoat passes, plumpuddered, buttytailed, dropping currants. (15:659) (名词1+名词2, 形容词+名词–ed)

...each contemplating the other in both mirrors of the reciprocal flesh of theirhisnothis fellow faces. (17:824) (物主代词1+物主代词2+not+物主代词2)

复合形容词的构词种类很多，在乔伊斯笔下，似乎所有的词类都能并置在一起，构成不同的词类，起到不同的句法功能，复合形容词类也不例外。从上述例证可以看出，复合形容词类的构词形式可归纳为：修饰成分+中心词。中心词可以是动词-ing、动词-ed、形容词，也可以是名词-ing、名词-ed，甚至是物主代词（theirhisnothis）、介词（ploddingtowards）；修饰成分可以是名词、形容词、副词、动词等。这类形容词复合词的主要句法功能是在句中做定语，偶尔也做状语。与其他类别的复合词类一样，它们不拘泥于构词"藩篱"的束缚，语义浓缩、信息量大，就读者阅读而言，它们起到了前景化的认知语义表达。请看以下一些典型的例子：

（28）Mulligan will dub me a new name: the bullockbefriending bard. (2:44)(名词 + be - 名词 -ing)

[28] 穆利根会给我起个新外号：阉牛之友派"大诗人"。（2:79）

该例证出现在第 2 章"奈斯陀"的结尾部分，该句源自文学青年斯蒂芬的内心独白。"Bullockbefriending"（阉牛之友派）由两个部分构成：bullock + befriending。根据吉福德和塞德曼（Gifford & Seidman, 1988:40）的解释，阉牛之友派"大诗人"暗指荷马，荷马与太阳神的牛"结交朋友"，凡是宰杀了太阳神的牛的人，全部送了命（《奥德赛》第 12 卷）。该复合词也暗示了斯蒂芬与托马斯·阿奎那之间的关系，阿奎那曾被科隆的同学们称为"笨牛"。据说，阿奎那的老师阿尔伯特·马格努斯（Albert Magus, 1193-1280）说过："我们叫他笨牛，但总有一天他的吼声会从世界的一端传到另一端。"

（29）He took off his hat and, blowing out impatiently his bushy moustache, welshcombed his hair with raking fingers. (7:160)(名词 1 + 名词 2-ed)

[29] 他摘下大礼帽，不耐烦地吹着他那浓密的口髭把手指扎煞开来，活像一把威尔士梳子梳理着头发。（7:231）

例（29）出现在第 7 章"埃奥洛"的次标题为"他家乡的土话"栏目下，"welshcombed"由名词 1+ 名词 2-ed 构成。"welshcomb"（威尔士梳子）意指五个手指，贬语，说威尔士人粗野，不整洁，用手代替梳子（Gifford & Seidman, 1988:135）。此句描写迪达勒斯先生梳头发的方式：他像威尔士人那样用手指梳理头发，字里行间透露出第三人称叙述者对迪达勒斯先生（斯蒂芬的父亲，年前丧妻，家境贫困）的生活窘境的同情与无奈。

（30）Paris: the wellpleased pleaser. (9:245)(副词 + 动词 -ed)
[30] 帕里斯，陶醉了的诱惑者。（9:346）

相比而言，此例的复合形容词"wellpleased"（陶醉的）是符合构词规则的合成形容词，其表达意义也容易识解，表示"满足的、陶醉的"。该复合词的中心词"pleased"与被修饰的名词"pleaser"之间存在着词汇同源关系，朗读时既产生了元音叠韵（assonance）的语音效果，也充分体现了语言的游戏性和趣味性。另外，"Paris"（帕里斯）与法国城市"巴黎"一语双关，帕里斯还具有丰富的文化内涵。在希腊神话里，"帕里斯"是特洛伊王子（普里阿摩斯国王之子），曾与赫拉私奔。爱神阿佛洛狄特在同雅典娜和赫拉的选美比赛中，帕里斯将桂冠授予阿佛洛狄特；作为回报，阿佛洛狄特又把绝世美女特洛伊的海伦（引起特洛伊战争，斯巴达王墨涅拉俄斯之妻）许配给帕里斯。再如：

（31）Both then were silent?
Silent, each contemplating the other in both mirrors of the reciprocal flesh of theirhisnothis fellow faces. (17:824)(物主代词 1 + 物主代词 2 + not + 物主代词 3)

[31] 接着，两个人都沉默下去了吗？
沉默下去了。他们相互用自己肉身的镜子照着伙伴的脸。此在镜中照见的是对方的，而不是自己的脸。（17:1076）

第 17 章据说是乔伊斯最喜欢的一章，乔伊斯称它为"小说里的丑小鸭"（Budgen, 1972:264）。故事发生在第二天凌晨 2 点左右。在该章里，第三人称叙述者以问答教学法或苏格拉底式对话方式提出了 309 个问题，并逐一进行了详细的、严谨的回答。布卢姆邀请斯蒂芬到他家喝一杯"可可"饮料（17:790）。他们到家后，布卢姆想起他早上出门时忘了带钥匙。无奈之下，布卢姆越过护栏进入厨房，随后从前门把斯蒂芬请进来。他点燃了火，烧了一壶水，然后喝了"可可"饮料。他们还讨论了希伯来语和爱尔兰语言。布卢姆邀请斯蒂芬过夜，但对方委婉地拒绝了。他们俩在院子里小便，一边看着夜空，还有摩莉卧室的窗户。斯蒂芬走后，布卢姆上楼睡觉。例（31）里的复合形容词"theirhisnothis"具有特别的隐喻意义，两个形容词性物主代词"their"和"his"被巧妙地放在一起，暗示小说中的一个重要主题：寻父主题，即布卢姆寻找精神上的儿子，斯蒂芬寻找精神上的父亲，这与《奥德赛》的寻父主题相对应。突显的复合形容词起到了画龙点睛的艺术效果，明白无误地点明了小说中的"寻父主题"。

经过漫长而艰辛的寻父之旅，布卢姆和斯蒂芬终于实现了各自的愿望，各自从对方身上找到了精神上的慰藉。这标志着他们自己生活中的一个重要转折点。实际上，在小说的第16章"尤迈奥"里，布卢姆和斯蒂芬就进行了推心置腹的交流与沟通，双方都各自看到了对方的长处与不足。在第15章末，斯蒂芬因在妓院酗酒而酩酊大醉，在街上被英国士兵打倒在地，此时，布卢姆主动站出来，充当了父亲的角色，并把他扶到附近的驿站休息。在第17章，第三人称叙述者又对他们的共同兴趣（比如感觉、知识、观点等方面）进行了系统、全面的介绍，暗示读者他们已完成了"寻父"之旅：

（32）How did Bloom prepare a collation for a gentile?

He poured into two teacup two level spoonfuls, four in all, of Epps'd soluble <u>cocoa</u> and proceeded according to the directions for use printed on the label... (17:790-791)

[32] 布卢姆是怎样为那个外邦人准备夜宵儿的？

他往两个茶杯里各舀了满满二平调羹——统共四调羹埃普牌速溶<u>可可</u>，根据商标上所印用法说明，给它充分的时间去溶化，再把指定的添味料按照规定的分量和方法兑进去，让它散开来。（17:1045）

（33）Was the guest conscious of and did he acknowledge these marks of hospitality?

His attention was directed to them by his host jocosely and he accepted them seriously as they drank in jocoserious silence Epps's massproduct, the creature cocoa. (17:791)

[33]客人可曾意识到招待得这样亲切，并表示了感谢？

他的东道主用打趣的口吻提醒他注意一下自己尽的这番心，他一本正经地领了情。这当儿他们正半庄半谐、一声不响地喝着埃普斯公司大量生产的保健滋补的可可。（17:1045）

例（32）和例（33）两则对话拉近了布卢姆和斯蒂芬之间的距离。廷德尔解释说，可可的植物名称是"可可属植物，一种神的食物"，乔伊斯将其称为"大众产品"和"保健滋补饮料"（Tindall, 1959:180）。两个人喝可可时都很安静，可可充当了二者的"交流"媒介。因此，"可可"具有重要的隐喻意义，象征着两者在心灵上的沟通与交融。后来，随着问题和答案的进一步展开，二者的相似处、分歧点和共同点也随之呈现出来。布卢姆望着斯蒂芬沉思，想起了自己年轻时也有过当诗人的梦想，想起他和年轻人的两次碰面的情形：一次是斯蒂芬5岁时，另一次是他10岁时。第二次见面时，斯蒂芬还邀请布卢姆去他家就餐，但他没有去。叙述者还提及了布卢姆过去和现在的生活状况，然后还比较了他们的各种差异，比如个人经历、种族、气质、志趣爱好等方面。斯蒂芬具有艺术家的气质；而布卢姆则对发明和广告感兴趣，这体现出了他的实用主义的价值取向。尽管他们在"名字、年龄、种族、信仰"方面有所不同，但相同点或相似点远远大于他们的不同点，而且在精神上、心理上都产生了共鸣：

（34）What, reduced to ther simplest reciprocal form, were Bloom's thoughts about Stephen's thoughts about Bloom and about

Stephen's thoughts about Bloom's thoughts about Stephen?

He thought that he thought that he was a jew whereas he knew that he knew that he knew that he was not. (17:797)

[34] 布卢姆对斯蒂芬关于布卢姆的看法到底怎么想法？而且，布卢姆对斯蒂芬究竟怎样看待布卢姆关于斯蒂芬的看法又有何想法？如果把这些想法用最简单的相互形式扼要地表达出来，究竟是怎样的？

他［布卢姆］认为，他［斯蒂芬］在想他［布卢姆］是个犹太人；同时他［布卢姆］知道，他［斯蒂芬］晓得他［布卢姆］明白他［斯蒂芬］并不是个犹太人。(17:1051)

例（34）在语言表达上与前面的例证使用了几乎相同的句法结构，产生了有些像绕口令的语言游戏效果："布卢姆对斯蒂芬关于布卢姆的看法到底怎么想法？""布卢姆对斯蒂芬究竟怎样看待布卢姆关于斯蒂芬的看法又有何想法？""他认为，他在想他是个犹太人；同时他知道，他晓得他明白他并不是个犹太人。"如果说前面讨论的复合形容词"theirhisnothis"和"可可"隐喻是暗含的"寻父主题"，那么，在小说的下一页叙述者使用的"Stoom"（斯图姆）和"Blephen"（布利芬）则是二者直接的身份认同，他们的姓氏进行了互换，开启了新的人生旅程。

（35）Did they find their educational careers similar?

Substituting Stephen for Bloom <u>Stoom</u> would have passed successively through a dame's school and the high school. Substituting Bloom for Stephen <u>Blephen</u> would have passed successively through the preparatory, junior, middle and senior grades of the intermediate and through the matriculation, first arts, second arts and arts degree courses of the royal university. (17:798)

[35] 他们二人可曾发现彼此有相似的学历？

倘若斯蒂芬与布卢姆换个位置，斯图姆就会顺序从幼儿学起念完高中。倘若布卢姆与斯蒂芬换个位置，布利芬就会顺序读完中等教育的预备科、初级、中级、高级课程，通过皇家大学的入学考试，依次读完文科一、二年级，继而修完文学士课程。

弗伦奇曾评论说：

这两个男子见面的机会相当少，且他们在年龄、教育背景方面也存在很大差异。但是两次见面他们都读出了对方模糊的表情，一次见面他们在心灵上产生了共鸣，他们能够超越在知识、经历与年龄等方面的差异，再则，他们的性别相同……然而，如果放在都柏林的社会语境中来看，如果从发生在当天无数的平凡事件来看，这两个男人之间心灵相通的瞬间却具有超越个体的重要含义。（French, 1982:231）

在第 15 章 "刻尔吉" 里出现了多种复合词类型，数量高达 810 个，值得更深入、系统地研究。

2.3.4 复杂复合词

在所有的复合词类中，还有一类最为特别的临时构词词类，其共同的特点是：复合词没有中心词，通常是三个及以上的实词、拟声词、短语，甚至是句子组合而成。其中最长的一个复合词由 16 个单词组成，可能是迄今为止世界上最长的复合词。对这类极端的复合词，读者应回到文本的具体语境中加以分析与识解，最大限度地诠释其认知语义。请看下面一些例子：

Warring his life long on the <u>contransmaginificandjewbangtantiality</u>. (3:47)

His mouth moulded issuing breath, unspeeched: ooeeeeah: roar of

第二章　语言突显之词汇创新

cataractic planets, globed, blazing, roaring wayawayawayawayaway. (3:60)

Put on poor old greatgrandfather Kraahraak! Hellohellohello amawfullyglad kraark awfullygladaseeragain hellohello *amarawf kopthsth*. Remind you of the voice like the photograph reminds you of the face. (6:144)

Junejulyaugseptember eighth. Nearly three months off. (8:214)

Molly fondling him in her lap. O the big doggy-bowwowsywowsy! (8:222)

When Rutlandbaconsouthamptonshakespeare or another poet of the same name in the comedy of errors wrote Hamlet he was not the father of his own son... (9:267)

...his stickumbrelladustcoat dangling. (10:321)

Married to Bloom, to greaseaseabloom. (11:335)

It soared, a bird, it held its flight, a swift pure cry... all soaring all around about the all, the endlessnessnessness... (11:355)

Death. Explos. Knock on the head. Outtohelloutofthat. (11:357)

Her wavyavyeavyheavyeavyevyevy hair un com: 'd. (11:358)

...Nationalgymnasiummuseumsanatoriumandsuspensoriumsordinaryprivatdocentgeneralhistoryspecialprofessordoctor Kriegfried Ueberallgemein. (12:397-398)

and he [Bloom] quite excited with his dunducketymudcoloured mug on him and his old plumeyes rolling about. (12:430)

...John Wyse Nolan, handsomemarriedwomanrubbedagainstwidebehindinClonskeatram, the bookseller of Sweets of Sin, Miss Dubedatandshedidbedad... (15:686)

THE HUE AND CRY: (Helterskelterpelterwelter) He's Bloom! (15:686)

MARION'S VOICE：(Hoarsely, sweetly rising to her throat) O!

Weeshwashtkissimapooisthnapoohuck! (15:671)

Might have lost my life to with that mangongwheeltrackrolleyglarJuggenaut only for presence of mind. (15:580)

乍看，这些复合词会让人们摸不着头脑，但仔细阅读后还是可以识解它们的指称意义和认知意义的。为了方便讨论，笔者把它们分为两大类：实词类和拟声词类复合词。前者指的是，该类复合词是由实词或短语构成，读者可以根据其各个组合成分识解其意义，如 contransmaginificandjewbangtantiality, greatgrandfather, awfullygladaseeragain, Junejulyaugseptember, stickumbrelladustcoat, Rutlandbaconsouthamptonshakespeare, Dunducketymudcoloured 和 handsomemarriedwomanrubbedagainstwidebehindinClonskeatram。拟声词类复合词指的是由拟声词或其他非词汇的语音组合而构成的复合词，它们更多地表达人际意义或情感意义，而非指称意义，其含义不能根据其单独音素或语音组合进行识别，比如 wayawayawayawayawayaway, doggy-bowwowsywowsy, greaseaseabloom, endlessnessnessness, wavyavyeavyheavyeavyevyevy, Helterskelterpelterwelter, Weeshwashtkissimapooisthnapoohuck，等等。首先请看实词类复合词：

（36）Where is poor dear Aius to try conclusions? Warring his life long on the contransmaginificandjewbangtantiality. (3:47)

[36]试图一显身手的那位可怜的阿里乌斯老兄，而安在？他反对"共在变体赞美攻击犹太论"，毕生为之战斗。(3:88)

例（36）的实词类复合词是小说中第一个较长的复杂复合词，由 37 个字母组成。该例证出现在第 3 章"普洛调"的前部分，斯蒂芬走在海滩上，思绪万千，努力思考物质世界本身和他眼中的物质世界之间的差别。他对比了自己的出生和基督的降生，根据天主教教义记载，基督是"被生的，不是被造的"，而他的情况却恰恰相反，他是"被造出来的,不是被生的",因为尽管他有亲生父母,但他们之间却存在许多隔阂,好像和他父亲没有多大关系,这为小说的"寻父主题"埋下了伏笔。"普洛调"被称为理解斯蒂芬·迪达勒斯艺术成长最关键的一章。当他在海滩上散步时,他对眼前的可视世界进行了深入的思考,正如评论家戈德堡所评论的那样,"该章探讨了在时间上物质的变化形态……一方面斯蒂芬竭力探讨感知经历的变化原则和内在本质特征,另一方面,在瞬间的表征形态中,他也在力求理解自我"(Goldberg,1986:25)。

该例证表明斯蒂芬对宗教问题具有极大的好奇心,特别是有关父子之间的同体关系。乔伊斯的临时造词由6个词根和37个字母组成,即con- substantiality + transubstantiality + maginific + and + jew + bang。根据吉弗德和塞德曼的解释(Gifford & Seidman, 1988:47, 416),"consubstantiality"(圣体共在论)指的是圣父、圣子和圣灵具有同等的重要性,而4世纪希腊神学家阿里乌斯否认这种观点,因他反对三位一体之说,主张圣子不具有神性,引起了基督教内部的严重分歧,其追随者形成阿里乌斯学派。根据《路德经》的"圣体共在论"的观点,圣餐上的饼和酒不是成为主的身体,而是耶稣的身体和血液共存。小说中的"圣体共在论"表明,饼和酒被贬低亵渎(如在第3章和第14章的人物内心活动中暗指兽性和交配行为)。"非同质性"(transubstantiality)指的是圣子先于圣灵,圣父先于圣子,这也是阿里乌斯支持的观点。按照天主教的教义,"非同质性"指的是圣餐上的饼和酒发生了神奇的变化,成为耶稣的身体和血液,尽管它们的外表保持不变。Maginific(赞美)有Magnificat、magnificent和magnify的含义,"jew"(犹太人)提醒人们圣子是犹太人,又受到犹太人反对。"争论"(bang)既指对基督教起源的争论,也指对阿里乌斯派的观点的争论。从认知语境来看,该复杂复合词,一方面涉及早期基督徒对宗教教义的不同解释所引起的混乱,另一方面也表明斯蒂芬开始思考一些复杂的宗教、文学、哲学等领域的问题,标志着他的学术思想逐步成熟。

（37）When Rutlandbaconsouthamptonshakespeare or another poet of the same name in the comedy of errors wrote Hamlet he was not the father of his own son... (9:267)

[37] 当拉特兰·培根·南安普敦·莎士比亚或错误的喜剧里的另一个同名诗人撰写《哈姆莱特》的时候，他不仅是自己的儿子之父。(9:367)

例（37）由34个字母组成的复合词包含2个人名和2个地名：培根和莎士比亚，拉特兰和南安普敦。那么，如何识解这些专有名词的奥秘呢？长期以来，关于莎士比亚戏剧作品著作权的问题被传得沸沸扬扬、莫衷一是。在第9章里，斯蒂芬在图书馆和评论家、诗人等也讨论了莎士比亚戏剧作品著作权的问题。据说，莎士比亚的代笔人有三名：拉特兰第五世伯爵罗杰·曼纳斯（Roger Manners, 1576-1612），弗朗西斯·培根爵士（Francis Bacon, 1561-1626）和南安普敦伯爵三世亨利·里奥谢思利（Henry Wriothesly, 1573-1624，乔伊斯的朋友）。有些学者，如迪莉亚·培根（Delia Bacon, 1811-1859）和阿普尔顿·摩根（Appleton Morgan, 1846-1928），一直怀疑莎士比亚创作过戏剧。迪莉亚·培根怀疑，不仅培根，还有罗利和其他人都被欺骗了，纽约市律师阿普尔顿·摩根也认为一些有名望的人，包括南安普敦、罗利、艾塞克斯、拉特兰和蒙哥马利，都写过戏剧并使用"莎士比亚"作为挂名作者。关于莎士比亚戏剧的著作权问题，评论家大致可分为两派：积极派和消极派。前者认为是培根写了部分作品，理由是两位作家的作品存在"相似的段落"，而后者则认为莎士比亚的剧本可能是由一个比莎士比亚更高明的人写的。类似的争论可能永无休止，有关莎剧的著作权的问题将永远是个谜，但对笔者来说，更为重要的是尽最大努力去认识、理解和继承莎士比亚作品所蕴含的文学艺术价值（Gifford & Seidman, 1988:219-220, 241-242）。毫不夸张地说，《尤利西斯》就是一个巨大的迷宫，各种谜语、悬念、互文性等随处可见，它往往会给读者带来惊喜与顿悟。

(38)...John Wyse Nolan, handsomemarriedwomanrubbedagainstwidebehindinClonskeatram, the bookseller of Sweets of Sin, Miss Dubedatandshedidbedad... (15:686)

[38] 约翰·怀思·诺兰、在驶往克朗斯基亚的电车里的那位将大屁股蹭过来的漂亮的有夫之妇、出售《偷情的快乐》的书摊老板、杜比达特小姐——而且她真的吃了。(15:892)

这两个古怪的复合词出现在第15章"刻尔吉"的舞台指示语里，布卢姆和斯蒂芬都进入了梦幻般的戏剧里。在都柏林红灯区的妓院里，读者会看到一幕幕恐怖的场面：流浪儿、畸形儿、粗暴的英国士兵和堕落的妓女。布卢姆一直试图保护斯蒂芬免遭欺骗，而斯蒂芬则烂醉如泥。随后，闹剧继续上演，布卢姆早上购买的柠檬香皂开始说话了，患有神经病的丹尼斯的妻子布林夫人出现在马路上，正与布卢姆打情骂俏，嘲笑他在红灯区鬼混。画面又突然切换到布卢姆在法庭上受审的场面，他被指控犯有淫秽罪。几位年轻女孩也控诉布卢姆是个偷窥者，干了不少龌龊的事。在幻觉里还出现了法庭审判员、当天下葬的帕迪·迪格纳穆、主持迪格纳穆葬礼的科菲神父，等等。随后，又出现了另一个场面：布卢姆在科恩妓院受虐狂的场面，暗示了女人的支配角色、欲望、贪婪和男人的兽性。妓院老鸨贝拉让人联想到《奥德赛》第10章中的女神刻尔吉的故事：在埃亚依岛靠岸后，尤利西斯的表弟率领一帮人来到女神刻尔吉的妖宫。除了待在外面的表弟，其余的人全被刻尔吉用魔法变成了猪。在信使之神赫尔墨的帮助下，尤利西斯破了刻尔吉的魔法，刻尔吉又把尤利西斯的手下重新变成人。在希腊神话中，当尤利西斯破了刻尔吉的魔法时，布卢姆却沉溺于幻觉之中。在他的性幻觉中，布卢姆"变身"为一头母兽，"贝拉"（Bella）变为"贝洛"（Bello）。此时，妓院就像《奥德赛》中的猪圈，妓女和嫖客都被束缚在肮脏的妓院里，同时他们每个人都像被诅咒一般受困于梦魇之中不能自拔。

例（38）出现在布卢姆和贝拉首次见面时，他便拼命地逃跑。十多个人，有死人，也有活人，紧追不舍。叙述者很难认出他们的面孔，有些人他早已忘记了，只能称呼他们为"某人"（Whatdoyoucallhim）（可能是一个小贩）、"陌生面孔"（Strangeface）、"似曾相识者"（Fellowthatslike）、"一面之缘者"（Sawhimbefore）、"杜比达特小姐"（Miss Dubedatandshedidbedad），等等。例（38）是由10个单词和57个字母组成。事实上，这个复合词并不是女性的名字，而是对某女士的简要描述。那么这个女士究竟是谁？为何给布卢姆留下如此深刻的印象？原来她是"在驶往克朗斯基亚的电车里的那位将大屁股蹭过来的漂亮的有夫之妇"（handsome + married + woman + rubbed + against + wide + behind + in + Clonskea + tram）。首先从"克朗斯基亚"（Clonskea）开始讨论。在第7章"埃奥洛"的开篇，在小标题为"在希波尼亚首都中心"栏目下出现了城市交通术语、地名和交通工具，如"克朗斯基亚"，"一辆辆电车在纳尔逊纪念柱前减慢了速度，转入岔轨，调换触轮，重新发车，驶往黑岩、国王镇和多基、克朗斯基亚、拉思加尔和特勒努尔……"（7:219）由此可见，"克朗斯基亚"是一个地方或电车站名。随后，这趟电车出现在第10章"游岩"里，康米神父上了一辆电车："来到纽科门桥上，上加德纳街圣方济各·沙勿略教堂的这位十分可敬的耶稣会会长约翰·康米跨上一辆驶往郊外的电车。"（10:418）在电车上，"康米神父觉察出车厢里散发着她那香水的芬芳。他还发觉，挨着她另一边的一个男子局促不安地坐在座位的边沿上"（10:419）。全知全能的叙述者对所有事情都了如指掌，但在上例中叙述者却忘记了"那位将大屁股蹭过来的漂亮的有夫之妇"的名字。从某种程度上讲，叙述者也非全知全能，而是有限叙述者。如前所述，乔伊斯在小说中故意留下了许多有趣的谜语、逸事、悬念，给故事蒙上了一层神秘的色彩。当读者最终领悟了这些谜语、逸事时，会恍然大悟，不禁为乔伊斯独特的创作技巧拍案叫绝。这些有趣的逸事不仅起到了衔接、连贯作用，同时也产生了意想不到的喜剧效果。

上例中另一复合词"杜比达特小姐"（Dubedatandshedidbedad）也有一段有趣的故事。在第8章"莱斯特吕恭人"里，布卢姆在戴维·伯恩快餐店用餐时，大鼻子弗林和快餐店老板正在闲聊，布卢姆心神不定，借酒浇愁，一幕幕往事浮现在眼前：10年前他死去的儿子鲁迪，他自杀死去的父亲，那些卖弄风骚的女人，尤其是他与摩莉过去的甜蜜回忆。他也记起了一起吃过饭的女孩：

（39）Tips, evening dress, halfnaked ladies. May I tempt you to a little more filleted lemon sole, miss <u>Dubedat</u>? Yes, do bedad. And she did bedad. Huguenot name I expect that. A miss <u>Dubedat</u> lived in Killiney I remember. Du, de la, French. (8:223)

[39] 接小费，穿礼服，净是些半裸的夫人们。<u>杜比达特小姐</u>，我可以给您再添点儿柠檬汁板鱼片吗？好的，再来点儿，而且她真的吃了。我估计她必是胡格诺派教徒家的。我记得有位<u>杜比达特小姐</u>曾在基利尼住过。我记得法语 dudela。（8:310）

布卢姆脑海里闪现出了一个漂亮女歌手的画面：他想象自己是服务员，在为一位来自基利尼的杜比达特小姐添加柠檬汁板鱼片的情形。据1894年2月2日的《自由人报》记载，杜比达特小姐在詹姆斯·惠特布雷德经营的女王皇家剧院演唱过"到基尔代尔去"的歌曲（8:334）。在第8章里，可能是刚喝了葡萄酒的缘故，布卢姆的思绪异常活跃，他的自由联想多集中在女人、性事和当天发生的事情上。看到"两只苍蝇巴在窗玻璃上，嗡嗡叫着，紧紧摽在一块儿"（8:310），他不禁想起与妻子摩莉的第一次约会：

[40] 她披散着头发，枕着我的上衣。被石南丛中的蠼螋蹭来蹭去。我的手托着她的后颈。尽情地摆弄我吧。哎呀，太好啦！她伸出涂了油膏、冰凉柔软的手摸着，爱抚着我，一双眼睛直勾勾地凝望着我。我心荡神移地压在她身上，丰腴的嘴唇大张着，吻着她。真好吃。她把嘴里轻轻地咀嚼得热乎乎的香籽糕递送到我的嘴里。先在她口中用牙根嚼得浸透唾沫、又甜又酸、黏糊糊的一团儿。（8: 310）

在小说的第 4 到 8 章，都可以看到布卢姆的身影，对他言行举止和性格特征有一个较为全面的认识。在笔者看来，布卢姆先生具有如下三大性格特征。

第一，与英勇的尤利西斯形成鲜明对照，布卢姆是一名典型的"反英雄"人物形象，是一个地地道道的普通爱尔兰人。在《奥德赛》里，面对他的情敌时，尤利西斯采取的策略是诉诸武力解决问题，即杀死了他所有的情敌，而在《尤利西斯》里，布卢姆却采用了一个完全相反的策略，即回避策略，避免与他的情敌博伊兰直接对抗。布卢姆的谨慎、智慧、宽容、诚实、正直和友爱给读者留下了深刻的印象，这也是布卢姆最终赢得胜利的法宝，正如乔伊斯所言："我为何老是忘不了这个主题？现在我的人生过半，发现在世界文学中尤利西斯的故事是最富于人性的。……特洛伊战争之后，阿喀琉斯、墨涅拉俄斯或阿伽门农都没有人提了，只有一个人没有被遗忘，那就是尤利西斯。他的英雄业绩才刚刚开始。"（艾尔曼，2016:650）。

第二，布卢姆并非一个"淫秽"的人，而仅仅是 20 世纪以来现代社会中被边缘化的男性个体代表，他们被病态的社会剥夺了和谐的性爱权利，成了物欲横流、尔虞我诈的现代社会的牺牲品。作为一个正常的男人，布卢姆并非不食人间烟火的圣人，他也有七情六欲，因此，在他的意识银屏里经常出现女人、性事等也是情理之中的事，何况是一个遇事不顺、处处遭人白眼、儿子夭折、妻子出轨的犹太男人。自从他的儿子鲁迪出生 11 天夭折之后，10 年来他和妻子就没有鱼水之欢，难怪他在一天中会不时出现女人与性事甚至是性变态的幻觉：在第 4 章，他尾随邻居家漂亮的女仆，看她摆动臀部；在第 8 章，他想象为"杜比达特小姐"服务的情形；在第 10 章，他很乐意为妻子购买色情小说《偷情的快乐》；在第 11 章，他甚至遐想放纵自己的妻子与博伊兰通奸；在第 13 章，他在窥视瘸腿美女格蒂时自慰；在第 15 章，他幻想自己被高大的妓女压在身下；等等。布卢姆还有一些性变态，如在第 15 章中，他被指控犯有各种"罪行"：恋物癖，喜欢女性内衣和粪便；向女性发出淫秽信息；坐在马桶上而不是站在马桶前小便；窥阴癖；女性扮演。

但是，应该注意的是，这些"罪行"是出现在布卢姆的自由联想或幻觉中的，而不是事实本身。即使布卢姆犯下了这些"罪行"，也应该从爱尔兰当时的历史、社会、宗教等文化语境中去识解他的"罪行"，他仅仅是第一次世界大战后一个瘫痪、凋敝、信仰危机的西方社会中的小人物。乔伊斯通过反讽、讽刺等创作手段，无情地揭露了都柏林以及整个西方社会的信仰危机和精神瘫痪。整个社会都笼罩在一种绝望、贫穷、瘫痪和荒芜的氛围之中。与其身体瘫痪相比，精神瘫痪更加可怕，且具有更大的破坏性。布卢姆表现出不同的性冲动和性幻觉，但从整个世界的角度来看，这些性冲动显得微不足道，布卢姆是人类性行为的一个代表，他极大地挑战了西方社会固有的性观念，整个西方性文化的态度。埃兹拉·庞德在1918年11月22日给乔伊斯的信函中写道："布卢姆是个伟大的人物。曾有一些评论家问我，你创造了或多或少带有自传性质的斯蒂芬之后，还有没有能力再创造第二个人物，现在你已经做出了极其有力的回答。"（艾尔曼，2016:690）

　　第三，布卢姆是"新女性化男子"的代表，勇于打破西方社会固有的男女性别角色，即男权至上的传统观念。布卢姆允许妻子摩莉充分享有自由，并接受她与其他男人交往。据说，摩莉可能有25个恋人，如彭罗斯、古德温教授、约翰·亨利·芒顿、利内翰、本杰明·多拉德、西蒙·迪达勒斯、休·E.布雷泽斯·博伊兰等（17:863），但博伊兰是唯一一个与她有性行为的男人（除了布卢姆）。布卢姆没有把摩莉看作他的私人财产，而是赋予她平等的、自由的、独立的权利。在一天漫长而痛苦的"漂泊"之后，他还是回到了自己的家里，仍然希望和摩莉一起生活。摩莉是乔伊斯在小说中着力塑造的一位新女性形象和一种基于相互尊重和宽容的新型婚姻关系（详见4.5.2与7.5节）。"他（布卢姆）对妻子摩莉的宽容表明他不可能占有对方以及他对两性关系的复杂性和不确定性的认识。布卢姆的宽容态度使他在小说结尾时拥有'不可征服的英雄'的权利。这是乔伊斯在《尤利西斯》里明确肯定的为数不多的'权利'之一。"（French, 1982:47）莫尔斯认为，"乔伊斯所写的人物的自恋和同性恋倾向不仅仅是偶然的或是违背情理的，而是人类本性的必然表现形式,即神秘主义者埃里杰纳所持的观点,也是人类历史发展的原动力,后者则是乔伊斯所持的观点"(Morse, 1959:38)。乔伊斯坚持认为布卢姆是一个普通人,他充满了幻想、妄想和荒谬的行为。总之,布卢姆是一位值得同情、令人钦佩的"小人物",但有时他的行为举止也显得可笑、猥琐。

拟声词复合词是乔伊斯临时造词的特殊词类,多出现在人物的自由联想里,体现出意识流语体自发的、原始的语体特征。在第11章里,有两个典型的拟声复合词:

(41) It soared, a bird, it held its flight, a swift pure cry... all soaring all around about the all, the endlessnessnessness... (11:355)

[41] 声音飞翔着,一只鸟儿,不停地飞翔,迅疾、清越的叫声……全都飞翔着,全都环绕着万有而旋转,绵绵无绝期,无绝期,无绝期……(11:499)

(42) Big Spanishy eyes goggling at nothing. Her wavyavyeavy-heavyeavyevyevy hair un com: 'd. (11:358)

[42] 那双西班牙式的大眼睛直勾勾地望空干瞪着。那波-浪-状、沉-甸-甸的头发不曾梳理。(11:501)

例(41)和例(42)出现在第11章"塞仑"的中间部分,该章被认为是由语言文字组成的交响乐。乔伊斯在评论该章时指出,"'烧焦'这个词对我这个迷信的人来说具有特别的意义……随后的每一章都讨论艺术文化的每个方面(修辞、音乐或逻辑论证),留下一片烧焦的痕迹。自从我开始创作'塞仑'时,我发现自己再也不愿意欣赏其他任何风格的音乐"(Gilbert, 1966:128-129)。此时,酒吧里男高音西蒙·迪达勒斯(斯蒂芬的父亲)在朋友的盛情邀请下演唱了歌剧《玛尔塔》中的插曲《爱情如今》,迪达勒斯感情充沛、声音洪亮、余音绕梁,引起了布卢姆和在座的听众强烈的共鸣。听到歌词"遇见你那温雅明眸/我的眼睛被迷惑/玛尔塔!啊,玛尔塔!/回来吧,迷失的你！回来吧，我亲爱的你！"布卢姆感同身受，往事历历在目。拟声词"endlessnessnessness"（绵绵无绝期，无绝期，无绝期）由4个后缀组成，可谓匠心独运，每个词缀都是一个音符，都是一个颤音，它既体现了迪达勒斯高超、专业的演唱水平，又传递了丰富深刻的情感意义，即对长相厮守、天长地久的美好爱情生活的渴望与赞美。

另一个拟声复合词"wavyavyeavyheavyeavyevyevy"由"wave"（波浪）和"heavy"（沉重）两个核心词和多个拟声音组成，该词具有特殊的情感意义和认知意义。（1）具有形象性、动态性、韵律性和音乐性。该词形象生动地描写了摩莉浓密柔美、波浪式的秀发，就像被微风吹拂的波浪一样。多个拟声音具有波浪的动态性，又具有优美的节奏感。（2）结合文本语境，笔者认为，该词还具有丰富的情感意义。此时，布卢姆担心妻子被别人玩弄、抛弃的情景："被遗忘了。我也如此。迟早有一天，她也。撇下她。腻烦了。她就该痛苦啦。抽抽噎噎地哭泣。"此时，布卢姆陷入了矛盾的情感困境之中：一方面，他对摩莉的未来感到忧心忡忡；另一方面，他对摩莉的无知和博伊兰的轻浮行为感到愤怒。

（43）Married to Bloom, to greaseaseabloom. (11:335)
[43] 嫁给布卢姆，嫁给那油腻腻的布卢姆。（11:477）

例（43）中的拟声复合词由单词 grease（油腻的）和 bloom 组成，中间插入了拟声音"-asea-"。grease（油腻的）一词在小说的第11章还出现了5次：

油腻腻、黑魆魆的绳子。（10:440）
"竟嫁给那么个油腻腻的鼻子！"她嚷道。（11:477）
她们又笑了一大阵子。真是油腻腻的哩。耗尽了精力，上气不接下气。（11:477）
油腻腻的布卢姆正在坎特维尔的营业处，在塞皮的几座油光闪

闪的圣母像旁游荡。(11:448)

　　腻腻的布卢姆，油腻腻的布卢姆悄悄地读着那最后几句话。当我的祖国在世界各国之间。(11:519)

　　该复合词除具有"油腻腻的"的指称意义外，还具有认知语用意义，用来描写布卢姆不修边幅、不整洁的个人形象。P. W. 乔伊斯认为，"grease 的发音与爱尔兰人发 grace 相近"(P. W. Joyce, 1979:137)。另外，该复合词还是双关语，叙述者对布卢姆不修边幅、不整洁的个人形象进行了嘲弄、暗讽。若把不整洁的布卢姆与优雅的举止联系起来，读者会体会到一种揶揄、反讽的语言表达效果。"这种奇形怪状的构词方式正是'塞仑'的典型特征，与梦魇的创作技巧名副其实。"(Ferrer, 1988:150) 有趣的是，2017 年在中国出现了一个热门网络词语，叫"油腻中年"或"油腻男"。"360 百科"把它解释为："中年男性大多处于上有老、下有小的状态，生活压力较大，加上职场的天花板开始显现，难以取得更大的成就，继而心理上出现自我否定、怀疑不安等情绪。而'油腻'、'肥胖'或是中年男性早出晚归、蓬头垢面、拼命工作赚钱养家，过度食用快餐品，无暇顾及自身形象所致。"[①]这样的定义也符合小说中男主人公布卢姆的情形，乔伊斯做梦也想不到，20 世纪初他偶然使用的一个单词会在一百年后成为网络流行语！

　　(44) MARION'S VOICE: (Hoarsely, sweetly rising to her throat) O!Weeshwashtkissimapooisthnapoohuck! (15:671)

　　[44]玛莉恩的嗓音：(既嘶哑又甜蜜，从嗓子眼儿里涌出来)喂施哇施特吻呐噗咿嘶呐噗嗯喀！(15:873)

　　(45) THE HUE AND CRY: (Helterskelterpelterwelter), He's Bloom! (15:686)

　　[45]叫嚣声：(慌慌张张，气恼混乱)他就是布卢姆！(15:892)

---

① https://baike.so.com/doc/26998364-28372858.html，访问日期：2018 年 6 月 25 日。

第二章 语言突显之词汇创新

在第 15 章，布卢姆似乎陷入深深的"梦魇"之中，他被数百个小说中的人物、物体和鬼魂纠缠。形形色色的人物、物体或动物，有的还活着有的已死去，都对布卢姆群起而攻之，包括肥皂、海鸥、浅色水银、时钟、铜环、众吻、女巫、冬青树、雄兽、便帽、留声机、世界末日、以利亚、八福、煤气灯、飞蛾、扇子、蹄子、睡谷、紫衫、瀑布、回声、木偶、木乃伊、母山羊、纽扣、莎士比亚、自动钢琴、手镯、唱诗班、瓦斯灯、老鸨、马儿，甚至布卢姆已故的父亲维拉格、夭折的儿子鲁迪、帕迪·迪格拉穆（死亡）、爱德华七世，等等。

例证中两个拟声复合词与前面讨论的例证在构词方式上完全不同，它们没有核心词，而仅仅由一些杂乱无章的杂音组成，生动形象地描写了噩梦中呈现的嘈杂、混乱、惊恐的场面。这种拟声词类似小说中 3 次使用过的词语"腹语术"。腹语术是腹语表演者巧妙地运用其声音，使它听起来像从身体其他部位发出来的戏剧表演，如：

（布卢姆的自由联想）用<u>腹语术</u>讲话。我的嘴唇是闭着的在肚子里思考。想些什么呢？（11:512）

布卢姆：他双眉紧皱，念着<u>腹语术</u>的驱邪咒文，用老鹰般锐利的目光凝视着门。（15:837）

莎士比亚：（作庄严的<u>腹语</u>）高声大笑是心灵空虚的反映。（15:874）

在本章里，乔伊斯采用超现实主义舞台戏剧方式，无情地揭露了都柏林社会的混乱、瘫痪和荒谬的本质特征。小说的第 12 章还出现了一个最极端的复合词：

（46）...<u>Nationalgymnasiummuseumsanatoriumandsuspensoriumsordinaryprivatdocentgeneralhistoryspecialprofessordoctor Kriegfried Ueberallgemein</u>. (12:397-398)

[46] 国立体育馆博物馆疗养所及悬肌普通无薪俸讲通史专家教

授博士、里格弗里德·于贝尔阿尔杰。（12:553）

第一眼看到这个奇形怪状，甚至是荒诞可笑的复合词，不禁会让读者不寒而栗，也会为乔伊斯语言创新能力和丰富的想象力拍案叫绝。该复合词由 105 个英语字母和 13 个英语单词组成：National + gymnasium + museum + sanatorium + and + suspensoriums + ordinary + privatdocent + general + history + special + professor + doctor，即由 13 个不同的语义成分组成：国家+体育馆+博物馆+疗养所+以及+悬肌+普通+无薪+普通+历史+特殊+教授+博士。Kriegfried Ueberallgemein（里格弗里德·于贝尔阿尔杰）是叙述者编造的名字，根据该章注释，"无薪俸讲师"指德国的大学中，不支付薪俸，仅以学生的学费为报酬的讲师。该名字由 4 个德语单词组成：Krieg 意为"战争"；Fried，正常拼写为"Friede"，意为"和平"；Ueber，"整个、全部"；allgemein，"普遍、普通"。Ueberallgemein 是一个双关语：既用作姓氏，又暗指德国国歌"Deutschland, Deutschland über Alles"（德国，德国高于一切）。要识解该复合词的认知语义，首先需回到原文里去寻找答案。第 12 章"独眼巨人"故事发生在巴尼·基尔南酒吧，时间是下午 5 点左右。叙述者是一名无职业、自命不凡的小丑，他的叙述与评论语气通常是唐突、挖苦、夸张、玩世不恭。除叙述者第一人称评述外，全章由 32 个不同风格的场景组成，如法庭审判、市政府会议、公共绞刑、爱尔兰语、犹太人身份等话题，但并非真实可信，有的被夸张到荒谬的程度。该例证就是叙述者极度夸张的典型例证，用以讽刺一个名叫"市民"的极端民主主义者，他膀大腰圆，喜欢聚众酗酒，争强好胜，刁蛮任性，曾是一个铅球投掷手。在例证之前，该章用嘲弄、夸张的口气描述了"市民"的人物形象，随后与包括布卢姆在内的酒友东拉西扯地闲聊起来，并与布卢姆发生了激烈的争吵。爱管闲事的叙述者看不过去了，发表了足有 4 页纸的高谈阔论，对"市民"不切实际的言行举止进行了辛辣的讽刺（详见 3.2 节）。

类似的新造词、复合词在小说中俯拾即是，一方面，乔伊斯充分运用了语言的生产性、创新性和游戏性的本质特征，丰富了文学语言的词汇创新手段和表达方式，另一方面，这些标新立异的新造词既给读者带来了不小的阅读障碍，同时也给读者带来更多的阅读乐趣，真正起到了陌生化、词汇突显的认知效果。乔伊斯不知疲倦的语言创新实验在《尤利西斯》里已全面推开，在被称为"天书"的《芬尼根守灵夜》里达到了极致。请看该小说中的一些例证：

Dontelleries = dentelleries（法语，饰以花边的物品；素雅的、贴身的衣服）

Erigenating = originatig; also Erigena-ting（源自爱尔兰学哲学家 Duns Scotus Erigena）

Venissoon after = very soon after; venison after; Venus's son after（很快，迅速）

Eroscope = horoscope; Eros-scope; hero-scope（占星术，星象）

Fiendish Park = Phenix Park; Park of Fiends（凤凰公园）

Museyroom = museum, musing room（博物馆）

Champus de Mors = Champs de Mars; Field of Death（Mors）（法国战神广场）

Herodotary = hereditary; hero-doter; herodotus（遗传的，世袭的）

Pigmaid = made like a pig; pigmied（侏儒似的）（Schlauch, 1955:237）

从前面的例证可以看出，令人眼花缭乱的生词、新词不仅出现在叙事话语里，也出现在意识流语体里。在意识流语体里，这些凸显的、被前景化的新词也具有重要的语用价值和认知功能，能巧妙记录或模拟人物内心活动的意识银屏，对刻画人物性格特征和突出小说的局部主题思想也具有重要的意义。对乔伊斯来说，要真实地捕捉人物稍纵即逝的潜意识、无意识活动，词典中已有的语言资源似乎已无能为力，他只有充分利用文学语言的"诗歌破格"的特权，从语言的表达形式出发，大胆进行小说创作的创新实验和革新，才能不辱使命，创作出不朽的意识流经典作品。但另一方面，乔伊斯的个别合成词的构词方法显得不太经济、理智和合理，甚至是冗余、啰唆，实不可取，如第18章出现的"muchly"和"crookeding"（18:908）。

　　散布在小说中的各种各样的词类创新手段，包括词类转换、复合词和文字游戏等，似乎都是乔伊斯信手拈来、率性而为，对乔伊斯的读者，尤其是习惯了网络阅读或快餐式阅读的读者来说，它们很容易被忽略；但如果从文本的语境出发，通过分类和对比，将它们汇集起来进行考察，它们个个都活灵活现，言说着各自的故事：它们都是经过乔伊斯深思熟虑、精心设计的结果，其中大部分词语是符合语言构词规则的。从词类突显来看，不仅是名词可以转换为动词，某些形容词，如"blue"、"wet"和"happy"，副词如"almost"，甚至是古英语词语如"thou"和"thee"等，都可以转换为动词；非动词类转换涉及的词类众多，但构词力不强，多属于临时造词，它们虽然昙花一现，但同样是乔伊斯词汇创新艺术的重要组成部分，充分体现了乔伊斯强烈的语言创新意识和高超的语言创新技巧。"乔伊斯的语言风格不仅体现在语言节奏上的起伏跌宕，而且体现在每个单词的质感上。相比于事物而言，词汇具有一种魔力。借助于精彩的语言，通过与海边优美的景色交流，斯蒂芬能够把'死气沉沉的都柏林'变形为'腐朽的城市'。"（Levin, 1956:168）。乔伊斯词汇创新手段很灵活，语言材料很广泛，不仅英语、爱尔兰语词汇可以纳入他的词汇创新语料，其他国家的语言词汇他也会信手拈来，为其所用，这也许是普通读者谈"《尤》"色变或半途而废的主要原因。乔伊斯小说创新实验的方法和手段不拘一格，令人耳目一新，其创新实验和成就值得肯定，其创新勇气和精神值得称道，为现代、后现代文艺作品的创作、阅读与批评提供了新的视角和新的方向，具有独特的文学价值和方法论意义。"后现代主义小说既是作家颠覆传统叙事、消解精英意识的主要手段，又是包含了各种象征、隐喻、谜语的游戏特征鲜明、游戏技巧精湛的开放式文本。因此，游戏的视角对探讨后现代派小说文本中所蕴含的深刻意义，有着重要的作用。"

（张淑芬，2011:77）对读者而言，扫除这些乔伊斯精心设置的语言障碍至关重要，同时对识解乔伊斯更高层次的叙事技巧也大有裨益。著名认知叙事学家认为语言理论和叙事理论都应被看作认知科学的理论资源或其组成部分。通过乔伊斯的生花妙笔，词语"具有一种神奇力量"，并在叙事话语和意识流语体里体现了它们的价值。"文学是由各种具有游戏性的关系所组成的一个跨学科领域；游戏由于崇尚自由、追求各种叙述可能性、反对限制和封闭的态度，成为后现代派文学的主要成分。"（Edwards, 1998:29-30）

第三章 语言突显之文体戏仿

如果说乔伊斯在《尤利西斯》的前9章主要采用了传统的现实主义和局部的意识流创作手法，那么，自第10章"游岩"起便开始在语言表达、文体风格、叙述策略等层面上进行了离经叛道的小说创作革新与实验，读者逐步失去了已有的阅读知识和阅读经历，似乎进入了一个个孤立无援、完全陌生化的文本世界。这些文本世界因其凸凹不平的文本肌理而闻名遐迩，因为它们充满了各种明示的或暗含的互文性特征，如来自《圣经》、希腊和罗马神话、宗教和历史故事、民歌民谣和其他语言的舶来词，也有来自其他文本间接的、改写的或再次加工过的引语、意象和象征，等等。从语言层面来看，文体戏仿是一种独特的语言突显现象，是现代或后现代文学作品典型的文本特征，用以实现文本的风趣、幽默、讽刺等语言表达效果或认知语用效果。本章主要讨论《尤利西斯》里文体戏仿与拼贴的表征形式及其认知功能

3.1 文体戏仿：典型的互文性指称

明示的和暗含的引语也被称为两类不同的互文性特征，对读者和批评家而言，它们不会造成太大的认知和理解上的障碍。然而，在小说中还存在着另一种特殊的互文性类型——文体的戏仿与拼贴，对阅读者来说，该类互文性特征容易被忽略或造成更大的阅读障碍。

第三章 语言突显之文体戏仿

"互文性"(intertextuality)最早是由法国符号学家朱莉娅·克里斯蒂娃在 19 世纪 60 年代后期将巴赫金的思想介绍到西方时提出的。"intertexto"来自拉丁词汇,意思是"混杂、交织在一起"。在巴赫金的论著里,他经常用"超语言学"来指代"互文性",并十分重视互文性批评分析方法。巴赫金说过:

> 我们的话语……充满了他人的话语,不同程度的他者话语和"我们自己的话语"。不同程度的自我意识和分离状态。他者的话语保留着他者的表达方式和他们自己评价语气,而我们对此进行吸收、加工和再强调。(Bakhtin, 1986:89)

对巴赫金来说,所有的话语都与其他文本存在明示的或暗含的互文关系,也即是文本之间存在相互吸收、对比对照、讽刺性、反讽式的回应等关系。文本是由"马赛克式的引文所建构起来的"以及"任何文本都是对另一文本的吸收和转换的结果"(Kristeva, 1986:56)。简言之,文本或是话语在本质上是互文性的,都是由其他文本中的成分构成的。就此而言,《尤利西斯》是互文性文本的经典代表,它充满了多声共鸣、异质文本的特征,是由"先前文本的只言片语"构成的。

就笔者所知,利奇和肖特最先使用了"《尤利西斯》中的文体戏仿与拼贴"这一术语(Leech & Short, 2003:54),但遗憾的是,由于他们的研究重点不在互文性特征上,故未能就此展开论述。在讨论之前,还有几点需要说明:(1)文体戏仿与拼贴同其他文体/语言标记一样,也是一种典型的文体特征,它是通过书面语言表达方式来传递信息(意义)的;(2)作者选择某种文体戏仿与拼贴是有意为之,是为了实现某种特殊的交流目的或表达功能,如起到文学传承、崇敬,或风趣、调侃,甚至是揶揄、反讽的表达功能;(3)戏仿与拼贴是一种典型的互文性指称,是所有的文本,包括现代和后现代文学作品,共有的文本特征,但它们所表达的功能可能不同。"现代性文本",正如索恩博罗和萧·韦尔林所说:"通常暗指其他文本,但现代性文本与后现代性文本

·91·

在使用互文性时的目的不尽相同。像艾略特那样的作家使用互文性指称的原因是他们坚信传统文学的价值以及继承文学传统的重要性。后现代主义作家使用互文性指称的目的是对源语文本进行嘲讽以及达到喜剧效果。"（Thornborrow & Wareing, 2000:176）然而，现代派和后现代派作家在使用互文指称时的目的和作用并非泾渭分明，相反，它们会因作者、文本及读者的不同而获得不同的阐释效果和认知意义。《尤利西斯》是一个集传统文学文本、现代性文本、后现代性文本于一体的跨文本、跨语类的复合型文本，其互文性特征尤为突出，它们所表达的文体功能或认知语义也不尽相同，耐人寻味。那么，如何理解"戏仿"与"拼贴"？它们有哪些主要的文体功能？

波尔迪克在《牛津文学术语词典》里把"戏仿"定义为"一种关于一部文学作品或是多部文学作品风格的模仿，通过夸张的模仿来嘲讽某一作者或是流派的文体表达习惯。戏仿与滑稽荒唐相联系，尤其是将严肃的语言表达风格用于讽刺性的主题上；在揭露社会弊端时，它往往与讽刺也相伴而行；在进行语言文体风格阐释时，它又与批评鉴赏相关"（Baldick, 2003:161）。简言之，戏仿具有滑稽幽默、嘲弄甚至是批判性的文体功能。在世界文学的长河中，戏仿是作家们十分热衷的创作手段，戏仿作品也汗牛充栋，例如，被称为"喜剧之父"的古希腊戏剧家阿里斯多芬尼斯在《蛙》（405 B.C.）中戏仿了古希腊悲剧家埃斯库罗斯和欧里庇德斯的创作风格，而文艺复兴时期西班牙小说家、剧作家塞万提斯在《堂·吉诃德》中则戏仿了盛行于西班牙的骑士传奇小说。在英国，亨利·费尔丁和詹姆斯·乔伊斯也是戏仿创作的高手，19世纪的诗人，如威廉姆·华兹华斯和罗伯特·勃朗宁，其作品也经常成为其他作品的戏仿对象。戏仿不仅流行于文学作品创作中，在其他艺术领域，如艺术、音乐、漫画、建筑等领域也司空见惯。

拼贴是法语词，指戏仿或文学模仿。拼贴指的是"一部文学作品里面包含其他作家或作品的某些创作成分。该术语通常含有贬义，指缺乏独创性，有时也具有折中的含义，指故意模拟别人的作品以示对原作家的崇敬心情"（Baldick, 2003:162）。拼贴可以达到风趣幽默、崇敬，或

第三章 语言突显之文体戏仿

是讽刺的文体效果。艾米·洛威尔的《一个批评性寓言》(1922)可以被称为拼贴作品，因为它模拟了詹姆斯·拉塞尔的《写给批评家的寓言》的创作风格，现代派作家约翰·福尔斯的小说《法国中尉的女人》，在一定程度上讲，是由多部英国维多利亚时期小说拼贴而成。拼贴已成为后现代主义文学作品的时代标签。在艺术领域，当一幅画模拟了某个画家独特的风格时，可以称为拼贴，在爵士乐里则称为"引用"。拼贴不同于戏仿（因为前者以一种恭维而不是讽喻的方式模拟他人的作品），也不同于剽窃（因为它并没有故意骗人的意图）。

《尤利西斯》中各种戏仿与拼贴俯拾皆是，例如从小说结构上来看，它戏仿了荷马史诗《奥德赛》的神话结构，从神话主题来看，它戏仿了经典文学中的"寻父"主题，再是对《奥德赛》的神话人物的戏仿，以及对不同时代作家的写作风格的戏仿。因篇幅有限，本章仅探讨《尤利西斯》中文体戏仿与拼贴的语言特征及其认知功能。本章所讨论的文体戏仿与拼贴，是指乔伊斯在语言层面模仿其他作家或文本的语言表达风格或体裁特征。笔者试图揭示小说中文体戏仿与拼贴在小说里的重要文体价值和功能。互文性不仅是《尤利西斯》独有的特征，也是其他各类文本的共同特征，因此，对《尤利西斯》的互文性，尤其是对文体戏仿与拼贴的分析和探讨对解读其他文本，尤其是那些20世纪以来的现代或后现代文学作品，也具有一定的借鉴意义。互文性特征不仅体现在文本的语言表达式，同时也与文本的政治、社会、历史、文化语境有着密切的联系。

就语言表达风格而言，尽管戏仿与拼贴之间存在某些细微的差别，但为讨论方便起见，不进行细微的区别，把它们看成一对近义词，会用"戏仿"来指称"戏仿与拼贴"。笔者对此术语的定义是，戏仿是指在文本的语言表达、体裁结构或主题思想等方面，某个典型的作品中在上述某一或多个方面存在明示的或暗含的仿拟另一作家或作品的语言、文体风格的创作手段，其文体功能在于起到幽默滑稽、嘲讽或崇敬等文体效果。戏仿作为一种批评方法，深受作家、艺术家，甚至是广告商的青睐，用以向大众传达某种特定的信息或观点。毫无疑问，乔伊斯可谓杰出的戏仿大师，在《尤利西斯》里戏仿主要起到两大功能：用于反讽或嘲弄，表达崇敬和隐喻意义。

3.2 戏仿：用于反讽或嘲弄

戏仿通常用来实现反讽或嘲弄的表达效果，其主要特征是言非所指，也就是一个陈述的实际内涵与它表面意义相互矛盾。而从诗学角度看，正如瑞恰兹所说，反讽来自"对立物的均衡"，即通常互相冲突、互相排斥、互相抵消的方面，在诗中呈现为一种平衡状态，反讽的这种诗学特征，最终还是依赖语境的作用而完成。① 在《尤利西斯》中戏仿的功能更是如此。在行动层面，《尤利西斯》是对荷马史诗的戏仿，小说开篇的场景就是医科学生勃克·穆利根模仿天主教的弥撒仪式②：

（1）*Stately*, plump *Buck Mlligan* came from the *stairhead*, bearing a *bowl* of lather on which a mirror and a *razor* lay *crossed*. A *yellow dressinggown, ungirdled*, was sustained gently behind him on the mild morning air. He held the *bowl* aloft and intoned:

—*Introibo ad altare Dei*③. (original italics and the rest mine)

Halted, he peered down the dark winding stairs and called out coarsely:

—Come up, Kinch! Come up, you fearful *jesuit*!

Solemnly he came forward and *mounted* the round *gunrest*. He faced about and *blessed gravely* thrice the tower, the surrounding land

---

① https://baike.baidu.com/item/反讽/939677?fr=aladdin，访问日期：2018年9月7日。
② 关于弥撒仪式的意义，《世俗弥撒》解释说："每次弥撒的核心礼仪就是讲述《最后的晚餐》的故事，因为每次弥撒都会重温耶稣的教诲和举行分饼仪式，在仪式礼毕时分给信徒圣体：'分享这些饼和酒，用来纪念我。'弥撒中，教友通过聆听圣道及参加圣祭，亲身参与耶稣基督自我奉献于天主圣父的大礼。教友会领取一小块饼和一小口红葡萄酒作为耶稣基督的身体和血，吃了以后就和耶稣同在，获得救赎。"（Gifford & Seidman, 1988：12-13）
③ 拉丁语："我要走向上主的祭台。"

第三章　语言突显之文体戏仿

and the awaking mountains. Then, catching sight of Stephen Dedalus, he bent towards him and made rapid *crosses* in the air, gurgling in his throat and shaking his head. Stephen Dedalus, displeased and sleepy, leaned his arms on the top of the staircase and looked coldly at the shaking gurgling face that *blessed* him, equine in its length, and at the light *untonsured* hair, grained and hued like pale oak. (1:1)

[1]体态丰满而有风度的勃克·穆利根[①]从楼梯口出现，他手里托着一钵肥皂沫，上面交叉放了一面镜子和一把剃胡刀。他没系腰带的、淡黄色浴衣被习习晨风吹得稍微向后蓬着。他把那只钵高高举起，吟诵道：

我要走向上主的祭台。

他停下脚步，朝那昏暗的螺旋状楼梯下边瞥了一眼，粗声粗气地嚷道：

"上来，金赤[②]。上来，你这敬畏天主的耶稣会士。"

他庄严地向前走去，登上圆形的炮座。他四下里望望，肃穆地对这座塔和周围的田野以及逐渐苏醒着的群山祝福了三遍。然后，他一瞥见斯蒂芬·迪达勒斯就朝他弯下身去，往空中迅速地画了好几个十字，喉咙里还发出咯咯声，摇着头。斯蒂芬·迪达勒斯气恼而昏昏欲睡，双臂倚在楼梯栏杆上，冷冰冰地瞅着一边摇头一边发出咯咯声向他祝福的那张马脸，以及那顶上并未剃光[③]、色泽和纹理都像是浅色橡木的淡黄头发。(1:1)

例（1）是《尤利西斯》开篇的描写，乔伊斯戏仿的是拉丁文弥撒，

---

① 穆利根的原型系爱尔兰作家、爱尔兰文艺复兴运动的参加者奥利弗·圣约翰·戈加蒂（1878—1957）。在小说里，他是医科学生，与毕业于牛津大学的英国人海恩斯住在小说男主人公斯蒂芬所租的都柏林港口区沙湾附近的马泰洛圆形炮塔。海恩斯来都柏林的目的是研究凯尔特文学。
② 金赤是穆利根给斯蒂芬·迪达勒斯起的外号，意为"利刃"。
③ 某些修会的天主教神父将头顶剃光，周围留一圈头发。此时，穆利根只是装出一副神父的样子，故未剃发。

该章发表后立即引起了宗教界的强烈不满与震惊。20 世纪 30 年代初当都柏林一小部分文学爱好者成立了"布卢姆日"用以纪念小说男主人公布卢姆时，该书依然在英、美、爱尔兰等国家因其淫秽的内容而被禁止。那么，小说开篇的描写为什么会冒犯宗教人士？

医科学生勃克·穆利根，与海恩斯一道住进了斯蒂芬所租的圆塔。在故事开篇，作者采用第三人称叙事技巧，描述了穆利根站在马泰洛圆形炮塔顶层修面的情形：他手托剃须碗，俨然一位牧师在布道。在斯蒂芬看来，穆利根是一个勇敢友善的室友，他的性格外向，正好与斯蒂芬的性格形成鲜明的对比，且穆利根自恃清高、傲慢无礼，导致他和斯蒂芬发生口角，早餐之后，分道扬镳。斯蒂芬把穆利根看成一个"篡夺者"，因为在他们分手前穆利根索取了斯蒂芬进入马泰洛炮塔的钥匙。另外，穆利根最典型的特征就是他对上帝的不敬以及玩世不恭的讽刺性的语气。

例证中的语言描写与布道、宗教用语相关，如 bowl（钵），stairhead（楼梯口），razor（剃胡刀），dressinggown（浴衣），Introibo ad altare Dei（我要走向上主的祭台），jesuit（耶稣会士），gunrest，blessed gravely（祝福），untonsured（并未剃光），stately（庄严地），solemnly（庄重地）。这些典型用词带有极强的隐喻意义或认知意义。例证中的"bowel"，原指"盛物的器具，碗、钵"，用来指代"圣餐杯"；"stairhead"，原指"楼梯口"，用来象征"圣坛台阶"；"razor"（剃胡刀）喻指屠刀，将神父看作屠夫；"ungirdled dressinggown"（未系腰带的浴衣）用来讥讽神父身穿的祭服；"untonsured"（并未剃光）用来讽刺天主教牧师的虚伪，等等。勃克·穆利根（Buck Mulligan）的姓名也暗含讽刺意味。"Buck"是取自一种动物的绰号，暗指他粗暴唐突的性格。"Malachi"则是《旧约》最后一本书的书名，也是该书作者的名字，他曾预言基督将成为犹太人的救世主（弥赛亚）。通过戏仿牧师执行仪式的最严肃的场面，穆利根成功地嘲弄了牧师在餐桌上提供圣餐和分发面包的夸张举止。这些词语直接或间接地与弥撒仪式，与天主教相关。任何宗教仪式或宗教活动都是神圣的、庄严的事情，容不得丝毫怠慢或亵渎。此时，穆利根竟敢冒"宗教"之大不韪，一大早就在炮塔顶部扮演牧师布道，其反讽、嘲弄的语用意图不言自明，难怪小说发表以后立即引起了宗教人士的强烈不满，与乔伊斯结下了不共戴天之仇。早在1904年8月29日乔伊斯给诺娜的信中，他愤怒地写道："我的内心拒绝接受整个现行的社会秩序和基督教——家庭、公认的美德、阶级与宗教教义。……六年前，我怀着深仇大恨离开了天主教，出于天性，我再不能置身其中了。"（Ellmann, 1975:25）同年，乔伊斯怀着对祖国既爱又恨的矛盾心情，同诺娜一起远走高飞，自我流放到欧洲大陆，开始自己新的人生旅程。

第7章"埃奥洛"的故事时间是当天中午12点，地点是都柏林《自由人报》的办公室，乔伊斯采用的创作艺术是修辞，技巧是省略三段论。布卢姆向报刊主编说明自己揽来的凯斯商店的广告图案。接着，他又去了《电讯晚报》报馆。此时斯蒂芬也来了，他向该报推荐迪希校长的稿件，主编克劳福德却对该稿嗤之以鼻。斯蒂芬当天早晨领了薪水，就请大家去酒吧喝酒。相比前面6章，在该章乔伊斯首次对小说创作风格进行大胆的创新实验，一个心不在焉的叙述者不时被63个报纸新闻标题干扰、打断。这些标题既干扰了叙述者的思绪和叙述节奏，也打乱了传统小说的叙述模式，最大限度地淡化了小说的故事情节，突出了文本的现实感、在场性、碎片化和游戏性等特征，给读者既带来了词汇突显的阅读体验，同时也给读者增添了极大的阅读障碍。乔伊斯采用的这些碎片化的新闻标题起到了反讽或嘲弄的艺术效果。请看该章开篇的3则新闻：

（2）IN THE HEART OF THE HIERNIAN METROPOLIS
　　Before Nelson's pillar trams slowed, shunted, changed trolley, started for Blackrock, Kingstown and Dalkey, Clonskea, Rathgar and Terenure, Palmerston Park and upper Rathmines, Sandymount Green, Rathmines, Ringsend and Sandymount Tower, Harold's Cross. The hoarse Dublin United Tramway Company's timekeeper bawled them

off:

— Rathgar and Terenure!

—Come on, Sandymount Green! ... (7:147)

[2] 在希波尼亚首都中心

一辆辆电车在纳尔逊纪念柱前减慢了速度，转入岔轨，调触轮，重新发车，驶往黑岩、国王镇和多基、克朗斯基亚、拉思加尔和特勒努尔、帕默斯顿公园、上拉思曼斯、沙丘草地、拉思曼斯、林森德和沙丘塔以及哈罗德十字路口。都柏林市联合电车公司那个嗓音嘶哑的调度员咆哮着把电车撑走：

"开到拉思加尔和特勒努尔去！"

"下一辆开往沙丘草地！"……（7:219）

(3) THE WEARER OF THE CROWN

Under the porch of the general post office shoeblacks called and polished. Parked in North Prince's street His Majesty's vermilion mailcars, bearing on their sides the royal initials, E. R., received loudly flung sacks of letters, postcards, lettercards, parcels, insured and paid, for local, provincial, British and overseas delivery. (7:147–148)

[3] 王冠佩戴者

中央邮局的门廊下，擦皮鞋的边吆喝着边擦。亲王北街上一溜儿朱红色王室邮车，车帮上标着今上御称的首字 E. R.。成袋成袋的挂号以及贴了邮票的函件、明信片、邮筒和邮包，都乒嘟乒嘟地被扔上了车，不是寄往本市或外埠，就是寄往英国本土或外国的。（7:219）

(4) GENTLEMEN OF THE PRESS

Grossbooted draymen rolle barrels dullthudding out of Prince's stores and bumped them up on the brewery float. On the brewery float bumped dullthudding barrels rolled by grossbooted draymen out of Prince's stores. ... (7:148)

[4] 新闻界人士

穿粗笨靴子的马车夫从亲王货栈里推出酒桶，滚在地上发出钝重的响声，又哐啷哐啷码在啤酒厂的平台货车上。由穿粗笨靴子的马车夫从亲王货栈里推滚出来的酒桶，在啤酒厂的货车上发出一片钝重的咕咚咕咚声。……（7:220）

例证（2）—（4）无论从排版布局（如标题居中、字体字号等）还是从叙述视角、语言表达方式和表达内容来看，都符合新闻英语语体的体裁规范和语体特征，给读者一种耳目一新、惊奇诧异的印象。对传统阅读经验的普通阅读者而言，乔伊斯的这种大胆创新与实验前所未闻，极大地挑战了读者的阅读阈限和期待视野，因此，很难理解文本的认知语义和创作技巧。实际上，在这些仿拟式的新闻题目和夸张式的语言表达背后，隐含着一种啼笑皆非、笑里藏刀的讽刺意义。

例（2）的新闻标题"在希波尼亚首都中心"显得非常正式和庄重，读者的期待视野会聚焦到一些重要的场景、建筑物或国家权力机构，如政府部门、社会组织等，但新闻内容却让读者大失所望、大跌眼镜，他们所看到的却是一些杂乱无章、机器轰鸣、各类车辆，如有轨电车、邮车、印刷机等。也就是说，占据城市中心位置的不是人，而是各类现代化的机器，它们发出噪声，占据主导地位，而人却处于被支配、被约束的地位。不难看出，乔伊斯把醒目的大写字母标题和文不对题的实际内容并置进行对比对照，自然形成一种强烈的反差，产生一种深刻的反讽效果：乔伊斯对现代工业社会给人类带来的严重后果的忧虑与困惑，同时也对自命不凡的人类进行贬低与批判。例（3）的标题"王冠佩戴者"对前面的主题进行了进一步的强化。那么，那些堂而皇之的"王冠佩戴者"究竟是何许人也？原来，昔日威风凛凛的"王冠佩戴者"如今变成了"中央邮局的门廊下"擦皮鞋的鞋匠、"朱红色王室邮车"，等等。通过这两则新闻报道，乔伊斯呈现在读者面前的是一个物化的世界，其中心是为征服者而树立的柱子，机器和有轨电车是其命脉，在这个世界中人类所扮演的角色是无足轻重的。通过仿拟的创作手法，乔伊斯把各种事物，有生命的和无生命的并置，赋予同等的重要性，对其进行贬低、嘲弄，尤其是对人类的自负、傲慢进行了辛辣的讽刺。

例（4）的标题"新闻界人士"把马车夫描写为"绅士们"，且把他们与"啤酒桶"置于平等的地位，甚至是后者占据了更多的空间、更多的关注，也即是物体占据主导地位，而人物处于次要的位置，比如，小个子戴维·斯蒂芬"披着一件大斗篷。鬓发上是一顶小毡帽，斗篷下抱着一卷报纸，摆出一副国王信使的架势踱了出去"，红穆雷的"长剪刀、糨糊"也占据醒目的位置，其贬低、讽刺的意义显而易见。在随后的几个新闻标题下，"新闻界人士"对一些大是大非的问题高谈阔论，例如政治事务、爱尔兰官方语言等。他们对丹·道森演讲发表了各自的高见，但发言空洞无物，他们的爱国主义热情还仅仅停留在言辞上而没有任何实际行动；新闻记者做出的评论漏洞百出，不堪一击，新闻媒介的水平之差可见一斑。再则，他们的交谈全是些道听途说，人名、地名错误百出，日期也颠来倒去。最具讽刺意义的是，他们对恢复爱尔兰官方语言的地位高谈阔论，但是他们整个的谈话都是用英语进行的。他们高喊"平等、自由"的口号，却私底下议论布卢姆的犹太人身份、他妻子的绯闻，并不时打断布卢姆的发言，处处排斥他、孤立他，使他处于被边缘化的地位。斯蒂芬在该章结尾时，用了一个有名的引语"登比斯迦眺望巴勒斯坦"，"我要管它叫《登比斯迦眺望巴勒斯坦》[①]，要么就叫它《李子寓言》"[②]（7:260）。斯蒂芬的典故暗讽爱尔兰的年轻人为了响应基督的号召一直待在家里，被困在自己瘫痪、贫瘠的国家里而没有机会了解国外的世界。斯蒂芬的引语在第9章"斯鸠利和卡吕布狄"也有提及，他在国立图书馆进一步阐述了有些幼稚的观点。

---

① 据《申命记》第34章，上主让摩西从摩押平原的比斯山峰上俯瞰迦南（巴勒斯坦及相毗邻的腓尼基一带的古称）全景，并对他说，这就是应许给他后代的土地，"但是你不能进去"。摩西死在摩押地，终身未能进入迦南。
② 耶稣喜欢用寓言来教导门徒。《马太福音》第13章第3—9节中耶稣对群众所讲撒种的寓言。照基督教的说法，李子象征忠诚与独立。

第三章 语言突显之文体戏仿

对比对照是"埃奥洛"最突出的修辞手段，它们在多个层面形成了反讽性的对照，如过去与现在、语言与行为、隐含的与明示的文体标记以及不同主题之间的比较，如罗马与希腊、英国与爱尔兰之间的比较。事实上，该章的比较对象包罗万象，它们所表达的反讽意义也是多维度的、多层次的，因此，很难对该章的反讽手段和表达功能进行详尽的描写与阐释。

"埃奥洛"里读者通过理解各个部分在内容与情节上的对照，最终看到的是虚无本身。没有任何一种观点是明确无误的正确，没有任何的视角能够涵盖全部。风是虚幻的，在本章里人们在不停地编织谎言。本章到处都充满矛盾性，因此，某个单一的叙述视角都难担当此任，多视角叙述就是顺理成章的事。新闻标题浓缩了该章的内容，产生了立体化的效果，它们的功能各不相同，有时某个标题同时具有多种功能。(French, 1982:98)

总体来说，这些互不相干的新闻标题并置起到了反讽的艺术效果，对人类自高自大、愚昧无知的性格特征和不切实际的观点进行了无情的鞭策与嘲讽。尽管新闻标题与叙事视角各不相同，但乔伊斯创作意图却是非常明确的：通过戏仿与拼贴，促使人们，包括读者在内，认识到我们自身的渺小、无知和可笑，最终认识到事物的不确定性以及人类的虚幻意识。

戏仿的反讽功能在第 12 章"独眼巨人"里达到了无以复加的地步。乔伊斯将该章的创作技巧描述为"畸形"(gigantism)："一种特殊的而又恰当的仿拟类型……。对某些主题的夸张达到了破裂的临界点，独眼巨人的人形影子被投射到他居住的洞穴的四面八方。"(Gilbert, 1957:274)该章在神话结构上相当于《奥德赛》第 9 卷中的故事，尤利西斯和他的手下漂流到独眼巨人的岛上后，他命令 12 名部下进入了波吕菲漠的岩洞，但六人被这个巨人吃掉了。尤利西斯便把巨人灌醉，在手下的协助下刺瞎了巨人的独眼。他们乘船逃到海面上，受到海神的诅咒，只能继续在海上漂流，一直回不了家乡。

　　为了更好地理解该章的戏仿功能，需要了解更多的文本语境和叙述技巧。在第12章中有两个叙述者。一个是在场叙述者，也被称为"塞赛蒂兹"①或是第一人称叙述者，他可能是一个酒馆常客、讨债人或是无耻的长舌妇。第一人称叙述者负责描述在酒吧里发生的事情。另一个叙述者是场外叙述者，他经常煽阴风、点鬼火，肆意编造故事，把一些非暴力事件说成暴力冲突，如神话故事、旅游见闻、儿歌或是报刊新闻，等等。"他的语言表达直截了当，我们可以间接地体会他的痛苦经历，他撒尿时的痛苦，他喜欢揭穿别人的短处，因其职业的原因而形成的偏见（他讨厌咬人的狗，他喜欢请客喝酒的人，他害怕影响名声的暴力冲突）。"（Hart & Hayman, 2002:244）第一人称叙述者遭到33个场外叙述者的"叙述干预"，这些干预片段在文体风格或表达内容上都戏仿了爱尔兰神话、法律语言、新闻内容、《圣经》语言等；每个片段代表一种独有的叙述风格，呈现一种独特的叙事声音，形成了一个由众多各自独立而不融合的声音和意识组成的多声共鸣的互文阅读空间。"通过模仿不同的文体风格，如新闻媒介、大众文化或爱尔兰神话与历史，对叙述者的话语进行评议、拓展和回应。它们随意地分布在该章中，通常由在场叙述者讲述的某个故事、某个词语、某个事件的历史类比或仅仅是某种修辞手段而引发的。"（French, 1982:103）戏仿与叙述在本章中相伴而行，相得益彰，出色地完成了叙述在酒吧里的故事的任务。例（5）选自场外叙述者对"市民"的描述：

　　（5）The figure seated on large boulder at the foot of a round tower was that of a broadshouldered deepchested stronglimbed frankeyed redhaired freely freckled shaggybearded widemouthed largenosed longheaded deepvoiced bareknneed brawnyhanded

---

① 乔伊斯把本章的无名叙述者看作《伊利亚特》第2卷中的"塞赛蒂兹"，他是一个最厚颜无耻的希腊士兵，喜欢搬弄是非、说长道短。（Ellmann, 1975:110）

第三章　语言突显之文体戏仿

hairylegged ruddyfaced sinewyarmed hero. From shoulder to shoulder he measured several ells and his rocklike mountainous knees were covered, as was likewise the rest of his body wherever visible, with a strong growth of tawny prickly hair in hue and toughness similar to the mountain gorse (*Ulex Europeus*). The widewinged nostrils, from which bristles of the same tawny hue projected, were of such capaciousness that within their cavernous obscurity the fieldlark might easily have lodged her nest. The eyes in which a tear and a smile strove ever for the mastery were of the dimensions of a goodsized cauliflower. A powerful current of warm breath issued at regular intervals from the profound cavity of his mouth while in rhythmic resonance the loud strong hale reverberations of his formidable heart thundered rumblingly causing the ground, the summit of the lofty tower and the still loftier walls of the cave to vibrate and tremble.

He wore a long unsleeved arment of recently flayed oxhide reaching to the knees in a loose kilt and this was bound about his middle by a girdle of plaited straw and rushes. Beneath this he wore trews of deerskin, roughly stitched with gut. His nether extremities were encased in high Balbriggan buskins dyed in lichen purple, the feet being shod with brogues of salted cowhide laced with the windpipe of the same beast. From his girdle hung a row of seastones which jangled at every movement of his portentous frame and on these were graven with rude yet striking art the tribal images of many Irish heroes and heroines of antiquity, Cuchulin, Conn of hundred battles, Niall of nine hostages... A couched spear of acuminated granite rested by him while at his feet reposed a savage animal of the canine tribe whose stertorous gasps announced that he was sunk in uneasy slumber, a supposition confirmed by hoarse growls and spasmodic movements which his master repressed from time to time by tranquillising blows of a mighty cudgel rudely fashioned out of Paleolithic stone. (12:382-384)

[5] 坐在圆形炮塔脚下大圆石上的那个人生得肩宽胸厚，四肢健壮，眼神坦率，红头发，满脸雀斑，胡子拉碴，阔嘴大鼻，长长的头，嗓音深沉，光着膝盖，膂力过人，腿上多毛，面色红润，胳膊发达，一副英雄气概。两肩之间宽达数埃尔。他那如磐石、若山岳的双膝，就像身上其他裸露着的部分一样，全结结实实地长满了黄褐色扎扎乎乎的毛。不论颜色还是那韧劲儿，都像是山荆豆（学名乌列克斯·尤列庇欧斯）。鼻翼宽阔的鼻孔里扎煞着同样是黄褐色的硬毛，容积大如洞穴，可供草地鹨在那幽暗处宽宽绰绰地筑巢。泪水与微笑不断地争夺主次的那双眼睛，足有一大棵花椰菜那么大。从他那口腔的深窝里，每隔一定时间就吐出一股强烈温暖的气息；而他那颗坚强的心脏总在响亮、有力而健壮地跳动着，产生有节奏的共鸣，像雷一般轰隆轰隆的，使大地、高耸的塔顶，以及更高的洞穴的内壁都为之震颤。

他身穿用新近剥下来的公牛皮做的坎肩，长及膝盖，下摆是宽松的苏格兰式百褶短裙。腰间系着用麦秆和灯心草编织的带子。里面穿的是用肠线潦潦草草缝就的鹿皮紧身裤。胫部裹着染成苔紫色的高地巴尔布里艮皮绑腿，脚蹬低跟镂花皮鞋，是用盐腌过的母牛皮制成的，并系着同一牲畜的气管做的鞋带。他的腰带上垂挂着一串海卵石。每当他那可怕的身躯一摆动，就叮当乱响。在这些卵石上，以粗犷而高超的技艺刻着许许多多古代爱尔兰部族的男女英雄的形象：库楚林①、百战之康恩、做过九次人质的奈尔。……他身旁横着一杆用磨尖了的花岗石做成的矛，他脚下卧着一条属于犬类的野兽。它像打呼噜般地喘着气，表明它已沉入了不安宁的睡眠中。这从它嘶哑的嗥叫和痉挛性的动作得到证实。主人不时地抡起用旧

---

① 库楚林是爱尔兰中世纪传奇小说中的英雄，貌美而力大无比。

石器时代的石头粗糙地做成的大棍子来敲打,以便镇住并抑制它。
(12:539-541)

该例证是场外叙述者对"市民"的五官特征、身材体形、衣着打扮进行的详细描写和交代,"市民"是"独眼巨人"的化身,从某种程度上讲,场外叙述者也有"独眼巨人"的身影。从叙述风格和语气来看,叙述者以一种夸张的修辞方式,也就是乔伊斯称为"畸形"的叙述技巧,对"市民"本人以及以"市民"为代表的狭隘民族主义者盲目自信、自以为是的性格特征进行了辛辣的讽刺和挖苦,其讥讽程度达到了无以复加的地步。叙述者戏仿了19世纪后期关于爱尔兰传奇故事的写作风格。据说,"市民"的原型人物是迈克尔·库萨克(1847—1907),他是爱尔兰体育运动协会的创立者,爱尔兰传统运动项目包括爱尔兰式曲棍球、爱尔兰式橄榄球、手球等。库萨克自称"市民库萨克",艾尔曼把他描写为"中等身材""肩膀宽大""头戴宽边帽""身穿短裤",他的口头禅:"新教徒们,我是来自克莱尔县布雷·巴尼镇卡隆教区的市民库萨克!"(Ellmann, 1959:62)叙述者对"市民的描写"如表3-1所示。

表3-1 "市民"的身体部位和他的服饰品的描写统计

身体部位	英语原文	汉语译文
整体描写	broadshouldered, deepchested, stronglimbed, frankeyed, redhaired, freely freckled, shaggybearded, widemouthed, largenosed, longheaded, deepvoiced, barekneed, brawnyhanded, hairylegged, ruddyfaced, sinewyarmed	肩宽胸厚、四肢健壮、眼神坦率、红头发、满脸雀斑、胡子拉碴、阔嘴大鼻、长长的头、嗓音深沉、光着膝盖、膂力过人、腿上多毛、面色红润、胳膊发达
肩膀	from shoulder to shoulder he measured several ells	两肩之间宽达数埃尔
双膝	rocklike, mountainous, with tawny prickly hair in hue and toughness similar to the mountain gorse	如磐石、若山岳的双膝,就像身上其他裸露着的部分一样,全结结实实地长满了黄褐色扎扎乎乎的毛

续表

身体部位	英语原文	汉语译文
鼻孔	widewinged, with tawny hued bristles, capacious, cavernous obscurity, a good place for fieldlark to nest	鼻翼宽阔的鼻孔里扎煞着同样是黄褐色的硬毛，容积大如洞穴，可供草地鹨在那幽暗处宽宽绰绰地筑巢
双眼	of the dimensions of a goodsized cauliflower	足有一大棵花椰菜那么大
嘴巴	issuing a powerful current of warm breath, from the profound cavity of his mouth	从他那口腔的深窝里，吐出一股强烈温暖的气息
心脏	rhythmic resonance, loud strong hale reverberations, formidable, thundering, rumblingly causing the ground, the lofty tower and the loftier walls to vibrate and tremble	坚强的心脏总在响亮、有力而健壮地跳动着，有节奏的共鸣，像雷一般轰隆轰隆的，使大地、高耸的塔顶，以及更高的洞穴的内壁都为之震颤
服饰	long, unsleeved, recently flayed oxhide reaching to the knees in a loose kilt, bound about his middle by a girdle of plaited straw and rushes, with strews of deerskin, roughly stitched with gut	身穿用新近剥下来的公牛皮做的坎肩，长及膝盖，下摆是宽松的苏格兰式百褶短裙；腰间系着用麦秆和灯心草编织的带子。里面穿的是用肠线潦潦草草缝就的鹿皮紧身裤
胫部	in high Balbriggan buskins dyed in lichen purple	胫部裹着染成苔紫色的高地巴尔布里艮皮绑腿
双脚	shod with brogues of salted cowhide laced with the beast's windpipe	脚蹬低跟镂花皮鞋，是用盐腌过的母牛皮制成的，系着同一牲畜的气管做的鞋带
腰带	hanging a row of seastones jangling with his portentous frame, graven with rude striking art the tribal images of many Irish heroes and heroines	腰带上垂挂着一串海卵石。每当他那可怕的身躯一摆动，就叮当乱响；刻着许许多多古代爱尔兰部族的男女英雄的形象
长矛	couched, of acuminated granite	横着一杆磨尖了的花岗石做成的矛
野兽（大犬）	savage, canine tribe, with stertorous gasps, in uneasy slumber, hoarse growls, spasmodic movements, suffering from tranquillising blows of a mighty cudgel rudely fashioned out of Paleolithic stone	凶猛，犬类，像打呼噜般地喘着气，不安宁的睡眠中，嘶哑的嗥叫，痉挛性的动作；主人不时地抡起用旧石器时代的石头粗糙地做成的大棍子来敲打，以便镇住并抑制它

表 3-1 对"市民"身材体格、衣着装束进行了巨细无遗的描写，活似神话故事或武侠小说中的彪形大汉、一个盘踞洞穴里的"独眼巨人"。从语言描写来看，场外叙述者不惜笔墨，一口气用了数十个形容

第三章 语言突显之文体戏仿

词来描写他的体格特征，包括他的相貌、五官、装束，还有那只讨厌的猛犬。通过戏仿新闻文体，尤其是借用新闻语体冗长的句式、表达情感态度的形容词短语以及无数的隐喻表达方式，极大地强化了其讽刺嘲弄的表达效果。从词汇上看，语域混用是其鲜明特征：既有来自神话故事和浪漫文学的词语，如"Girdle"（腰带），"in high Balbriggan buskins"（巴尔布里艮皮绑腿），"brogues of salted cowhide"（用盐腌过的母牛皮制成的），"graven"（雕刻的），"strews of deerskin"（鹿皮紧身裤），"ells"（埃尔，旧时英国等欧洲国家量布的长度单位，等于45英寸）和"cudgel"（棍棒），也有大量18世纪的古英语词，如"canine tribe"（犬类的），"lofty"（高尚的），"summit"（顶峰），"Cuchulin"（库楚林），也有19世纪的词语，如"tawny... hue"（黄褐色……色彩），"portentous frame"（可怕的身躯），"stertorous gasps"（像打呼噜般地喘着气）和"uneasy slumber"（不安宁的睡眠），也不乏一些现代英语的词汇和表达结构，如"as was likewise the rest of his body wherever visible"（就像身上其他裸露着的部分一样），"in hue and toughness similar to the mountain gorse"（长满了黄褐色扎扎乎乎的毛），另一些词语更多用于科技文本而非文学文本，如"acuminated granite"（磨尖了的花岗石），"supposition"（推测），"paleolithic"（旧石器时代），"a powerful current"（一股强烈温暖的气息），"profound cavity"（口腔的深窝里），"rhythmic resonance"（有节奏的共鸣），等等。这些不同时期、不同语类的语言表达，加上非常正式的语体和夸张的语气，叠加在一起共同刻画出这位古英雄"市民"的形象，给人一种啼笑皆非、幽默讽刺的认知语用效果。另外，场外叙述者在自豪地介绍"古代爱尔兰部族的男女英雄的形象"时，一口气列出了82个英雄名帖。其中，有些英雄人物真实可信，有的属于历史事件，有的则是子虚乌有，如"西德尼游行、卡斯提尔的玫瑰、多利山、尼莫船长"等。所有这些叙事手法，包括正式冗长的语言表达、各类语体词汇的混用、包括夸张在内的多种修辞手段等，从不同层面、不同角度对盲目自大、浮夸自负的"市民"以及由他代表的极端民主主义进行了尖刻的嘲弄与讽刺。"市民"在该章中大放厥词，高谈阔论，他的主要观点如下。

他反对巴涅尔领导的19世纪后期爱尔兰民族主义运动、自治运动：

"《爱尔兰独立日报》，你们看多奇怪，竟然是'巴涅尔创办，工人之友'哩。"（12:542）

他主张"以暴治暴"，以武力解决爱尔兰的独立问题，"市民"当然急不可耐地等着插嘴的机会。接着就高谈阔论起"常胜军"啦，激进分子啦，六七年那帮人啦，还有那些怕谈到九八年的人什么的。（12:550）

"我们将以暴力对抗暴力，""市民"说，"在大洋彼岸我们有更大的爱尔兰。"(12:578）

他主张恢复爱尔兰语的地位、抵制欧洲国家的经济贸易活动、反对英国统治：

"是，'市民'就谈起爱尔兰语啦，市政府会议啦，以及有哪些不会讲本国语言、态度傲慢的自封的绅士啦。"（12:556）

"市民"说，"他们大批地涌进爱尔兰，弄得全国都是臭虫。"（12:570）

"受骗的是爱尔兰的庄稼汉，""市民"说，"以及穷人再也不要放陌生人进咱们家啦。"（12:571）

"你说的是他们的梅毒文明喽！""市民"说，"让那跟他们一道下地狱去吧！让那不中用的上帝发出的咒诅，斜落在那些婊子养的厚耳朵混蛋崽子身上吧，活该！音乐，美术，文学全谈不上，简直没有值得一提的。他们的任何文明都是从咱们这儿偷去的。鬼模鬼样的私生子那些短舌头的崽子们。"（12:572）

"这就是你们那称霸世界的光荣的英国海军，""市民"说，"这些永远不做奴隶的人们有着天主的地球上唯一世袭的议院，国土掌

握在一打赌徒和装腔作势的贵族手里。这就是他们所夸耀的那个苦役和被鞭打的农奴的伟大帝国。"（12:577）

他提倡自给自足，沉溺于过去的辉煌，不与其他国家交往：

"我们自己！""市民"说，"我们自己就够了！我们所爱的朋友站在我们这边，我们所憎恨的仇敌在我们对面。"（12:551）

"胡说，""市民"说，"再也没有比视而不见的人更有目的了——也不知道你懂不懂得我的意思。咱们这里本来应该有两千万爱尔兰人，如今却只有四百万。咱们失去了的部族都哪儿去啦？还有咱们那全世界最美的陶器和纺织品！"（12:574）

他反对犹太人、蔑视妇女的地位：

"那个该死的共济会会员在干什么哪，""市民"说，"外面鬼鬼祟祟地荡来荡去？"（12:544，共济会会员指布卢姆）

"一个不守贞操的老婆，""市民"说，"这就是咱们一切不幸的根源。"（12:571）

"披着羊皮的狼，""市民"说，"这就是他。从匈牙利的维拉格！我管他叫作亚哈随鲁①。受到天主的咒诅。"（12:588）

除此之外，该章还戏仿了不同时期的作家、作品、体裁的创作风格，其仿拟的范围从无意义的儿语和少儿读物到18世纪的礼貌谈话、马洛里传奇、伊丽莎白式对话、《使徒信经》和《圣经》，再到希腊罗马神话以及爱尔兰史诗。另外，乔伊斯对戏仿不同叙事声音的实验也产生了极强的诙谐幽默、滑稽讽刺的效果。在叙事声音方面，在本章以及其

---

① 亚哈随鲁是《旧约·以斯帖记》（第1—3章）中的波斯王，犹太女子以斯帖的丈夫。这里泛指流浪的犹太人。

他章节里，乔伊斯似乎并不信任某个单一或独白型的叙事声音而是采用多声的、复调的叙事声音，在小说中每个声音和意识都具有同等重要的地位和价值。

霍加特在讨论《尤利西斯》仿拟的功能时认为，仿拟具有喜剧式的滑稽和宣传功能，"仿拟、夸张和缩小是讽刺家的常用修辞手段，而乔伊斯则是他们中的大师。在其他章节里，比如在'太阳神的牛'里，仿拟是喜剧式的，而在'独眼巨人'里，仿拟具有宣传的目的，用以反对暴力，尤其是爱尔兰民族主义采用的暴力"（Hodgart, 1983:101）。但分析表明，乔伊斯在小说中使用仿拟的主要功能是讽刺，目的是揭示都柏林社会的虚伪、堕落与愚昧。

3.3 戏仿：表达崇敬和隐喻意义

戏仿与拼贴是用于"讽刺那些荒诞的行为，在分析文本风格时用于评价、批评"，但是对乔伊斯而言，戏仿与拼贴，作为互文性的一种特殊表达方式，不只是为了嘲讽，还用于表达崇敬的心情或其他隐喻意义。在讨论体裁的功能时，巴赫金指出，文本不只是以一个相对直接的方式去吸收惯例性的表达模式（如体裁、话语模式、活动类型），也可能通过诸如讽刺、反讽、崇敬等方式对文本进行"再强化"或以不同方式把它们"融合"在一起（Bakhtin, 1986:79-80）。由此可见，反讽与崇敬是互文性文本体现的两个基本属性。如前所述，在《尤利西斯》里存在大量的互文性指称，下面两个表格（表3-2、表3-3）将会说明乔伊斯是如何继承和发扬经典文学作品以及他对那些文学前辈的崇敬之情的。

表 3-2 《尤利西斯》中的互文性指称统计

原文献	互文性指称次数	原文献	互文性指称次数
荷马	124	托马斯·莫尔	37
《哈姆雷特》	113	查尔斯·S. 帕内尔	34

续表

原文献	互文性指称次数	原文献	互文性指称次数
《奥德赛》	75	乔治·W.罗素（AE）	29
耶稣	62	沃尔夫冈·A.莫扎特	27
W.巴特勒·叶芝	47	奥斯卡·王尔德	20
圣母玛利亚	47	圣·托马斯·阿奎那	20
阿利盖利·但丁	40	维吉尔	20

（来源于 Gifford & Seidman 的索引表，1988:645-677）

表3-3 乔伊斯作品中有关但丁的互文性指称统计

乔伊斯作品名称	互文性指称次数	乔伊斯作品名称	互文性指称次数
《乔伊斯批评文集》	15	《贾科莫·乔伊斯》	4
《乔伊斯诗歌集》	3	《尤利西斯》	113
《都柏林人》	33	《芬尼根守夜人》	133
《斯蒂芬英雄传》	26	《乔伊斯书信集》	8
《一个青年艺术家的画像》	26	总引用数	367
《流亡》	6		

（来源于 Reynolds 的附录，1981:229-329）

表 3-2 仅统计了互文性指称超过 20 次的文学家和艺术家，其他少于 20 次的引用文献不计其数。难怪有不少的读者、评论家抱怨《尤利西斯》"晦涩难懂""不忍卒读"。乔伊斯在创作《尤利西斯》时，大量引用了世界文学史上的名家名著，例如引用了荷马、莎士比亚、济慈、但丁、摩尔、莫扎特、王尔德、阿奎那等。从统计表中可以看出，在《尤利西斯》和《芬尼根守夜人》里，乔伊斯引用最多的是但丁和莎士比亚，足见乔伊斯对两位文学巨匠由衷的敬仰之情。乔伊斯的小说名称《尤利西斯》就来源于荷马史诗《奥德赛》里的英雄人物尤利西斯，乔伊斯对莎士比亚的最经典的引语要数小说男主人公斯蒂芬提出的哈姆雷特理论，但是正如雷诺兹所言，乔伊斯与但丁之间存在一种隐秘的关系，但丁只是在乔伊斯的小说中被暗指。雷诺兹认为："在乔伊斯的脑海里充满着诗人但丁而不是天主教信徒但丁的形象。乔伊斯带着世俗化

的身份阅读但丁，并全面地、有目的地进行了引用。有时核心人物都是以但丁式人物定位的；这些人物反映了但丁的态度和视角，有时他的态度很严肃，有时又是诙谐风趣的。"（Reynolds, 1981:3）《尤利西斯》是文学传承的经典例子，在继承的基础上又进行了拓展与创新，形成了一个开放的、立体化的、多声共鸣的阅读空间，不仅给读者增加了阅读难度，更重要的是极大地丰富了读者的文学阅读知识、文学想象能力和期待视野，难怪《尤利西斯》赢得了"百科全书"的美誉。

表 3-3 表明，在乔伊斯的 10 部作品（小说、诗歌、书信、评论集）里，从《都柏林人》到《尤利西斯》再到《芬尼根守夜人》，总引用次数达到 367 次，后两部意识流巨著引用次数最多，分别达到了 113 次、133 次。乔伊斯大量地，甚至是肆无忌惮地引用互文性指称的创作意图，除了确保他的作品"不朽"之外，还在于乔伊斯给后人提出了一个严肃的问题：经典文学作品的传承与创新问题，充分体现了乔伊斯对经典文学作品的重视与崇敬之情。早在 1898 年，乔伊斯在都柏林大学读预科时，就写了一篇"语言学习"的文章，在文章里他带着十分敬仰和谦卑的态度回答了该如何看待经典文学作品和文学前辈的问题，至今仍不乏重要的启发意义。

> 我们的语言文学作品中有一些名字流传到我们这一代，这些令人敬重的名字，不应当受到我们的怠慢，而是早就应该受到尊重。他们是语言变迁中的里程碑。他们不让语言受到亵渎，指引着语言一直向前发展，在它发展的道路上，不断拓展，不断改进。（詹姆斯·乔伊斯，2013b: 17）

乔伊斯在这段文字里明白无误地传递了两个信息。一是向经典文学作品以及他们的作者致敬。早在 20 世纪初，乔伊斯对经典文学作品的接受、继承与传播感到忧心忡忡，在物欲横流的现代社会中，人们应如何看待经典文学作品以及他们的作者？一个世纪后的今天，经典文学作品的命运又如何呢？二是文学语言的独特价值。在语言的历史发展过程中，文学语言是反映社会生活的媒介，它本身也处于不断的变化之中，它在"不断拓展，不断改进"，"是语言变迁中的里程碑"，同样值得人们的高度重视。

仿拟在小说中还有另外一种重要的功能：表达深刻的隐喻意义。小说的第 14 章"太阳神的牛"是乔伊斯小说创新实验最典型的一章，除了前面讨论的各类互文性指称外，乔伊斯还戏仿了英国文学史中 32 位作家不同的文体风格，其深刻的隐喻意义至今还是乔学界研究的热门话题。哈特和海曼曾把该章比喻成"捣蛋鬼""小精灵"：

> 没有任何隐喻能够恰如其分地描述乔伊斯在本章中的成就，但是可以用柏拉图对话录——《会饮篇》中的一个意象来概述该章的主题。该章是当天最难以置信的捣蛋鬼，一个类似亚西比德式的真实的穆尼根，前者借用柏拉图最精彩的一个延伸隐喻把苏格拉底比喻成森林之神西勒诺斯的小泥人像："泥人像的手里拿着管乐器或笛子，当人们把这些管乐器打开一半时，里面会突然蹦出一群小精灵。"(Hart & Hayman, 2002:274)

该章描写了当天晚上 10 点至 11 点发生在国立妇产医院的事情。在第 11 章"瑙西卡"结束之后，布卢姆来到妇产医院看望在此分娩住院三天的米娜·普里福伊太太。布卢姆问候了普里福伊太太，又和一名妇产科医生聊了几句，随后他便到产房外边等待。他听说在霍恩博士和助产士的帮助下，普里福伊太太生下了一个健康的男婴。在等消息的时候，布卢姆遇上了斯蒂芬·迪达勒斯，他和几个年轻人喝酒聊天。这群年轻人，包括勃克·穆利根，大都是医学院学生和实习生，个个喝得醉醺醺的，不时对怀孕、妊娠、结扎等话题大放厥词，满口讥讽、猥亵的脏话。穆利根兴致勃勃地谈起了死亡、乱伦、腐败、性变态以及毁灭的种种细节。最后，他们便去了位于都柏林的红灯区妓院，即第 15 章"刻尔吉"的梦魇情景。

从语体特征来看，第 14 章是最深奥难懂的一章。它开始于一个原始的祈文，经过（象征性地）英语语言发展的九个阶段（对应怀孕的九个月），结尾部分是各种语体的混用，有都柏林俚语、学生的俏皮话、福音传道士的演讲、胡言乱语，也有对英语发展史的概述以及对妊娠过程的隐喻表达。按年代来看，乔伊斯戏仿了 32 位作家不同的创作风格，这极大地超出了绝大部分作家和读者的阅读认知能力。这些学者包括：罗马历史学家赛勒斯特（86B. C.—34 B. C.），塔西佗（56A. D.—120 A. D.），约翰·弥尔顿（1608—1674），杰里米·泰勒（1613—1667），约翰·班扬（1628—1688），约翰·伊芙琳（1620—1706），塞缪尔·佩皮斯（1633—1703），丹尼尔·笛福（1661—1731），乔纳森·斯威夫特（1667—1745），劳伦斯·斯特恩（1713—1768），奥利弗·哥尔德斯密斯（1728—1774），理查德·布林斯利·谢里丹（1751—1816），托马斯·德·昆西（1785—1859），托马斯·巴宾顿·麦考莱（1800—1859），查尔斯·狄更斯（1812—1870），托马斯·亨利·赫胥黎（1825—1895），沃尔特·佩特（1839—1894），约翰·拉斯金（1819—1900），托马斯·卡莱尔（1795—1881），等等。乔伊斯尤其受惠于两部著名的英国散文选集：圣茨伯里的《英国散文韵律史》以及皮科克的《英语散文：从曼德维尔到拉斯金》。相关细节可以查阅菲利普·F. 赫林编辑的《乔伊斯的〈尤利西斯〉——来自大英博物馆的记录》（1972）。该章仿拟的不同文体风格包括：从盎格鲁－撒克逊时代的头韵散文到中世纪英语散文，再到现代英语以及"各类语体的杂糅混用，如洋泾浜英语、黑人英语、伦敦方言、爱尔兰语、廉价酒吧里的打油诗"（Ellmann，1975:138-139）。

有一次，乔伊斯告诉好友巴津他构思该章的结构布局是为了模仿人类婴儿的成长，暗指胚胎发育的不同阶段，借用了产科学和胚胎学的相关知识（Gilbert，1957:139-140）。请看该章的两种叙事风格：一个选自盎格鲁－撒克逊时代的头韵散文风格，另一个是仿拟查尔斯·狄更斯的伤感风格。先看盎格鲁－撒克逊时代的头韵散文风格：

（6）*Before born babes bliss had. Within womb won he worship.*

第三章　语言突显之文体戏仿

Whatever in that one case done commodiously done was... (14:502)

[6] 婴儿尚未诞生，即蒙祝福。尚在胎中，便受礼赞。举凡此种场合应做之事，均已做到。（14:686）

（7）Some man that *w*ayfarig *w*as stood by housedoor at night's oncoming. Of Israel's folk was that man that on earth wandering *f*ar had *f*ared. Stark ruth of man his errand that him lone led till that house. (14:502)

[7] 夜幕即将降临之际，流浪男子伫立于产院门口。人属以色列族，出于恻隐之心，踽踽独行，远途跋涉而至此产院。（14:686）

（8）Of that house A. Horn is lord. Seventy beds keeps he there teeming mothers are wont that they lie for to thole and bring forth bairns hale so God's angel to Mary quoth. *W*atchers they there walk, *w*hite sisters in *w*ard sleepless. *S*marts they *s*till, sickness *s*oothing: in twelve moons thrice an hundred. Truest bedthanes they twain are, for Horne holding *w*ariest *w*ard. (14:502)

[8] 安·霍恩乃本院院主。彼在此院设有床位七十张，孕妇卧于床上，强忍阵痛，生下健壮婴儿，即如天主派遣之天使对马利亚所言者。两白衣护士彻夜不眠，在产房中巡视，为产妇止痛治病，每年达三百次。二人兢兢业业为霍恩看守病房，确属无限忠诚之护士。（14:686-687）

（9）In *w*ard *w*ary the *w*atcher hearing come that man mildhearted eft rising with swire ywimpled to him her gate wide undid. *L*o, *l*evin *l*eaping *l*ightens in eyeblink Ireland's *w*estward *w*elkin. Full she dread that God the *W*reaker all mankind would fordo *w*ith *w*ater for his evil sins. Christ's rood made she on breastbone and him drew that he would rathe infare under her thatch. That man her *w*ill *w*otting *w*orthful *w*ent in Horne's house. (14:502)

[9] 来访者深恐冒失，乃执帽伫立于霍恩产院之门厅。盖彼曾偕爱妻娇女与此护士住于同一屋顶之下。兹后海陆漂泊长达九年

· 115 ·

之久。某日于本市码头与护士邂逅。护士向彼致意，彼未摘帽还礼。今特来恳请护士宽恕，并解释曰：上次擦身走过，因觉汝极其年少，未敢贸然相认。护士闻言，双目遽然生辉。面庞倏地绽开红花。（14:687）

不同的风格、不同的修辞会传递不同的语气。与前面描写"市民"的语言表达风格不同，以上例证选自古英语时期的文体风格，语言正式程度极高，语义密度极强，表达的内容极为严肃，给读者营造出一种神圣、庄严、肃穆的语境氛围，具有深刻的认知隐喻意义：作者通过借用古英语的不同表达风格与婴儿发育的不同阶段之间的相似性，即二者都经历了从无到有、从萌芽到成熟、从简单到复杂的不同发展阶段，揭示了语言和生命，甚至是万事万物繁衍生息的发展规律。另外，古英语散文的一个独特的文体特征是使用头韵。头韵是英语语音修辞手段之一，它蕴含了语言的音乐美和形式美，使得语言声情交融、音义一体，具有很强的表现力和感染力，如（with）might and main（尽全力地），safe and sound（安然无恙），*Marriage of Heaven and Hell*（《天堂与地狱的婚姻》，英国诗人布莱克的诗歌），*Pride and Prejudice*（《傲慢与偏见》，英国小说家奥斯汀的书名），Far fowls have fair features（远处的鸟儿羽毛更漂亮，汉语谚语"外来的和尚会念经"），Round the rock runs the river（小河环绕岩石流淌），Dear Dirty Dublin（"亲爱的肮脏的都柏林"，《尤利西斯》里的短语），Sea, sand, sun, seclusion, and Spain（旅游广告词），等等。在例（6）—（9）中乔伊斯也使用了大量的头韵，如：

*B*efore *b*orn *b*abe *b*liss had
*W*ithin *w*omb *w*on he *w*orship
that *w*ayfaring *w*as
*W*atchers they there *w*alk, *w*hite sisters in *w*ard sleepless
for Horne holding *w*ariest *w*ard

第三章 语言突显之文体戏仿

In *w*ard *w*ary the *w*atcher
Ireland's *w*estward *w*elkin
God the *W*reaker all mankind *w*ould fordo *w*ith *w*ater for his evil sins
That man her *w*ill *w*otting *w*orthful *w*ent in Horne's house
*L*o, *l*evin *l*eaping *l*ightens in eyeblink
white *s*isters in ward *s*leepless. *S*marts they *s*till, *s*ickness soothing

在第 14 章开头，阅读乔伊斯仿拟的盎格鲁 – 撒克逊头韵诗歌的语言风格，读者似乎又回到了公元 450 年到 1150 年间的古英语时期，古时硝烟弥漫的战场和古英语兼收并蓄的冲突与融合的历史画卷也在读者面前徐徐展开。古英语与现代英语在读音、拼写、词汇和语法上都很不一样。古英语多为单音节，读起来节奏感强，朗朗上口。通过盎格鲁 – 撒克逊时代的头韵散文，尤其是头韵，乔伊斯试图揭示生命和语言起源之间的关系，唤醒人们对它们的崇敬、敬畏之情，从而对以穆利根为代表的医科学生的亵渎生育的不当言辞进行批驳与讽刺。从表达形式来看，头韵是一种重要的语音修辞手段，具有音韵美和节奏美，能巧妙地将语音和意义有机结合起来，增强语言的表达力，是古英语时期诗歌创作的最高标准之一，如 "*Before born babe bliss*"（婴儿尚未诞生，即蒙祝福），"*Within womb won he worship*"（尚在胎中，便受礼赞），"In *w*ard *w*ary the *w*atcher"（来访者深恐冒失），等等。在例证 "*Within womb won he worship*" 里，头韵 [w] 在例证中出现了 4 次；纵观该部分例证，半元音 [w] 出现了 40 次。从发音口型来看，[w] 与孕育生命的 "子宫" 极为相似，暗示语言与生命一样有自己的孕育、出生、成长、成熟等阶段。"womb" 源自古英语 "*wamb, womb*"，类似于古高地德语中意为腹部的 "*wamba*"，它指的是生命起源的地方，并且它被远古时代的人们所崇拜，也即对女性生殖器的崇拜。在古代汉语文化里，我们的祖先也形成了古老的生殖器崇拜文化。2015 年农历三月三，笔者拜谒了位于河南省周口市淮阳区羲皇故都风景名胜区的太昊陵，该陵庙是为了纪念华夏民族人文始祖伏羲而修建的（另外两个始祖是燧人氏和神农氏）。相传伏羲人首蛇身，与女娲兄妹相婚，生儿育女，他根据天地万物的变化，发明创造了太极八卦、文字、渔猎、婚姻。伏羲制定了人类的嫁娶制度，实行男女婚配制，用鹿皮为聘礼。在陵墓周围还有许多栩栩如生的动物石雕像，它们的隐私部位都有一个凹陷的部分，象征女性生殖器，善男信女们会用手触摸拜祭，祈求多子多福，婚姻幸福美满。

上述例证充分表明戏仿具有重要的隐喻功能、语言与生命之间存在的关系以及挽歌体古英语诗歌传递出的其他复杂的情感意义，如孤独、怜悯、同情、惋惜等认知意义。接下来的片段选自查尔斯·狄更斯感伤主义风格的作品。

[10] 打了一场漂亮仗，而今她非常、非常快乐。那些过来人，比她先经历过这一过程的，也高高兴兴地面带微笑俯视着这一动人情景。她们虔诚地望着她。她目含母性之光，横卧在那里，对全人类的丈夫——天主，默诵感谢经。新的母性之花初放，殷切地渴望摸到婴儿的指头（多么可爱的情景）。当她用那双无限柔情的眼睛望着婴儿时，她只盼望着再有一种福气：让她亲爱的大肥①在她身边分享她的快乐……（14:718）

感伤主义文学出现在18世纪中、晚期的英国，其主要特征是关注道德观念、情感问题（如爱欲诉求），认为情感重于思维，激情高于理智，人们本能的"怜悯、温柔、仁慈"重于社会职责。感伤主义作家通常带有悲观主义色彩，对工业革命带来的痛苦与不公平表示强烈的谴责，代表作家有理查德·斯蒂尔、劳伦斯·斯特恩、查尔斯·狄更斯，等等。例证中，乔伊斯仿拟了狄更斯的感伤主义文学风格，其语言

---

① 作者把生产的普里福伊太太比作大肥。大肥是狄更斯所著《大卫·科波菲尔》的主人公的妻子朵拉对丈夫的昵称。

第三章　语言突显之文体戏仿

表达句式工整、规范，措辞准确细腻但略带娇柔之嫌，用以表达人际意义的形容词、副词、褒义词，读来恰似一段轻松愉快、情真意切的散文诗，字里行间透露出对普里福伊太太顺利分娩表示同情、赞扬与羡慕之情。从表达主题来看，乔伊斯在小说中不厌其烦地讨论有关伦理道德、生老病死、爱欲诉求等方面的问题，这与感伤主义文学的创作主题不谋而合。从生育与繁殖的角度来看，乔伊斯似乎对此持矛盾的态度。一方面，他似乎很赞赏多生多育的观念，这也符合基督教有关生育繁殖的教义。在小说中，仅有普里福伊夫妇遵从了基督教有关生育繁殖的教义：如果上帝要求生育繁殖，那么避孕就是原罪，而像通奸、手淫、阳痿、鸡奸以及和妓女偷欢等性行为都是对上帝的不敬。在该章的后部分，乔伊斯又仿拟了卡莱尔的创作风格，对普里福伊太太养育 12 个小孩的壮举大加赞赏：

> [11] 天主的大气，全能的天父之大气，光芒四射的柔的大气，深深地吸进去吧。老天在上，西奥多·普里福伊，你漂漂亮亮地做出一桩壮举！我敢起誓，在包罗万象最为庞杂的烦冗记录中，你是无比出众的繁殖者。真令人吃惊啊！她身上有着天主所赐予的、按照天主形象而造人的可能性，你作为男子汉，不费吹灰之力便使她结了果实。(14:298)

叙述者不吝褒奖之词，把普里福伊太太称为"无比出众的繁殖者"，"做出一桩壮举！"但另一方面，乔伊斯又提到了普里福伊夫妇面临的经济困难、丈夫的精疲力竭、妻子的身体疾病，以及人口过剩的问题："所有的马尔萨斯人口论者统统绞死吧。"(Malthusiasts go hang, 14:298)实际上，有关大家庭与家庭贫困问题，乔伊斯已在前面章节里多次提及，如小说主人公迪达勒斯家里有三姊妹，家里一贫如洗，在第 8 章"莱斯特吕恭人"中，布卢姆为别人养活一大家人而忧心忡忡。由此可见，乔伊斯对生育与繁殖的问题又持谨慎、消极的态度。

希思在论述乔伊斯仿拟的功能时指出，"在乔伊斯的创作与他仿拟

· 119 ·

的文本之间的确切关系是错综复杂的，通常是难有定论的。讨论他创作中的问题不是宣布仿拟了哪些反讽或嘲弄模式，而是在模式和模仿之间没有任何反讽意义的复制，从这个角度来看，复制取决于意义的不确定性（a hesitation of meaning）"（Heath, 1984:41-42）。笔者的分析也从一个侧面印证了希思的观点。仿拟在小说中承担着不同的功能，它的意义是隐喻性的、多层次的、意义延伸的，需要更深入、系统地研究。

第14章"太阳神的牛"里，乔伊斯进行了离经叛道的文体实验，而戏仿与拼贴则是他实现文体实验的有力武器，一系列的文体戏仿贯穿于用拉丁文、古英语到现代俚语创作的英语散文风格之中。该章的各类戏仿与拼贴通过不同的方式实现了多种文本功能：

> 暗示英语散文风格的演变；涵盖先前的英语散文，形成一个整体（黑格尔式的概念）；用词语再现事物和过程；暗示任何一种风格的暂时性；暗示英语散文风格的局限性；揭示英语散文风格的缺陷或无效性；用图表说明英语散文风格的衰败；将语言作为一个纯系统展示出来；质疑风格本身的分类方式。解构主义者可能会说关于"太阳神的牛"中的戏仿暗示了所有话语的终极错位和不确定性。①

布雷克和斯莫尔主要从语言/风格的指称功能角度，列出了第14章中戏仿与拼贴的10种功能，笔者主要从认知语义的角度对该章仿拟的认知隐喻意义进行了初步探讨，笔者认为彼此的研究形成了一种互补关系，有利于读者/批评者从文本的表达形式和表达语义两个方面对该章的戏仿与拼贴的文体功能和审美价值进行比较全面、系统的阐释与评价。在该章里，乔伊斯戏仿了英语文学史上32位重要的作家、文学家的创作风格，它们在不同语境、文本的不同阶段、不同主题中具有不同

---

① Brake, L. & I. Small, "Pater Speaking Bloom Speaking Joyce", http://muse.jhu.edu/chapter/894468/pdf, 访问日期：2018年8月30日。

的认知隐喻意义，这部分意义恰恰是乔伊斯所要表达的真实意图，而笔者仅仅是乔学研究的初学者。总之，在笔者看来，乔伊斯在第 14 章里所使用的戏仿与拼贴具有多重认知语用功能，如用于反讽、表达崇敬之情以及认知隐喻意义。乔伊斯巧妙地把婴儿的发育过程比喻成英语散文风格的不同发展阶段，进一步揭示了语言与生命之间的紧密联系：语言的诞生就像生命的诞生，她在子宫中经历了孕育、成长和成熟三个阶段；同样的，语言也经历了黑暗混沌的初始阶段、朝气蓬勃的发展阶段和规范有序的成熟阶段，正如 M. 弗伦奇所指出的那样，一门语言就像一个生命一样，有成长、花开和花谢的时期。而任何一门语言，就像人类的种族一样，都有自己的生命周期，它会经历出生、成长、繁荣、延续或消亡的阶段（French, 1982:169）。不仅如此，乔伊斯也在小说中着力探讨一些重要的语言学、文学、哲学、叙事学等方面的问题，如语言与意义、能指与所指、语言与思维之间的关系，文学的本质特征、文学的传承与创新，等等。"普通的书籍不仅仅是传递字面意义，而是从不同的角度表达隐喻式的对话性：它们代表另一种声音；它们通常穿越不同的历史时期和不同的文化；它们通常涉及一系列的人物和观点；它们通常与其他作家、读者和文学作品形成互文关系。"（Stockwell, 2002:169）

第四章 认知隐喻与语义表征

近年来，认知隐喻研究越来越受到语言学、文学、艺术等学界的重视，隐喻作为一种认知现象，其对人类思维方式、艺术创造、语言使用等方面具有广泛而深刻的影响。隐喻不仅是一种有力的修辞手段，更是人们认知世界的一种思维方式。对语言大师、文学巨匠乔伊斯来说，隐喻也自然成为他的写作习惯，一种独特的思维模式，可以毫不夸张地说，《尤利西斯》就是一个宏大的隐喻系统，涵盖了若干个子系统。1920 年 3 月 29 日，乔伊斯在写给他的挚友巴津的信中谈到第 14 章中"太阳神的牛"的写作技巧时连续用了四个精彩的延伸隐喻，"布卢姆是精子，医院是子宫，护士是卵细胞，斯蒂芬是胎儿"（艾尔曼，2016:737）。另一次，爱尔兰青年亚瑟·鲍尔向乔伊斯请教文学创作方面的问题时，乔伊斯的"心脏"隐喻已成为文学创作的至理名言，"就我自己而言，我一直在写都柏林，因为如果我能触及都柏林的心脏，我也触及世界所有城市的心脏。普遍性存在于典型性之中"（Power, 1974:63-64）。本章借用认知隐喻理论、空间合成理论，采用文本细读、认知阅读和统计分析方法，从认知隐喻类型、认知语义及情感意义等层面，论述了《尤利西斯》中三类不同的认知隐喻：身体类隐喻（如"眼睛"隐喻、"手"隐喻、"头"隐喻），生活/情感类隐喻和花草类隐喻，揭示乔伊斯独特的语言创新艺术和价值，以及其语言观，旨在抛砖引玉，引起同行专家对乔伊斯的隐喻思想，尤其是身体叙事、身体诗学的关注。

4.1 《尤利西斯》：言说人体器官的故事

乔伊斯的好友吉尔伯特（Gilbert）在乔伊斯的授意下于1931年公布了《尤利西斯》的创作技法，目的是帮助读者更好地理解作品的创作技法和主题思想。乔伊斯详细列出了《尤利西斯》创作的七大技巧，如场景、时间、器官、艺术、颜色、象征和技巧（详见附件1）。人体器官曾经被学者们嗤之以鼻，认为不能登大雅之堂，却被乔伊斯请进了艺术殿堂。从小说的第4章开始到最后一章乔伊斯依次讨论了肾脏、生殖器、心脏、肺脏、食道、大脑、血液、耳朵、肌肉、眼睛、鼻子、子宫、运动器官、神经、骨骼和肉身。乔伊斯像一位经验丰富的外科医生，一览无余地呈现了人体的主要器官，足见这位解剖大师高超的技艺和独到的艺术眼光，尤其是对人体自身的观照以及对人类命运的终极关怀。遗憾的是，就笔者十五年来所见到的乔伊斯作品的研究资料而言，还没有有关乔氏作品的身体写作、身体叙事、身体美学等方面的学术成果。

　　人体词就是与人的身体器官和肢体有关的词语。人们最熟悉的莫过于自己的身体，因此与身体器官和肢体相关的词语也是人们日常生活中最常用的词汇。人体词的特点表现在："一是词形简单的本族语词、中性词，组成上有更大的任意性，使用频率高；二是事物最早获得的名称，有较大的任意性，而且数量有限，形式固定，具有很强的构词能力；三是易于发展、形成隐喻和转喻意义。"（赵艳芳，2001:85–86）

有关身体部位的词汇研究一直是学界的一个热门话题。修辞派的学者们通常从传统修辞学中的"移就"（或"移用"）和"通感"（或"移觉"）的角度对其进行研究，认为"移就"修辞格是把描写甲事物的词语有意识地用来描写乙事物，而"通感"修辞格就是把一种感官的感觉移用到另一种感官上，使二者沟通起来。如"在阴沉的雪天里，在无聊的书房里，这不安愈加强烈了"（鲁迅《祝福》）。"无聊"一词通常用来形容人的心绪，这里用来写"书房"，把"我"当时在四叔家书房里窒息的极为无聊的情绪描写得十分突出。再如，"建筑家说，建筑是凝固的音乐"（宗璞《废墟的召唤》）。"建筑"诉诸视觉，"音乐"诉诸听觉，作者将二者自然沟通起来，用感染力极强的富有动感的音乐艺术美来形容处于静态的建筑艺术美，可谓匠心独运，发人深思。在英汉两种语言中有关"眼睛"的隐喻表达比比皆是。汉语中，有关"眼""目"的成语超过 250 个，有褒有贬，有主观的也有客观的，有描写性的也有评价性的，尤其是用以表达人们的喜、怒、哀、乐等情感态度的居多，如"眼睛是心灵的窗户、眉目传情、眉来眼去、情人眼里出西施、眉开眼笑"等。隐喻派的学者们认为，"近取诸身，远取诸物"反映了人类从简单到复杂的认知规律，也反映了人类以自身为标尺认识世界的思维特点。人类最先认识的是自己的身体，因此人体及其器官是人类认知的基础。人类隐喻化的认知过程是人类把对自己的身体各部位（头、眼、耳、鼻、口、肩、臂、手、腰、腿和脚等）的认知形成的概念域作为始源域（source domain），投射到不熟悉的、抽象的目标域（target domain），以此来认知其他世界的过程。汉语中的人体词，如眼、头、耳、嘴、面、手、心等表示身体部位的词，形成了相应的隐喻表达，如汉语中的"泉眼、针眼、箭头、山头、瓶颈、洞口、手心、掌心、桌面、鞋面"等；英语中也有"eye of needle, the neck of bottle, the leg of desk, the mouth of cup"等隐喻表达。

在《尤利西斯》中，乔伊斯借助人体的感官功能和批判现实主义的创作技法，大胆、深刻地探索人体器官与生理、语言、社会、文化之间的密切联系。在小说中，有关人体感官的描写与对人体自身的认知与观照，如眼、耳、鼻、舌、身、头、心、嘴、唇等，涉及人体词范围之宽、数量之多、寓意之深、情感之浓，达到了无与伦比的程度。表4-1是有关身体词的统计表。

表 4-1 《尤利西斯》中部分身体词频率统计

身体词	频率	身体词	频率
眼睛	329	心	200
头	362	唇	220
嘴巴	142	手	659

从统计表中可以看出，"手"（含合成词）的出现频率最高，达到659次。"心"出现了200次，乔伊斯的挚友巴津有一次谈到"心"的时候，乔伊斯回答说"我认为人的感情产生在比心脏低的地方"（艾尔曼，2016:674）。巴津曾回忆说："Leib（德语，身体）这个字使他情绪高涨。它的声音能使人获得一种整块而非拼凑出来的身体形象……他谈论这个形象的单音节词的神情，就和雕刻家谈论一块石头一样。"（Budgen, 1972:13）这些身体词或身体语言，诉诸身体的不同感官功能，如听觉、触觉、视觉、味觉，既体现出乔伊斯这位艺术大师对身体语言、身体美学的高度关注，又向读者传递着不同的情感意义、认知意义。身体诸官能、身体/心灵、身体/世界都是相互蕴含的，有限的身体主体会介入自然、社会和历史，从而承载着丰富的所指意义，是空间性、时间性、性欲与情感、表达和言语等的具体表征。

4.2　认知隐喻：始源域对目标域的映射

传统的修辞学家认为，隐喻就是两类不同事物之间的间接比较，尤其是对二者之间存在着某种相似的特征进行比较。2500多年前，亚里士多德在《诗学》《修辞学》中论述了隐喻的不同类型和功能。他认为，隐喻就是把某事物的名称用来指称另一事物，即两种不同类别、不同性质的事物进行比较。它可以分为四类：以属喻种、以种喻属、以种喻种和彼此类推，即从物类到物种、从物种到物类、从甲物种到乙物种，类比、隐喻的主要功能是装饰作用，能够给文章带来意想不到的美学效果。20世纪70年代以来，越来越多的哲学家、语言学家、心理学家、认知科学家对隐喻进行了多层次、多角度的研究。20世纪90年代以来，随着认知语言学研究的蓬勃发展，人们在认知隐喻、隐喻机制、隐喻功能、隐喻思维等方面取得了丰硕的研究成果。学者们普遍认为，隐喻不仅是一种有效的修辞手段，更是一种认识世界、认识新事物的思维方式，即当人们解释抽象概念或命名新事物时，会不由自主地通过类比或间接打比方的方式去解释它们。

认知语言学家莱考夫和约翰逊（Lakoff & Johnson, 1980/2003）在其专著《我们赖以生存的隐喻》中深入系统地研究了隐喻的认知基础、隐喻的类型、隐喻的系统性、隐喻的认知机理等重大理论问题，成为当之无愧的认知语言学奠基之作。就隐喻的类型和功能而言，他们把隐喻分为三大类型：方位隐喻（orientational metaphors）、本体隐喻（ontological metaphors）和结构隐喻（structural metaphors）。方位隐喻指的是运用空间方位概念，如上下、内外、前后、远近、深浅、中心—边缘等，来理解另一概念系统（Lakoff & Johnson, 2003:14），如 HAPPY IS UP, SAD IS DOWN, GOOD IS UP, BAD IS DOWM。本体隐喻主要指实体和物质隐喻，把经验或抽象概念，如观点、情感、性质等视作实体或物质，对经验或抽象概念做出相应的物质性描写，如指称、范畴化、量化、分类等，并通过认知推理来理解目标域，它还包括容器隐喻和拟人隐喻。其中，容器隐喻是指将非容器或边界模糊的本体，如视野、事件、行为、活动等视为容器。结构隐喻指用一个较为熟悉的、高度结构化的、清楚界定的概念去构建另一种相对陌生、抽象的概念，二者之间的认知域是不同的，如 TIME IS MONEY. TIME IS A RESOURCE. RATIONAL ARGUMENT IS WAR. 他们认为，隐喻是一种以抽象的意象图式为基础的映射（mapping），即从一个比较熟悉的、抽象的、易于理解的始源域（source domain，即喻体），映射到一个不太熟悉的、抽象的、较难理解的目标域（target domain，即本体）。"隐喻概念可以超出日常的思维和言谈范围，扩展到其他范围，如比喻的、诗化的、颜色的、想象的思想和语言领域。"（Lakoff & Johnson, 2003:13）概念隐喻的目标域通常是一些笼统、模糊、抽象的概念，如"时间、爱情、冲动、嫉妒、世界"等，始源域则较为具体、生动、形象，如"时间就是金钱""爱情是一把火""冲动是魔鬼""世界是舞台"。隐喻性语言多出现在文学语言（尤其是诗歌语言）之中，同时，它也广泛应用于非文学语言（即日常语言）中，甚至是艺术、音乐、建筑等不同的领域。

斯托克韦尔详细论述了隐喻的性质、类型、区别性特征，这为人们理解认知隐喻提供了可资借鉴的分析框架。他把隐喻分为以下九种。

第一，明喻、类比与延伸隐喻，如"The brain is like a city. Its oldest parts are surrounded by developments in its later evolution"。

第二，系动词结构，如"The brain is city"，"It was rush-hour in my mind"。

第三，同位语与平行结构，如"The brain, that teeming city..."。

第四，表示部分或属格的语言形式，如"Paris is the city of mind"，"in the streets and on the corners of my mind"。

第五，前置修饰，如"The urban brain"，"A thinking city"。

第六，合成词和混合词，如"Mind-scape"，"Metromind"。

第七，语法隐喻，如"The city considred the problem"，"The city sleeps"。

第八，句子隐喻，如"This is the nerve-center of the body"，"The brain is not a city; it is a nation"。

第九，小说与寓言，如在叙事里心理原型被看作城市路和居民。（Stockwell, 2003:107-108）

由此可见，隐喻的类型很多，既有词汇层面的，如第二种到第六种，也有句法层面的，如第二种和第八种，也有修辞层面的，如第一、第七和第九种。斯托克韦尔的分类为人们研究《尤利西斯》的身体隐喻提供了可资借鉴的方法。

4.3 身体类隐喻

身体类隐喻包括"眼睛"隐喻、"手"隐喻和"头"隐喻。

4.3.1 "眼睛"(eyes)隐喻

莱考夫和约翰逊在其经典著作的第 10 章里罗列了 25 种常见的概念隐喻，涉及理论、思想、爱情、财富、眼睛、情感、生活等方面，其中有关视觉、眼睛的有两种，即"视线是触摸""眼睛是肢体"（SEEING IS TOUCHING; EYES ARE LIMBS）和"眼睛是情感容器"（THE EYES ARE CONTAINERS FOR THE EMOTIONS）（Lakoff & Johnson, 2003: 50）。就"眼睛"的认知隐喻而言，《尤利西斯》中的"眼睛"隐喻分为五种，即"眼睛是情感容器"、"视线是触摸"/"眼睛是肢体"、"眼睛是发光物体"、"眼睛是（像）其他物体"和"其他类别"。

4.3.1.1 眼睛是情感容器（THE EYES ARE CONTAINERS FOR THE EMOTIONS）

第一类隐喻属常规性隐喻，即"X 是 Y"，X 是本体（tenor），是目标域（target domain），Y 是喻体（vehicle），是始源域（source domain）。根据莱考夫和约翰逊的观点，容器隐喻具有一个固定的表面和一个进、出的边界方向，如人们进出的房屋是容器，在林子里开垦的一小块土地是容器，因为人们可以从林子里进入或走出土地；物体本身也可看作容器，如一桶水，当你进入水桶时，你同时也进入水中，因此，桶和水都是容器，只不过桶是实物容器，水是容器物质（Lakoff & Johnson, 2003:29-30）。他们在讨论容器类隐喻时，列举了如下一些例子：

I could see the fear in his eyes. His eyes were filled with anger. She couldn't get the fear out of her eyes. Love showed in his eyes.
(Lakoff & Johnson, 2003: 50)

在上述例证中，目标域 X"眼睛"被看作容器，眼泪可以从容器里流出，有时一不小心沙粒也可能进入，但值得注意的是，始源域 Y 的类别和属性，上述例证中表情感态度的抽象概念，如恐惧、愤怒、爱情，构成了始源域，形成了认知隐喻，否则就不是认知隐喻。理解和判断该类隐喻的方法如下：① X is filled with Y（X 充满了 Y）；② There is Y in X（X 里有 Y），即传统英语语法中的存在句。在《尤利西斯》的第 2、4 章里有如下几个例证：

（1）(fox) With merciless bright eyes scraped in the earth, listened, scraped up the earth, listened, scraped and scraped. (2:33)

[1]（狐狸）有着一双凶残明亮的眼睛，用爪子刨地，听了听刨起土来又听，刨啊，刨啊。（2:69）

（2）The seas' ruler. His seacold eyes looked on the empty bay: it seems history is to blame: on me and on my words, unhating. (2:37)

[2]海洋的统治者。他那双像海水一样冰冷的眼睛眺望着空荡荡的海湾：看来这要怪历史，对我和我所说的话也投以那样的目光，倒没有厌恶的意思。（2:72）

（3）She blinked up out of her avid shameclosing eyes, mewing plaintively and long, showing him her milkwhite teeth. (4:66)

[3]它那双贪馋的眼睛原是羞涩地阖上的，如今眨巴着，拉长调呜呜叫着，露出乳白色的牙齿。（4:118）

（4）He smiled, glancing askance at her mocking eyes. The same young eyes. (4:77)

[4]他微笑着，朝她那神色调皮的眼睛斜瞟了一眼。这双眼睛像当年一样年轻。（4:129）

例（1）和例（2）选自小说的第 2 章"奈斯陀"。乔伊斯在小说的前 6 章于时间上采用了平行叙事的方法，分别用 3 章介绍了两个男主人公——斯蒂芬和布卢姆当天上午的经历。第 2 章讲述的是斯蒂芬在学校上历史课的情况，涉及皮勒斯大捷、课堂讨论、狐狸埋葬奶奶的谜语，课后去校长迪希先生办公室领薪水，对方对犹太人、女人等都持否定的态度。例（1）是课间休息时斯蒂芬的自由联想，由课堂上狐狸埋葬奶奶的谜语引发了他对过世的母亲的思念，他由母亲严厉的眼神联想到狐狸"那双凶残明亮的眼睛"，此处的隐喻可理解为"狐狸的眼睛充满了凶残的目光"。在整个小说中，斯蒂芬母亲忧郁的神情、严厉的眼神不时浮现在他的脑海里，他怀疑母亲的离世与自己违背母亲的愿望有关，他拒绝了母亲在临终前让他跪在她的床前祈祷的要求，他更没有按母亲的愿望选择牧师这一职业，他一直因母亲的去世受到"良心的谴责"（拉丁文，agenbite of inwit）。例（2）的容器隐喻可理解为"他的眼睛充满或流露出海水一样冰冷的神色"（Coldness like sea water showed in his eyes），充分表明了斯蒂芬对大英帝国嗤之以鼻的漠然态度。该例句出现在斯蒂芬和迪希先生交谈的间歇，在上句中，迪希先生用咄咄逼人的语气问道：

"你知道英国人以什么为自豪吗？你知道能从英国人嘴里听到的他最得意的话是什么吗？"（2:72）

除认知隐喻外，该例证还传递了重要的主题信息和叙述价值。从叙事视角来看，中间部分"他那双像海水一样冰冷的眼睛眺望着空荡荡的海湾"应该是第三人称叙述，其余的应该是斯蒂芬的内心独白。从主题信息来看，这涉及小说的一个重要政治、历史主题：大英帝国与爱尔兰殖民地之间的矛盾与冲突，这种冲突在斯蒂芬和迪希先生的交谈中已明白无误地表露出来，并在小说的其他章节里得到了强化和升华。再看第13章"瑙西卡"里的两个例证：

（5）(Narrator) Her very soul is in her eyes and she would give worlds to be in the privacy of her own familiar chamber. (13:456)

[5]（叙述者）灵魂驻留在她那双眼睛里，她渴望能够独待在住

惯了的房间里。(13:640)

(6)(Narrator) If she saw <u>that magic lure in his eyes</u> there would be no holding back for her. Love laughs at locksmiths. (13:474)

[6]（叙述者）倘若她看到了<u>他眼中那种着了魔般的诱惑</u>，那什么力量也阻止不住她了。爱情嘲笑锁匠。(13:654)

不难看出，例（5）和例（6）属典型的容器隐喻，"灵魂驻留在她那双眼睛里""他眼中那种着了魔般的诱惑"。要理解好这两个独特隐喻的认知语义，最恰当的方法就是细读原文，回到文本的语境中去理解。乔伊斯在第9章之后对小说叙事风格进行了大胆的实验与革新，每章都有令人惊奇的、使人眼前一亮的叙事技巧，第13章就是其中之一。该章借用说教式的伤感文学以及女性消费杂志的叙事风格，由一个自作多情的第三人称叙述者描写了圣母玛利亚海洋之星教堂附近的沙丘上布卢姆和三个青春少女的夏夜情思，叙述者怜香惜玉地把跛足的格蒂形容成一位美女，尽管叙事中不乏陈词滥调，但读来情真意切，热情洋溢，扣人心弦。全部叙述和人物内心独白都是有关女性的事情，如爱情、婚姻、经期、香水、偷情、布卢姆的手淫，等等。在第13章里，女性通过展示自己被关注的能力而成为尤物，布卢姆的思绪则停留在视觉和味觉上。

(7) Reverently look at her as she reclines there with <u>the motherlight in her eyes</u>, that longing hunger for baby fingers (a prettysight it is to see), in the first bloom of her new motherhood, breathing a silent prayer of thanksgiving to One above, the Universal Husband. (14:551)

[7]她们虔诚地望着她。<u>她目含母性之光</u>，横卧在那里，对全类的丈夫——天主，默诵感谢经。(14:718)

(8) And as <u>her loving eye behold her babe</u> she wishes only one blessing more. (14:551)

[8]当她用<u>那双无限柔情的眼睛</u>望着婴儿时，她只盼望着再有

种福气。(14:718)

(9) MARION: *(Her hands passing slowly over her trinketed stomacher, a slow friendly mockery in her eyes.)* (15:571)

[9] 玛瑞恩：双手徐徐地抚摩饰着珠宝的三角胸衣，<u>眼中逐渐露出友善的揶揄神色</u>。(15:758)

(10) BELLA: *(Her eyes hard with anger and cupidity).* (15:683)

[10] 贝拉：<u>眼神冷酷，充满了愤怒与贪婪</u>。(15:88)

例（7）—（10）中的容器隐喻从不同角度突出了眼睛的表情达意的认知功能，如例（7）的"目含母性之光"，例（8）的"那双无限柔情的眼睛"，例（9）中的"眼中逐渐露出友善的揶揄神色"和例（10）中的"眼神充满了愤怒与贪婪"。

4.3.1.2 视线是触摸，眼睛是肢体 (SEEING IS TOUCHING; EYES ARE LIMBS)

第二类"眼睛"隐喻把目光或视线看作"触摸"或"肢体"，意味着动作的执行者或实施者可以像移动物体一样移动目光或视线，且谓语动词为物质过程，即用以描写具体动作或行为的动词。典型的例证如：I can't take my eyes off her. Her eyes picked out every detail of the pattern. She never moves her eyes from his face. She ran her eyes over everything in the room. (Lakoff & Johnson, 2003:50)《尤利西斯》里也有类似的例子：

(11) He <u>turned abruptly his grey searching eyes</u> from the sea to Stephen's face. (1:4)

[11]（勃克·穆利根）他那双目光锐利的灰色眼睛猛地从海洋移到斯蒂芬的脸上。(1:32)

(12) <u>His eyes rested on her vigorous hips</u>. (4:70)

[12] <u>他的视线落在她那结实的臀部上</u>。(4:122)

(13) Mr Bloom stood at the corner, <u>his eyes wandering over the</u>

multicoloured hoardings. (5:93)

[13] 布卢姆先生在街角停下脚步，两眼瞟着那些五颜六色的广告牌。(5:150)

(14) The editor's blue eyes roved towards Mr Bloom's face, shadowed by a smile. (7:161)

[14] 主编的一双蓝眼睛朝着布卢姆先生那张隐隐含着一丝笑意的脸上瞟去。(7:232)

(15) Their eyes were probing her mercilessly but with a brave effort she sparkled back in sympathy as she glanced at her new conquest for them to see. (13:471)

[15] 她们两个人的眼睛冷酷无情盯着她望。但是她却英勇地以同情的目光瞟了她新征服的那个男子一眼，让她们瞧瞧。(13:652)

不难看出，上述例证完全符合第二类眼睛隐喻的入列条件。例(11)—(15)把目光或视线看作"触摸"或"肢体"，实施者可以把"那双目光锐利的灰色眼睛从海洋移到斯蒂芬的脸上"，"他的视线落在她那结实的臀部上"，"两眼瞟着那些五颜六色的广告牌"，"主编的一双蓝眼睛朝着布卢姆先生脸上瞟去"和"眼睛冷酷无情地盯着她望"。

4.3.1.3 眼睛是发光物体(THE EYES ARE GLOWING OBJECTS)

第三类眼睛隐喻符合典型的认知隐喻的定义，即两类不同事物之间的间接比较，但它们在某一方面具有相同的特征或性质。尽管眼睛属于人体器官，而发光物体属于物质范畴，但它们共同的特点是"发光、闪光、发亮"。汉语里，人们常说某人火眼金睛、皓齿明眸、目光如炬，也常说某人的眼睛炯炯有神、雪亮、亮晶晶、水灵灵、灿若星辰等。请看下面一些例证。

(16) (Bloom) He watched the dark eyeslits narrowing with greed till her eyes were green stones. (4:66)

[16]（布卢姆）他望着它那深色眼缝贪婪地眯得越来越细，活像一对绿宝石。(4:118)

（17）(Master Tommy) *Still the blue eyes were glistening with hot tears* that would well up so she kissed away the hurtness. (13:451)

[17]（汤米公子）可是那双蓝眼睛里依然热泪盈眶，于是她就用一阵亲吻抹去了他心头的创伤。(13:636)

（18）(Bloom) His eyes burned into her as though they would search her through and through, read her very soul. (13:465)

[18]（布卢姆）他的眼神犹如烈火，烧进她的内心，仿佛要把她搜索个透，要对她的灵魂了如指掌。(13:647)

（19）(Narrator) Light swift her eyes kindled, bloom of blushes his word winning. (14:503)

[19]（叙述者）护士闻言，双目遽然生辉。面庞倏地绽开红花。(14:687)

（20）(MRS Bellingham) My eyes, I know, shone divinely as I watched Captain Slogger Dennehy of the Inniskillings win the final chukkar on his darling cob *Centaur.* (15:593)

[20]（贝林厄姆夫人）当英尼斯基林的强手登内希上尉骑着他宠爱的那匹短腿壮马森特，在最后一局中获胜的时候，我的眼睛发出了圣洁的光。(15:783)

（21）GARRETT DEASY: *(his blue eyes flashing in the prism of the chandelier as his mount lopes by at schooling gallop)* (15:676)

[21]（加勒特·迪希）在枝形吊灯灿烂光辉的照耀下，一双蓝眼闪烁着，以练马的步调飞跑过去。(15:879)

（22）(Bella) Her falcon eyes glitter. (15:641)

[22]（贝拉）她那双鹰隼般的眼睛发出锐利的光。(15:38)

该类隐喻在小说中出现的频率相对较高，遍及小说中的四个章节和六个人物,尤其是在小说的第 13—14 章使用较多。在例证中,乔伊斯把眼睛比喻成"一对绿宝石、热泪盈眶、犹如烈火、邃然生辉、圣洁的光、闪烁、锐利的光",这些隐喻表征生动、形象、新颖别致、富有诗意,及时捕捉到人物眼睛闪动的瞬间,对逼真刻画人物的性格特征起到了重要作用,也从一个方面体现了乔伊斯敏锐的洞察能力、高超的语言创新能力和丰富的想象力。

第 15 章"刻尔吉"里出现了三个典型隐喻。该章的故事发生时间在午夜 12 点以后,地点是妓院,创作技巧是幻觉,乔伊斯采用戏剧脚本的形式描述了发生在妓院的约一个小时的亦真亦幻、半梦半醒的众多人物的幻觉体验,囊括了小说中的所有人物,如报童、女用人、护士、酒吧女侍、马车夫、妓女和老鸨、鬼魂,等等,使人感到好似闯入了混乱不堪的地狱世界,令人毛骨悚然。在幻觉中,布卢姆被审判,他被指控犯有通奸、无政府主义、伪造、重婚、开妓院等罪行,但相比于斯蒂芬,布卢姆显得更清醒、理智一些,他克服了重重困难,从自身的性幻觉以及妻子外遇的苦闷中摆脱出来,化解了诸多矛盾,如给妓女付费,看管斯蒂芬的钱包,为斯蒂芬打碎枝形吊灯安抚贝拉,从英国士兵卡尔和警察手里解救斯蒂芬,等等。布卢姆的言行举止在心理上拉近了他和斯蒂芬的距离,为小说的"寻父主题"埋下了伏笔。例(22)出现在该章的中间部分,贝拉·科恩是妓院老鸨,在舞台指示语里她被描写成为"身穿半长不短的象牙色袍子,褶边上镶着流苏。像《卡门》中的明妮·豪克那样扇起一把黑色角质柄扇子来凉快一下。左手上戴着结婚戒指和护圈。眼线描得浓浓的。她长着淡淡的口髭,那橄榄色的脸蛋厚厚实实,略有汗意。鼻子老大,鼻子是橙色的。她戴着一副绿玉的大坠子"(15:838)。在该例中,老鸨的眼睛被比喻成老鹰的眼睛,尖锐而凶狠,老鸨的丑恶嘴脸跃然纸上。

4.3.1.4 眼睛是(像)其他物体(THE EYES ARE OTHER OBJECTS)

第四类眼睛隐喻与第三类没有本质的区别,只不过始源域为非发光物体。例如:

（23）Flowers her eyes were, take me, willing eyes. (8:224)

[23]她的两眼像花儿一样，要我吧，心甘情愿的眼睛。（8:310）

（24）(Narrator) Stephen withstands the bane of miscreant eyes glinting stern under wrinkled brows.（9:248）

[24]（叙述者）斯蒂芬忍受着在皱起的眉毛下，严厉地闪着邪的那双眼睛的剧毒。（9:350）

（25）The eyes in which a tear and a smile strove ever for the mastery were of the dimensions of a goodsized cauliflower. (12:382)

[25]泪水与微笑不断地争夺主次的那双眼睛，足有一大棵花椰菜那么大。（12:540）

（26）Phyllis was silent: her eyes were sad anemones.（14:543）

[26]菲莉斯一声不响：她的两眼像是悲哀的银莲花。（14:713）

例（23）—（26），乔伊斯把眼睛比喻成"花儿、剧毒、花椰菜、银莲花"，奇思妙想，耐人寻味。

4.3.1.5 其他类别

第五类眼睛隐喻属综合性的，既有固定搭配，也有临时组合，极大地丰富了语言的表达能力和创新能力。

（27）He stepped swiftly of, his eyes coming to blue life as they passed a broad sunbeam. (2:41)

[27]他疾步向一旁走去，当他们跨过一束宽宽的日光时，他的眼又恢复了生气勃勃的蓝色。（2:76）

（28）Their full buck eyes regarded him as he went by. (5:93)

[28]当他从带股子燕麦清香的马尿气味中走过时，那些公羊般圆鼓鼓的眼睛望着他。（5:150）

（29）Poached eyes on ghost.（8:209）

[29]一对荷包蛋般的幽灵的眼睛。（8:296）

（30）ZOE: (*He gazes in th tawny crystal of her eyes, ringed with kohol.*) (15:600)

[30]佐伊：他凝视着她那双眼圈涂得黑黑的、像黄褐色水晶般的眼睛（15:791）

（31）Your eyes are as vapid as the glass eyes of your stuffed fox. (15:662)

你那两眼就像你那只剥制狐狸的玻璃眼睛那么呆滞。（15:863）

（32）... Sherlockholmesing him up ever since he clapped eyes on him. (16:735)

[32]自从盯上他后，布卢姆一直对他做着歇洛克·福尔摩斯式侦察。（16:981）

（33）his boiled eyes of all the big stupoes I ever met after the lord Mayor looking at me with his dirty eye. (18:873)

[33]大嘴巴肿眼泡儿是我见过的天底下头号笨蛋。（18:1144）

例（27）中的"恢复生气"属习惯用法，例（28）里把人的眼睛比喻成"公羊般的圆鼓鼓的眼睛"，例（29）比喻成"荷包蛋"，例（30）比喻成"黄褐色水晶"，例（31）系形容词同级比较，比喻成"毫无生气的狐狸眼睛"，例（32）把眼睛看作物体，可以把某物固定在另一物体上。例（33）把"肿眼泡儿"比喻成"煮熟的眼睛"。

4.3.2 "手"（hand）隐喻

手是人体上肢的总称，一般指腕以下的部分，可以用来拿取、拉动及推动、举起或抬起物品等，人们可以通过手做很多不同动作和活动，例如打字、执笔写字、用筷子吃饭、拍球、驾车等。在英、汉两种语言中，有关"手"的成语、典故、比喻不计其数。在"在线成语词典"[①]

---

① http://chengyu.t086.com/chaxun.php?q=%CA%D6&t=ChengYu&p=12，访问日期：2019年10月27日。

里，有关"手"的成语多达 240 条，如"不择手段"，指为了达到目的，什么手段都使得出来；"大显身手"，指充分显示出本领和才能；"得心应手"，比喻技艺纯熟或做事情非常顺利；"手下留情"，指的是下手的时候留点情面，比喻处理事情不要太苛刻；"炙手可热"，比喻权势大，气焰盛，使人不敢接近，等等。在"有道在线翻译"[①]词典里，"hand"（手）的词条有 23 种，另有近 300 条的搭配用法和其他固定用法。其基本意义是表示"递、给、送、递送、呈送、递上"，其引申意义、比喻意义表示"管理、控制、帮助、技能、插手"等，如 a light hand（精湛的技巧，熟练的手艺），an iron hand in a velvet glove（外柔内刚、笑里藏刀），bear in hand（管理，控制），bite the hand that feeds one（以怨报德，恩将仇报），come out with clean hands（清白无辜，被宣告无罪），get（或 have）the whip hand（占上风，处于支配地位），light hand（巧手；熟练的手艺），take the high hand（采取专横手段），the hidden hand（幕后操纵者，背后的势力），with an open hand（手头大方地，慷慨地），等等。在《尤利西斯》中，"hand"出现了 659 次。作动词时，用以描写人物的具体动作和行为举止，对逼真再现人物的性格特征具有重要的作用。例如：

（34）(Haines) He capered before them down towards the fortyfoot hole, <u>fluttering his winglike hands</u>, leaping nimbly. (1:23)

[34]（海恩斯）他朝着前方的四十步潭[②]一溜烟儿地蹿下去，<u>扇着翅膀般的双手</u>，敏捷地跳跳蹦蹦。（1:49）

（35）(Haines) Mercury's hat quivering in the fresh wind held the flaming spunk towards Stephen in <u>the shell of his hands.</u>(1:23)

[35]（海恩斯）随即<u>双手像两扇贝壳似的</u>拢着燃起的火绒，伸向斯蒂芬。（1:49）

（36）(Bloom) He touched the thin elbow gently: then took <u>the

---

① http://dict.youdao.com/w/hand/#keyfrom=dict2.top，访问日期：2019 年 10 月 27 日。
② 四十步潭是都柏林沙湾的一座专供男子洗澡的天然浴场。

limp seeing hand to guide it forward. (8:231)

[36]（布卢姆）他轻轻地碰了一下盲青年那瘦削的肘部，然后拉着那只柔弱敏感的手，替他引路。（8:317）

（37）(Gerty MacDowell) Her hands were of finely veined alabaster with tapering fingers and as white as lemonjuice and queen of ointments could make them . (13:452)

[37]（格蒂·麦克道维尔）她那双有着细微血管的手像是雪花膏做成的，纤纤手指如烛心，只有柠檬汁和高级软膏才能使它们这般白嫩。（13:637）

（38）(Gerty MacDowell) He looked almost a saint and his confessionbox was so quiet and clean and dark and his hands were just like white wax. (13:466)

[38]（格蒂·麦克道维尔）他看上去几乎是一位圣徒。他那间忏悔阁子是那么宁静、清洁、幽暗，他那双手白得像蜡一般。（13:648）

（39）and with other three all breastfed that died written out in a fair hand in the king's bible. (14:519)

[39]然该儿已尾随其三个曾哺以母乳之兄姊夭折，仅在君王《经》上用秀丽字迹留下芳名而已。（14:697）

（40）Why did absence of light disturb him less than presence of noise?

Because of the surety of the sense of touch in his firm full masculine feminine passive active hand. (17:788)

[40]为什么缺乏光线不像噪音的存在那么使他烦恼？

因为他那双既结实又肥胖、既是男性的又是女性的、既被动又主动的手，有着准确的触感。（17:1042）

例（34）和例（35）出现在小说的第1章"帖雷马科"，故事发生在清晨8点左右，地点是都柏林海边的圆形炮塔顶上，三个年轻人集体亮相。20岁出头的文学青年斯蒂芬·迪达勒斯聪明过人，喜欢阅读、音乐，有些清高、孤傲；医科学生勃克·穆利根是斯蒂芬的朋友，体形健壮，爱读书，语言犀利；海恩斯是牛津大学民俗学学生，对爱尔兰民族和文化很感兴趣，有些不理智、狂妄自大，应巴克之邀来都柏林小住。例（34）把穆利根的双手比喻成小鸟扇动的翅膀，手舞足蹈，蹦蹦跳跳，活灵活现；例（35）把穆利根成弧形的双手比喻成两扇贝壳，栩栩如生，生动形象。例（36）的语境是乐善好施的布卢姆先生引导盲人钢琴调音师过马路的情景，乔伊斯把调音师灵巧的双手描写成"limp"（柔软）和"seeing"（视觉的、看得见的）。乍看起来，"seeing"和"hand"之间没有逻辑上或语义上的联系，但仔细思量，读者会恍然大悟：原来盲人不是靠眼睛看路，而是凭双手探路，对盲人来说，双手就是他们的"眼睛"。

例（37）把青春美少女格蒂·麦克道维尔的双手形容成"雪花膏做成的"，洁白而纤细，惹人怜爱。在描写格蒂的美貌时，乔伊斯不仅描写了她的白玉似的巧手，还描写了她的身材，她的脸庞，她的牙齿，她的嘴唇等等。"她身材苗条优美，甚至有些纤细⋯⋯她那蜡一般白皙的脸，纯净如象牙，真是天仙一般。她那玫瑰花蕾般的嘴唇，确实是爱神之弓，有着匀称的希腊美。"（13:637）例（38）出现在格蒂的意识活动里，她在不远处注视着布卢姆，并不由自主地产生了爱慕之情，双方都有相见恨晚之感。无独有偶，在格蒂的眼里，布卢姆的双手"白得像蜡一般"。例（39）中的"in a fair hand"被译为"用秀丽字迹"。例（40）是最典型的例证，作者连续用了6个英语形容词修饰男主人公布卢姆的那双手，其中还有两对语义对立的形容词"既是男性的又是女性的、既被动又主动"，寓意深刻，耐人寻味，也从一个侧面突出了布卢姆"女性化男子"（womanly man）的性格特征。此外，在小说中，"hand"经常用于固定搭配中，例如：

（41）—Of course I'm a Britisher, Haines's voice said, and I feel as one. I don't want to see my country fall into the hands of German

第四章 认知隐喻与语义表征

jews either. That's our national problem, I'm afraid, just now. (1:25)

[41]"当然喽,我是个英国人,"海恩斯的嗓音说,"因此我在感觉上是个英国人。我也不愿意看到自己的国家落入德国犹太人的手里①。我认为当前,这恐怕是我们民族的问题。"(1:51)

(42) <u>Keep him on hands</u>: might take a turn in there on the nod. (5:107)

[42]<u>跟他拉拉关系</u>。兴许只消点点头他就会放你进去转一圈哩。(5:163)

(43) Couldn't they invent something automatic so that the wheel itself <u>much handier</u>? (6:114)

[43]难道他们不能发明一种自动装置吗?那样,车轮转动得就<u>便当了</u>。(6:176)

(44) Could you <u>try your hand at it</u> yourself? (7:180)

[44]你自己<u>想不想尝试一下</u>呢?(7:251)

(45) Houses, lines of houses, streets, miles of pavements, piledup bricks, stones. <u>Changing hands</u>. This owner, that. (8:208)

[45]房屋,一排排的房屋;街道,多少英里的人行道。堆积起的砖,石料。<u>易手</u>。主人转换着。(8:295)

(46) <u>Handy man</u> wants job. Small wages. Will eat anything. (8:230)

[46]<u>巧手工匠</u>,想找点活儿干。工钱低也行,给啥吃啥。(8:316)

(47) Kidney pie. Sweets to the. <u>Not making much hand of it</u>. Best value in. (11:350)

[47]腰子饼。好花儿给。②<u>赚不了多少钱</u>。东西倒是值。(11:494)

---

① 指德裔犹太富豪罗斯蔡尔德家族。当时他们控制着英国经济。
② 原文作 sweets to the。在《哈姆雷特》第5幕第1场中,王后边往奥菲利娅的棺材上撒花,边说"好花儿给美人儿"。此处的意思是给患肾炎者吃腰子,正如好花儿给美人儿。当时人们相信,丸药对疾病无济于事,不如食补。

·141·

（48）and their land in the hands of a dozen gamehogs and cottonball barons. That's the great empire they boast about of drudges and whipped serfs.（12:427）

[48]"市民"说,"国土掌握在一打赌徒和装腔作势的贵族手里。这就是他们所夸耀的那个苦役和被鞭打的农奴的伟大帝国。"（12:577）

（49）Loans by post on easy terms. Any amount of money advanced on note of hand. (12:436)

[49]凭邮贷款,条件优厚。亲笔借据,金额不限。（12:585）

4.3.3 "头"（head）隐喻

"头"（head）在小说中出现了360余次,通常用作名词、动词,绝大部分用法是其基本意义,但也有少部分用法涉及"头"的引申意义或认知意义,尤其是"头"的合成词,例如：

（50）How the head centre got away, authentic version. (3:54)

[50]核心领导是怎么逃之夭夭的呢?有个可靠的说法。（3:95）

（51）Nudging the door open with his knee he carried the tray in and set it on the chair by the bedhead. (4:76)

[51]他用膝盖顶开门,端着托盘进去,将它摆在床头的椅子上（4:128）

（52）The boy by the gravehead held his wreath with both hands staring quietly in the black open space. (6:139)

[52]站在坟墓上首的男孩子双手捧着花圈,一声不响地定睛望那黑魆魆、还未封顶的墓穴。（6:200）

（53）Martin could wind a sappyhead like that round his little finger, without his seeing it. (6:147)

第四章 认知隐喻与语义表征

[53] 马丁一路指手画脚。他只消用一个小指头就能随心所欲地弄那样一个蠢货，而本人毫无察觉。（6:206）

（54）The sky. The bay purple by the Lion's head. Green by Drumleck. Yellowgreen towards Sutton. (8:224)

[54] 天空。在狮子岬，海湾里的水面发紫，到了德鲁姆列克一带就变成绿色了。（8:310）

（55）That girl passing the Stewart institution, head in the air. (8:232)

[55] 那个仰着头从斯图尔特医院跟前走过的姑娘。（8:318）

（56）Wine in my face. Why did I? Too heady. (8:234)

[56] 酒上了我的脸。我为什么要……？太叫人发晕。（8:320）

（57）She bestowed fat pear neatly, head by tail, and among them ripe shamefaced peaches. (10:291)

[57] 她把圆滚滚的梨头尾交错地码得整整齐齐，还在夹缝儿里摆上羞红了脸的熟桃。（10:424）

（58）—There's Jimmy Henry, Mr Power said, just heading for Kavanagh's.（10:317）

[58] "看，吉米·亨利在那儿哪，"鲍尔先生说，"他正朝着卡瓦纳的酒吧走呢。"(10:448)

（59）—Who? says I. Sure, he's out in John of God's off his head, poor man. (12:378)

[59] "谁呀？"我说，"他疯了，住进了'天主的约翰'[①]可怜的人。"（12:536）

（60）in the sandy beach of Holeopen bay near the old head of Kinsale spread three sheets in the wind.(12:447)

[60] 后者埋在古老的金塞尔海岬[②]附近霍尔奥彭湾的沙滩深达

---

① "天主的约翰"指都柏林郡的一家精神病院，为天主教的圣约翰护理会所创办。
② 金塞尔海岬紧邻爱尔兰科克郡的班敦河河口。

· 143 ·

英尺三英寸的地方。(12:594)

（61）The man of science like the man in the street has to face hardheaded facts that cannot be blinked. (14:547)

[61] 科学家正如一般人一样，必须面对硬邦邦的现实，不容躲，并须做出详尽的说明。（14:715）

（62）As for Mr Bloom he could neither make head or tail of the whole business and he was just asking himself what possible connection. (16:718)

[62] 至于布卢姆先生，他对整个这番谈话简直摸不着头脑。他暗自琢磨这一问一答究竟有什么联系。（16:967）

例（50）—（53）均为"头"（head）的合成词，包括 head centre（核心领导），bedhead（床头），gravehead（坟墓上），sappyhead（蠢货），其他的都是与"头"（head）的固定搭配，如 the Lion's head（狮子岬），head in the air（仰头、趾高气扬），too heady（发晕），head by tail（头尾交错），heading for（朝某个方向走），off his head（发疯），the old head of Kinsale（金塞尔海岬），hardheaded facts（硬邦邦的现实）和 neither make head or tail of（摸不着头脑）。

4.4　生活/爱情类隐喻

莱考夫和约翰逊在讨论本体隐喻时，总结了两个经典的"生活"隐喻，即 LIFE IS A CONTAINER 和 LIFE IS GAMBLING GAME，前者属于容器隐喻，后者属于本体隐喻（Lakoff & Johnson, 2003:51）。认知诗学家斯托克韦尔也列出了四个典型的"生活"隐喻：

LIFE IS A JOURNEY（人生如旅行）　　LIFE IS A STAGE PLAY（人生如戏）
LIFE IS A DAY（人生如日）　　　　　LIFE IS A YEAR（人生如年）
　　　　　　　　　　　　　　　　(Stockwell, 2002:110)

在《尤利西斯》中，有关"生活/生命"（life）的认知隐喻远不止这两种。笔者归纳出以下 7 种"生活/生命/爱情"隐喻类型。

4.4.1 生活是容器（LIFE IS A CONTAINER）

请看以下例证：

（63）One of her siterhood lugged me squealing into life. Creation from nothing. (3:46)

[63] 是她的一位同行，替呱呱啼哭着的我接的生。从虚无中创出来的。(3:88)

（64）Lethargy then. Why? Reaction. A lifetime in a night. (5:104)

[64] 然后陷入昏睡状态。为什么呢？是一种副作用。一夜之间仿佛就过了一生。(5:159)

（65）Yet still though his eyes were thick with sleep and sea air, life was full of a host of things and coincidences of a terrible nature. (16:735)

[65] 尽管睡眠不足，海风又把那个人的眼睛吹肿了，然而生活中是充满了无数可怕的事件和巧合。(16:981)

（66）(Buck Mulligan) He lifted his hands and said: *All we can say is that life ran very high in those days.* Lovely! (9:262)

[66]（勃克·穆利根）他举起双手说，我们所能说的仅仅是，当时的生活中充满了欣喜欢乐。① 真可爱！(9:363)

在这类经典的生活容器隐喻中，人们如同把物体装入容器一样，也可以把一些抽象概念，如情感、态度、观点等装进"生活"里去，如 "The poor man lives a full life" "Her life is full of vigor and vitality" "Her life contains various anecdotes" "Enjoy your life to the fullest"，等

---

① 多顿在《莎士比亚》（1877）一文中写道："十六世纪末叶，英国的生活中充满了欣喜欢乐。"

等。容器隐喻将非容器或边界模糊的本体，如视野、事件、行为、活动、生命等视为容器。例（63）中，作者把婴儿的出生形象地描写成"从母亲的体内迎接到现实世界里"，即把生命的出生看作开始，属于"边界模糊的本体"。例（64）把人生比喻成夜晚，它们的共同特点是在时间上是有边界的，例（65）和例（66）把生活看作容器，可以把"无数可怕的事件和巧合""欣喜欢乐"等都装进去。

4.4.2　生活是实体（LIFE IS AN ENTITY）

请看以下六个例子：

（67）Gives you second wind. New lease of life. (6:138)

[67]使你返老还童，又多活上一辈子。（6:198）

（68）See your whole life in a flash. But being brought back to life no. (6:145)

[68]刹那间自己的一生就从眼前闪过去了。（6:205）

（69）Out of the fryingpan of life into the fire of purgatory. (6:140)

[69]走出人生的煎锅，进入炼狱①的火焰。（6:200）

（70）when dame Nature is at her spectacular best constituting nothing short of a new lease of life. (16:724)

[70]在这个季节里，自然女神打扮得格外花枝招展，一切有生物无不复苏。（16:972）

（71）Why did Bloom refrain from stating that he had frequented the university of life?(17:798)

[71]为什么布卢姆抑制住自己，不曾说他进过人生这所大学？（17:1052）

---

① 按照天主教的教义，一般人死后，灵魂要先下炼狱，以便把罪恶赎净。善人死后灵魂直接升入天堂，恶人则下地狱。

（72）He believed then that <u>human life was infinitely perfectible</u>, eliminating these conditions? (17:817)

[72] 那么他是否相信，消除了这些条件后，<u>人的生活就能无限接近完美无缺呢</u>？（17:1070）

上述六例都属于典型的本体隐喻，即把抽象的经验视作实体或物质，并通过认知推理来认知目标域。例（67）—（69）出现在第 6 章"阴间"。该章的地点：墓地；时间：上午 11 点钟。该章在结构上与《奥德赛》第 11 卷存在部分对应关系，在《奥德赛》里尤利西斯赴阴间去询问自己未来的命运。布卢姆乘马车去参加迪格纳穆的葬礼。该章的主要话题、内心独白、人物话语都与"阴间"有关，全章笼罩在一种死亡、恐怖、阴森的氛围之中。同车的有马丁·坎宁翰、杰克·鲍尔以及斯蒂芬之父西蒙·迪达勒斯。在马车上，他们各自交流了最近的所见所闻，讨论了一系列的问题，如西蒙埋怨说，勃克·穆利根把他的儿子引入了邪路；布卢姆想起了玛莎·克利弗德的信件，博伊兰下午与妻子的幽会，他妻子摩莉即将参演的音乐会，他父亲的自杀死亡；因灵车上的棺材掉落，想起自己母亲和儿子鲁迪葬礼的场景，离开墓地前布卢姆脑海里又出现了恋尸癖、鬼魂、地狱等阴森恐怖的场面；他们的谈话还涉及放高利贷的鲁本·多德，死亡的本质，坎宁翰为已故迪格纳穆妻儿老小募捐的事，蔡尔兹谋杀案；等等。在例（67）—（69）里，布卢姆触景生情，感慨万千，脑海里不时涌现出一连串的自由联想。例（67）和例（70）的隐喻新颖别致，作者把生命比喻成可以租借的物体，如房屋、衣物、生活用品等，这不由得让人联想到莎士比亚的著名诗行"狂风把五月宠爱的嫩蕊作践，夏天租赁的期限也未免太短"（Rough winds do shake the darling buds of May, And summer's lease hath all too short a date）。例（68）把"人生"看作实体、存在物，人们可以看得见、摸得着，例（69）更为标新立异，把"人生"比喻成"煎锅"，后者的特点是温度高，可以用来煎烤食物，如煎鸡蛋、烙饼、煎肉块、煎土豆块等，而"人生"也并非一帆风顺，也要经历无数艰辛和磨难。例（71）

和例（72）选自小说的第17章，作者把"人生"比喻成"大学"，比喻成可以不断完善的事物。

4.4.3 生命之流（LIFE IS A STREAM）

"生命之流"是由法国生命哲学家伯格森（1859—1941）在《创造进化论》（2018）里提出的，他还论述了关于"生命冲动"的理论和直觉主义方法论，并对之前的进化论哲学体系进行了批判。伯格森认为，宇宙的本质不是物质，而是一种"生命之流"，即一种盲目的、非理性的、永动不息而又不知疲倦的生命冲动，它永不间歇地变化着，故又称"绵延"。与"生命之流"相似的另一个隐喻就是"意识之流"或"意识流"。"意识流"的概念最早由美国心理学家威廉·詹姆斯（1842—1910）提出，指人的意识活动像流水一般延绵不断、持续流动。他在1884年发表的《论内省心理学所忽略的几个问题》一文中认为，人类的思维活动是一股斩不断的"流水"。他说："意识并不是片段的连接，而是不断流动着的。用一条'河'或者一股'流水'的比喻来表达它是最自然的了。"[1]同时，他又认为，人的意识是由理性的、自觉的意识和无逻辑、非理性的潜意识所构成，人的过去的意识会与现在的意识交织在一起，重新组织人的时间感，形成一种在主观感觉中具有直接现实性的时间感。法国哲学家伯格森继承并发展了这种时间感，提出了心理时间的概念。奥地利精神病医生弗洛伊德（1856—1939）肯定了潜意识的存在，并把它看作生命力和意识活动的基础。他们的理论观点极大地促进了文学艺术中意识流方法的形成和发展，最具代表性的意识流小说有普鲁斯特的《追忆似水年华》（1913—1927）、乔伊斯的《尤利西斯》（1922）、伍尔芙的《到灯塔去》（1927）、福克纳的《喧哗与骚动》（1929）等，有关"意识流语体"，请见本书第七章。请看下面的例证。

（73）Heatwave. Won't last. Always passing, the stream of life,

---

[1] https://baike.so.com/doc/746386-790001.html，访问日期：2019年6月19日。

which in the stream of life we trace is dearer than them all. (5:107)

[73] 一阵热浪，不能持久。生命的长河滚滚向前，我们在流逝人生中所追溯的轨迹比什么都珍贵。（5:163）

（74）How can you own water really? It's always flowing in a stream, never the same, which in the stream of life we trace. Because life is a stream. (8:193)

[74] 你怎么可能真正拥有水呢？它不断地流，随时都变动着，人们在流逝的人生中追溯着它的轨迹。因为生命是流动的。（8:281）

（75）Stream of life. What as the name of that priestylooking chap was always squinting in when he passed? Weak eyes, woman. (8:196)

[75] 生命的长河。那个活像是神父的家伙姓什么来着？每逢路过的时候，他总是斜眼望着我们家。视力不佳，女人。（8:284）

4.4.4 人生如梦（LIFE IS A DREAM）

该类隐喻在中、西文化中广泛使用。在汉语中，最早使用该隐喻的是苏轼（1036—1101）。他在《念奴娇·赤壁怀古》中写道："人生如梦，一尊（通'樽'）还酹江月。"这是苏轼对人生的无限感慨，有大彻大悟、超脱尘俗的味道。"人生如梦"，用来形容世事无定，人生短促。人们来到这个世界，生于世间犹如在水面漂浮，死离人世就像疲劳后的休息，如做了一场梦。人生就像一场梦，梦中的许多东西（如金钱、名利、美色）很容易让人迷失其本性。在《尤利西斯》中，男主人公布卢姆和第14章饶舌的叙述者都发出了人生如梦的感叹。例如：

（76）(Bloom) What dreams would he have, not seeing? Life a dream for him. (8:233)

[76]（布卢姆）确实可怕。什么都看不见，那么他都做些什么呢？对他来说，人生就像是一场幻梦。（8:319）

（77）(Narrator) The debate which ensued was in its scope and progress <u>an epitome of the course of life</u>. (14:546)

[77]（叙述者）随后进行的辩论，其范围与进度均是<u>人生旅途缩影</u>。（14:715）

（78）(Bloom) To be or not to be. <u>Life's dream is o'er</u>. End it peacefully. (15:618)

[78]（布卢姆）生存还是毁灭。①<u>人生之梦结束了</u>。但求一个终。（15:812）

例（76）和（78）出现在布卢姆的内心独白里，也是对他内心活动的真实写照。回顾他过去的生活，尤其是近年来的种种遭遇，读者不免为他扼腕叹息。现年38岁的布卢姆先生，是都柏林《自由人报》的广告推销员。其父鲁道尔夫·维拉格是匈牙利裔犹太人，移居到爱尔兰后改姓布卢姆，后自杀身亡；布卢姆的独子鲁迪生于1894年，出生后11天便夭折了。屋漏偏逢连夜雨，他的妻子在当天下午4点与情人博伊兰通奸。为了逃避现实，他有家不能回，有妻子不能相伴，无奈之下，他只得在都柏林的大街小巷漂泊。为打发无聊的时光，他化名"亨利·弗罗尔"，与玛莎小姐秘密通信。乔伊斯笔下的反英雄人物布卢姆与荷马笔下机智多谋的希腊英雄人物尤利西斯形成了鲜明的对比，后者在攻陷特洛伊城后返家的途中，在海上漂泊10年，和狂风巨浪斗争，和吃人妖精斗智，拒绝了女巫的爱情，除掉了在他家中胡作非为的贵族恶少，最终与忠贞不渝的妻子团聚。

4.4.5 生活是奋斗/战场（LIFE IS A STRUGGLE/WAR）

请看下面的例证：

（79）an old tramp sat, grumbling, emptying the dirt and stones

---

① 出自哈姆雷特王子的独白，见《哈姆雷特》第3幕第1场。

out of his huge dustbrown yawning boot. After life's journey. (6:125)

[79] 一个老流浪汉坐在人行道的栏石上，一边嘟囔，一边从他那双开了口、脏成褐色的大靴子里倒着泥土和石子儿。他已走到<u>人生旅途</u>的尽头。（6:186）

（80）and Arius, <u>warring his life</u> long upon the consubstantiality of the Son with the Father. (1:25)

[80] 而毕生<u>展开漫长斗争</u>的阿里乌①，他主张圣父本人就是他自己的圣子。（1:51）

（81）Again: a goal. I am among them, among their battling bodies in a medley, <u>the joust of life</u>. (2:40)

[81] 我也是他们当中的一员，夹在那些你争我夺、混战着的身躯当中，<u>一场生活的拼搏</u>。（2:75）

（82）STEPHEN: <u>Struggle for life</u> is the law of existence but human philirenists, notably the tsar and the king of England, have invented arbitration. (15:688)

[82] 斯蒂芬：<u>生存竞争</u>是人生的规律，然而人类的和平爱好，尤其是沙皇和英国国王，却发明了仲裁术。（15:895）

例（79）把人生比喻成旅行，例（80）和例（81）把人生描写为战场，例（82）把人生看作一场斗争。

4.4.6 其他隐喻

请看下面的例证：

（83）(Mr Deasy) —Who knows? he said. To learn one must be

---

① 阿里乌（约250—336），利比亚人，埃及亚历山大里亚基督教司铎。尼西亚公会议（325年）公布《尼西亚信经》，指明基督（圣子）与天主（圣父）同样具有神性。阿里乌拒绝签字。他倡导阿里乌主义，认为基督是被造的（made），而不是受生的（begotten）。此理论被早期教会宣布为异端。

humble. But life is the great teacher. (2:43)

[83]（迪希先生）"谁知道呢？"他说。"要学习嘛，就得虚心。然而人生就是一位伟大的老师。"（2:78）

（84）(Bloom)Poetical idea: pink, then golden, then grey, then black. Still, true to life also. Day: then the night. (4:85)

[84]（布卢姆）多么富于诗意的构思啊，粉色，然后是金色，接着是灰色，接着又是黑色。也是那样栩栩如生。先是昼，随后是夜。（4:85）

（85）(Bloom) Bury the dead. Say Robinson Crusoe was true to life. Well then Friday buried him. (6:138)

[85]（布卢姆）埋葬遗体。据说鲁滨孙·克鲁索过的是顺从于自然的生活。（6:199）

（86）—And long John Fannig is here too, John Wyse Nolan said, as large as life. (10:317)

[86]"高个儿约翰·范宁也在这里，"约翰·怀斯·诺兰说，"千真万确。"（10:448）

例（83）出现在第2章末尾部分，下课后，斯蒂芬和学校校长迪希先生进行了一次谈话，对方是来自爱尔兰北部的新教徒，属亲英派，反对犹太人，反对妇女运动，刚愎自用，带着训斥的口气与斯蒂芬交谈。他写了一篇有关"口蹄疫"的文章托斯蒂芬转给报社，社论发表后成为当日都柏林的笑料。迪希先生的"人生是一位伟大的老师"隐喻可谓经典名言，道出了人生的真谛。在这句话之前，他评论说："我估计你在这里干不长。我认为你生来就不是当老师的材料。"随后，他提醒斯蒂芬"要学习嘛，就得虚心"。通过他们的一席对话了解到，迪希先生俨然是以一个校长、长者甚至是"人生导师"的身份与对方交谈，且谈话的话题、话题转换、话语量等都牢牢掌握在迪希先生的手里。在他眼里，斯蒂芬与其说是一个三心二意、好高骛远的老师，还不如说是一个不太听话的学生。在交谈中，迪希校长高谈阔论，发表了一些极端的

第四章 认知隐喻与语义表征

言论：

　　你还不懂得金钱意味着什么。金钱是权，当你活到我这岁数的时候嘛。（2：7）

　　我身上也有造反者的血液，母方的。然而我是投联合议会赞成票的约翰·布莱克伍德爵士的后裔。我们都是爱尔兰人，都是国王的子嗣。（2：73）

　　记住我的话，迪达勒斯先生。英国已经掌握在犹太人手里了。占去了所有高层的位置，金融界、报界。……犹太商人们已经干起破坏勾当了，这跟咱们站在这里一样地确凿。古老的英国快要灭亡啦。（2：76）

　　一个女人①把罪恶带到了人世间。为了一个不怎么样的人，海伦，就是墨涅拉俄斯那个跟人跑了的妻子，希腊人同特洛伊打了十年仗。……巴涅尔②也是由于一个女人的缘故才栽的跟斗。（2：77）

从上面几则引语可以看出，迪希先生属于守旧派，思想僵化固执，代表了当时部分爱尔兰顽固派的立场，也是当时爱尔兰因循守旧、故步自封、病入膏肓的社会背景的一个缩影。实际上，小说的前6章分别从两个男主人公斯蒂芬和布卢姆的视角，以现实主义的叙述方式，徐徐拉开了小说的序幕，既呈现了一幅融神话、文学、社会、经济、宗教、民族等多方面于一体的宏大的历史文化语境，同时也在微观层面上介绍了两个主人公各自的困惑与烦恼，以及小说的基调与主题、矛盾与冲突。斯蒂芬一直处于各类冲突与矛盾的旋涡中，他要与宗教、神权抗争，与大英帝国政权抗争，与因循守旧的社会抗争。

　　例（84）—（86）里使用了两个熟悉的英语固定搭配：true to life

---

① 指夏娃。
② 查理·斯图尔特·巴涅尔（1846—1891），19世纪末爱尔兰自治运动和民族主义领袖。1879年任爱尔兰农民争取土地改革的土地同盟主席。1889年他因与有夫之妇姘居而被控告，他被解除领导职务，他的事业也陷入低谷。乔伊斯在小说中多次提到他。

（栩栩如生）和 as large as life（千真万确）。在英语中，类似的隐喻用法还有：larger than life（夸大的、非同一般的），life is a pilgrimage（人生多坎坷），life is a span（人生如朝露），put life into something（使事物充满生机或活力，使出全部精力去做某事），take a new lease of life（死里逃生），take someone's life（杀死某人，夺去某人生命），等等。

4.4.7 "爱情"（love）隐喻

同生活隐喻一样，爱情隐喻在英、汉两种语言的文学、艺术作品中随处可见。爱情隐喻的种类繁多，生活中的酸甜苦辣都可以归入爱情隐喻的范畴，人们可以把爱情比喻成植物、花草、物品、液体、气体、光源、力量、游戏、比赛、理想、信仰、梦想等，甚至比喻成战争、伤痛、天气等，不一而足。汉语中常把爱情比喻成红玫瑰、连理枝、并蒂莲、星星、月亮，如"在天愿做比翼鸟，在地愿为连理枝"，把爱人称为"心肝宝贝""心上人"等；表达自己对于爱情的忠贞时，会说"爱你一万年""海枯石烂不变心"；表达爱情的甜蜜时，会说"心心相印""心灵相通"。在《尤利西斯》里也不乏新颖独特的爱情隐喻，如：

（87）Pain, that was not yet the pain of love, fretted his heart. (1:4)

[87]痛苦——还说不上是爱的痛苦——煎熬着他的心。（1:32）

（88）And no more turn aside and brood Upon love's bitter mystery (1:9)

[88]莫再扭过脸儿去忧虑，沉浸在爱情那苦涩的奥秘里。（1:36）

（89）Papa's little bedpal. Lump of love. (3:48)

[89]跟爸爸一道睡的小伴儿，宝贝疙瘩。（3:90）

（90）Poor papa too. The love that kills. (6:145)

[90]还有可怜的爸爸。致命的爱。（6:205）

（91）The tusk of the boar has wounded him there where love lies ableeding. (9:252)

[91] 他被野猪的獠牙咬伤了①，他的爱情在流血。（9:353）

（92）—When love absorbs my ardent soul ... (11:345)

[92] 歌词：当狂恋使我神魂颠倒之际……（11:491）

（93）Flood, gush, flow, joygush, tupthrob. Now! Language of love. (11:354)

[93] 洪水，激流，涨潮，欢乐的激流，公羊震动。啊！爱情的语言。（11:497）

（94）She would follow her dream of love, the dictates of her heart that told her he was her all in all, the only man in all the world for her for love was the master guide. (13:475)

[94] 她会跟随她梦中之恋，服从她心灵的指挥。它告诉她，他她一切的一切。整个世界上，他是她唯一的男人，因为爱情才是最有权威的向导。（13:654）

（95）STEPHEN: Even the allwisest Stagyrite was bitted, bridled and mounted by a light of love. (15:565)

[95] 斯蒂芬：就连那位绝顶聪明的斯塔基莱特人②都被一个荡妇套上嚼和笼头，骑来骑去。（15:751）

（96）silly women believe love is sighing I am dying still if he wrote it (18:899)

[96] 傻女人们相信 爱正在叹气 我即将死去，不过要是他这写了（18:1169）

就上面例证中的爱情隐喻，请看下面的爱情隐喻构成要素分析表（见表4-2）。

---

① 套用《维纳斯与阿都尼》（第1052、1056行）："野猪在他的嫩腰上扎的那个大伤口。……无不染上他的血，像他一样把血流。"
② 斯塔基莱特人指亚里士多德。荡妇指其妾赫皮莉斯。

表 4-2 爱情隐喻构成要素分析

序号	目标域	始源域	共有特征
87	爱情	病痛	痛苦
88	爱情	苦涩的奥秘	奥秘、神秘
89	爱情	心爱之人	重要性
90	爱情	致命的武器	仇恨、敌意
91	爱情	流血的伤口	生命垂危
92	爱情	像鬼魂一样吸收灵魂	神秘、魔力
93	爱情	语言	交流媒介
94	爱情	梦想、向导	虚幻、引路人
95	爱情	淫荡行为	不忠贞、不检点
96	爱情	生命体	情感

例（93）中的爱情隐喻"爱情是语言"，该隐喻出现在第 11 章"塞仑"，地点：奥蒙德音乐酒吧，时间：下午 4 点，创作艺术：音乐，创作技法：赋格曲①。"在都柏林的任何地方很容易听到音乐插曲，因为无论是现在还是过去，都柏林都是一座音乐城，尤其酷爱声乐。几位年长的都柏林人聚集在奥蒙德酒店，演唱几首歌曲用于消遣娱乐。"（Budgen, 1972:137）布卢姆到奥蒙德酒吧去进餐。博伊兰也进来片刻，又匆匆离去。布卢姆想到此人即将与自己的妻子幽会，醋意大发。本·多拉德和西蒙·迪达勒斯分别用男高音和男低音演唱歌曲。"作者着眼于音响、旋律、概念的排列。开头是诗句般的短文，那是以音乐为主导的本章的主题歌。人面鸟身的塞仑有着无比美妙的歌喉，为了点题，这里通篇使用了音调铿锵、节奏感很强的语言，犹如悠扬悦耳的乐声。"（文洁若，2003:1238）多拉德演唱了"爱情与战争"，他那"雷鸣般的声音震撼屋宇，震得天窗玻璃直颤抖，爱情

---

① 赋格曲是复调乐曲的一种形式。"赋格"为拉丁文"fuga"的译音，原词为"遁走"之意，赋格曲建立在模仿的对位基础上，从 16—17 世纪的经文歌和器乐里切尔卡中演变而成，赋格曲作为一种独立的曲式，直到 18 世纪在 J. S. 巴赫的音乐创作中才得到了充分的发展。巴赫丰富了赋格曲的内容，力求加强主题的个性，扩大了和声手法的应用，并创造了展开部与再现部的调性布局，使赋格曲达到相当完美的境地。

的颤抖"。迪达勒斯演唱了"爱情如今",是歌剧《玛尔塔》中的一首歌曲,他的声音低沉,如泣如诉,情真意切,"用歌词触碰他们静静的耳朵,在他们各自宁静的心中,勾起了往日生活的记忆",引起了布卢姆和在场听众的强烈共鸣,一幕幕往事浮现在布卢姆的脑海里:

柔情蜜意涌了上来。缓缓地,膨胀着,悸动着。就是那话儿。哈,给啦!接呀!怦怦跳动着,傲然挺立着。

歌词?音乐?不,是那背后的东西。

布卢姆。温吞吞、乐融融、舔光这股秘密热流,化为音乐,化为情欲,任情淌流,为了舔那淌流的东西而侵入。推倒她抚摩她拍拍她压住她。公羊。毛孔膨胀扩大。公羊。那种欢乐,那种感触,那种亲昵,那种。公羊。冲过闸门滚滚而下的激流。洪水,激流,涨潮,欢乐的激流,公羊震动。啊!爱情的语言。(11:497)

声音飞翔着,一只鸟儿,不停地飞翔,迅疾、清越的叫声。蹁跹吧,银色的球体;它安详地跳跃,迅疾地,持续地来到了。气不要拖得太长,他的底气足,能长寿。高高地翱翔,在高处闪耀,燃烧,头戴王冠,高高地在象征性的光辉中,高高地在上苍的怀抱里,高高地在浩瀚、至高无上的光芒普照中,全都飞翔着,全都环绕着万有而旋转,绵绵无绝期,无绝期,无绝期……(11:499)

正当迪达勒斯演唱时,布卢姆正在给玛莎小姐回情书。布卢姆听到这首忧伤的爱情歌曲后,触景生情,联想到自己同妻子摩莉第一次见面的情景,想起了早上参加迪格纳穆的葬礼,他设想博伊兰快到他家了。对布卢姆而言,爱情是语言,是音乐,是情欲,道不清,说不明,但又让人着迷,心驰神往。

4.5　花草类隐喻

阅读《尤利西斯》，花草的芳香更是扑面而来，令人如痴如醉。在这座大花园里，各类花草姹紫嫣红，令人目不暇接。据说，乔伊斯在写作时查阅了伦敦出版的一本无名氏所编的辞典《花的语言》，献辞写于1913年。其中对700多种花的含意做了诠释（5:165）。那么，这些"花语"除了词典上的释义外在文本中是否还具有特别的隐含意义？它们与作品的性爱主题或乔伊斯的性美学观有何联系？乔伊斯学学者罗曼·索蒂娃（Saldivar, 1983:399-410）、杰奎林·伊斯特曼（Eastman,1989:379-396）等较早讨论了《尤利西斯》中花的语言，玛瑞琳·弗伦奇（French, 1982:44-53）则从心理分析和性别政治的角度对作品的性爱主题做了初步探讨，但他们都未能结合文本的内外语境从认知隐喻的角度研究此课题。"对乔伊斯作品的性爱主题的研究一直是含糊不清，从来没有全面研究过……乔伊斯放弃宗教信仰，从信仰上帝转向信仰构成人类精神实质的性本能，从信仰传统的宗教权威转为对以医学、唯理论的道德为代表的唯物主义权威。"（Brown, 1990:126）

阅读《尤利西斯》，仿佛置身于花的海洋。除第2、3章外，每章都散发出花的芳香，出现次数较多的是第5、11、13、14、15、17、18章。据笔者统计，"花"在小说汉译本中出现近300次（不含转义词），"玫瑰"出现80余次。在教堂里，有"饰以百合的光明的司铎群来伴尔，极乐圣童贞之群高唱赞歌来迎尔"；在葬礼上，"有人在那儿放了一束鲜花。女人。准是他的忌日喽。多福多寿"（6:178）；在远东植物园里，"远东。那准是个可爱的地方，不啻是世界的乐园；慵懒的宽叶，简直可以坐在上面到处漂浮。仙人掌，鲜花盛开的草原，还有那他们称作蛇蔓的。……含羞草。睡莲。花瓣发蔫了。大气中含有瞌睡病。在玫瑰花瓣上踱步"（5:144）；在酒吧里，"布莱泽斯·博伊兰越发心荡神驰地瞅着她那衬衫敞口处，用牙齿叨着红花的茎，嘻笑着"（10:425），"裹在缎衫里的酥胸上，一朵起伏着的玫瑰，卡斯蒂利亚的玫瑰"①（11:471-473）。在第 12 章，还有以树木、花草名称命名的女子姓名，如"花园小姐、白枫小姐、莫德·红木小姐、迈拉·常春花小姐、普丽西拉·接骨木花小姐、蜜蜂·忍冬小姐、格蕾丝·白杨小姐、哦·含羞草小姐、蕾切尔·雪松叶小姐、莉莲和薇奥拉·丁香花小姐、五月·山楂小姐、阿拉贝拉·金合欢太太"（12:575）；在第 17 章里，"在矩形的草坪上布置一座座椭圆形花坛，将深红和淡黄两色的郁金香、蓝色的天蒜、报春花、西樱草、美洲石竹、香豌豆花和欧铃兰都栽培成别致的卵形"（17:1090）。

在小说中，鲜花具有多种象征、引申、比喻意义。小说第 5 章标题"吃忘忧树花果的种族"（Lotus-Eaters），忘忧树花指代一种神奇、具有魔力的植物，凡是吃了甜蜜的忘忧树花果的人都不想回家了。鲜花用来寄托对死者的敬仰、缅怀与哀思，如："史密斯·奥布赖恩。有人在那儿放了一束鲜花。女人。准是他的忌日喽。多福多寿。"（6: 178）鲜花也是一个国家、政府的象征，如圣帕特里克"用柄上长着的三叶苜蓿来象征天主的三位一体，此花遂成为爱尔兰的国花，每年二月十七日的圣帕特里克节，爱尔兰人均在襟上佩戴之"（5: 166）。另外，与花草相关的引语、典故随处可见，如"向'小花'致以谢忱。深切的哀悼"②（6: 175），"到伊摩琴袒露着的胸脯上那颗梅花形的痣，一直紧紧缠绕着他"③（9: 353），"《利奥波德或稞麦花儿开》，利内翰说"④（10: 432），等等。吉恩·马奇在《花的语言》1978 年再版序言中写道：在 19 世纪早

---

① 语出《卡斯蒂利亚的玫瑰》（1857）第 3 幕中化装成赶骡人的卡斯蒂利亚国王曼纽尔唱给艾尔微拉听的咏叹调"卡斯蒂利亚的玫瑰"。这部歌剧的作者为英裔爱尔兰歌唱家、作曲家迈克尔·威廉·巴尔夫（1808—1870）。
② "小花"指圣女小德肋撒（1873—1897），法国人，15 岁在利雪城加入加尔默罗会。她的自传《灵心小史》（她自称"天主的小花"）于 1897 年出版后，有些天主教徒深为推崇，誉为"小花"精神。
③ "梅花形的痣"，见莎士比亚的戏剧《辛白林》（1609）第 2 幕第 2 场末尾。伊摩琴是英国国王辛白林的女儿，绅士波塞摩斯之妻。波塞摩斯的朋友阿埃基摩用卑鄙手段瞥见了伊摩琴胸脯上的痣，事后向波塞摩斯谎称伊摩琴曾委身于他。
④ 《稞麦花儿开》是爱德华·费茨勃尔作词、亨利·比舍普（1786—1855）配曲的一首歌名。原来有个副标题叫"我可爱的简"。这里把"利奥波德"改成正标题，"稞麦花儿开"改成副标题，以便把利奥波德·布卢姆连名带姓套用。取 Bloom（布卢姆）与"花儿开"的双关之意。

期如何用精心准备的花束表达具体的思想和情感已风靡一时。成百上千的花类和植物被赋予了不同的含义，从简单词［如"真诚"（常春藤）］到复杂的句子［如"你的纯洁如同你的美丽可爱"（橘花），或"爱情萌动"（紫丁香）］。在几十部"花的语言"词典里还收集了不少植物名称和它们的引申义（Eastman, 1989:382）。

4.5.1　X是花朵

请看下面的例证：

（97）And, spent, its speech ceases. It flows purling, widely flowing, floating foampool, flower unfurling. (3:62)

[97] 随后精力耗尽，不再喧嚣。它潺潺涓涓，荡荡漾漾，波纹向四周，冒着泡沫，有如花蕾绽瓣。（3:103）

（98）and saw the dark tangled curls of his bush floating, floating hair of the stream around the limp father of thousands, a languid floating flower. (5:107)

[98] 也看见了自己那撮蓬乱的黑色鬈毛在漂浮；那撮毛围绕着千百万个娃娃的软塌塌的父亲——一朵凋萎的漂浮着的花。（5:163）

（99）His listeners held their cigarettes poised to hear, their smokes ascending in frail stalks that flowered with his speech. (7:180)

[99] 听众指间一动也不动地夹着香烟，聆听着。细微的轻烟徐徐上升，和演说一道绽开了花。（7:251）

（100）(Russel) France produces the finest flower of corruption in Mallarme but the desirable life is revealed only to the poor of heart, the life of Homer's Phaeacians. (9:239)

第四章　认知隐喻与语义表征

[100]（拉塞尔）法国通过马拉梅①创造了<u>最精致的颓废之花</u>，然而惟有灵性贫乏者，才能获得理想生活的启迪。比方说荷马笔下的腓依基人的生活。(9:341)

（101）and the eyes that reached her heart, full of a strange shining, hung enraptured on <u>her sweet flowerlike face</u>. (13:478)

[101]射到她心坎儿上的他那视线，充满了奇异的光辉，如醉如痴地死死盯着<u>她那美丽如花的脸</u>。(13:657)

（102）and for his burial did him on a fair corselet of lamb's wool, <u>the flower of the flock</u>. (14:510)

[102]遂以通称为<u>羊群之花</u>的小羊羔毛制一精致胸衣，裹于儿身。(14:691)

（103）by the influence of the occident or by the reek of <u>moonflower</u> or an she lie with a woman which her man has but lain with, *effectu secuto*. (14:509)

[103]借西风之力②，或借<u>月光花之腥臭</u>③，或与一名刚跟丈夫睡过觉的女人刻不容缓地去睡觉。(14:690)

这类隐喻的一大特点，花朵不再是目标域，而是始源域，即将花朵的某些特征映射到目标域上。例（97）—（99）分别把花朵的特征映射到其他流动的物体上，如流动的尿液如"花蕾绽瓣"、漂浮在水面上的鬓毛似"一朵凋萎的漂浮着的花"，缓缓升起的香烟"绽开了花"。例（100）属于非常规的比喻用法，作者把颓废、腐败比喻成颓废的花朵，该比喻形象生动、寓意深刻，充分体现了隐喻的独特性和创新性的特征。

乔治·威廉·拉塞尔，笔名 A. E., 是爱尔兰著名诗人，爱尔兰文

---

① 斯蒂芬·马拉梅（1842—1898），法国象征派诗人、理论家。他认为完美形式的真谛在于虚无之中，诗人的任务就是去感知那些真谛并加以凝聚、再现。
② 据维吉尔的长诗《农事诗》第 3 卷，母马面对西风，站在岩石上，吸进微风，不经交配，便能怀孕。
③ "月光花之腥臭"，指"月经期的女人"。古罗马作家普林尼（23—79）在他所著的《博物志》（77）中提到月经期间的妇女能够医治其他妇女的不孕症。

· 161 ·

艺复兴运动的领导者之一,担任《爱尔兰家园报》主编。在小说的第 9 章"斯鸠利和卡吕布狄"里,大约下午 1 点,在图书馆馆长办公室里,斯蒂芬正和批评家兼评论家约翰·埃格林顿、诗人乔治·拉塞尔,以及图书管理员兼教友派教徒讨论他的"哈姆雷特理论"。拉塞尔在整个讨论中发表了自己的观点。他的语言精练、知识渊博、观点新颖、独特,发人深思。下面两则引言是拉塞尔有关哈姆雷特的原型人物和革命运动产生的根源的独到见解:

> 这些纯粹属于学术问题,拉塞尔从阴影里发表宏论。我指的是哈姆莱特究竟是莎士比亚还是詹姆斯一世,抑或是艾塞克斯伯爵这样的问题,就像是由教士们来讨论耶稣在历史上的真实性一样。艺术必须向我们昭示某种观念——无形的精神真髓①。关于一部艺术作品首要的问题是:它究竟是从怎样深邃的生命中涌现出来的。古斯塔夫·莫罗②的绘画表达了意念。雪莱最精深的诗句,哈姆莱特的话语,都能够使我们的心灵接触到永恒的智慧,接触到柏拉图的观念世界。其他左不过是学生们之间的空想而已。(9:339)

> "人们不晓得情歌有多么危险,"金蛋③拉塞尔用诡谲的口吻警告说,"在世界上引起的革命运动,原是在山麓间,在一个庄稼汉的梦境和幻象中产生的。对他们来说,大地不是可供开拓的土壤,而是位活生生的母亲。学院和街心广场那稀薄的空气会产生六先令一本的小说和游艺场的小调。法国通过乌拉梅创造了最精致的颓废之花,然而惟有灵性贫乏者,才能获得理想生活的启迪。比方说荷马笔下的腓依基人的生活。"(9:341)

例(101)出自叙述者的旁白,当布卢姆与瘸腿美少女格蒂的目光

---

① "无形的精神真髓"是爱尔兰诗人(笔名 A. E.)拉塞尔喜用的语汇。例如他在《宗教与爱》(1904)中就用此词来称赞叶芝写诗的才华。
② 古斯塔夫·莫罗(1862—1898),法国象征主义画家,被认为是抽象表现主义的先驱。
③ 通神学名词,指卓绝的思想家。

相遇时，叙述者不由自主地窥探了双方的内心活动、心灵感应以及柔情蜜意的浪漫情愫。叙述者把格蒂的容貌比喻成"美丽如花"。例（102）把小羊羔毛比喻成"羊群之花"。例（103）中的"月光花"系旋花科，属一年生草本植物，长可达10米，它的白色花朵形似满月，大而美丽，且在夜间开放。

4.5.2 女人是花朵

（104）John Wyse: Full many a flower is born to blush unseen. (12:422)

[104]约翰·怀思："多少朵花生得嫣红，怎奈无人知晓。"① （12:573）

（105）Besides they say if the flower withers she wears she's a flirt. (13:481)

[105]他们还说，要是哪个女人佩戴的花儿枯了，她就是个卖弄风情者。（13:659）

（106）They feel all that. Open like flowers, know their hours, sunflowers, Jerusalem artichokes. (13:491)

[106]她们也都感觉到。知道什么时候该像花儿那么怒放。宛如向日葵啦，北美菊芋啦。（13:668）

（107）yes he said I was a flower of the mountain yes so we are flowers all a womans body. (18:931)

[107]对啦　他说我是山里的一朵花儿　对啦　我们都是花儿　女人的身子（18:1199）

（108）And cactuses and Gibraltar as a girl where I was a Flower of the mountain. (18:932)

[108]在直布罗陀作姑娘的时候我可是那儿的一朵山花儿。

---

① "多少……知晓"一语出自托马斯·葛雷的《哀歌：写于乡下坟场》。

（18:1200）

（109）<u>my mountain flower</u> and first I put my arms around him (18:933)

[109] 对啦　说声好吧 <u>我的山花</u>。（18:1200）

该类隐喻属常规隐喻，诉诸人的视觉、味觉等感官功能，以花喻人，以花寄情，把花朵的美丽、芬芳、动人等特征映射到女人身上，凸显了女人特有的美丽、气质与品位。有关花草的隐喻意义与情感意义，详见4.5.4节。

4.5.3　其他类型

请看下面几个例证：

（110）Still, <u>the flowers are more poetical</u>. The other gets rather tiresome, never withering. Expresses nothing. Immortelles. (6:144)

[110] 不过，还是<u>鲜花更富诗意</u>。金属的倒是永不凋谢，可渐渐就令人生厌了。灰毛菊①，索然无味。（6:203）

（111）his curious rite of wedlock for the disrobing and <u>deflowering of spouses</u>, as the priests use in Madagascar island. (14:513)

[111] 对彼曰："汝之婚礼犹如祭司于马达加斯加岛上所举行之稀奇仪式：剥掉新娘衣裳，<u>使其失去贞操</u>。"（14:693）

该类隐喻的特点是，花朵是目标域，X是始源域。例（110）把花朵比喻成诗歌，即把诗歌的特征，如诗歌的韵律美、形式美、内容美等特征投射到花草上，给人留下无尽的诗意想象空间。例（111）把摧残花朵比喻成"夺去（少女）贞节"。

---

① 　也可译作银苞菊。花干枯之后，色泽和形状均不变，适宜在坟墓上插用。

第四章　认知隐喻与语义表征

4.5.4　花草隐喻与情感意义

4.5.4.1　亨利·弗罗尔："可爱的男人花"

[112] 他神情严肃地扯下那朵用饰针别着的花儿，嗅嗅几乎消失殆尽的香气，将它放在胸兜里。花的语言。人们喜欢它，因为谁也听不见。要么就用一束毒花将对方击倒。于是，他慢慢地往前踱着，把信重读一遍，东一个字、西一个词地念出声来。对你 <u>郁金香</u> 生气 亲爱的 <u>男人花</u> 惩罚 你的 <u>仙人掌</u> 假若 你不 请 可怜虫 <u>勿忘草</u> 我多么盼望 <u>紫罗兰</u> 给亲爱的 <u>玫瑰</u> 当我们快要 <u>银莲花</u> 见面一古脑儿 淘气鬼 <u>夜茎</u> 太太 玛莎的香水。读完之后，他把信从报纸卷里取出来，又放回到侧兜里。（5:152，下画线由笔者添加）

该片段出现在第5章，该章采用第三人称全知叙述和内聚焦的叙述技巧，大部分叙述是有关主人公布卢姆的内心活动。上午10点，布卢姆化名亨利·弗罗尔，与一名叫玛莎·克利弗德的女打字员互通情书。他是通过在报纸上登广告招聘女助手而跟玛莎通起信来的。上午他到邮局取了玛莎的回信，拐进无人的墙边看信，看完信不禁心花怒放。走到大桥底下，他把信撕成碎片丢了，然后到教堂去望弥撒。此后，信里的情人玛莎和情书不时萦绕在他的脑海里。短信中，玛莎一口气用了8种花来表达她的爱慕、相思之情，这些花包括郁金香、男人花、仙人掌、勿忘草、紫罗兰、玫瑰、银莲花、夜茎。不难看出，玛莎是个感情丰沛、热情大方、浪漫多情的女子。从认知隐喻的角度来看，这些花草可分为三类，代表三种不同的隐喻意义。

第一类为积极的情感类，包括郁金香、勿忘草、紫罗兰、玫瑰、银莲花。这些花是爱情的语言，代表"美丽、爱情、浪漫"等多重意义。玫瑰意象富有多种情感意义，如"裹在缎衫里的酥胸上，一朵起伏着的玫瑰，卡斯蒂利亚的玫瑰"（11:471）。"像是在向他夸耀着自己那更加

浓密的头发和那插着玫瑰的酥胸。"(11: 484)"她那鲜活的面庞变成一朵容光焕发的玫瑰。"(13: 650)

第二类消极的情感类，如郁金香、带刺的玫瑰、仙人掌等。郁金香喻指"希望渺小，放弃"，带有否定意义，有"担心、嫉妒甚至可能疾病"之意。在信的末尾，玛莎提到她头疼。在第5章，布卢姆纳闷，"真奇怪，女人身上总有那么多饰针！没有不带刺的玫瑰"（5: 153)。在第11章，布卢姆试图解读玛莎神秘情书里花草及别花用的"饰针"的隐含意义。"你在自己家里不幸福吗？花是为了安慰我，把爱情断送掉的针。花的语言是有含义的。那是一朵雏菊吗？象征着天真无邪。望完弥撒后，跟品行端正的良家少女见面。多谢多谢。"(11: 482)在布卢姆的潜意识里，带刺的玫瑰、仙人掌和饰针降低了他们交往的可能性，暗示他们的愿望很难成为现实。

第三类为性爱类，包括仙人掌、男人花、夜茎，后两者是玛莎杜撰的花草，多情的玛莎称布卢姆为"可爱的男人花"（darling manflower）和"淘气的夜茎"（naughty nightstalk）。这三种花都与生殖器、性爱有关，象征爱情、欲望、生殖器、性爱等意义。仙人掌代表热情，是男性生殖器的象征。布卢姆先前联想道："远东。那准是个可爱的地方，不啻是世界的乐园；慵懒的宽叶，简直可以坐在上面到处漂浮。仙人掌，鲜花盛开的草原，还有那他们称作蛇蔓的。"（5: 144）在小说的最后一页，摩莉也联想到西班牙的仙人掌。夜茎是一种茄属有毒植物。"布莱泽斯·博伊兰越发心荡神驰地瞅着她那衬衫敞口处，用牙齿叼着红花的茎，嘻笑着。"（10: 425）Nightstalk 与 nightstock 属谐音词，nightstock（紫茉莉花）一词出现在第13章，乔伊斯把女性比作昼夜绽放的鲜花，"知道什么时候该像花儿那么怒放。宛如向日葵啦，北美菊芋啦。在舞厅，在枝形吊灯下，在林荫路的街灯下。马特·狄龙家的花园里开着紫茉莉花。在那儿，我吻了她的肩膀。"（13: 668）在乔伊斯的笔记本中，他对 nightstock 的注解是"女性"（Joyce, 145)。

玛莎亲切地称呼布卢姆为"男人花"（manflower），是一个典型的合成隐喻（图4-1）。在第5章，布卢姆的内心活动从太阳转向花的隐喻，"男人花"具有丰富的指称意义和隐喻意义。从指称意义来看，可以指被戴绿帽子的丈夫，失去女儿米莉监护权的父亲，被都柏林市民愚弄的倒霉蛋，早年夭折的儿子鲁迪的父亲。布卢姆的家族姓氏都与"花"有关。其父鲁道尔夫·维拉格是匈牙利裔犹太人，迁移到爱尔兰后改姓布卢姆。维拉格，在匈牙利语中，意为"花"，而"Bloom"在英语里也指"开花、繁盛、焕发青春"等意义，他的假名"亨利·弗罗尔"（Henry Flower）也与花密不可分。从认知隐喻来看，"男人花"喻指布卢姆具有"花"一样的性格特征，尤其是阴阳协调的女性化男子。那么，从概念整合理论的角度，如何解释这类典型的隐喻表征呢？

类属空间
生命体
± 人类的
± 阳性
语义特征

输入空间Ⅰ
男子
+ 人类的
+ 阳性
阳刚（好胜）

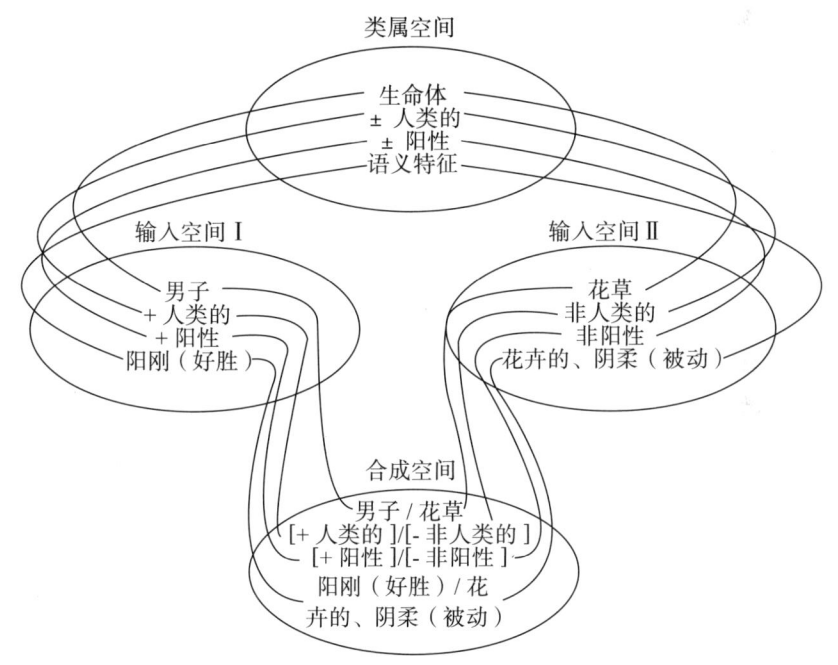

输入空间Ⅱ
花草
非人类的
非阳性
花卉的、阴柔（被动）

合成空间
男子/花草
[+ 人类的]/[- 非人类的]
[+ 阳性]/[- 非阳性]
阳刚（好胜）/花卉的、阴柔（被动）

图 4-1 "男人花"（manflower）的概念合成示意

概念整合理论是认知语言学的核心理论之一，在解释概念隐喻的生产过程、映射原理、认知推理机制、合成意义的生产等多方面具有很强的解释力。"概念整合，如同图式和范畴化一样，是一种基本的认知操作能力，它在人们抽象思维的各个层面以及不同的语境中都起作用。"（Fauconnier, 1997:125）福柯尼耶和特纳认为，概念整合涉及两个或以上的输入空间（input space），一个更高层次的类属空间（generic space）以及整合后的新空间（blended space），概念整合网络是由普通的心理空间构成的（Fauconnier & Turner, 1998:45）。

"男人花"概念隐喻空间合成图是一个典型的概念隐喻合成样例，它由4个空间组成：一个类属空间、两个输入空间和一个合成空间。类属空间属于较高层次的空间，它可涵盖次类空间的属性，此例的类属空间属生命体，包括有生命的动物和植物，其典型的区别性语义特征是：是否有生命？是不是人类？是阳性还是阴性？各自的特征如何？两个不同的输入空间分别描写类属空间中的四个特征，合成空间将两个输入空间进行整合，找出它们各自共同的特征，然后进行认知推理分析，从而得出整合意义或新意义，即隐喻意义。空间整合意义过程也是一个语用认知推理和意义协商与生产的过程，涉及多方面的因素，如读者已有的百科图式知识、相关概念的知识程度、逻辑推理能力、语境因素等。一般来说，对同一个认知隐喻，如果读者具有基本相同的文化知识水平，读者会获得基本一致的隐喻意义。就上面的"男人花"而言，如果没有具体的语境，如果不是《尤利西斯》的读者，其合成意义可能完全不同。如果读者强调输入空间Ⅰ的特征，那么，其合成意义则可能更多地强调男人的成熟、成功、魅力、男子汉等气质，即阳刚之气、硬汉形象，如汉语的谚语"男人四十一枝花"。如果读者强调的是输入空间Ⅱ的特征，即花的特征、属性，那么，其隐喻意义则带有贬义，或中性意义，即女性化的男子。那么，在《尤利西斯》里，男主人公布卢姆被喻为"男人花"，他具有哪些性格特征？

在布卢姆身上不难发现一些女性特征：整理床单，用手指弹去妻子床单上的面包屑，模仿邻居家女用人走路的样子；一想到女人的一生都用在整理发饰和服饰就闷闷不乐；对医院生产的母亲深表同情；城市里的公共厕所，就像酒吧的公厕一样，只有男士的，他为内急的女士愤愤不平。在第12章，布卢姆幻想自己是贵族女士和女骑手，她们大摇大摆地走路，豪饮，"像男子"一样骑马；在第13章"瑙西卡"里，当瘸腿美少女格蒂向他挥动手绢时，布卢姆猜想格蒂的经期快到了，此时他的头痛也发作了，他意识到他的经期也快来了，"感到我的也快到了"，等等。"像劳伦斯一样，乔伊斯从奥托·魏宁格的著作《性与性格》里读到'犹太人是女性化的男子'的观点。在《托马斯·哈代研究》一书里，劳伦斯把犹太人描写为'上帝的仆人，女性的，被动的'。"（Kiberd, 1996: Ⅸ）"摩莉一直在失去的母性特质，她在布卢姆身上找到了'新女性男子'，后者从某种意义上讲是对早年失去母爱的一种补偿。"（Henke, 1990: 132）乔伊斯在谈到主人公布卢姆的性格特征时说，布卢姆是一个从不奢望成为"名人"的无名小卒（nonentity），一个守本分的顾家的人，"一个完整的人"（all-round man）。

4.5.4.2　摩莉·布卢姆："我可是那儿的一朵山花儿"

[113] 有玫瑰园啦茉莉花啦天竺葵啦仙人掌啦　在直布罗陀作姑娘的时候我可是那儿的一朵山花儿（<u>I was a Flower of the mountain</u>）对啦　当时我在头发上插了朵玫瑰　像安达卢西亚姑娘们常做的那样　要么我就还是戴朵红玫瑰吧（18:1200，下画线由笔者添加）

摩莉·布卢姆是利奥波德·布卢姆之妻，出生在西班牙南端的英国要塞直布罗陀，其父曾在此服役。她在都柏林是个小有名气的歌手，艺名叫"特威迪夫人"，但生活不检点，水性杨花，她正准备下午与情人博伊兰约会。该例证选自小说的最后一章，摩莉处于半梦半醒之中，在摩莉的梦幻中出现有丈夫布卢姆、博伊兰、初恋情人和斯蒂芬，她又幻想和斯蒂芬谈情说爱。她蒙胧地感到一种母性的满足和对一个青年男子的冲动。不过，她想得最多的还是丈夫，想到10年来夫妻生活的冷漠，想到他的许多可笑的事情，她觉得布卢姆还是个有教养、有礼貌、有丰富知识、有艺术修养的人，实在是个难得的好丈夫，她决心再给他一次机会。此时摩莉的思绪回到了直布罗陀，回到了纯真的少女时代，尤其是和初恋情人约会的情景：他们来到摩尔墙脚下，四周开满了鲜花，有"玫瑰园啦茉莉花啦天竺葵啦仙人掌啦"，摩莉头发上插了朵玫瑰，自诩是"那儿的一朵山花儿"。"山花"静静地开放在荒郊野外，无拘无束，怡然自得。在这类"A 是 B"的隐喻中，本体（始源域）"山花"的典型特征，如鲜艳、美丽、纯洁、青春、活力、任性、狂野等，被投射到喻体（目标域）"摩莉"身上，也是摩莉性格特征的真实写照。类似的隐喻在小说中还有不少，如，"我恨不得当她的公牛。她是个天生的花魁"（18:1291）。类似的隐喻还有：

布莱泽斯·博伊兰越发心荡神驰地瞅着她那衬衫敞口处，用牙齿叼着红花的茎，嘻笑着。（10: 425）

她的两眼像花儿一样，要我吧，心甘情愿的眼睛（lowers her eyes were）。（8: 310）

摩莉是"怒放的女人花"（in full blossm of womanhood）。

乔西常说　你好像一朵正在盛开的花儿（yourelooking blooming Josie used to say）。（18: 1172）

有评论家认为，摩莉是个淫荡、性欲旺盛、未受过教育的女人，专注于自己的享乐，但同时也欣赏丈夫的优点。她的观点和风格对读者的阅读过程是一种挑战……她是非道德的，无意识的，淫荡的（Schwarz，1987:259）。另有评论家则持截然相反的观点："（摩莉的）不贞行为暗含两种意义：一是打破了父权制度下的婚姻关系，二是她冲破了当时固有的性别身份、记忆、经验和语言的束缚。把女性身体置于自然与机械复制之间，扎瑞克论述了为何摩莉既忠贞又不忠贞，'潘奈洛佩'是如何既安抚又挫伤了根植于现代人记忆中对更真实经历的渴望，以及它为何既是传统的又是颠覆的。"（Pearce，1994:11）前者的认识较为肤浅、极端，只看到文本的表象，未能充分理解文本和乔伊斯的深层含义，后者的观点比较客观、公正，能较好地体现乔伊斯创作的思想和艺术境界。

4.5.4.3　花草隐喻与性爱主题

从上述分析可以看出，小说中各种花草植物具有丰富的象征、隐喻意义，它们要么代表"美丽、纯洁、青春、爱情、性爱"，要么指代"活力、任性、狂野"，要么表示"哀思、忧伤"等。小说中频繁出现的花草与两个主人公——布卢姆夫妇的意识活动，也即与他们所思、所想密不可分，它们从一个侧面反映了人物的性格特征，突出了小说的性爱主题以及乔伊斯的性美学观。

《尤利西斯》的出版经历了一些波折，原因是小说中存在不少性描写。早在1918年《尤利西斯》开始分章节在一家名为《小评论》的美国杂志连载，直到1920年连载到第13章"瑙西卡"时，因包含大量描写主角行手淫的情节被美国有关部门指控为淫秽、色情作品。《体育周刊》（1922）上的一篇评论文章谴责《尤利西斯》是低级庸俗的"厕所文学，是对污秽龌龊的东西的愚蠢的美化"。在乔伊斯生活的爱尔兰，甚至是整个西方国家，随着基督教的兴起，性生活快乐主义被斥为纵欲主义或淫荡。19世纪的欧洲，因受到英国维多利亚女皇时代严厉的宗教性禁锢的影响，制定了一些严苛的"禁欲、禁性"规定：要求女性恪守童贞和贞洁；严格的一夫一妻制，即使夫妻感情破裂，也不准离婚；自慰被认为是亵渎神灵的罪恶；不准谈性，不准进行与性有关的科学研究和艺术创作。为此，人们普遍受到沉重的性压抑。20世纪60年代前，凡是接受基督或受西方文明影响较大的地区与民族，无不或多或少地接受了基督教式的性禁欲主义。正是在这种压抑、窒息的社会、历史、宗教背景下，乔伊斯饱含着对人和人类的命运的极大关注和强烈的忧患意识，勇闯禁区，敢于对传统性观念、性伦理进行挑战，大胆塑造了两个"反英雄"的男、女主人公形象。通过对两个主人公细致的性心理描写，无情地揭露西方社会的虚伪、愚昧、腐化、宗教禁锢下的性禁欲主义，呼吁人们摆脱所有过去的种种愚民的禁忌，回到健全的、本性的、感情的生活中，对20世纪六七十年代的妇女解放运动产生了深远的影响。

凯特·米勒在《性别政治学》中指出，从幼儿时代起，社会文化和制度就将男女置于不同的领域进行规范和训练，将两性的行为模式及角色要求内化为个体的行为规范（Millett, 1970:36）。在性别机制的规范之下，男性和女性都不自觉地用固有的标准来规范自己的思想和行为，使自己符合限定的、社会认可的气质、角色和社会地位。女性被限制在家庭有限的空间，她们必须温柔、被动、顺从、忠诚，而男人则必须强悍、大胆、具有进攻性和侵略性。而在小说中，布卢姆和摩莉则是违背传统的性别机制规范的典型人物形象。

布卢姆是一个忠厚老实的"普通人"，他既不强悍、胆大，也不具备进攻性和侵略性，而是具有阴阳协调、雌雄同体的两面性。他既有女性阴柔、善良、同情的一面，对于动物、死者、盲人、老妇人、产妇甚至是对恶棍富有同情、怜悯之心，同时他也具有男性宽容、忍耐、正直、勇敢的一面。作为一个十多年未过性生活的中年男子，他有七情六欲，他有性幻想，甚至是性怪癖，也是情理之中的事。布卢姆一天中主要关心的三件事：他个人和种族的历史，他的死亡，以及他妻子和女儿的性事（Schwarz, 1987:106）。布卢姆不时会有性幻想：清早买腰子时偷看邻居家女用人摆动的臀部；以假名"亨利·弗罗尔"与一名叫玛莎·克里弗德的女打字员交换情书；在给妻子买肥皂时他不由得心花怒放，"要是有一位漂亮姑娘给按摩就更好了。我还想干那个"；给妻子买了一本《偷情的快乐》；在第12、14章提到了一个被绞死的男子阳具瞬间直起；在第15章，布卢姆的好色的"性趣"被医科学生勃克·穆利根和狄恩发现；布卢姆死去的父亲维拉格的鬼魂从妓院烟囱下来，说他要编写一部17卷的"性学要义或情欲"。另外，布卢姆还喜欢吃激发性欲的食品，如动物内脏、牡蛎、巧克力、蛋白杏仁糖果等。"男性友谊注定会失败，乔伊斯青年时期的经历就是最好的例证。乔伊斯无奈地说，许多男子不能和女性和谐地生活，其根本原因在于他们不能协调他们自身的阴、阳性。在《尤利西斯》里，这位成熟的艺术家把利奥波德·布卢姆看作是未来的双性人。"（Kiberd, 1996:1）

如果说小说中的男主人公是一位违背父权制社会的另类丈夫，那么，妻子摩莉则超越了传统的行为模式和性别角色定位。她不再被动、顺从，甚至不再忠诚，尤其是在性事方面，她敢恨、敢爱，敢于向读者坦露女人的心扉、女人的性渴望、性行为。在小说的最后一章，在摩莉若隐若现的意识活动里，前前后后出现了25个男子，他们或多或少与摩莉有些情感瓜葛。在直布罗陀当姑娘时，她与马尔维中尉初恋，结婚后英国军官加德纳又向她献殷勤，还有彭罗斯、巴特尔·达西、顾德温教授等。而且，在故事发生的当天下午，他还与情人博伊兰幽会。正是由于摩莉的不检点、不守妇道，才招致了一些评论家的猛烈批评，说她是个"淫荡、性欲旺盛、未受过教育的女人"。但是不要忘记，她是一个守活寡十余年的中年女人，她是生活在20世纪初严厉的宗教性禁锢时代的女人，从这个角度看，她确实是一位了不起的女人，她在多方面超越了性别机制的束缚，消解了传统的男性主体身份/女性客体地位二元对立。摩莉的气质、行为举止和道德意识都远远偏离了传统的规范。她被描写为一系列典型女性的代表，从近代的艾玛·包法利夫人到神话中的大地女神——一位感性的爱尔兰主妇，她的情感在迅速减少，喻指安详的大地女神，是融母性和诱惑于一体的女性原型的代表。如果从现代批评角度来看，摩莉既是"永恒女性"的代表，又是一个爱唠叨、充满性幻想的中年家庭主妇，时常担心失去不算太强的性诱惑力。

阅读《尤利西斯》，仿佛置身于花的海洋，各种花草竞相开放，令人目不暇接。小说中，有关花草、爱情、性幻想等频繁出现在两个主人公的意识活动里，性爱的主题贯穿于小说的始末。各种花草植物除具有丰富的指称意义外，还具有丰富的象征、隐喻意义，在不同的内外语境里，花朵的始源域特征，如美丽、纯洁、青春、爱情、性爱等，被投射到目标域——小说的两个主人公——布卢姆夫妇身上，这对刻画人物的性格特征、突出小说的性爱主题以及乔伊斯的性美学观都起到了重要作用。在作品里，乔伊斯以花草为媒介，通过大胆描写男、女主人公的性意识、性幻想，甚至性行为，敢于对传统性观念、性伦理发出挑战，成功塑造了两个"反英雄"的人物形象。他们在两性的角色定位、行为模式等方面都超越了性别机制的束缚，消解了传统的男性主体身份/女性客体地位二元对立。布卢姆是一个忠厚老实的"普通人"，他既不强悍、大胆，也不具备进攻性和侵略性；他既有女性阴柔、善良、同情的一面，同时他也具有男性宽容、忍耐、正直、勇敢的一面。摩莉不再被动、顺从、忠诚，她的气质、行为举止和道德意识都远远偏离了传统的规范，是"融母性和诱惑于一体的女性原型的代表"。

　　1916年，乔伊斯对他的知心朋友巴津谈到《尤利西斯》的基本原则和技巧时说，他写这本书的目的之一就是要使之成为一部人体的史诗，每一章都要突出表现人体的某一器官。为了批驳肉体灵魂两分说，揭示二者的内在统一，他着意描写大脑中出现的意象如何受特定的人体机能的影响（艾尔曼，2016:680）。布鲁克斯认为，"写作……为文字恢复其精神，为身体恢复其意义。身体成为一个能指，或者是书写信息的地方。在叙述文学里也许大都如此，在那里，经过欲望和时间考验的身体的故事，通常就是一个人物的故事的重要组成部分"（布鲁克斯，2005:27）。细心的读者会发现，身体描写、身体叙述、身体隐喻在乔伊斯的作品里占据重要的位置，身体的语言、情感与渴望得到了最大程度的释放与展现，反映出乔伊斯对身体本体、对个体生命的崇敬与关注，闪耀着人文主义的艺术光芒。就其认知隐喻意义而言，笔者的研究还仅仅是一个开始，有待更全面、系统、深入地研究。

第五章　语言图式与人物认知思维风格

乔伊斯在《尤利西斯》中塑造了 80 余个栩栩如生的人物形象，其中两个男性主人公——布卢姆和斯蒂芬——的人物性格、思维风格等特征最为引人注目。就思维风格而言，不少语言学家、文体学家，如韩礼德（Halliday, 1971/1996）、利奇和肖特（Leech & Short, 2003）、福勒（Fowler, 1996）、塞米纳（Semino, 2008）等主要从语言的词汇、句法、修辞等内部层面研究典型人物的非常规思维风格，而不太关注常规的思维风格。但笔者认为，相对于普通人物的常规思维风格，非常规的思维风格，如智力较低者、精神病患者、寓言故事中的人物、梦幻中的人物等，在文学作品中出现的频率相对较少，因此常规的思维风格理应引起学界的重视。本章拟从认知语言图式视角研究《尤利西斯》里两个男性主人公的个人言语特征，如词汇、句法、修辞、行为举止等，力求揭示人物不同的性格特征和认知思维风格。

5.1　语言图式与思维风格理论

5.1.1　语言图式理论

认知语言学认为，语义是语言的基础，语义结构即概念结构，语义即人的概念化，存在于人的概念化过程中，是人类关于世界经验和认识事物的反映，与人类对事物的认知方式及其规律相一致。在语法方面，认知语言学认为对同一真值事件的表达，由于观察者的角度、注意焦点、详细程度不同，在头脑中形成不同的意象，反映不同的认知。相似的意象抽象出图式，构成完形，并且不断地、隐喻性地被引申而形成相似的概念。不同的图式和意象表现出不同的句义（齐振海、王寅，2013:11）。思维风格与语言的概念化、语言图式、认知方式等具有密切的关系。

图式理论把图式类型分为三种：世界图式、文本图式和语言图式。世界图式指的是与内容相关的图式结构，文本图式体现了我们对世界图式的呈现方式，包括它们的先后次序和结构组织，语言图式是指我们期待的文本主题所体现的言语模式和风格的恰当形式。就后两种情况而言，话语偏离是偏离常规文本建构或文体结构的语言表征方式（Stockwell, 2002:80）。在《尤利西斯》中，省略句和倒装句都是偏离的语言表征方式或语言图式，既是意识流语体有标记的语言图式，更是小说男主人公布卢姆最典型的言语表征方式，形成了布卢姆式的语言图式。韩礼德（Halliday, 1971/1996）、福勒（Fowler, 1996）、塞米纳（Semino, 2008）等学者借用系统功能语言学、认知语言学等领域的相关理论对小说文本中典型人物思维风格的研究颇具开拓性和创新性，具有重要的借鉴价值。认知语言图式理论为研究《尤利西斯》中布卢姆的思维风格特征提供了一个独特的视角。

5.1.2 思维风格理论

思维风格指的是"作者、叙述者或人物的世界观，是由文本的概念结构构成的"（Fowler, 1996:214）。早在 1981 年，英国著名语言学家、文体学家利奇和肖特就从词汇、句法结构、文本关系等层面讨论了三种常规的思维风格和多种非常规的思维风格，并以福克纳小说《喧嚣与愤怒》为个案研究对象，讨论了小说里四个叙述者之一——班吉的极端思维风格，成为思维风格研究的经典例证。他们认为，思维风格在本质上是一个语义学问题，但它只能通过语言的语法、词汇方面的形式结构进行研究。概念变化受制于句法和语义手段，反过来又显现不同的思维风格（Leech & Short, 1981/2003）。随后，国内外学者在研究作者、叙述者或人物的思维风格时，主要是关注非常规的思维风格，如韩礼德（Halliday, 1971）运用语言功能理论对戈尔丁的小说《继承者》中主人公洛克的词汇和及物性选择进行分析，揭示了洛克的有限视角是如何在语言上传达的。塞米纳从空间合成理论的角度分析了约翰·福勒的小说《收藏家》中男主人公克莱戈的认知思维风格（Semino, 2008:268-277），很少有学者关注常规的思维风格。实际上，作者塑造的常规思维风格的人物形象远远多于非常规的，笔者认为对常规思维风格也应该予以足够重视，以期对作者的人物塑造艺术有更全面、深入的理解。"思维风格与语言反映概念的方式和个人的认知习惯有很大的联系，因此把语言分析和认知理论结合起来的认知文体学方法可能是目前探讨思维风格的最佳选择。"（刘世生、曹金梅，2006:109）那么，就作家塑造的千差万别的人物形象而言，他们又有哪些具体思维风格呢？

瑞士心理学家荣格把人的态度分为内倾和外倾两种类型。内倾型人的心理能量指向内部，易产生内心体验和幻想，这种人远离外部世界，对事物的本质和活动的结果感兴趣。外倾型人的心理能量指向外部，易倾向客观事物，这种人喜欢社交、对外部世界的各种具体事物感兴趣。荣格把两种态度和四种机能类型组合起来，构成了8种心理类型：外倾思维型、内倾思维型、外倾情感型、内倾情感型、外倾感觉型、内倾感觉型，外倾直觉型和内倾直觉型。[①]1988年，耶鲁大学心理学教授罗伯特·斯滕伯格提出了一种全新的风格理论——心理自我管理理论（theory of mental self-government），笔者认为斯滕伯格风格理论（Sternberg, 1997）为研究人物思维风格提供了新的视角。

斯滕伯格教授认为，思维风格既不属于能力范畴，也不属于人格范畴。思维风格是指人们所偏好的思考方式，风格是一种思维的方式，它不等同于能力，而是个体倾向采取的运用自身能力的一种方式（Sternberg, 1997:10-16），其思维风格分类如表5-1。

---

① http://www.docin.com/p-441055123.html，访问日期：2019年8月20日。

表 5-1　Sternberg 思维风格分类

分类	风格
功能	立法型、执法型、审判型
形式	专制型、等级型、平等竞争型、无政府型
水平	全局型、局部型
范围	内倾型、外倾型
倾向	激进型、保守型

斯滕伯格把内在的、抽象思维比喻为一个政府机构，可从功能（立法型、执法型、审判型）、形式（专制型、等级型、平等竞争型和无政府型）、水平（全局型和局部型）、范围（内倾型和外倾型）和倾向（激进型和保守型）5个维度对思维风格进行分类，形成了13个具体的思维风格类型。他编制了思维风格问卷调查表，对该理论模型进行了验证，证实该模型有较好的结构效度。这13种思维风格包括：立法型风格（legislation style）、执法型风格（executive style）、审判型风格（judicial style）、专制型风格（monarchic person）、等级型风格（hierarchic person）、平等竞争型风格（oligarchic person）、无政府型风格（anarchic person）、全局型风格（global Style）、局部型风格（local Style）、内倾型风格（internal style）、外倾型风格（external style）、激进型风格（liberal Style）和保守型风格（conservative style）。其中，"局部型风格（local Style）的人喜欢处理具体的细节的事物，喜欢追求事物的本质，刨根问底。内倾型风格（internal style）的人倾向于内部，喜欢单独工作，喜欢独享他们的才智和主意"（雷淑华，2016）。斯滕伯格对思维风格的分类、定义对读者理解小说中的人物思维风格有较大的启发意义。

5.2　布卢姆的认知思维风格

5.2.1　布卢姆省略句语言图式表征

省略是为了避免重复、突出新信息而经常使用的一种语法衔接手段。在非正式语体或口语交流中，句子中的所有成分都可以省略，包括

第五章　语言图式与人物认知思维风格

主语、谓语、宾语、状语等；某些小品词（如介词、冠词等）、宾语从句中的连接词、定语从句中的关系代词等也可省略。意识流语体是一种典型的语言变体，具有口语体的基本特征，如多用省略句、非流利性、用词经济实用、句法简单朴实，是一种透明的、即兴的、事实性的语言变体。在《尤利西斯》中，这种偏离的语言图式表征符合小说主人公布卢姆的人物心理特点、性格特征，也与其思维风格密切相关。例如：

He looked at the cattle, lurred in silver heat.(1) Silverpowdered olivetrees.(2) Quiet long days: pruning, ripening.(3) Olives are packed in jars, eh? (4)I have a few left from Andrews.(5) Molly spitting them out.(6) Knows the taste of them now.(7) Oranges in tissue paper packed in crates.(8) Citrons too.(9) Wonder is poor Citron still in Saint Kevin's parade.(10) And Mastiansky with the old cither. (11) Pleasant evenings we had then.(12) Molly in Citrons basketchair. (13) Nice to hold, cool waxen fruit, hold in the hand, lift it to the nostrils and smell the perfume.(14) Like that, heavy, sweet, wild perfume.(15) Always the same, year after year.(16) (4:72)

他瞅着报纸上的照片：银色热气中朦朦胧胧望到牛群。（1）撒遍了银粉的橄榄树丛。（2）白昼恬静而漫长，给树剪枝，它逐渐成熟了。（3）橄榄是装在坛子里的吧？（4）我还有些从安德鲁那家店里买来的呢。（5）摩莉把它们吐掉了。（6）如今她尝出味道来啦。（7）橘子是用棉纸包好装在柳条篓里。（8）香橼①也是这样。（9）不晓得可怜的西特伦是不是还住在圣凯文步道？（10）还有弹他那把古色古香的七弦琴的马斯添斯基。（11）我们在一起曾度过多少愉快的夜晚。（12）摩莉坐在西特伦那把藤椅上。（13）冰凉的蜡黄果实拿在手里真舒服，而且清香扑鼻。（14）有那么一股浓郁、

---

① 香橼，英语为"Citron"，与人名"Citron"同音异义，因此，布卢姆联想到住在圣凯文步道十七号的西特伦（Citron）。

· 179 ·

醇美、野性的香味儿。(15)一年年的,老是这样。(16)(4:124)

该语言片段选自小说第 4 章"卡吕蒲索"的前部分。在小说的前 6 章,乔伊斯采用现实主义的叙述笔法和平行叙述的创作手段,各用 3 章分别介绍了小说中两个男主人公——斯蒂芬和布卢姆——上午 8—11 点各自的言行举止及内心活动。在荷马史诗《奥德赛》里,尤利西斯被女妖卡吕蒲索迷住而无法自拔,在《尤利西斯》里,布卢姆也被妻子摩莉迷倒,甘愿受其使唤。早上 8 点,布卢姆起床,开始了一天的漫游,上述例证出现在布卢姆上街买腰子返回的路上,布卢姆看到了去巴勒斯坦开办种植园的广告,于是浮想联翩。

先看原文的省略句图式表征。该例证由 16 个语言片段组成,除句(1)为叙述者的叙述外,其余的 15 句均为布卢姆的自由联想。在 15 句中完整的句子有两句,即句(4)和句(5),其余的均为省略句图式,共有 13 句,且以名词性短语句居多,涉及小句中的各个成分,如主语、谓语、宾语、状语等,都可成为省略句图式。该例证中,有做主语或宾语的名词短语(橄榄树丛、香橼、橘子)、人名(马斯添斯基、布卢姆妻子)和动名词短语(摩莉吐掉橄榄),做状语的时间名词(漫长的白昼、愉快的夜晚、一年年)、介词短语(有那么一股香味儿),做状语或定语的形容词短语(拿在手里真舒服),以及做谓语的两个动词结构(尝出味道、不晓得)。

从表达内容(语义)来看,这些省略句图式表征都是人们日常生活中常见的、具体的短语图式,具有普遍性、即时性、事实性等特征,是布卢姆活跃的意识活动的真实写照。不难看出,上例中布卢姆延绵不断的自由联想是由一则广告作为触发语引起的,再由省略句图式表征出来。在第 4 章,布卢姆经历了不平凡的一天。一大早,布卢姆给妻子拿早餐、端茶、拿小说、喂猫,查看便条和幸运土豆,上街买腰子,尾随邻居家的女用人看她扭动的臀部,看到客厅里的两封信和一张明信片,煎腰子、给妻子解释"灵魂转世"这个生词,带着《珍闻》娱乐期刊去茅房并撕掉一部分擦屁股,等等。这些触发语多以省略句图式结构出现，引发了布卢姆一连串的自由联想，如摩莉在直布罗陀长大、猜想妻子下午4点与情人博伊兰的幽会、参加迪格纳穆的葬礼、去巴勒斯坦开办种植园、中东犹太人的命运、女儿米莉的童年和夭折的儿子鲁迪、写篇故事赚稿费等。"乔伊斯借助语言的特殊功能，常常将人物瞬间的意识活动表现为大容量的块状结构。每个单词、词组或句子都是这一块状结构中的重要部件，相互渗透、彼此交融。……构成一幅内容丰富、纷繁复杂的意识画面。"（李维屏，2002:98）再如：

Thou lost one.(1) All sons on that theme.(2)Yet more Bloom stretched his string.(3) Cruel it seems.(4) Let people get fond of each other: lure them on.(5) Then tear asunder.(6) Death.(7) Expos.(8) Knock on the head.(9) Outtohelloutofthat.(10) Human life.(11) Dignam.(12) Ugh, that rat's tail wriggling!(13) Five bob I gave.(14) *Corpus paradisum*.(15) Corncrake croaker: belly like a poisoned pup.(16) Gone.(17) They sing.(18) Forgotten.(19) I too.(20) And one day she with.(21) Leave her: get tired.(22) Suffer then.(23) Snivel.(24) Big Spanishy eyes goggling at nothing.(25) Her Wavyavyeavyheavyeavyevyevy hair un comb:'d. (26) (11:357-358)

失去了的你。①（1）这是所有的歌的主题。（2）布卢姆把松紧带拽得更长了。（3）好像挺残酷的。（4）让人们相互钟情，诱使他们越陷越深。（5）然后再把他们拆散。（6）死亡啦。（7）爆炸啦。（8）猛击头部啦。（9）于是，就堕入地狱里去。（10）人的生命。（11）迪格纳穆。（12）唔，老鼠尾巴在扭动着哪！（13）我给了

---

① "失去了你"语出《爱情如今》。原文为意大利语。歌剧《玛尔塔》（1847）由法国歌剧作曲家德里希·弗洛托（1812—1883）用德文写的五幕轻歌剧，后译成意大利语。英国安妮女王宫廷里的宫女哈丽特装扮成村女，化名玛尔塔，来到里奇蒙集市，遇到富裕农场主莱昂内尔并相爱。玛尔塔一度逃跑，致使莱昂内尔精神失常，直到把集市上初次相见的情景扮演给他看，他才恢复理智，于是有情人终成眷属。

五先令。(14)天堂里的尸体①(15)。秧鸡般地咯咯叫着。(16)肚子像是被灌了毒药的狗崽子。(17)走掉了。(18)他们唱歌。(19)被遗忘了。(20)我也如此。(21)迟早有一天,她也。(22)撇下她。(23)腻烦了。(24)她就该痛苦啦。(25)抽抽噎噎地哭泣。(26)那双西班牙式的大眼睛直勾勾地望空干瞪着。(27)她那波-浪-状、沉-甸-甸的头发不曾梳理。(28)(11:501)

该例证选自第11章"塞仑"后部分。在《奥德赛》里,尤利西斯命令他的手下把他绑在船的桅杆上,要求其他人用塞子把耳朵堵住,以抵御海妖美妙而诱人的歌声,逃过劫难。尤利西斯被绑在桅杆上,但没有塞住耳朵,因为他实在抵挡不住海妖迷人歌声的诱惑。该章发生在下午4点,地点是奥蒙德酒吧,主题是音乐,感官功能是听觉,乔伊斯使用的创作技巧是"赋格曲"。"赋格曲"是复调乐曲的一种形式。"赋格"为拉丁文"fuga"的译音,原词为"遁走"之意,赋格曲建立在模仿的对位基础上,通常由呈示部分和再现部分组成。前者指主题依次在各声部做最初的陈述,后者指发展部开始时主题常在主调的平行调上进入,以与呈示部中的主题形成调式色彩的对比,其后可转入其他副调。乔伊斯在写作"塞仑"期间还留下了一些逸事。有一次,乔伊斯对朋友奥托卡罗·韦斯朗诵了"塞仑"的部分内容之后,还一起去观看了瓦格纳的歌剧《瓦尔寇尔》的演出。在幕间休息时,韦斯对歌剧中的音乐赞不绝口,乔伊斯听后却不以为然,问道:"你不觉得我的'塞仑'音乐效果比瓦格纳的更好吗?"对方回答:"不见得。"乔伊斯转身就走,并且没有回来继续看演出,好像人家不认为他更好,他就受不了(艾尔曼,2016:714)。1919年6月18日,乔伊斯和乔治斯·博拉奇沿着苏黎世湖散步时对"塞仑"里的赋格曲自豪地评论说:

---

① 原文为拉丁文,是用布卢姆当天在教堂里听到的两个词拼凑而成,用于下葬时所念的经文中的词句。

第五章 语言图式与人物认知思维风格

> 我前两天完成了"塞仑",是一个大工程。这一章我是用音乐技巧写的,是一首赋格曲,各种音乐符号都用上了:轻奏、强音、渐弱等等。其中还出现了一段五重奏,就像我最喜欢的瓦格纳歌剧《歌手们》那样。自从研究了各种音乐技巧手段并且在这一章里运用以后,我对音乐再也不感兴趣了。我这个音乐迷,现在连听都不能听了。我已经把它的手法全部看透,再也不能欣赏它了。(Borach, 1954:325)

在该章里,一首首优美、动听、伤感的爱情歌曲在酒吧里回荡,引起了布卢姆强烈的情感共鸣,往事历历在目。该例证选自西蒙演唱完"玛尔塔"之后,布卢姆此起彼伏的内心活动。上述例证由28个英语小句组成,除前6句为叙述者的声音外,其余的22句是布卢姆的内心独白。此时,叙述者声音和人物的内心独白在语言表达形式上没有明显的区别,这也是乔伊斯意识流小说的一大特点。在布卢姆的内心独白中,有6句较完整的句子(主语+谓语),其余的16句为省略句图式结构,且独词句有7个,分别是句(7)、句(8)、句(10)、句(12)、句(17)、句(19)和句(24)。该例中出现了2个偏离的临时构词,即句(10)的"Outtohelloutofthat"(堕入地狱)和句(26)中的"Wavyavyeavyheavyeavyevyevy"(波—浪—状、沉—甸—甸)。前一个临时造词实际上是由2个英语副词短语组成,即"Out to hell"和"out of that"。后一个合成词由英语单词"wavy"(波浪式)和"heavy"(沉甸甸)组成,布卢姆可能受到歌曲中颤音的影响,才会在他的意识银屏中出现这个意象,在他的脑海里浮现出妻子将来被情人博伊兰抛弃的情景。与前一例相比,布卢姆的省略图式结构形式更为多样,还出现了独词句、破碎的单词、临时造词等语言偏离现象,更接近于意识流语体的元语言状态,为小说的后部分,尤其是最后一章进入摩莉的纯粹的、本源的意识之流起到了铺垫、过渡作用。乔伊斯无论是在语言表达、文体风格层面,还是在小说叙事技巧层面,都严格遵守自己的小说创新原则,如循序渐进、由表及里、由易到难、由具体到抽象。

从认知语义来看，布卢姆在听完这首爱情歌曲后，感同身受，由此联想到当天迪格纳穆的葬礼、在墓地里乱窜的老鼠、给迪格纳穆捐款五先令、生死离别、自己的妻子将来被情人博伊兰抛弃的情景。省略句语言图式则是表征这些意象、情绪、愿望的最恰当途径，它们形式多样，形象生动，语义浓缩，能巧妙捕捉到人物稍纵即逝的感觉、思想、情绪、愿望等方面的意识活动，对逼真再现人物的下意识、潜意识乃至无意识的内心世界起到了重要作用，充分体现了乔伊斯独特的语言创新手段和能力。

在《尤利西斯》中，乔伊斯在叙述技巧方面进行了大胆的改革和创新：叙述话语和人物的直接话语没有明显的区分标记，也即直接话语不加引号，有时仅在其前面用一个破折号，有时什么标记也没有，此时直接话语与叙述话语在形式上完全相同。要区分这两种不同的言语表征形式，读者除细读原文外，还应注意不同人物的"思维风格"。

5.2.2 布卢姆倒装句图式表征

倒装句图式表征是布卢姆另一种典型的言语特征。在他的内心活动中，倒装句图式结构出现的频率很高，可以分为两种：主句倒装图式和宾语从句倒装图式。这类倒装句图式表征既体现了意识流语体的言语特征，又对刻画人物性格、体现人物思维风格具有重要的意义。

5.2.2.1 主句倒装图式：X + SV 型

主句倒装图式的表征形式为 X + SV 型。X 代表被强调的部分，它可以是主句中的任何成分，如主语、宾语、状语，甚至是谓语动词，如"*Kill me* that would"（8:204），而在标准英语中，谓语动词和副词状语一般不用作被强调的部分，因此谓语动词倒装是布卢姆特有的一种倒装句语言图式。SV 分别指主句的主语和谓语。在爱尔兰英语里，若被强调的部分是主语（S），强调连接词"that"通常被省略；谓语 V 多为表达关系过程、感知过程的简单动词，如"be, have, look, call"等，偶尔也会出现表物质过程的动词。例如：

第五章　语言图式与人物认知思维风格

Valise I have a particular fancy for. (5:92)（强调介词宾语，关系过程）

Good poor brutes they look. (5:94)（强调表语，关系过程）

Sandy shriveled smell he seems to have. (5:103)（强调宾语，关系过程）

A lot of money he spent colouring it. (6:119)（强调宾语，物质过程）

And *very neat* he keeps it too, trim grass and edgings. (6:137)（强调宾补，关系过程）

Underfed she looks too. (8:191)（强调表语，关系过程）

Ravished over her I lay, full lips full open, kissed her mouth. (8:224)（强调表语，关系过程）

Dark men they call them. (8:232)（强调宾补，言语过程）

To a son he speaks, the son of his soul. (9:241)（强调介词宾语，言语过程）

该类倒装句多出现在人物内心独白里，且人物内心独白似遵循"心理序列原则"，"心理序列原则可以适合所有的情形，在这些情形中，文本次序可以反映意识活动中的印象先后次序"（Leech & Short, 2003:236），也即最先进入人物意识活动的人、事、物就自然会成为被强调的对象。利奇和肖特在讨论文学创作的相似性原则时提出了三条具体的序列原则：表述原则、时间原则和心理原则。他们认为前一种不属于相似性描写，后两种则属于相似性描写。布卢姆一天的所思所想全都反映在他那不加掩饰的意识活动里，其中，倒装句图式表征就是记录他意识活动的有效手段。他的所见、所闻、所感、所想往往会占据首位，也即是被强调的位置，然后他才会套用 SV 结构。布卢姆最喜欢的 SV 句型是"it is""I have""he looks"等。对布卢姆和其他都柏林人来说，倒装句图式表征不是随意的，而是有一定规律可循的，以简单、直接、经济和强调为其主要特征。

· 185 ·

5.2.2.2 宾语从句倒装图式：wonder + 疑问句式

如果说主句倒装图式表征还不是布卢姆的标志性的言语特征，因为它还可以出现在其他人物的意识流语体里，那么，宾语从句倒装图式可谓布卢姆独有的语体特征，形成了"布卢姆式"倒装句风格。该种倒装图式的结构为"wonder + 疑问句式"。布卢姆最喜欢的主句动词为表言语过程的动词，如"wonder, ask, tell me, who knows"，宾语从句为疑问句结构，例如：

Wonder *is it true* if you clip them they can't mouse after. (4:66)
Wonder *is poor Citron* still alive in saint Kevin's parade. (4:72)
Wonder *have I* time for a bath this morning. (4:83)
Wonder *is it* like that. (5:87)
Wonder *is he* pimping after me? (5:93)
Please tell me what *is the real meaning* of that word. (5:95)
Wonder *did she* wrote it herself. (5:96)
Who knows *is that true* about the woman he keeps? (6:116)
Wonder *does the news go* about whenever a fresh one is let down. (6:145)
Wonder *is that* young Dedalus the moving spirit. (7:186)
Wonder what kind *is swanmeat*. (8:193)
Wonder *is there* any magnetic influence between the person... (13:487)
Wonder how *is she* feeling in that region. (13:487)

布卢姆在使用从句倒装时，可以说是得心应手，乐此不疲。上述例证里绝大部分的主句动词是"wonder"（想知道、纳闷），每当布卢姆对周围的人、事、物有疑问或拿不定主意时，在他脑海里就会自然地出现"wonder + 从句倒装"，突出了布卢姆"多虑好问"的性格特征。难怪不少评论家认为布卢姆是一个优柔寡断、细心多疑、富有同情心的

"普通人"，笔者的论述也从一个侧面支持了这一观点。不过，占据布卢姆意识活动中心的多是些日常琐事，如衣食住行、生老病死、性、女人、广告等，"布卢姆对理论和抽象思维不感兴趣。当他想到数字时，一般都是与货币或年龄有关。与斯蒂芬不同，抽象数字对他来说毫无意义，他也不会费神去遣词造句，但是他更喜欢类推思维，如果是稍微不同的短语，他会用同义词替换。通常，他的类比来源于他自己的经历。当斯蒂芬谈到莎士比亚时，他会联想到出生在直布罗陀的妻子摩莉"（Schwarz, 1987:105）。

总的来说，倒装句语言图式表征是爱尔兰英语突出的特征之一，是布卢姆惯用的语言图式表征，在不同的语境里起到了不同的语义功能，对逼真再现小说人物的内心活动有着重要的意义。从表达形式来看，该类倒装句图式表征并非小说人物偶然或随意使用的语言现象，恰恰相反，它们都是有一定规律可循的；从表达内容来看，该类语言图式有力地突出了言语信息重心，读者可以通过人物的内心活动来认识外部世界。小说中多次出现的倒装句图式生动地展示了主人公的意识银屏：被倒装的部分正是布卢姆最初所见、所思所闻的事物。从叙述技巧来看，乔伊斯和其他意识流作家的叙述视角由外部描写转入对小说人物内心深处的感知、情感与思想的呈现，人物心理活动不再是一种辅助的、次要的、附着于小说情节之上的叙述手法，恰恰相反，它们已走入作家叙述的前台，成为具有独立意义的表现对象。在意识流作品中，人物的内心活动是第一位的，叙述话语是第二位的，情节则是第三位的。

5.2.3　布卢姆的思维风格：局部型和内倾型

通过前面的讨论，对布卢姆典型的意识流语言图式表征以及语义功能有了比较清楚的认识，那么，它们与布卢姆的思维风格有何联系？布卢姆究竟有哪些具体的思维风格呢？布卢姆典型的语言图式表征既是他个人意识银屏的自然流露，也是他思维风格的"直接现实"，它在一定程度上反映了人物的"心声"或"思维风格"（Fowler, 1996:214）。限于篇幅，笔者主要从斯滕伯格思维风格理论的"水平"和"范围"两个维度，对布卢姆的思维风格做初步探讨。笔者认为，布卢姆具有局部型和内倾型思维风格。

5.2.3.1 局部型

根据斯滕伯格的定义，局部型思维风格的人"喜欢处理具体的细节问题，喜欢追求事物的本质，刨根问底"。该类型的人谦虚好问、关注细节，但有时也可能会过于关注细节而忽略对整体大方向的把握。通过前面的讨论，可以看出，布卢姆是一个刨根问底、局部型思维风格的人。布卢姆喜欢看报纸、思考实际问题、喜欢音乐，不喜欢饮酒或对别人说三道四，与人为善，乐善好施，经常被当作"局外人"对待。在小说中，布卢姆当天的所作所为和内心活动都是围绕他身边的事、种族的历史、死亡和性事等展开的。他也为两种情感所困扰：家庭中父子关系的断裂、妻子摩莉当天下午与情人博伊兰的幽会，这也成为小说中的主题。另外，布卢姆的自信、自尊、自立以及与人为善的人际交往准则也帮助他有惊无险地度过了最煎熬的一天。提问不仅是布卢姆认识外部世界、反映内心活动的有效方式，也是乔伊斯小说叙述风格创新的有力武器。在小说的第17章"伊大嘉"里，第三人称叙述者以教义问答或苏格拉底式的对话方式为两个男主人公设置了309个问题，涉及二人的知识、性格、兴趣、经历，还有天文、地理、宗教等百科知识，既是对整部小说的主要内容进行归纳总结，更是突出了小说的寻父主题。乔伊斯曾自豪地说，"伊大嘉"是他最喜爱的一章，是"全书中的丑小鸭"（Budgen, 1972:264）。下面三个问题涉及布卢姆和斯蒂芬的个人兴趣爱好、宗教信仰等话题，加深了二者之间的沟通与理解，都从对方身上找到了精神寄托。

一路上，二巨头究竟讨论了些什么？

音乐，文学，爱尔兰，都柏林，巴黎，友情，女人，卖淫营养，煤气灯、弧光灯以及白炽灯的光线对附近那些避日性树木的成长所产生的影响，市政府临时所设不加盖的垃圾箱，罗马天主教堂，圣职者的独身生活，爱尔兰国民，耶稣会的教育，职业，

学医,刚度过的这一天,安息日前一天的不祥气氛,斯蒂芬晕倒一事。(17:1033)

布卢姆可曾就他们二人各自对经验之反应的相同与不同之处发现类似的共同点?

两个人都对艺术印象敏感,对音乐印象比对造型艺术或绘画艺术更要敏感。两人都对大陆的生活方式比对岛国的有所偏爱,又都情愿住在大西洋这边,并不愿住到大西洋彼岸去。早年的家庭教育与血统里带来的对异教的执拗反抗,使得二人态度顽强,对宗教、国家、社会、伦理等许许多多正统教义都抱有怀疑。两个人都认为异性吸引力具有相互刺激与抑制的作用。(17:1033)

他们二人分别代表哪两种气质?

科学气质。艺术气质。姓氏,年龄,种族,信仰。(17:1052)

总的来看,布卢姆是一个务实、诚信、富有同情心的"反英雄"人物形象,其思维风格呈现出局部型的特点,这反映在他一天中的小事中,也是莱瑟姆所说的"习惯事情"或"为了维持生计而重复使用的各种手势"(Latham, 2014:74)。布卢姆的挑战通常是心理层面的,他的应付办法就是不抵抗策略。

5.2.3.2 内倾型

内倾型思维风格的人"倾向于内部,喜欢单独工作,喜欢独享他们的才智和主意"。这类人在认知世界时,以内在的自我感受为核心,倾向于将内在的感觉和观念投射到外部环境中去。他们思想丰富,行动力却较差,他们敏感多思,注重自我感受。乔伊斯在小说中把布卢姆塑造成一个既富有同情心,又可敬可亲、忠厚老实的普通人。他既不强悍、大胆,也不具备进攻性和侵略性;他既有女性阴柔、善良、同情的一面,同时也具有男性宽容、忍耐、正直、勇敢的一面。尽管布卢姆的优点很突出,但他内倾型的思维风格也给他带来了苦闷与彷徨。布卢姆一天的漫游显得漫长而痛苦:他为酒商凯斯做广告的事泡汤了,下午4点他妻子摩莉的幽会不时浮现在他脑海里,熟人们的冷嘲热讽也使他无地自容，他的犹太后裔身份也使他处处遭人白眼，关于金杯赛马赌博的事他也无辜躺枪，落得一个中大奖后一毛不拔的"吝啬鬼"骂名，等等。布卢姆的许多想法带有乌托邦式的幻想色彩，在面对种种问题时，他采用的策略则是通过自由联想加以逃避，也即是带有阿Q式的不抵抗策略，他在很大程度上是靠回忆过去或靠幻想生活。如在第4章，布卢姆的脑海里出现了东方国度；在经过一所学校，听见孩子们在背诵字母表和爱尔兰地名，他想象用自己名字命名的地名"布卢姆山"；当他在报纸上看到去巴勒斯坦开办垦殖公司的广告时，他想到了地中海和中东的水果、犹太教；想到写一则谚语或摩莉的故事去赚点稿费。在第15章中，布卢姆乌托邦式的想法显得很幼稚："我主张整顿本市的风纪，推行简明浅显的《十诫》。让新的世界取代旧的。犹太教徒、伊斯兰教徒与异教徒都联合起来。……推行世界语以促进普天之下的博爱。再也不要酒吧间食客和以治水肿病为幌子来行骗的家伙们的那种爱国主义了。自由货币，豁免房地租，自由恋爱以及自由世俗国家中的一所自由世俗教会。"（15:803）

布卢姆思维活跃，但很少付诸行动；他寡言少语，缺少必要的沟通能力。在布卢姆世俗的、人文主义的世界里，他是一个正直的人。尽管他的同伴不喜欢他，他也会关心对方、同情对方，他甚至想用他那乌托邦式的理想去改变他们的命运。在小说中，他逐渐成了一个富有人文主义思想的人物。当他遭到一伙反犹太分子的责难时，布卢姆振振有词，反对暴力，提倡博爱、宽容、尊敬和正义的信念。乔伊斯笔下的现代尤利西斯（布卢姆）在体格方面并不是一个硬汉人物，但在精神层面他却是富裕的，是胜利者，他具有谨慎、智慧、敏感、善良、正义等优良品质。《尤利西斯》中的人物利内翰对布卢姆的评价是，"他真是有教养有见识的人，布卢姆是这样的一位，他不是你们那种凡夫俗子……要知道……老布卢姆身上有那么一股艺术家气质"（10:434）。

语言图式是指我们期待的文本主题所体现的言语模式和风格的恰当形式，省略句和倒装句是两种典型的语言图式表征，在《尤利西斯》中，它们既是意识流语体的一种有标记的语言图式，更是小说主人公布卢姆的最典型的言语表征方式，形成了布卢姆式的省略句和倒装句语言图式。省略句语言图式以短语图式居多，用以突出信息重心、省略次要信息，具有即时性、事实性、破碎化等语言特征，是布卢姆活跃的意识活动的真实写照。倒装句语言图式可分为主句倒装和从句倒装两种语言图式，在模拟人物的意识之流时，最大限度地遵循了"心理序列"原则，也即是最先进入人物意识活动的人、事、物就自然会成为被强调的对象。从语言层面来看，布卢姆的词汇、句法结构经济实用，非正式、口语化特征显著；两类前景化的语言图式形式灵活多样，形象生动，语义浓缩，是布卢姆最喜欢的句法手段，经常出现在他的意识流语体中，具有强调、对比、证实、举例等重要认知功能。从语义层面来看，这两类语言图式能巧妙捕捉到人物稍纵即逝的感觉、思想、情绪、愿望等方面的意识活动，对逼真再现人物的下意识、潜意识乃至无意识的内心世界起到了重要作用，充分体现了乔伊斯独特的语言创新手段和能力。认知语境、认知能力以及布卢姆的所思所行都体现出他的认知思维风格；他的内心活动都局限于他的日常生活范围之内。"雅克·梅尔康东注意到了布卢姆的艺术性，很使乔伊斯高兴。乔伊斯对他说：'你是最早说这话的人之一。大多数人都看不起布卢姆。这情况和一些女人跟我谈到玛莉恩·布卢姆时说的话一样："是呀，那种女人就是这样的。"我听到这种话，只能抬头盯着天花板的一角。'"（艾尔曼，2016:566）总之，通过对布卢姆两类典型的语言图式结构的考察，结合人物的言行举止和具体语境，笔者认为布卢姆的思维风格属于局部型和内倾型。

5.3 斯蒂芬隐喻式的思维风格

5.3.1 隐喻式思维

根据认知科学的观点，人类的发展就是人类对客观物质世界和精神世界的认知过程。胡壮麟（1997）认为："认知应包括两个过程：一是思维过程，即人们能动地认识世界，二是世界通过大脑对人们思维的反映，在某种意义上，是认识的结果，或知识的沉淀，或文化。"人们对客观世界认知所依靠的图式主要是语言，非语言手段的作用远远逊于语言手段。安德森认为，语言与思维之间存在三种可能的关系：（1）思维以各种方式依赖语言，（2）语言以各种方式依赖思维，（3）它们是两个独立的系统（安德森，2015:337）。目前，学界们比较认可的是第二种关系。那么，何为隐喻式思维？隐喻式思维不同于一般思维，它是在一般思维的基础上通过对同一语言、同一类型的人、事、物，进行归纳、总结、提升而总结出的富有启发性的隐比、隐喻思维。同时，隐喻式思维简化、浓缩了语言表达方式，以求达到言简意赅、意犹未尽、言外之意的表达效果，丰富了人类语言的表达方式和表达效果。从思维风格来看，《尤利西斯》中的青年艺术家斯蒂芬的思维风格是理性的、主观性的、隐喻式的，他与前面讨论的布卢姆的思维风格形成了鲜明的对照，同时二者在性格方面也存在着极强的互补性，这对刻画两个鲜明的人物性格特征以及突出小说的"寻父主题"都具有重要意义。

5.3.2 斯蒂芬隐喻式的思维风格

在《尤利西斯》中三个主人公——布卢姆夫妇和青年学者斯蒂芬——既是鲜活的都柏林普通人，又展现出各自不同的生活轨迹、不同的人物性格特征和不同的思维模式。青年才俊斯蒂芬（也即乔伊斯的代言人），与布卢姆夫妇无论是在学识修养还是在人生理想、为人处世、思维风格等方面，都存在明显的差异。那么，从语言表征的角度看，斯蒂芬具有哪些典型的语言特征呢？具有怎样的思维风格呢？以下三个例证选自《尤利西斯》第3、9章：

> Ineluctable modality of the visible: at least that if no more, thought through my eyes. Signatures of all things I am here to read, seaspawn and seawrack, the nearing tide, that rusty boot. Snotgreen, bluesilver, rust: coloured signs. Limits of the diaphane. But he adds: in bodies. Then he was aware of them bodies before of them coloured. How? By knocking his sconce against them, sure. Go easy. Bald

第五章　语言图式与人物认知思维风格

he was and a millionaire, *maestro di color che sanno*. Limit of the diaphane in. Why in? Diaphane, adiaphane. If you can put your five fingers through it it is a gate, if not a door. Shut your eyes and see. (3:45)

可视事物无可避免的形式：至少是对可视事物，通过我的眼睛认知。我在这里辨认的是各种事物的标记，鱼的受精卵和海藻，越来越涌近的潮水，那只铁锈色的长筒靴。鼻涕绿，蓝银，铁锈：带色的记号。透明的限度。然而他补充说，在形体中。那么，他察觉事物的形体早于察觉其带色了。怎样察觉的？用他的头脑撞过，准是的。悠着点儿。他歇了顶，又是一位百万富翁。有学识者的导师。其中透明的限度。为什么说其中？透明，不透明。倘若你能把五指伸过去，那就是户，伸不过去就是门。闭上你的眼睛去看吧。（3:87）

该例出现在小说第3章"普洛调"的首段，是斯蒂芬的内心独白片段。上午11点，斯蒂芬在（第2章）教授历史课结束后，乘公交车从达尔基镇到都柏林市，沿着利菲河入海口的山迪芒特海滩散步一个半小时。乔伊斯在该章的写作技巧是"独白"（男性），艺术是"哲学"，对应的《奥德赛》的第四章"普洛调"——变形之神，因此，本章到处是形态变化，如转世、繁殖、词素变化，以及物质变化。从语言表征来看，该段具有典型的文学语言或隐喻性语言的特征：语言正式程度较高，合成词较多，引语、典故、哲学专业词随处可见；全段共15个小句，其中带动词的正常语句有8个，省略句有7个，比较符合内心独白或口语化表达的文体特征。该段最凸显的语言表征是哲学方面的引语、典故、名家名言。其中，亚里士多德的哲学观建立在两个最重要的基础论上：第一是非矛盾性（non-contradiction），意思是同一属性在同一情况下不能同时属于又不属于同一主题，第二是感观知识（sense knowledge）（亚里士多德，1959:71）。爱尔兰哲学教授弗朗·奥罗在"2017布卢姆日节"上发言时指出，"其实乔伊斯也是一个非常有思辨

· 193 ·

性色彩的人,像亚里士多德一样,他一次又一次回到那些非常基本的哲学问题上。《尤利西斯》的第三章开头完全是关于亚里士多德的。所以阅读乔伊斯之前,我们应该对亚里士多德的哲学思想有所了解。亚里士多德的哲学观建立在两个最重要的基础论上:第一是不矛盾论,意思是不能同时声称某一种事物在同一方面既是什么又不是什么,第二是感观知识"。[①]

斯蒂芬在该章首先思考的哲学问题就是物质和形态之间的关系问题,也即是形式和内容、理论与实践的问题,这是每一位学者需要思考的首要理论问题。"可视事物无可避免的形式"是亚里士多德(公元前384—前322)的重要观点。亚氏认为,每一物体,每一个单一的实物,都是由物质和形态两种本原构成的,如世间的一草一木、山川河流、个体生命、人类创造的各种物质文明,等等。然后,他思考着认识世界的主要方式:通过眼睛或视觉的感知方式去认识周围的事物,包括"鱼的受精卵和海藻,越来越涌近的潮水,那只铁锈色的长筒靴。鼻涕绿,蓝银,铁锈"等等。此时,他想到了德国神秘主义者雅各布·伯梅(1575—1642)的观点"各种事物的标记",还有爱尔兰哲学家、主教乔治·伯克利(1685—1753)的相似观点"带色的记号",这些"标记"都是形态的表征方式。随后,斯蒂芬又对形态的认知方式进行了追问,他两次提到了"透明的限度",也即是形态的表现程度,有的物体的形态表现程度很高,人们用肉眼或其他感官功能就可以识别,有的物体的形态表现程度很低,人们用肉眼或其他感官功能不能识别,如时间、非物质的东西等。斯蒂芬用诙谐的语言想象亚氏认识事物的方式,"用他的头脑撞过,准是的。悠着点儿"。例证里还有对亚里士多德的人物描写,"他歇了顶,又是一位百万富翁"。"*maestro di color che sanno*"是意大利语,指"亚里士多德",在但丁的《神曲·地狱》第4篇也这样使用过。无论对乔伊斯还是斯蒂芬来说,亚里士多德都是他们的精神导师,是他们学术之路的引路人。

[①] http://www.sohu.com/a/150172979_260616,访问日期:2018年11月24日。

第五章　语言图式与人物认知思维风格

随后，斯蒂芬开始思考灵魂的存在问题，他想到了亚里士多德的哲学观点，"灵魂是天然肌体中的第一隐德莱希"（生命的本源，The soul is the first entelechy of a naturally organic body）、"灵魂从某种意义上来说是全部的存在"（The soul is in a manner all that is）。乔伊斯认为在猫或者狗眼中的世界只有一小部分，但是人类的心灵可以通过运动将"潜能"转换为"实现"，看到的事物可以更多。

由此可见，该例证属于典型的"作者型"文本，其特点是文本语言是隐含的、非透明的，充满了富有典型哲学思想的引言、典故。其语用认知功能表现在：充分体现了斯蒂芬较扎实、宽广的哲学及文学理论知识，为他今后的文学创作之路打下了坚实的理论基础，再者，该例证还充分说明斯蒂芬才思敏捷、想象力丰富，具有典型的隐喻性或哲学性的思维风格特征，同时，它也给读者带来了极大的阅读障碍。

A side eye at my Hamlet hat. If I were suddenly naked here as I sit? I am not. Across the sands of all the world, followed by the sun's flaming sword, to the west, trekking to evening lands. She trudges, schlepps, trains, drags, trascines her load. A tide westering, moondrawn, in her wake. Tides, myriadislanded, within her, blood not mine, *oinopa ponton*, a winedark sea. Behold the handmaid of the moon. In sleep the wet sign calls her hour, bids her rise. Bridebed, childbed, bed of death, ghostcandled. *Omnis caro ad te veniet*. He comes, pale vampire, through storm his eyes, his bat sails bloodying the sea, mouth to her mouth's kiss.(3:59-60)

他们（海边散步的一男一女）朝我这顶哈姆莱特帽斜瞟了眼。倘若我坐在这儿，突然间脱得赤条条的呢？我并没有。跨过世界上所有的沙地，太阳那把火焰剑①尾随于后，向西边，向黄昏的土地

---

① 指亚当与夏娃因偷吃禁果被赶出伊甸园后，天主为了防止人们靠近那棵生命树而安置在伊甸园的"发出火焰、四周转动的剑"，语出《创世记》第3章第24节。

移动。她吃力地跋涉，schlepps、trains、drags、trascines 重荷。潮汐被月亮拖曳着，跟在她后面向西退去。在她身体内部淌着藏有千万座岛屿的潮汐。这血液不是我的，葡萄紫的大海，葡萄紫的暗色的海。瞧瞧月亮的侍女。在睡梦中，月潮向她报时，嘱她该起床了。新娘的床，分娩的床，点燃着避邪烛的死亡之床。凡有血气者，均来归顺①。他来了，苍白的吸血鬼。他的眼睛穿过暴风雨，他那蝙蝠般的帆，血染了海水，跟她嘴对嘴地亲吻②。（3:101）

上例出现在第三章结尾部分。在这之前，斯蒂芬一直在思考周围的物质世界，而不是像先前那样仅仅思考一些形而上的、抽象的、远离生活的哲理问题，他第一次开始认识、观察自己周围的事物，包括自己肉体的存在：他在撒尿，摸他的蛀牙，抠他的鼻子，还扭头看。他对其身体的存在的关注也给他带来了艺术灵感。他从脐带得到启发，做了一首有关女人的诗歌，他似乎找到了打开艺术之门的钥匙。从语言表征来看，该例证由 12 个小句组成，较规范的小句有 5 个，省略句有 17 个；整个片段想象力丰富，语言流畅，节奏感强，富有诗意。在斯蒂芬的自由联想里，他的思绪由自己赤裸的身体展开，一连串的意象、意境浮现在他的脑海里：浩瀚无垠的沙地，太阳那把火焰剑，潮汐，月亮，大海，新娘的床，分娩的床，吸血鬼，亲吻，等等。

另外，该例证寓情于景，情景交融，诗情画意，斯蒂芬那股喷发的创作激情和艺术天分跃然纸上，其中，认知隐喻便是其点睛之笔，如：

the sun's flaming sword：太阳那把火焰剑；

She trudges, schlepps, trins, drags, trascines her load：拟人，排比，意为"拖着"，分别为英、德、法、英、意大利语，暗喻夏娃因偷吃禁果而受到的惩罚；

---

① 拉丁文。见《诗篇》第 65 篇第 2 节。
② "他来了……亲吻"：这四句由爱尔兰作家、第一任总统道格拉斯·海德（1860—1949）根据爱尔兰文译成英文的诗歌《我的忧愁在海上》末段加工而成。

第五章　语言图式与人物认知思维风格

　　Tides, myriadislanded, within her, blood not mine：隐喻，在她身体内部淌着藏有千万座岛屿的潮汐；

　　oinopa ponton, a winedark sea：前者为希腊文，指的是"葡萄紫的大海"，葡萄紫的暗色的海，隐喻；

　　In sleep the wet sign calls her hour, bids her rise：拟人，在睡梦中，月潮向她报时，嘱她该起床了；

　　his bat sails bloodying the sea：隐喻，他那蝙蝠般的帆，血染了海水。

实际上，斯蒂芬的自由联想与其说是一股延绵不断的意识之流，还不说是一首想象力丰富、充满诗情画意的抒情诗：

　　跨过世界上所有的沙地，
　　太阳那把火焰剑①尾随于后，
　　向西边，向黄昏的土地移动。
　　她吃力地跋涉，
　　schlepps、trains、drags、trascines 重荷。
　　潮汐被月亮拖曳着，
　　跟在她后面向西退去。
　　在她身体内部
　　淌着藏有千万座岛屿的潮汐。
　　这血液不是我的，
　　葡萄紫的大海，
　　葡萄紫的暗色的海。
　　瞧瞧月亮的侍女。
　　在睡梦中，月潮向她报时，

---

① 指亚当与夏娃因偷吃禁果被赶出伊甸园后，天主为了防止人们靠近那棵生命树而安置在伊甸园的"发出火焰、四周转动的剑"，语出《创世记》第 3 章第 24 节。

嘱她该起床了。

新娘的床，分娩的床，

点燃着避邪烛的死亡之床。

凡有血气者，均来归顺。

他来了，苍白的吸血鬼。

他的眼睛穿过暴风雨，

他那蝙蝠般的帆，

血染了海水，

跟她嘴对嘴地亲吻。

在第3章里，斯蒂芬认真思索自己的人生规划，尤其是自己坎坷的艺术之路，并作了一首有关吸血鬼的小诗，诗中暗指了两位爱尔兰学者，一位是作家布拉姆·斯托克（Bram Stoker），另一位是翻译家道格拉斯·海德（Douglas Hyde）。通过自己的诗歌创作实践，他茅塞顿开，找到了今后努力的方向——大胆地进行创作实践，更加坚定了自己成为青年艺术家的信心和决心。在第7章"埃奥洛"里，斯蒂芬看到两位都柏林老处女爬到纳尔逊纪念柱上，一边吐着李子核，一边四处张望都柏林的景色，他灵机一动，联想到摩西寓言中的"眺望乐土"，他给自己的故事命名为"登比斯迦眺望巴勒斯坦"或"李子寓言"（the parable of the plums），暗示斯蒂芬开始把从书本上学来的文学理论知识应用到文学创作的实践活动中去，他在艺术道路上迈出了重要的一步。

如果说在《青年艺术家的画像》（1918）和《尤利西斯》的前三章，斯蒂芬还处在自己艺术道路的初期，还处于苦闷彷徨时期，他更多的是从书本上、从理论上、从哲学上去寻求答案，他很少把理论付诸实践，那么，从小说的第9章开始，斯蒂芬则以崭新的面貌出现在读者面前，一位有自信、有抱负、有艺术才华的青年艺术家已崭露头角！在第9章，斯蒂芬在国立图书馆馆长的办公室与几位文艺圈的学者讨论文学理论、文学批评方法等问题，他提出了自己的"哈姆雷特理论"，认为哈姆雷特的父亲的鬼魂暗指莎士比亚自己，而不是哈姆雷特本人，这个观

第五章　语言图式与人物认知思维风格

点完全与传统的观点背道而驰，没有获得大家的认可。实际上，他们争论的焦点在于文学批评方法问题，图书馆馆长、著名的评论家约翰·埃格林顿，诗人乔治·拉塞尔，图书管理员兼教友派成员利斯特等学者认为文学批评应以文本为中心，不应该考虑文本之外的作家背景、历史文化语境等，类似于法国著名的文学评论家罗兰·巴特提出的"作家死亡论"的观点，而斯蒂芬则持相反的观点，并以莎士比亚的哈姆雷特身份之谜为论点，通过考察莎士比亚的社会背景、爱情经历、早期戏剧中的故事情节、人物形象等因素，提出了自己的"哈姆雷特理论"。虽然斯蒂芬的理论未能引起重视或被接受，甚至他自己的诗歌也没有被收录到爱尔兰青年诗人作品集中，也没有被著名作家穆尔邀请去家里做客，但他并不气馁，更不像以前那样要么自视清高、要么怨天尤人，而是理性地、有条不紊地回答评论家们提出的问题，体现了一位优秀的青年学者应具有的品德修养、思辨能力和隐喻式的思维风格。请看下例：

　　—As we, or mother Dana, wave and unweave our bodies, Stephen said, from day to day, their molecules shuttled to and fro, so does the artist weave and unweave his image. And as the mole on my right breast is where it was when I was born, though all my body has been woven of new stuff time after time, so through the ghost of the unquiet father the image of the unliving son looks forth. In the intense instant of imagination, when the mind, Shelley says, is a fading coal, that which I was is that which I am and that which in possibility I may come to be. So in the future, the sister of the past, I may see myself as I sit here now but by reflection from that which then I shall be. (9:249)

　　"正像我们，或母亲达娜①，一天天地编织再拆散我们的身子，"

---

① 达娜，又名达努。从爱尔兰到东欧，都崇拜她为大地之母，即阴性之元，诸神都曾受她哺育。在《尤利西斯》中，乔伊斯把摩莉·布卢姆塑造为大地母亲的形象。

· 199 ·

斯蒂芬说，"肉体的分子来来回回穿梭；一位艺术家也这样把自己的人物形象编织起来再拆散。尽管我的肉身反复用新的物质编织起来，我右胸上那颗胎里带来的痣①还在原先的地方。同样地，没有生存在世上的儿子的形象，通过得不到安息的父亲的亡灵，在向前望着。想象力迸发的那一瞬间，用雪莱的话来说，当精神化为燃烧殆尽的煤那一瞬间，过去的我成为现在的我，还可能是未来的我。因此，在未来（它是过去的姊妹）中，我可以看到当前坐在这里的自己，但反映的却是未来的我。"（9:350）

该例是斯蒂芬的发言，选自第9章的前三分之一部分，斯蒂芬正和图书馆里的几位作家讨论莎士比亚的作品，尤其是他的"哈姆雷特理论"。上述言语片段与前两段内心独白体现出完全不同的语言表达风格。该言语片段由4个很长的复句组成，每个复句主、从句层次清楚，语言正式程度高，结构布局平衡对称，反映出斯蒂芬极强的语言表达能力、缜密的逻辑思维、宽广厚实的文学功底，以及独特的隐喻式思维风格。前两个复句由相似性结构"as..., so"（正如……一样，……也一样）引导，多用于说理性较强的议论文之中，第3句引用了雪莱的经典名言"当精神化为燃烧殆尽的煤那一瞬间，过去的我成为现在的我，还可能是未来的我"，具有很强的说服力。从认知隐喻的角度来看，该例证不乏一些精彩的隐喻，如：

As we, or mother Dana, weave and unweave our bodies... so does the artist weave and unweave his image: 隐喻。正像我们，或母亲达娜，一天天地编织再拆散我们的身子……一位艺术家也这样把自己的人物形象编织起来再拆散。

though all my body has been woven of new stuff time after time: 隐喻。尽管我的肉身反复用新的物质编织起来。

---

① 此句模仿《辛白林》第2幕第2场阿埃基摩的台词："在她的左胸还有一颗梅花形的痣……"

when the mind, Shelley says, is a fading coal：隐喻。用雪莱的话来说，当精神化为燃烧殆尽的煤。

the sister of the past：隐喻。它是过去的姊妹。

在第一个隐喻"weave and unweave our bodies"（编织再拆散我们的身子）里把目标域"身体"比喻成可以编织的物体，如布匹、竹制品等，同时，它也是引语，语出英国评论家沃尔特·佩塔（1839—1894）所著《文艺复兴》（1873）中的"把我们不断地编织起来再拆散"。说到"编织再拆散"，人们自然会联想到《奥德赛》里的谚语"A Penelope's Web"，意思是"故意拖延的策略；永远做不完的工作"。在荷马史诗《奥德赛》里，潘奈洛佩（即奥德修斯的妻子）是美丽女神海伦的堂妹，以其忠贞不渝的女性形象而被世人称颂。在其丈夫奥德修斯随希腊联军远征特洛伊，十年苦战结束后，归途中又在海上漂泊了十年，历尽无数艰险。当他在海上漂泊的最后三年间，有 108 个来自各地的王孙公子，聚集在他家里，向他的妻子求婚。洁身自爱的潘奈洛佩为了摆脱求婚者的纠缠，想出个缓兵之计，她宣称等她为公公织完一匹做寿衣的布料后，就改嫁给他们中的一个。于是，她白天织布匹，夜晚又在火炬光下把它拆掉，拖延时间，直到奥德修斯回到家园。父子、仆人合力把那些在他家里胡作非为的求婚者一个个杀死，终于夫妻团圆[①]。第三个隐喻出自雪莱的长篇论文《诗之辩护》（1840），文中写道："从事创作的精神犹如即将燃尽的煤……"此时，雪莱把抽象概念"创作精神"形象地比喻为"即将燃尽的煤"，类似于人们常把教师职业比喻为"燃尽的蜡烛"或"辛勤的蜜蜂"，喻指走文学创作道路，要追求蜡炬成灰的精神，也即是燃烧自己，照亮别人，温暖他人，斯蒂芬从中悟出了深刻的创作理念。

在第 9 章，斯蒂芬还思考了其他一些哲学问题，即现实究竟是始终稳定，还是处于变化当中？如果始终变化的话，如何能够理解并认识事

[①] https://baike.so.com/doc/4846431-5063521.html，访问日期：2019 年 1 月 29 日。

物？斯蒂芬随之想到，分子统统变化，我是不是也会发生变化？如果我也在变，隔一段时间我还是同一个人吗？五个月之前我向朋友借了钱，既然这段时间我都在变化，是不是我就不用还这笔钱了？接着，斯蒂芬想到亚里士多德的两个基本观点，以及"关于特定事物的感觉总是真的"，即每种感官都可能捕捉到与它相关的独特方面，耳得之而为声，目遇之而成色。在这一点上，眼睛和耳朵都不会被外界欺骗。由此，斯蒂芬开始理解"可听、可视事物无法避免的形态"的含义。

笔者认为，斯蒂芬的"哈姆雷特理论"是他在文学道路上逐渐走向成熟的一个重要标志，同时，也体现了斯蒂芬具有扎实、深厚的文艺理论基础，客观合理的批评方法，以及敢于挑战权威的学术创新精神。"同奥德修斯一样，斯蒂芬驶进斯鸠利旋涡，于是他的思绪和理论更像是亚里士多德式实证的、物质的、逻辑性的思维方式（以石头为象征），而不是柏拉图式的抽象的概念或理念（以旋涡为象征）。"（Heffernan, 2008:159）斯蒂芬生活在一个思想的世界里，而布卢姆则生活在经验的世界里；布卢姆经常使用陈词滥调和都柏林口语化语体，斯蒂芬则喜欢抽象暗指和深奥哲学。通过上述分析可以看出，斯蒂芬才思敏捷、想象力丰富，其思维风格具有典型的隐喻性或哲学性特征。

思维风格与语言的概念化、语言图式、认知方式等具有紧密的关系。由于思维风格看不见、摸不着，涉及语言学、文学、认知心理学等跨学科研究，很少有学者对人物的一般思维风格展开研究。通过对布卢姆和斯蒂芬典型的语言图式结构的考察，结合人物的言行举止和具体语境，笔者认为布卢姆的思维风格属于局部型和内倾型，斯蒂芬的思维风格则属于理性的、主观性的、隐喻式的。

第六章　宏观与微观叙事：认知叙事视角

乔伊斯在小说创作方面的实验与改革是全面的、彻底的，这既为现代或后现代文学作品创作树立了难以逾越的标杆，也为之后的文学创新指明了方向。就叙事技巧和艺术而言，他同样全力以赴，大胆开拓创新，取得了卓越的成就。在《尤利西斯》的各个章节里，他尝试了不同的叙事策略和叙事技巧，如全知叙事（小说的前6章，第8、10章）、集体视角（第10章）、视角重叠现象（第12、14章）、女性叙事（第18章）、复调现象、意识流语体、时空叙事，等等。本章拟借用弗卢德尼克和申丹的叙事化和体验性视角理论对《尤利西斯》第12章的认知叙事技巧及其功能进行初步的探讨。

6.1　认知叙事学概述

认知叙事学产生于20世纪80年代，是后经典叙事学的重要组成部分。该学科研究叙事如何建构人类经历以及赋予它意义，探讨人类对故事的叙述和接受的普遍需要以及参与叙事处理与理解的模式。同认知诗学或认知文体学一样，该学科广泛吸收其他学科的理论资源和研究方法，如认知语言学、认知心理学、神经病学、进化理论、心灵哲学、量子力学等，形成了一门认知的，跨学科、跨历史、跨语类、跨媒介的分支学科。认知叙事学家大卫·赫尔曼认为，叙事学应该成为认知科学的分支，一个故事应该被看作认知研究资源丰富的工具："整个语言，尤其是叙述，都可看作是建构世界心理模式的工具系统。""也是重新建构心理表征的过程，而这些心理表征同样贯穿了故事生产过程。"（Herman, 2002:1）

从广义的角度看，认知叙事学可以把叙事理解定义为作为文本阐释结果的心理模式建构过程。实际上，这是一个重建过程，因为阐释者重构的心理模式同故事生产者建构的是一样的。当处理故事时，阐释者力求理解人物的意图和目的、围绕具体故事行动的情景因素、故事的行动和事件，而所有这些完整的理解过程都要与故事的设计相吻合。赫尔曼认为，"文本阐释者不仅仅是通过重新安排情节把故事的各部分组合在一起，而是把自己沉浸在故事世界里，去经历想象的事件。他们会从情感上对故事中的行动和人物做出回应，进行推测分析，以及设想故事中的可选事件"（Herman, 2002:1）。福克尼尔和特纳认为，"当我们生产和理解故事时，我们实际上正在运用重要的认知过程。叙述文本给我们提供了理解那些极为复杂、快速流动甚至是无意识的认知运作活动的机会"（Fauconnier & Turner, 2002:15）。总之，对文学思维活动的研究激发了对叙事思维的兴趣，认知叙事学者通常从两个视角进行研究：一是借助认知科学对叙事进行研究；二是从叙事理论角度研究认知。认知研究方法的关键因素在于它把故事看作人类基本心理器官的重要组成部分——"语言的力量不在于词汇，而在于心理"（Turner, 1991:209），"作为一种跨学科，叙事学可以成为一门有价值、可靠的研究方法，用以探讨人工智能、医学神经科学等领域出现的新问题。认知叙事学家正在证明如果我们能够理解人类大脑创作和处理故事的方法，那么，我们完全有可能更深入地研究人类大脑尚未认知的地带"（Tucan, 2013:302）。赫尔曼认为，"叙述学和语言学会促使人们再思考叙述策略在建构读者心理表征世界的作用。一方面，叙述理论家应该综合使用多种语言分析方法来研究叙事故事；另一方面，语言分析也会改变和扩大语言研究本身的视野，重塑语言作为叙述和认知的关键接口的角色"（Herman, 2002:5）。这些学者富有创新意义的观点为认知叙事学的研究和发展奠定了可靠的理论基础、可资借鉴的理论模式和研究方法。

6.2 《尤利西斯》：隐喻性的宏观叙事策略

6.2.1 荷马史诗神话叙事结构

《尤利西斯》最突出的结构特征莫过于它的《奥德赛》神话结构特征，这无论对理解小说的叙事结构还是隐喻意义都至关重要。除第10章和18章外，《尤利西斯》都大致对应了《奥德赛》的相应章节，详见表6-1。不仅如此，《尤利西斯》的三个主人公也与《奥德赛》的主要人物形成了对应关系，即布卢姆对应奥德修斯（也称"尤利西斯"），摩莉对应奥德修斯的妻子潘奈洛佩，斯蒂芬对应奥德修斯的儿子帖雷马科。

表6-1 《尤利西斯》与《奥德赛》的神话结构对应关系

《尤》的章节序号	《奥》的对应章节序号	《尤》的章节序号	《奥》的对应章节序号
1	第1章	10	无（可能第12章）
2	第3章	11	第12章
3	第4章	12	第9章
4	第5章	13	第6、7章
5	第9章	14	第14章
6	第11章	15	第10、12章
7	第10章	16	第14、15、16章
8	第10章	17	第17—23章
9	第12章	18	无

荷马史诗《奥德赛》讲述的是战争英雄人物奥德修斯在特洛伊战争胜利后在海上漂泊十年，劈波斩浪，历经千难万险，最终返回故乡伊大嘉岛的感人故事。《奥德赛》由三大部分组成。第一部分"帖雷马科"由前四章组成，对应《尤利西斯》的前三章，讲述的是帖雷马科在伊大嘉岛受尽他母亲的求婚者的折磨和刁难，决心出海至普洛调等地寻访父亲下落，从而开启了他的海上旅程。第二部分"漂泊"由8章组成，描写奥德修斯一连串的冒险经历：逃出巨人族，误入食人族部落；在女神

刻尔吉的岛上逗留一年，受到了雅典娜派来的赫尔墨斯（Hermes）帮助逃过一劫；经过女海妖塞仑（Sirens）出没的海域；勇闯风神埃奥洛（Aeolus）统治的"游岩"（Wandering Rocks）和九头吃人海怪斯鸠利（Scylla）和旋涡海怪卡吕布狄（Charybdis）把守的"鬼门关"；在奥杰吉厄岛（island of Ogygia）与仙女卡吕普索一起生活了七年。后来遇见美丽善良的公主瑙西卡，解救了危难中的奥德修斯。瑙西卡的父亲曾想把她嫁给奥德修斯，但对方执意返回故乡。瑙西卡临行时告诉奥德修斯："永远不要忘记我，因为我给了你生命。"（Never forget me, for I gave you life）[①]第三部分"回家"由12章组成。奥德修斯返回伊大嘉岛时，化装成一个年迈的乞丐，发现他的妻子潘奈洛佩一直在等待着他，拒绝了多达108个求婚者的求婚。奥德修斯与他的儿子和仆人一起，杀死了求婚者，最终与妻子团聚。不难看出，荷马史诗《奥德赛》的三部分的章节数分别为4、8、12章，呈有规律的递增序列。乔伊斯在借用《奥德赛》的框架结构时做了结构上的重大调整，把《尤利西斯》的三部分调整为3、12、3章，更加突出了"漂泊"的主题，也使第一部分和最后一部分形成了结构上的平衡与对称，体现了乔伊斯小说创作的形式美和对称美的美学观点。

　　乔伊斯借用传统的神话母题——寻找、漂泊和归家，并赋予其重大的结构意义和深刻的隐喻功能，既起到了文本内部的对称、平衡与统一的美学效果，又具有永恒的史诗价值和借古喻今的反讽效果。乔伊斯早期的许多作品有神话元素，如他的短篇故事之一《死者》中的基督殉难时的形象；在《流亡者》的写作笔记中，他经常把故事中的人物与《圣经》中的人物进行类比；在《圣恩》中对但丁的作品做反讽性模仿；在自画像成长小说《青年艺术家的画像》中，男主人斯蒂芬·迪达勒斯的名字则来源于希腊神话中的人物，后来又是《尤利西斯》的主人公之一。在希腊神话中，迪达勒斯是位能工巧匠，建造了迷宫，后来被困在自己

[①] https://site.douban.com/109824/widget/notes/245567/note/159233341/，访问日期：2018年10月16日。

设计的迷宫里,最后又自己制造了双翼逃出了迷宫。在《尤利西斯》里,斯蒂芬不仅指代荷马史诗中的人物迪达勒斯,同时还指伊卡罗斯[①]、哈姆雷特、莎士比亚、撒旦(艾尔曼,2016:559)。奥尔德斯·赫胥黎说,乔伊斯曾经坚持一种13世纪解释尤利西斯名字的词源理论,认为这个名字的希腊文原形Odysseus(奥德修斯)是两个字合成的:Outis(无人或非人),加上Zeus(神)(Gilbert, 1952:263)。实际上,许多不朽的文艺作品都借用了经典的神话元素,如艾略特的《荒原》(1922),伍尔芙的《到灯塔去》(1927),海明威的《老人与海》(1952),乔伊斯的另两部杰作《青年艺术家的画像》(1918)和《芬尼根守灵夜》(1929),等等。"人类需要创造神话是根深蒂固的,因为神话是一个社会的文化和道德的象征性映射,是人类社会心理状态的反映。"(Kiberd, 1996: xx)勒文认为,作为一种故事框架,神话结构对作者而言就如同脚手架对建筑工一样重要,但最终人们会拆掉脚手架,让建筑物本身展示在世人面前(Kiberd, 1996: xxii)。持类似观点的还有费瑞尔,他曾抱怨说,在吉尔伯特公布的乔伊斯的创作技巧图里许多名称模棱两可,因此,它们的价值有限,它们掩盖了而不是展示了每章的独特性(Ferrer, 1988:148-149)。

就《尤利西斯》的神话结构而言,笔者不赞同勒文等学者的观点,或者说他的隐喻不恰当。笔者认为不能把神话结构等同于"脚手架",更不能把它看成可有可无的外在的附加成分,恰恰相反,它应该是"建筑物"不可分割的一部分,说它是建筑物的"蓝图"或"框架"更为贴切。神话结构是一种重要的隐喻结构,具有重要的互文性和文学审美功能,读者对此不了解或理解不完整、不正确,都会影响对作品的正确理解和评价。总之,"《尤利西斯》里的多元叙事声音、文本本身的自觉意识、神话结构,以及关注现代大都市生活的主题,都与现代派作家如T. S. 艾略特的神话史诗《荒原》或者伍尔芙的意识流小说《达洛维夫人》不谋而合"(Heffernan, 2008:6)。

---

① 伊卡罗斯,迪达勒斯之子,其父亲借助于自己制作的蜡翼飞离了克里特岛,但伊卡罗斯不听他父亲的警告,飞得离太阳太近,阳光融化了他的蜡翼,导致他坠海而亡。

6.2.2 西方戏剧"三一律"的经典叙事

在《尤利西斯》中,乔伊斯采用的另一种宏观叙事策略就是西方戏剧"三一律"叙事模式,又称为"古典三一律"、"亚里士多德三一律"或"三一律"。国外学者(如本斯托克、诺里斯等)也提到过《尤利西斯》的"三一律"叙事模式,但未能做具体的讨论。本斯托克认为:"小说恪守了时间、地点和行动的一致性。如果斯蒂芬在《画像》中提出的美学原则付诸实施的话,那么,'帖雷马科'则符合戏剧创作原则。"(Benstock, 2002:1)诺里斯也持相同的观点:"《尤利西斯》的故事背景是1904年6月16日的都柏林,它沿用了古典戏剧的三一律结构,即时间、地点和行动的统一,尽管它呈现的是一个繁忙喧嚣的商业社会,一个充满殖民政治和大众文化的现代世界。"(Norris, 2014:69)该叙述模式,对西方读者来说可能并不陌生,但对中国读者而言则有必要加以分析和介绍。亚里士多德在《诗学》里提到悲剧作品在行动和时间上的一致性,随后,新古典派学者对戏剧创作制定了三条原则:

第一,行动一致:一部戏剧应该只有一个主要行动,没有或几乎没有次要情节;

第二,地点一致:一部戏剧只有唯一一个物理空间,但也不应该压缩空间,舞台也不应该多于一个地点;

第三,时间一致:戏剧行动不应该超过24小时。

16、17世纪文艺复兴时期文艺理论家继承和发展了亚里士多德的"三一律"叙述模式,并由法国新古典主义戏剧家进行推广和践行,他们提倡戏剧创作应在故事时间、地点和行动三方面保持一致性,即要求一出戏所叙述的故事发生在一天(一昼夜)之内,地点在一个场景,情节服从于一个主题。法国著名小说家莫里哀的5幕喜剧《伪君子》就是一个典型的例证。故事的情节发生在一个地点,即奥尔恭的家里,所描写的全部事件都在一个昼夜之内发生,故事主题集中在揭露达尔杜弗的伪善面目上。三一律戏剧创作模式有其优点，也有其不足。优点在于结构严谨，情节紧凑，易于突出主题，易于把握人物的性格特征，其不足也是显而易见的，其故事情节较为简单，表达的主题比较单一，不宜于剧作家充分发挥其创作空间和创作潜力，很少用于小说创作中。但乔伊斯却是一位另类作家，《尤利西斯》也是一部另类作品。乔伊斯在传统的三一律戏剧创作原则的基础上进行了大胆的改革和创新，一是将戏剧创作的原则应用到小说创作之中，二是打破了传统的三一律戏剧创作原则的束缚，赋予时间、地点和行动更充实、更丰富的内涵和价值。在这之前，乔伊斯阅读了弗洛伊德、荣格等精神分析学派大师有关无意识、潜意识、性学等方面的理论著作和学术观点，并深受启发，这为他进行意识流小说创作打下了坚实的理论基础。乔伊斯既是忠实的精神分析学派追随者，更是一位身体力行的实践者。可以说，《尤利西斯》严格遵守了三一律戏剧创作原则，并取得了巨大的成功。

从时间一致性上看，故事时间发生在1904年6月16日上午8点到第二天凌晨2点，约18个小时，每章都有具体的时间段，请参看附录1中相关的时间信息。乔伊斯学专家伊恩·冈恩等详细列出了第10章"游岩"里的32个人物和一个市府仪仗马队从下午2:55—4:00的行经路线，时间精确到以秒计算（Gunn et al., 2004:58-59）。小说的故事时间是6月16日，自1954年起便成为一年一度的"布卢姆日"（Bloomsday），这是世界上唯一的一个用来纪念小说人物的节日。这一天还有一些特别的意义，它既是《尤利西斯》故事发生的时间，也是乔伊斯和他的未婚妻，来自爱尔兰西部的女子劳拉·巴纳克尔第一次约会的时间。通常，在这个节日里要举行一系列别致而盛大的聚会，朗诵《尤利西斯》片段、戏剧表演、串酒吧、狂欢等。乔伊斯的粉丝们还身穿爱德华七世时期的盛装，重温布卢姆当年走过的路线，有些乔伊斯粉丝们还举行马拉松式的小说阅读，有时会延续36小时。

从行动或情节上来看，《尤利西斯》的情节异常简单，简单到与世界名著极不相称的地步。对那些追求跌宕起伏、错综复杂故事情节的读者来说，他们绝大部分会大失所望。故事讲述了布卢姆因妻子摩莉当天有外遇，不得不在都柏林大街小巷溜达以消磨时光的琐事以及他的所思、所想、所为。当天早上，布卢姆给妻子做了早餐，读了女儿写来的信，去邮局取了一封名叫玛莎的女士寄来的情书，参加了朋友的葬礼，去《自由人报》报馆商量登广告的事，下午1点在伯恩快餐店就餐，下午4点在奥蒙德饭店的酒吧心不在焉地听朋友演唱歌曲，晚上10点去医院看望待产的普里福伊太太，等等。

从地点一致性来看，故事发生的地点在都柏林，这也是乔伊斯所有作品共同的故事地点。乔伊斯曾说，"如果都柏林某天遭到毁灭，人们可以根据他的语言描写复原这座城市；如果它的人口被毁灭，人们可以根据他的几本书移民同样的人口到这座城市。乔伊斯的故事是说不完的，他熟悉的《托姆英国和爱尔兰城市通用地址簿》的后40卷会娓娓道来"（Curran, 1941）。"荷马史诗涵盖了天空、陆地、海洋和一段时间。索福克勒斯居住在一个小地方，他把故事时间限定在24小时内，而乔伊斯于1904年6月16日待在都柏林，但他凭借癫狂的语言和想象力涵盖了大部分人类历史，甚至是世界末日。希腊史诗和希腊戏剧都隐含在这部现代资产阶级小说的框架之中。"（Burgess, 1965:272）布尔逊认为，"都柏林城市犹如斯蒂芬·迪达勒斯、利奥波德·布卢姆和摩莉·布卢姆一样，也是《尤利西斯》中的一个人物，正如在它周围游荡的市民一样，它也有和蔼可亲或阴险邪恶的性格特征"（Bulson, 2006:73）。

6.2.3 "太阳轨迹"隐喻性叙事结构

《尤利西斯》的叙事技巧、叙事结构与叙事功能一直是乔学研究者的热门话题。从叙事结构来看，大部分学者从叙事本体的角度，对其宏观与微观叙述结构进行了研究，另有一些学者，如凯伯特（Kiberd, 1996）、巴杰尔（Barger, 2001）等，关注到了小说隐喻性叙事结构，如前面讨论的神话叙事结构、经典三一律戏剧叙事结构等，但未能结合小说的实际情况进行充分的论述。凯伯特在其著名的《〈尤利西斯〉导读》中写道："人们可以辩论说《尤利西斯》的整体结构范式可以被看作是一个未完成的句子，从开始的逐步上升的希望曲线到后来无希望、不确定的虚线"（1996: xliii），如图6-1所示。

第六章　宏观与微观叙事：认知叙事视角

图 6-1　《尤利西斯》抛物线结构

凯伯特解释说："事实上，在'游岩'之后，《尤利西斯》的风格发生了变化，从乔伊斯以小说人物为中心转向了以语言和风格为中心的一系列的冥思苦想，而主要人物斯蒂芬和布卢姆则是这些冥思苦想的托词而已。这些冥思苦想关注了现代写作的核心问题：语言结构与已知世界结构之间的等号关系已经破裂。简而言之，科学和技术知识领域在现代时期极度扩大，而语言资源似乎滞后不前了。"（Kiberd, 1996: xliv）由此可见，凯伯特的"抛物线"叙事结构可以理解为：抛物线的前面的实线部分隐喻了小说前9章较为传统的现实主义、自然主义创作风格，虚线下降部分则指代小说第10章以后叙事风格的变革创新，人物已不是叙事的主体，取而代之的是乔伊斯实验的对象，即语言、风格和叙述者的隐退。

另一位乔伊斯学专家约恩·巴杰尔（Barger, 2001）提出了《尤利西斯》的"太阳轨迹"叙事结构，尽管未能引起更多学者的关注，但笔者认为它对理解小说的隐喻性叙事结构至关重要。详见图 6-2。

斯鸠利和卡吕布狄（9）（2 pm）	游岩（10）（3 pm）
莱斯特吕恭人（8）	塞仑（11）
埃奥洛（7）（12 am）	独眼巨人（12）
普洛调（3）　阴间（6）	瑙西卡（13）
奈斯陀（2）　吃莱陀果的种族（5）	太阳神的牛（14）（10 pm）
帖雷马科（1）[①]　卡吕蒲索（4）（8 am; 日出 9:10am）	刻尔吉（15）
	尤迈奥（16）（1 am）
	伊大嘉（17）（2 am；日落）
	潘奈洛佩（18）

图 6-2　《尤利西斯》的太阳轨迹叙事结构 [②]

资料来源：Jorn Barger, 2001。
说明：章节序号和时间信息由笔者添加。

---

① 章节译文均出自萧乾和文洁若的《尤利西斯》中译本。
② Barger, J. *Advanced Notes for Ulysses*, 2001. http://www.robotwisdom.com/jaj/ulysses/notes01.html，访问日期：2010年5月20日。

· 211 ·

巴杰尔是美国一位著名的博主，创立了网络日志"机器人智慧"，并担任主编，首先使用"网络日志"（Weblog）一词[①]，同时，他也是一位具有敏锐洞察力的乔伊斯研究者，致力于乔伊斯、人工智能等领域的研究。他深入细致地研究了乔伊斯的日记和手稿，从中获取灵感，并在线开办了"芬尼根守灵夜"网站专栏，提供了简洁的注释版本和数百页的文献资料，他撰写了有关《芬尼根守灵夜》的专著章节（1994）和书评（1997）。2001年，巴杰尔公布了他的最新研究发现："《尤利西斯》的太阳轨迹叙事。"但遗憾的是，他没有进行论述或说明，因此未能引起学界的足够重视。不过，笔者认为，该太阳轨迹叙事结构对理解《尤利西斯》的小说叙事艺术，如叙事时间、叙事空间、叙事视角（作家隐退论）和语言与文体实验（语言的游戏性、不确定性）等多方面都具有深刻的隐喻意义和启发意义。

第一，从叙事时间上看，太阳运行轨迹巧妙地隐喻了小说的发展时间。由于地理位置的原因，北京和都柏林在夏天的时差约为8个小时。另外，在爱尔兰，夏天和冬天的日出/日落时间、白昼时间也相差很大，6月份的日出/日落时间分别为上午9点10分和第2天凌晨1点51分，日照时间最长可达16.54小时；1月份的日出/日落时间分别为下午12点25分和当天下午8点25分，冬天最短的白昼时间仅为7.37小时。[②]《尤利西斯》的故事发生时间是1904年6月16日，正是爱尔兰的夏季时间，白昼时间很长，由此看来，小说的第9章"斯鸠利和卡吕布狄"和第10章"游岩"的故事时间分别为下午2点和3点，正是太阳当顶的时间，也预示了小说的转折点和高潮所在。第17章"伊大嘉"（第2天凌晨2点）大约是太阳落山的时间，如果把前面15章看作小说的白天叙事，那么，后3章就是小说的夜晚叙事，也预示着乔伊斯在小说后3章对小说的叙事技巧、叙事语言（意识流语体）进行了颠覆性的实验与变革。有关小说各章的叙事时间，请参看附录1的相关信息。

[①] http://taggedwiki.zubiaga.org/new_content/bfbf34b48d16a026002d63dd13d7628c，访问日期：2008年11月11日。

[②] http://richuriluo.qhdi.com/poi/174950.html，访问日期：2008年11月11日。

第二，从叙事空间来看，乔伊斯把太阳、宇宙的运行空间及运行规律巧妙地投射到都柏林，甚至是人体器官的小空间、小宇宙之中，既体现了意大利伟大的哲学家和思想家维柯"历史循环论"的思想，也兼具老子"道法自然"的中国传统文化思想，为乔伊斯读者提供了无尽的、隐喻式的想象空间，也为空间叙事研究提供了难得的分析语料。在上一节，笔者讨论了《尤利西斯》的"三一律"戏剧创作原则，其中也谈到了小说时间、地点一致性原则。小说中既涉及小说的物理空间，即都柏林的城市空间，如附录 1 里涉及的各种场景空间，按小说的章节顺序，其场景依次为炮塔、学校、沙滩、住所、浴池、墓地、报社、餐馆、图书馆、街道、音乐酒吧、酒馆、岩石、医院、妓院、庇护所、住所、床。另外，还有小说的两个主人公布卢姆和斯蒂芬各自一天在都柏林大街小巷的行程路线，在第 10 章 "游岩"里 32 个人物和一个市府仪仗马队各自的行进路线，这些大大小小的地点、场景共同绘制了都柏林的城市地图，具有重要的文学地理学意义。与物理空间相关的是隐喻性空间，即地理空间所指涉的与历史、文化、社会、政治、经济、宗教等相关的社会/历史文化信息，类似列斐伏尔所说的"空间表征"。他认为，"空间表征是指特定的社会实践空间所凝聚的构想性、观念性和象征性的意识形态空间"（Lefebvre,1991:42），"是赋予事物以价值和意义的文化实践活动，是运用物象、形象、语言等符号系统来实现某种意义的象征或表达的文化实践方式"（谢纳，2010:62）。空间表征还具有社会性，"空间里弥漫着社会关系；它不仅被社会关系所支持，也生产社会关系和被社会关系所生产"（包亚明，2003:48）。从隐喻性空间或"空间表征"来看，《尤利西斯》是一部当之无愧的百科全书，具有深远的所指意义和隐喻意义。都柏林是乔伊斯的出生地，也是他所有作品的源发地，既是英国殖民爱尔兰的行政中心和各种文化运动的斗争中心，也是国家政治、经济、宗教的中心。虽然乔伊斯在早期作品中表现出对城市的麻痹、瘫痪和狭隘的沮丧和痛恨，但他在后期作品中却对城市的美丽、悠久的历史、璀璨的文化和好客的态度流露出喜爱、眷恋之情。都柏林，对乔伊斯，对爱尔兰人，对乔伊斯的读者来说，都是一部史诗,它的空间表征意义已远远超过了它的地理空间意义。可以说,小说中的每一处场地都以自己的方式述说着爱尔兰国家、民族、人民的故事,如第1章中的"马泰洛炮塔"默默诉说着大英帝国由兴而衰的那段历史,在英国和爱尔兰九曲八弯的海岸线上,矗立着一座座圆柱形的古老建筑。第6章中的"墓地"引发人们对生与死的哲学思考。第7章中的"报社"涉及爱尔兰新闻媒介传播问题,有关"餐馆、酒馆"的场景是都柏林大众消费文化的缩影,"音乐酒吧"则反映了爱尔兰人的音乐天赋和乐观、豁达的性格特征,等等。"小说的每位读者都有必要了解1904年爱尔兰的政治、经济、社会和文化背景知识,因为小说中所描写的有关未来的任何线索都是以这种语境为基础的。"(Duffy, 2014:81)

第三,从叙事视角来看,在"太阳轨迹叙事"的前10章作者主要采用了全知叙事、第三人称内视角以及现实主义、自然主义的创作手法,相对而言,读者对这种文类的叙述笔法和语言表达风格比较熟悉。然而,在小说的后8章,乔伊斯在小说的故事和话语两个层面都进行了石破天惊的变革和实验,传统叙事中的人物、情节、环境等成分不再占据小说的核心地位,取而代之的是人物的内心活动、文学语类的多样性、能指符号与所指意义之间的不确定性与异延性,等等。对普通读者而言,这样的变革和实验已远远超过他们的阅读习惯和期待视野。就小说的后8章的叙事技巧而言,乔伊斯采用了一系列令人眼花缭乱的叙述手法,如第11章采用的是"赋格曲";第12—14章借用的是临床医学的术语,如"畸形"、"肿胀、消肿"和"胚胎发育";第15章是"幻觉";第16章是"老年叙述"(与第1章"青年叙事"相对应);第17章的"教理问答法"(无感情的、客观的与第2章的"教理问答法"有感情的相对应);第18章的"内心独白"(女性的,与第3章"内心独白"男性的相对应)。以上内容详见附录1。这些形形色色的叙述手法背后隐含着乔伊斯一直坚持的小说叙事原则:作家隐退论。在小说的前10章,不论是全知叙事还是第三人称内视角(包括意识流语体),读者或多或少还能感受到作者的存在、作者的声音,但是到了小说的后8章,随着夜幕降临,人们的各种活动减少或停止,作者的叙事声音也越来越弱，甚至是消失在茫茫的宇宙之中（第17章），消失在宁静的夜晚之中（第18章），此时的作者正如乔伊斯所说的那样，完全"和创造万物的上帝一样，永远停留在他的作品之内或之后或之外，人们看不见他，他已使自己升华而失去了存在，毫不在意，在一旁修剪着自己的指甲"（Joyce, 2016:225）。在阅读《尤利西斯》的旅程中，"我们已旅行到一个足够遥远的地方，我们看不见由岩石构造的地球家园，我们已来到了陌生的水域，或是大气之中，来到了毫无地图标记的太空之中"（French, 1982:126）。

第四，第9、10章的过渡与分水岭作用。就《尤利西斯》的高潮部分，第9章是小说的逻辑分界线，而第15、17章则是小说的实际高潮部分。在1920年9月，乔伊斯寄给好友约翰·奎恩的章节示意图里，小说前9章与后9章（开始于第10章）被清楚地分为两大部分（Ellmann, 1959:145）。乔伊斯认为第9章是小说重要的分界线，他考虑在之后写一章"间奏曲"用以祝贺小说的转折点（Ellmann, 1959:149）。由此可见，巴杰尔也按乔伊斯的思路把第9、10章并列起来，置于"太阳运行轨迹"的顶端。弗伦奇解释说，小说的前9章为后部分起到了铺垫作用，通过命名和冥想，对客观世界、生活的基本要素等进行探讨；小说的第二部分（从"塞仑"到"伊大嘉"）比第一部分更复杂，主要讨论人类情感，如孤独、渴望和悲伤（"塞仑"）、人的好斗行为（"独眼巨人"）、人的性欲（"瑙西卡"），三种情感的集中爆发——自恋、好斗、性欲（"刻尔吉"）。在前面的10章里，情节是居首位，主题次之；在随后7章里，主题居首位，语言表达或风格次之，而情节排第三位（French, 1982:9-11）。

6.3 叙事化与体验性叙事模式

近年来，认知叙事学研究方兴未艾，相继出现了四种主要的认知叙事模式：弗卢德尼克的普适认知模式（2003）、赫曼的"作为认知风格"的叙事（2002）、瑞安的认知地图模式（2003）、博托鲁西和狄克逊的心理叙事模式（2003）。申丹（2004）对这四种模式进行了详尽的介绍与评价，尤其是对普适认知模式中的叙事化与体验性视角的分析与批评具有很强的理论意义和实用价值，比较适合本章的理论基础。

弗卢德尼克（2003）在其口头叙事框架基础上，提出了自己的普适认知模式，包括三个认知参数，即体验性（experientiality）、可述性和意旨。他认为，读者的认知过程是叙事化的过程，该过程以三个层次的叙事交流为基础：其一，（以现实生活为依据的）基本层次的认知理解框架，比如读者对什么构成一个行动的理解；其二，五种不同的"视角框架"，即"行动"、"讲述"、"体验"、"目击"和"思考评价"；其三，文类和历史框架，比如"讽刺作品"和"戏剧独白"（Fludernik, 2003:244）。

第一，体验性叙事视角。就弗卢德尼克的"五种不同的'视角框架'"，申丹进行了深入系统的分析与评价，提出了颇有见地的完善意见。她认为，除了"思考评价"框架外，其余四种叙事类型都是描述事件的模仿型事件；"行动框架"（历史叙事）、"目击框架"（摄像师叙事）一般不涉及情感体验，只有其他两种涉及情感体验（第一人称叙述中"我"自身的或第三人称叙述中人物的情感体验）。弗卢德尼克以口头叙事为依据的"体验性"仅跟后面两种叙事类型相关，她建议，使用"第一人称体验性叙事"（叙述自我体验）和"第三人称体验性叙事"这两个术语来区分非体验性的叙事（申丹，2004:3）。可见，"情感体验"是两位学者共同认定的体验性叙事的评价准则，指的是"叙述者生动地讲述往事，根据自己体验事件时的情感反应来评价往事，并将其意义与目前的对话语境相联系"（Fludernik, 2003:245）。但需注意的是，"情感体验"的定义不仅适合第一、第三人称回顾性叙事（讲述往事），同样也适合第一、第三人称经历性叙事（现场叙事）。

第二，叙事化的定义与理解。根据弗卢德尼克的定义，叙事化就是将叙事性这一特定的宏观框架运用到阅读活动中，当遇到带有叙事文这一文类标记，但看上去极不连贯、难以理解的叙事文本时，读者会想方设法将其解读为叙事文。他们会试图按照自然讲述、体验或目击叙事的方式重新认识在文本里发现的东西：将不连贯的东西组合成最低程度的行动和事件结构（Fludernik, 1996:34）。申丹对此评论说："创作和阐释以规约为基础的互动：作者依据叙事规约，创作出各种具有审美价值的矛盾和断裂，而读者在阅读过程中也依据叙事规约来阐释这些文本现象。……'叙事化'或'自然化'这一概念不仅为探讨读者如何认知偏离规约的文本现象提供了工具，而且使我们得以更好地理解读者认知与叙事文类发展之间的关系。"（申丹, 2004:4）从上面两位学者的论述来看，理解叙事化应该重点抓住以下几个核心概念：叙事规约、不连贯文本、矛盾与断裂、行动和事件。"叙事规约"涉及叙事学的一整套叙事学基本理论和方法，如故事与话语、情节结构、叙事交流、叙事视角、叙事时间与空间等。"不连贯文本"或"矛盾与断裂"指在故事与话语层面上存在不符合叙事规约的表达对象或表达形式，也即是读者或批评者需要进行叙事化处理的部分。叙事文本包括两个层面，即故事（story, histoire）和话语（discourse, discours）。故事即内容，由事件（行动、事故）和实存（包括人物、背景等）组成，即被描述的叙事中的是什么（what），或称"叙事性成分"；话语即表达，是内容被传达经由的方式，强调如何被传达（how），或称"非叙事性成分"。不难看出，"行动和事件"在概念上存在混淆的情况，二者之间不是并列关系，而是包含关系，行动是事件组成要素之一。另外，读者的个人背景、文学熟悉程度、美学喜恶也会对文本的叙事化产生影响（Fludernik, 2003:262）。因此，阅读《尤利西斯》或其他现代或后现代实验性作品时，读者应该具备较强的叙事化能力，也即是处理"不连贯文本"或"矛盾与断裂"的阅读认知能力，而这种认知能力在阅读《尤利西斯》时就显得特别重要。

6.3.1 叙事化：建构叙事文本的认知能力

阅读《尤利西斯》，不少读者望而却步，或谈《尤》色变，究其原因，还是小说给读者设置的各种谜语障碍，以及"不连贯文本"或"矛盾与断裂"现象，其核心问题就是考察读者的叙事化能力。归纳起来，阅读《尤利西斯》有四大拦路虎。一是宏观叙事结构（隐喻式的神话结构）和多层次的主题思想。二是文体风格与语言表达的创新实验。乔伊斯在小说创作中以"语不惊人死不休"的创作勇气和胆识把文学语言的创新性、隐喻性、愉悦性、不确定性等本质特征发挥到了极致。全书除了夹杂有法语、德语、意大利语、西班牙语、瑞典语、波兰语、拉丁语，甚至还有阿拉伯语、印度语、希伯来语、梵语、依地语、土耳其语、日语等；第14章"太阳神的牛"被认为是有关英语文体的发展史。该章分为9个部分，代表胚胎发育的9个月，涉及从14、15世纪到19世纪末各阶段的英语文体，从盎格鲁－撒克逊的头韵文字直到美国福音派教会的布道文字，其间包括斯威夫特、哥尔史密斯、狄更斯等32位作家的文体风格，还有《圣经》、哥特式小说直到19世纪医学文献等各种语体；最后一章共8句长达62页，没有标点符号，第一句则由2500个单词组成，用以描述女主人公摩莉那半梦半醒、漂浮不定的意识活动，详见本书7.5.1的相关讨论。三是百科全书式的文化语境，涉及天文、地理、历史、宗教、神话、哲学、文学、音乐、诗歌、法律、医学、性等，比如萧乾、文洁若的《尤利西斯》汉译本对小说第15章的译文注释就多达984条。四是互文性。《尤利西斯》不仅在章节之间、段落之间、作品之间充满了多声交叉、渗透与对话的互文性，而且在文本之外与其他作家的作品之间也形成了一个跨文类、跨文本或跨文化，且"囊括了视觉、语言、运动、听觉等异质符号材料的阅读空间，并使它们在几个不同层面上相互关联，决定相互的意义"（陈永国，2003）。读者需要多层面的叙事化能力，涉及叙事文本的故事与话语的诸多要素，还有基本的语境理论、文学批评理论、认知诗学以及认知叙事学的相关理论等，而笔者认为，处于话语层面的语言分析能力则是最基本的叙事化能力，也即是结合文本的内外语境，分析、阐释与评价那些被前景化的语言表达形式，赫尔曼称为"文本暗示"。"实际上，叙事理解就是根据文本暗示以及读者推理建构故事世界的过程。"（Herman，2002:6）雅恩也强调语言表征与叙事结构之间的互动关系，他认为借助更高层级的知识表征或框架，故事阐释者能够消除指称歧义，确定某个

第六章 宏观与微观叙事：认知叙事视角

句子的功能是描写性的还是转述性的，在理解叙事过程时，采用的是自上而下的还是自下而上的分析方法。"读者会把有关描写人物、环境或事件新出现的细节与整体的阐释框架（如作者叙事或图形叙事）联系起来，直到所有这些细节足以从一个完全不同或更宽广的叙事框架对叙事故事做出或多或少的再次分析。"（Jahn, 1997:441-68）如前所述，乔伊斯在《尤利西斯》的故事层面和话语层面都设置了不计其数的谜语、暗礁、险滩，稍不留意就会误入歧途或南辕北辙，影响读者对小说的正确理解。实际上，本书第2—6章和第7章都与读者或批评者的叙事化能力密切相关。再如，"视差"（parallax）一词在小说里出现了7次：第8章3次，第15章2次，第14、17章各1次。笔者认为，"视差"在不同的认知语境里具有不同的认知语义，读者是否能真正理解其复杂的认知语义是判断读者叙事化能力的标尺。例如：

（1）罗伯特·鲍尔爵士的那本小书饶有趣味。视差。我始终也没弄清楚这个词的意思。那儿有个神父，可以去问问他。这词儿是希腊文：平行，视差。我告诉她什么叫作"轮回"之前，她管它叫"遇见了他尖头胶皮管"。哦，别转文啦！（8:282）

（2）可不能一进去就信口开河地说些明知道不该说的话：视差是什么？结果就是：把这位先生领出去。（8:298）

（3）视差从背后阔步逼向彼等，用刺棒戳之，射自其眉眼之光锐利如蝎。（14:711）

（4）克里斯·卡利南：毕宿五①的周年视差是多少？
布卢姆：克里斯，很高兴能见到你。吉11。（15:802）

（5）维拉格：……今天能穿的，决不要拖到明天。视差！（神经质地扭动一下脑袋）你听见我的头咔嗒一声响了吗？多音节的绕嘴词！（15:824）

---

① 即金牛座阿尔法，为金牛座中之红色巨星。卡里南提问的正确答案为0.048弧秒。布卢姆回答的"吉11"则是他在第8章里看到的服装商J. C.吉诺出售长裤的价钱，即每条11先令。

· 219 ·

（6）所谓恒星的视差或视差移动，也就是说，实际上恒星是在不断地从无限遥远的太古朝无限遥远的未来移动着。相形之下，人的寿命充其量才七十年，不过是无限短暂的一段插曲而已。（17:1072）

"视差"一词在小说的第二部分频繁出现，那么，它在具体文本中如何理解？乔伊斯又赋予了它哪些隐含意义或认知语义呢？通过"互动百科"①可以知道，"视差"是一个天文学术语，指的是从两个不同的位置观察同一个目标所产生的方向差异。从目标看两个点之间的夹角，叫作这两个点的视差，两点之间的距离称作基线。只要知道视差角度和基线长度，就可以计算出目标和观测者之间的距离。"视差"这个术语广泛应用于测量学、天文学、物理学等领域，有时也应用于艺术领域，指的是人们在视觉上的误差，即视错觉。造成视差的原因，一是由于人们借用感官功能所带来的局限性所致，二是由于文化深层所带来的联想和思考引起的。著名雕塑家李象群（2018）认为："任何事物都有其内在的连续性和规律性，因观者的身份、文化背景以及角度的差异而造成的视觉感受的异化，不仅仅是体现在眼睛上的，更多的是体现在心灵上的。从这个层面来看，正是这个视差给我们提供了如此丰富的视觉感受和文化思考。"②但是，把"视差"应用于小说创作领域，乔伊斯当是第一人。

从例（1）中可知，"视差"是一个天文学术语，是布卢姆在阅读罗伯特·鲍尔爵士的书中遇到的生词，他一天中不时琢磨着它的含义，终于在例（6），即小说第17章里大致理解了它的意思，即从不同的角度观察同一物体会产生不同的视觉效果。小说开篇时还有一个典型的例子：在第1章和第4章，小说中的两个男主人公斯蒂芬和布卢姆分别在同一时间和不同的地点看到了天空中的"一片云彩"。斯蒂芬看到的是

---

① http://www.baike.com/wiki/ 视差，访问日期：2018年10月2日。
② http://www.baike.com/wiki/ 视差，访问日期：2018年10月2日。

第六章　宏观与微观叙事：认知叙事视角

"一片云彩开始徐徐地把太阳整个儿遮住，海湾在阴影下变得越发浓绿了"（1:37）。而布卢姆看到的是"一片云彩开始徐徐把太阳整个遮蔽起来。灰灰地。远远地"（4:125）。从表面上看，乔伊斯通过"视差"这个天文学术语说明布卢姆对天文学的兴趣以及谦虚好学的性格特征，但从深层次的角度来看，乔伊斯巧妙地把"视差"应用到小说创作之中，即对待同一人、事、物，如果从单一的角度去观察它，往往会得出局部的、偏颇的、狭隘的看法。很显然，乔伊斯在提醒我们，在看待问题时，应该持多角度、全局性的视角，才可能得出比较客观、公正的判断或评价。比如，小说的女主人公摩莉仅在小说的第4、18章登场亮相，在第10章"游岩"里，读者也只是偶尔看到"一个女人（指摩莉）从窗户扔给海员一枚硬币"，那么，读者在第17章前对摩莉的印象如何？读者只能通过布卢姆有关摩莉的自由联想、内心独白以及其他人物偶然的间接信息，去认识她、描写她、评价她，这也给读者留下了足够的期待视野，但对她的印象是初步的、模糊的、不全的，甚至是错误的。直到第18章读者才看到摩莉的"庐山真面目"，读到她如泣如诉的心路历程，读者才对她的喜怒哀乐、她的性格特征、她的待人接物、她的夫妻关系等有比较客观、公正的评价，并对原先片面的看法做出修正。在下节要讨论的"金杯赛马"的故事也是"视差"的典型例证；另外，"视差"的批评视角也为研究《尤利西斯》里的一些重要问题，如《尤利西斯》的荷马史诗神话结构的隐喻性功能、小说中"反英雄"人物形象、主要人物（布卢姆夫妇、斯蒂芬）的性格特征等，提供了更系统、更全面的批评方法。

　　叙事化或自然化的认知叙事能力也体现在结合文本的内外语境，对文本中出现的省略、伏笔、歧义、碎片化的叙事进行语用推理的能力。如在《尤利西斯》第1章末，医科学生穆利根和斯蒂芬聊天时，提到"还在那儿吗？班农给我寄来一张明信片。说他在那儿遇见了一个可爱的小姐儿。他管她叫照相姑娘"（1:51）。那么，班农是谁？那个"照相姑娘"又是谁？他们之间是什么关系？带着这些问题，读者会在第4章找到答案，在米莉写给她爸爸布卢姆的信里提到了班农是她刚认识的年轻学生。信中写道:"星期六将在格雷维尔徽章饭店举行音乐会。有个姓班农的年轻学生,有时傍晚到这儿来。他的堂兄弟还是个什么大名人,他唱博伊兰(我差点儿写成布莱泽斯·博伊兰了)那首关于海滨姑娘们的歌曲。"(4:131)在第14章,穆利根和班农在街上不期而遇,他们都是医科学生,班农来城里报名参军。随后,他们相约去霍恩产科医院看望处于难产的普里福伊夫人。喝酒时,班农自豪地把他的女朋友米莉的照片给对方看了。乔伊斯在第1章留下的疑问,读者在第4章才找到答案,类似的"谜语"在小说中随处可见。第8章里,布卢姆的脑海忽然浮现出《自由人报》排字房老领班的身影,但他却怎么也想不起对方的姓氏,直到该章快结束时,他才想起老领班原来姓彭罗斯,在第7章"排字房老领班"栏目里也介绍过此人的情况。再如,在第8章中,布卢姆偶然看见"两只苍蝇巴在窗玻璃上紧紧摽在一块儿"(8:310),这种看似不经意的描写又在第15章狂想剧中不期而遇。当布卢姆等从钥匙眼里偷窥摩莉和博伊兰媾和之事时,叙述者就借妓女米娜之口用"摽"来形容他们的不耻行为,其反讽的意图不言自明。第12章里,鲍勃·多兰是已故迪格纳穆的朋友,喜欢酗酒,饶舌的叙述者描述他:"他差点儿从该死的凳子上倒栽葱跌到该死的老狗脑袋上。阿尔夫试图扶住他。"(12:550)那么,"他"究竟是谁?直到第15章,读者才找到答案:"鲍勃·多兰正从酒吧间的高凳上越过贪馋地咀嚼着什么的长毛垂耳狗栽了下来。"

6.3.2 第一人称体验性叙事模式

就第一人称体验性叙事技巧而言,叙事者具有双重身份或双重主体,他既是故事的叙述主体(叙述者),又是经历故事的体验主体。卡尔认为,相对于听者和故事中的人物,第一人称叙述者具有"统领全局、无所不知"的优势,对涉及的人物和经历的事件可以自由地评价和议论(Carr, 1991)。虽然第一人称叙述者具有双重的认知视角,也具有一些独特的叙事功能或优势,但它毕竟不是全知叙事视角(第三人称叙事视角),因为它会受到叙事时间、叙事空间以及人物内心活动等多方面的限制，仍是一种有限叙事视角。笔者认为，第一人称体验性叙事具有两个优势。一是具有现场感和客观性。作为故事的亲历者，通过自己敏锐的视觉、听觉、嗅觉、触觉等感官功能，尽可能真实全面地描述或刻画故事的发生、发展和结果。二是具有评价和议论的权利，也称为叙述评议或非叙事性成分。讲述者可以在恰当的时间、恰当的地方，针对不同的人物、不同的话题，及时表达自己的观点、态度、情感、价值取向和审美观念，有利于读者更好地理解故事中的人物、情节、主题和启发意义。叙述评议或非叙事性成分是中外传统文学作品、现实主义作品常见的叙事策略，如托尔斯泰的《战争与和平》中叙述者对历史的重要价值的评价，《红楼梦》《水浒传》等中国古典名著里都不乏叙述者的精彩评议。布斯对叙述干预的范围概括如下：提供事实、"画面"或概述，塑造信念，把个别事物与既定规范相联系，升华事件的意义，概括整部作品的意义，控制情绪等（Booth, 1987:189-235）。

6.3.2.1 现场叙事：共时性与客观性

在前面的论述中，尤其是在第 6 章，已多次提到了小说第 12 章的局部创作特色，但对其独特的第一人称体验性叙事艺术还了解甚少。在第 12 章，"乔伊斯采用了白天和夜晚的叙事模式，把传统的直接叙事声音和场外的旁白、口头的与书面的媒介并置在一起"（Hayman, 2002:243）。有评论家认为该章的叙述者多达三个：无名氏（Nobody）"我"作为主要叙述者；该章的创作技巧"畸形"作为叙述者，它不时冒出来干预、"劫持"主要叙述者；再就是粗暴、顽固、偏狭的"市民"。但笔者认为，第一人称体验性叙述者"我"是理解该章叙述技巧的关键所在。叙述者"我"既是叙述者/旁观者，又是故事的参与者，我的职业是"靠收呆账和荒账为业"（12:535），"我"的职责是原原本本地讲述当天下午 5 点在都柏林一个大众酒吧发生的事情。由于叙述者目睹了整个酒吧发生的一系列事件，整个叙述拉近了读者和叙述者之间的距离，读者备感亲切、真实、客观，犹如观看一场正在上演的舞台剧。在故事层面上，叙述者清楚地交代了一系列事件（话题）、冲突、人物和场景；从话语层面来看，故事情节按时间顺序推进，叙述者语言亦庄亦谐，口语与书面语混搭，叙述评议尖酸刻薄、玩世不恭。

叙述者"我"首先交代了自己的职业、位置以及在路上遇到乔·海恩斯的情形，二人相约去巴尼·基尔南酒吧喝酒："正当我跟首都警察署的老特洛伊在阿伯山拐角处闲聊的时候，真该死，一个扫烟囱的混蛋走了过来，差点儿把他那家什捅进我的眼睛里。我转过身去，刚要狠狠地骂他一顿，只见沿着斯托尼·巴特尔街蹒跚踱来的，不是别人，正是乔·海恩斯。"（12:535）从他们的简短聊天来看，叙述者受雇于一个"名叫摩西·赫佐格的侏儒""小个儿犹太佬"，临时为他收一笔烂账，"就靠收呆账和荒账为业"。欠债方是个"狡猾透顶的混账贼——老特洛伊""他那一脸麻子足盛得下一场阵雨"，他从赫佐格那里"勒索来大量的茶叶和砂糖。决定要他每星期付三先令"，但老特洛伊蛮横不讲理，欠债不还，还叫嚣去法庭控告叙述者"无执照营业"。来到酒吧，叙述者发现"市民"和他的那只杂种狗加里欧文[①]早已等候在哪儿："于是，我们转身走进了基尔南酒吧。果不其然，'市民'那家伙正坐在角落里，一会儿喃喃自语，一会儿又跟那只长满癞疮的杂种狗加里欧文大耍贫嘴，等候着天上滴下什么酒来。"（12:538）叙述者没有介绍酒吧的具体情况，读者只能根据爱尔兰酒吧的意象图式想象故事的空间信息，如吧台、环境布置、酒吧音乐、黑啤与威士忌、点心等。

故事人物，除叙述者、乔（布卢姆的同事）、市民和他的杂种狗之外，另外还有特里（酒吧服务员）、阿尔夫·柏根（都柏林行政司法副长官助理）、鲍勃·多兰（已故迪格纳穆的朋友，一个酒鬼）、内德（谷物商）、布卢姆（广告推销员）、杰克（大学教授，为报社写评论）、坎宁翰（布卢姆的朋友，英国殖民机构任职）、鲍尔（皇家爱尔兰警察署任职）、约翰·诺兰（布卢姆的朋友）和利内翰（赛马栏目记者），共计13人，他们陆续登场，他们来自都柏林不同的行业，如政府官员、大学教授、商界、新闻记者、极端民族主义者、犹太后裔、普通的从业人员等，是都柏林社会的一个缩影。

---

① 都柏林市民 J. J. 吉尔特拉普的爱尔兰猎狗的名字。

第六章　宏观与微观叙事：认知叙事视角

　　酒过三巡，酒吧氛围异常活跃，调侃、喧嚣、争论不绝于耳，一些严肃的、敏感的政治、民族、宗教等话题引起了激烈的争论，他们讨论了金杯赛马、国家昔日的辉煌、贸易活动、英国海军、暴力对抗、民族问题、绞刑、鬼魂（帕狄·迪格纳穆）、历史事件、民族英雄、法庭审判、抵押、爱尔兰体育运动、北方巡回演出、陌生人、欧洲民族等等。在交流互动中，"市民"能吃、能喝、能吹，而且从不自己掏腰包，始终占有绝对的话语权，他的高谈阔论不时赢得一片喝彩声和推杯换盏声，而布卢姆的发言往往被无端地打断或冷落。最终布卢姆与"市民"发生了言语冲突。见风使舵的叙述者记录下了冲突发生的几个关键时刻：

　　（7）我看出有点儿闹纠纷的苗头。鲍勃这家伙一喝酒就失态。于是，我就找个话茬儿说。（12:545）

　　（8）于是他们争论起这一点来。布卢姆说他不想喝，也会喝，请原谅，不要见怪。接着又说，那么就讨一支雪茄抽吧。哼，他是个谨慎的会员，这可一点儿也不含糊。（12:549）

　　（9）且说"市民"和布卢姆正围绕刚才那个问题争论着。（12:551）

　　（10）是，"市民"就谈起爱尔兰语啦，市政府会议啦以及所有那些不会讲本国语言、态度傲慢的自封的绅士啦。……布卢姆叼着向乔讨来的值两便士的烟头，探过他那黏乎乎的老脑袋瓜儿，大谈起盖尔语协会啦，反对飨宴联盟①啦，以及爱尔兰的祸害——酗酒。（12:556）

　　（11）是他们聊起爱尔兰体育运动来了，谈起绅士派的游戏——草地网球，爱尔兰曲棍球，投掷石头，谈到地地道道的本土风味以及重建国家等话题。当然，布卢姆也搬一搬他那一套：说即便一个家伙有着赛船划手那样结实的心脏，激烈的运动也还是有

---

① 全名为"圣帕特里克反对飨宴联盟"，成立于1902年，其宗旨是促进戒酒。

害的。(12:562)

（12）<u>我确实看出要惹麻烦来了</u>。布卢姆还在解释说，指的是由于做老婆的不得不追在那个口吃的老傻瓜后面跑跑颠颠，这太残酷了。(12:568)

（13）当我好歹回去时，<u>他们正吵得不亦乐乎</u>。(12:585)

（14）该死的抠门儿鬼。叫你请我们每人喝一杯哪。真鬼，他简直吓得要死！<u>地地道道的犹太佬</u>！只顾自己合适。跟茅坑里的老鼠一样狡猾。以一百博五。(12:591)

（15）然而，天哪，我正要把杯中残酒一饮而尽时，只见"市民"腾地站起来，因患水肿病呼呼大喘，踉踉跄跄走向门口，用爱尔兰语的"<u>钟《圣经》与蜡烛</u>"①,对那家伙发出克伦威尔的诅咒②，<u>还呸呸地吐着唾沫</u>。乔和小阿尔夫像小妖精般地围着他，<u>试图使他息怒</u>。(12:592)

（16）"耶稣在上，"他说，"<u>我要让那个该死的犹太佬开瓢儿</u>，他竟然敢滥用那个神圣的名字。哦，我非把他钉上十字架不可。把那个饼干罐儿递给我。"

"住手！住手！"乔说。(12:592—593)

上述 10 个例证概要地介绍了酒吧情节发展的基本路径，画线部分是冲突发生的焦点所在。从叙述话语来看，叙述者具有较强的观察能力和叙述能力，如摄像机的镜头一样，逼真地再现了当时酒吧里发生的事情，整个叙述具有现场性和客观性，可谓批判现实主义创作手法的经典例证。从例证中可以看出，叙述者主要抓住了布卢姆与"市民"的矛盾冲突这条中心线索展开叙述。他们之间的言语冲突经过了起始—发展—高潮三个阶段，例证（7）是冲突的开始，例证（8）—（14）是冲突的升级阶段，冲突的原因主要由一些涉及有关爱尔兰民族主义的斗争方式

---

① 把教徒开除教籍的用语。钟，意为警告，来源于《圣经》，蜡烛意味着将它吹灭后灵魂便将陷入黑暗。
② 克伦威尔在残酷地屠杀爱尔兰人时所发出的诅咒。

第六章　宏观与微观叙事：认知叙事视角

（暴力的还是理智的）、犹太人的身份认同问题（金杯赛马、陌生人、欧洲民族）、布卢姆妻子的绯闻（巡回演出）等敏感性话题引起的，其中例证（10）和例证（11）是布卢姆与"市民"言语冲突的典型案例。例证（15）和例证（16）是冲突发生的高潮，"市民"已气急败坏、恼羞成怒，从舌战升级为暴力冲突："只见'市民'腾地站起来""对那家伙发出克伦威尔的诅咒""我非把他钉上十字架不可"，于是，抓起饼干罐向布卢姆砸去，幸亏被及时经过的一辆马车搭救，"那只该死的杂种狗穷追不舍"（12:595）。请看下面的片段：

（17）有个一只眼睛上蒙着眼罩的二流子，扯着喉咙唱开了：倘若月亮里那个男子是个犹太人，犹太人，犹太人①；有个婊子大喊道：

"哎，老爷！你的裤纽扣儿开啦，喏，老爷！"

于是他说：

"门德尔松是个犹太人，还有卡尔·马克思、梅尔卡丹特和斯宾诺莎。②救世主也是犹太人，他爹就是个犹太人。你们的天主。"

"他没有爹，"马丁说，"成啦。往前赶吧。"

"谁的天主？""市民"说。

"喏，他舅舅是个犹太人，"他说，"你们的天主是个犹太人。耶稣是个犹太人，跟我一样。"

唷，"市民"一个箭步蹿回到店堂里去。

"耶稣在上，"他说，"我要让那个该死的犹太佬开瓢儿，他竟然敢滥用那个神圣的名字。哦，我非把他钉上十字架不可。把那个

---

① 改写后的歌词。作者弗雷德·费希尔的通俗歌曲的原文是"倘若月亮里那个男子是个黑人，黑人，黑人"（1905）。
② 指摩西·门德尔松（1729—1786），出生于德国的犹太哲学家，或费利克斯·门德尔松（1809—1847），德国作曲家，父母均为犹太人；卡尔·马克思（1818—1883），生于普鲁士，父母均为犹太人；萨弗里奥·梅尔卡丹特（1795—1870），生于那不勒斯，意大利作曲家，编写过60多部歌剧，他不是犹太人；巴鲁克·斯宾诺莎（1632—1677），哲学家，唯理性主义者，出生在荷兰的一个犹太人家庭。

·227·

饼干罐儿递给我。"

"住手！住手！"乔说。（12:592—593）

该片段出现在该章末尾部分，也即是布卢姆与"市民"矛盾冲突的高潮部分。叙述者完整地呈现了当时紧张的场面，尤其是戏剧式的对话情景。"市民"与布卢姆在不少问题的看法上意见不合，叙述者早就预料到一场冲突在所难免。在先前的交谈中以及在小说的前面章节里，布卢姆时常被冷落，好几次的话题都无端被打断，或遭到"市民"等人的粗暴回绝，布卢姆的自尊心和尊严一次次遭到践踏，他那微弱平静的声音早已被淹没在粗暴的夸夸其谈的洪流之中。最后，争论的焦点落到了犹太人上，身为犹太人的布卢姆和代表狭隘民族主义、反英和反犹太人的"市民"进行了针锋相对的斗争，于是便出现了上文那一幕。

从语言表达方式来看，该片段由叙述和对话两部分组成。话语形式主要使用了直接引语。其总体的语言特点是：用词直观、生动、形象，话轮转换快，引导语采用了"××说"这种公式化的套语，比如"扯着喉咙唱开了；大喊道；于是他说；马丁说；'市民'说；他说；他说；乔说"等，这就避免了叙述的主观性和印象性，增加了叙述的客观性、真实性和戏剧性效果。从表达内容和主题来看，该片段既涉及布卢姆个人身份认同的问题，更反映了作品的一个重要主题思想："关于两个民族（以色列和爱尔兰）的史诗，同时也是人的身体循环故事，是一天（一生）的小故事。"(Ellmann, 1975:271) 在第12章里出现了两个犹太人形象，即布卢姆和赫佐格，一个主角，一个配角，一个以拉广告为业，一个是小商贩，他们都是都柏林下层居民。他们属于那部分被人遗忘、被人冷落、被边缘化的群体。1904年，利默里克地区的一个牧师"指控犹太人对基督教徒使用暴力"，还说"非犹太人不必偿还犹太人的债务"，牧师的言辞和随后引起的抵制运动"使经济蒙受巨大损失，在该地区一半犹太人移居他乡"(Benja, 1992:58)。尽管布卢姆向来是个逆来顺受的老好人，但他也有自己的底线，那就是犹太人身份认同问题，此时他义愤填膺、义正词严，用"他舅舅是个犹太人，你们的天主

第六章 宏观与微观叙事：认知叙事视角

是个犹太人。耶稣是个犹太人，跟我一样"进行了有力的还击，足以体现奥德修斯式的英雄气概！"身份问题是社会心理学关心的主要理论问题，它分为集体身份和个人身份。集体身份是诸多身份范畴的一种。有些基本概念可以界定群内人和群外人，如通过推测某人的'真实'身份而加以判断。身份范畴可以包括民族、宗教、种族或其他特征。"（Hogan, 2014:209）另外，例（17）第一段末的斜体字歌词起到了前景化的文体效果，出现了巴赫金意义上的众声喧哗场面。这从一个侧面反映了爱尔兰丰富的酒吧文化和诙谐的民族性格。叙述者的客观叙述不仅体现在对故事中的人物、事件、冲突等外在层面，同样也体现在叙述者的内心层面，请看下例：

（18）再见吧，爱尔兰，我要到戈尔特①去。于是，我绕到后院去撒尿。他妈的（五先令赢回了一百），一边排泄（"丢掉"，以二十博一），卸下重担，一边对自己说：我晓得他心里不安，想转移目标溜掉（一百先令就是五镑哩）。精明鬼伯克告诉我，当他们在（"黑马"）家赌纸牌的时候，他也假装孩子生病啦（嘿，准足足撒了约莫一加仑）。那个屁股松垮的老婆从楼上通过管道传话说："她好了一点儿啦"或是："她……"（噢！）其实，这是花招：要是他赌赢了一大笔，就可以揣着赢头溜之乎也。（哎呀，憋了这么一大泡！）无执照营业。（噢！）他说什么爱尔兰是我的民族。（呜！哎呀！）千万别接近那些该死的（完了）耶路撒冷（啊！）杜鹃们。（12:584—585）

酒过三巡之后，叙述者"我"已感到肚胀难熬，快憋不住了，便绕到后院去撒尿。乔伊斯为了把整个酒吧所发生的事情和盘托出，甚至连"我"不雅观的撒尿过程也得原原本本地记录下来。这一特写镜头至

---

① 去厕所的意思。通常的说法是：再见吧，都柏林，我要到戈尔特去。戈尔特是爱尔兰西部斯莱戈附近一寒冷村庄。原意表示农民在城市里待不住。

· 229 ·

少有两个作用。一是变劣势为优势。第一人称内视角叙述的不足就是叙述的不可靠性和局限性，但乔伊斯却能根据实际需要，利用叙述者撒尿这一空档给读者留下想象、补白的机会，巧妙地制造了悬念，读者不禁会问：酒吧里的情况如何？二是增加了第一人称内视角的真实性和可靠性。乔伊斯把叙述者"我"完全暴露在聚光灯下，包括我的隐私和缺点，任凭读者去议论、去评判，这种开诚布公的态度自然会赢得读者的信任和支持。那么，叙述者"我"有没有隐私呢？有什么隐私呢？

从叙述话语来看，该片段使用了多种话语形式，如直接引语、自由直接引语、间接引语。其总体语言特征如下：电报式语句——简短、松散、零碎，不符合语法规范；大量使用括号（11次）、感叹词（7次）和惊叹号（6次），如"嘿，噢，哎呀，呜，啦，啊"等。"我"的独白内容涉及撒尿、赛马、赌博等事情，但它们都与钱和布卢姆有关。其大意是在"我"的眼里，布卢姆是个狡猾的吝啬鬼，赛马赢钱后，总是连酒钱都不支付就溜之大吉。这实际上全是误会，乔伊斯正是利用它来产生诙谐、幽默、滑稽、反讽等修辞效果，这种互文性的创作技巧在整部作品中随处可见。故事的原委是这样的：（1）布卢姆不喝酒不赌马，他来酒吧纯粹是为了见马丁·坎宁翰，商谈已故帕迪·迪格纳穆的人寿保险一事，为其孤儿寡母争取一点抚恤金；（2）正在此时，布卢姆约好的人来了，他便出去了一会儿；（3）在第5章末尾处，布卢姆刚从药房出来就在街上遇到班塔姆·莱昂斯，后者热衷于赌马。布卢姆把报纸给他看，并叫他看完后把它"丢掉"，而对方虽然在聊天，但脑子里一直想着赌马的事儿，误认为布卢姆把赌注押在了名为"丢掉"的马上。莱昂斯也想把赌注押在"丢掉"上，但他后来接受了利内翰的劝告，改变了主意。说来也巧，那天"丢掉"出人意料地跑了第一。乔伊斯苦心经营的这段故事还对突出主题起到了十分重要的作用：布卢姆不但不是小气鬼，相反，他却是一个乐于助人的老好人；犹太人在爱尔兰处处受到误解、排斥甚至侮辱，但他们毫无怨言，忍辱负重，仍然顽强地生活着，他们的唯一的希望就是被认可、被接纳，能尽早地融入爱尔兰的文化中去。

笔者认为，现场叙事既反映了作者在叙述技巧方面大胆有益的尝试，也是作者根据小说发展的实际需要所做出的必然选择，它对调节叙述距离和强化文本的局部主题思想必不可少。首先，无论是语言技巧的变异创新还是叙述技巧的大胆探索，乔伊斯自始至终遵循着这样一条创作原则：由浅入深，由简单到复杂，由常规到变异，最终推向极限。乔伊斯突然改变了叙述模式，但读者并不感到诧异和不适应，原因在于作者在前面的章节中已做了充分的铺垫，如巧妙频繁的视角转换，叙述语言向人物内心独白的自然过渡等。此时，读者对这种叙述模式的大胆转变已见惯不惊了。其次，第一人称叙述的优点在于它能缩短叙述者与读者之间的距离，增强作品的共时性和客观性，推动情节发展，增强戏剧化效果等，但它的不足也是显而易见的，如在观察范围、透视人物内心世界、可靠性等方面都存在着一定的局限性。最后，根据该章的主题思想的需要，《尤利西斯》所揭示的不仅仅是三个普通市民一天的感性生活，而是整个都柏林，乃至整个西方社会的政治、经济、民族、道德观念、宗教信仰等各方面的种种矛盾和危机。第12章直接涉及了爱尔兰的民族矛盾、政治生活、犹太人的生存状态等敏感性问题。为了确保叙述的客观性和公正性，乔伊斯毅然决定让酒店的一个无名氏（Nobody）"我"充当主要叙述者，讲述"我"在酒吧里的所见所闻。但可以看到，叙述者本人在对待一些重大的政治问题时，始终保持清醒、理智，既不评头品足，也不偏袒任何一方，他的目的很清楚，那就是让事实说话，事实胜于雄辩。这也与乔伊斯在创作中一贯遵循的"真即美，美即真"的美学原则相吻合。

6.3.2.2 叙述评议：叙述者的情感体验

叙述评议或非叙事性成分是小说第12章另一突出的叙事特色，叙述者在叙事的整个过程中进行了不同程度的叙述评议，从评议话语的数量和质量来看，都占有很高的比例。恰当的叙述评议可以表达叙述者的情感体验，如他的观点、态度、情感、价值取向和审美观念，引导读者正确理解故事中人物的言行举止、情节发展、主题思想和启发意义。叙述评议属于人际功能范畴。近年来，系统功能语言学的人际功能思想及评价理论在功能文体学、女性文体学、批评话语分析、文本世界理论等领域得到了较为广泛的应用,并取得了良好的效果,被视为一种有效的文本分析方法。评价理论是建立在人际功能理论基础之上的新词汇语法框架,是系统功能语言学理论资源的组成部分,是用来研究文本或说话人表达、协商特定主体之间的关系以及意识形态的语言资源。"评价理论是关于评价的——文本中所协商的各种态度、所涉及情感的强度以及表明价值和联盟读者的各种方式。"(Martin & Rose, 2003:23)在日常生活中,我们说的话大多数不是陈述事实,而是在不断地对语境、人物、他者的话语作出评价。从语言资源的角度来看,表达人际功能或评价意义的语言资源包括:(1)不同的句子类型(疑问句、祈使句、感叹句、反义疑问句等);(2)大部分的实词(表达主观意义或情感意义),尤其是形容词或副词;(3)所有情态动词、半情态动词;(4)修辞手段;(5)动词的时、体、态。限于篇幅,有关评价理论的三大语言资源,如态度(attitude)、介入(engagement)和分级(graduation),不在本章的讨论范围,有待进一步研究。请看第12章中的一些实例:

(19)于是我们东拉西扯地闲聊着,沿着亚麻厅营房法院后身走去。乔这个人哪,有钱的时候挺大方,可是像他这副样子,确实从来也没有过钱。天哪,我可不能原谅那个大白天抢劫的强盗,混账狡猾的杰拉蒂。他竟然说什么要控告人家无执照营业。(12:537)

(20)于是,特里总算把乔请客的三品脱端来了。好家伙,当我瞧见他拍出一枚金镑的时候,我这双眼睛差点儿瞎了。啊,真格的,多么玲珑的一镑金币。(12:541)

(21)小个子阿尔夫·柏根踅进门来,藏在巴尼的小间里,拼命地笑。喝得烂醉如泥,坐在我没看见的角落一个劲儿地打鼾的,不是别人,正是鲍勃·多兰。我并不晓得在发生什么事。阿尔夫一个劲儿地朝门外指指画画。好家伙,原来是那个该死的老丑角丹尼斯·布林。他趿拉着洗澡穿的拖鞋,腋下夹着两部该死的大书。他老婆——一个倒霉可怜的女人——像鬈毛狗那样迈着碎步,紧赶慢赶地跟在后面。我真怕阿尔夫会笑破肚皮。(12:543)

第六章　宏观与微观叙事：认知叙事视角

（22）<u>该死的</u>泪水快流到眼边。他说着<u>那该死的大话</u>。<u>不如回家去找他娶的那个梦游症患者</u><u>小个子浪女人</u>呢。就是一名<u>小执吏</u>的闺女穆尼。她娘在哈德威克街开了个娼家，经常在楼梯平台上转悠。在她那儿住过的班塔姆·莱昂斯告诉我，都凌晨两点了<u>她还一丝不挂</u>、<u>整个儿光着身子待在那儿</u>，<u>来者不拒，一视同仁</u>。（12:547）

（23）<u>说实在的，他长得虽然土头土脑，可一点儿也不傻</u>。他从一家酒馆喝到另一家，酒账嘛，一向叫别人付。他带的那条吉尔特拉普老爷爷①的狗，也是靠纳税人和法人饲养的。人兽都得到款待。（12:558）

（24）<u>该死的抠门儿鬼</u>。叫你请我们每人喝一杯哪。<u>见鬼，他简直吓得要死！地地道道的犹太佬！只顾自己合适</u>。<u>跟茅坑里的老鼠一样狡猾</u>。以一百博五。（12:591）

例证中画线部分都是一些表人际意义或情感功能的评价成分，有的是单词或词组，有的是小句，涉及评价资源的多种类型。从这些丰富多样的评价语言可以看出，叙述者目光敏锐，善于察言观色，脾气暴躁，满口粗话、脏话，是个夸夸其谈的讨债人。在所有的评价话语中，绝大部分是有关酒吧人物的言行举止、事态发展、酒吧冲突以及那只令人讨厌的猎犬的描写，这对刻画人物性格特征至关重要。不同于全知叙述者，第一人称叙述者有诸多限制，不利于全面系统地刻画人物性格特征，更不能窥探人物的内心活动，因此，敏锐的观察力和较强的思辨力就显得格外重要。上述评价语全部是有关人物的评价，最后两例是对"市民"和布卢姆的评价，叙述者用最短的时间、最少的语量、有限的故事空间就勾勒出了在场人物各自主要的性格特征。这些人物来自都柏林社会不同的职业、行业，也是都柏林中下层阶级的一个缩影。

例（19）是对乔·海恩斯的评价，他是布卢姆的同事，以替《自由

---

① 吉尔特拉普老爷爷是第13章瘸腿美少女格蒂·麦克道维尔的外祖父。

人报》拉广告为生，叙述者对他的评价是："有钱的时候挺大方，可是像他这副样子，确实从来也没有过钱。"另外，还提到了杰拉蒂，叙述者对他很气愤，说他是"强盗""混账狡猾"，欲投诉叙述者"无执照营业"。例（20）描述的酒吧伙计特里，他会玩拍金币的小游戏，用"好家伙""我这双眼睛差点儿瞎了。啊，真格的，多么玲珑的一镑金币"等评价语来称赞对方娴熟的技艺。例（21）评价了四个人物：小个子阿尔夫·柏根、鲍勃·多兰、丹尼斯·布林和他老婆。阿尔夫是政府职员，他"蹓进门来，藏在巴尼的小单间里，拼命地笑"，给人的印象是做事谨小慎微，不愿在公共场合露面，没有原则地迎合别人。鲍勃"喝得烂醉如泥""一个劲儿地打鼾"，一个十足的酒鬼；在酒吧外过路的丹尼斯·布林前后胸挂着威兹德姆·希利的广告牌，叙述者用"好家伙""该死的老丑角"来描述他，描写他的老婆则是"一个倒霉可怜的女人——像鬈毛狗那样迈着碎步，紧赶慢赶地跟在后面。我真怕阿尔夫会笑破肚皮"。

例（22）的前三句是对鲍勃的埋怨，后者正为迪格纳穆的离世号丧，叙述者用了两次"该死的"来发泄他的怒气，另外还对鲍勃的老婆说长道短，说穆尼是个"梦游症患者小个子浪女人""她娘在哈德威克街开了个娼家""都凌晨两点了她还一丝不挂、整个儿光着身子待在那儿，来者不拒，一视同仁。"由此可见，叙述者也是一个搬弄是非的长舌妇。例（23）对"市民"和他的猎犬的简要评价。说"市民"长得"土头土脑，可一点儿也不傻"，喝酒时自己从不掏腰包，他的狗也跟着他沾光。例（24）说布卢姆是个"该死的抠门儿鬼""地地道道的犹太佬""跟茅坑里的老鼠一样狡猾"。叙述者已气急败坏、粗话、脏话连篇。实际上，事实并非如此，布卢姆无故躺枪，详见前面的2.3.4节、5.2节的相关分析。

叙述者仅用寥寥几句，就为读者呈现出了酒吧人物的众生相。如果说叙述者对在场的人物评价语有限，那么，他对那只猎犬的描写更加细致入微，不惜笔墨。请看下面一组评价语：

第六章　宏观与微观叙事：认知叙事视角

（25）那只混账杂种狗嗷嗷叫的声音使人起鸡皮疙瘩。要是哪位肯把它宰了，那可是桩肉体上的善行哩。听说当桑特里的宪警去送蓝色文件时，它竟把他的裤子咬掉了一大块，这话千真万确。（12:538）

（26）他随说着，随抓住那只讨厌的大狗的颈背。天哪，差点儿把它勒死。（12:539）

（27）老狗加里欧文又朝着在门口窥伺的布卢姆狂吠起来。（12:548）

（28）说起新爱尔兰，这家伙倒应该去物色一条新狗。可不是嘛。眼下这条畜生浑身长满癞疮，饥肠辘辘，到处嗅来嗅去，打喷嚏，又搔它那疮痂。接着，这狗就转悠到正请阿尔夫喝半品脱酒的鲍勃·多兰跟前，向他讨点儿什么吃的。于是，鲍勃·多兰当然就干起缺德的傻事儿来了。（12:550）

（29）荒唐！也甭去捏该死的什么爪子了，他差点从该死的凳子上倒栽葱跌到该死的老狗脑袋上。阿尔夫试图扶住他。他嘴里还喋喋不休地说着种种蠢话，什么训练得靠慈爱之心啦，纯种狗啦，聪明的狗啦。该死的真使你感到厌恶。然后他又从叫特里拿来的印着雅各布商标的罐头底儿上掏出几块陈旧碎饼干。狗把它当作旧靴子那样嘎吱嘎吱吞了下去，舌头耷拉出一码长，还想吃。这条饥饿的该死的杂种狗，几乎连罐头都吞下去啰。（12:550）

（30）不管怎样，正如我方才说过的，那条老狗瞧见罐头已经空了，就开始围着乔和我转来转去，觅着食。倘若这是我的狗，我就老老实实地教训它一顿，一定的。不时地朝着不会把它弄瞎的部位使劲踢上一脚，好让它打起精神来。（12:556）

（31）于是，他着手把它拖过来，捉弄了一通，还跟它讲爱尔兰话。老狗咆哮着作为应答，就像歌剧中的二重唱似的。像这样的相互咆哮简直是前所未闻。闲得没事的人应该给报纸写篇《为了公益》，提出对这样的狗应该下道封口令。这狗又是咆哮，又是呜呜号叫。它喉咙干枯，眼睛挂满了血丝，从口腔里嘀嘀嗒嗒地淌着狂

· 235 ·

犬症的涎水。（12:557）

（32）于是，他叫特里给狗拿点水来。说真格的，相隔一英里，你都听得见狗舔水的声音。乔问他要不要再喝一杯。（12:558）

（33）于是，布卢姆做出一副对酒桶后的角落里那张蛛网——一个毫不起眼的东西——极感兴趣的样子。"市民"从背后满面怒容地瞪着布卢姆，他脚下那只老狗仰头望着他，在打量该咬谁以及什么时候下口。（12:571）

（34）于是，他走到鲍勃·多兰留下的饼干罐那儿去瞧瞧能不能捞到点儿什么。那只老杂种狗为了撞撞运气，抬起生满疥癣的大鼻子跟在后面。所谓"老嬷嬷哈伯德，走向食橱"①。（12:573）

（35）那条该死的狗也醒了过来，低声怒吼着。（12:591）

（36）该死的驽马吓惊了，那条老杂种狗宛如该死的地狱一般追在马车后边。……那只该死的杂种狗穷追不舍，耳朵贴在后面，恨不得把他撕成八瓣儿！（12:595）

例（25）—（36）是叙述者对"市民"那只猎犬的评议，涉及杂交犬的声音、身体部位、疾病、动作等方面，并做了带有强烈厌恶情绪的评议，详见下面的统计表（表6-2）。

表6-2 叙述者对杂交犬的描述与评价

例证序号	声音	身体部位	动作	疾病	评价语言
25	嗷嗷叫	嘴巴	把他的裤子咬掉了一大块		混账杂种狗，使人起鸡皮疙瘩，千真万确；把它宰了，那可是桩肉体上的善行哩
26		颈背	把它勒死		天哪，差点儿
27		口腔	狂吠		老狗加里欧文

① 引自萨拉·凯瑟琳·马丁（1768—1826）的摇篮曲《老嬷嬷哈罗德》（约1804）中的第一句，下一句是"给她的老狗啊，拿块骨头"。

第六章 宏观与微观叙事：认知叙事视角

续表

例证序号	声音	身体部位	动作	疾病	评价语言
28		身躯，鼻子	嗅来嗅去，打喷嚏，又搔它那疮痂，转悠到，讨点儿什么吃的	癞疮	浑身长满癞疮，饥肠辘辘，缺德的傻事儿
29	嘎吱嘎吱	爪子，舌头	吞了下去，奓拉出一码长，几乎连罐头都吞下去		荒唐！该死的（5次），喋喋不休地，蠢话，饥饿的杂种狗
30	喷嚏	眼睛，鼻子	瞧见罐头已经空了，围着乔和我转来转去，觅着食		老老实实地教训它一顿，一定；好让它打起精神来
31	咆哮着，呜呜号叫，嘀嘀嗒嗒地	口腔，喉咙干枯，眼睛挂满了血丝	把它拖过来；就像歌剧中的二重唱似的；淌着狂犬症的涎水		简直是前所未闻，下道封口令
32	舔水的声音	舌头	舔水		说真格的，相隔一英里
33		头部	仰头望着他，打量该咬谁		那只老狗，满面怒容地
34		大鼻子	走到饼干罐那儿去，瞧瞧能不能捞点儿什么	疥癣	那只老杂种狗
35	低声怒吼着	口腔	醒了过来		该死的狗
36		耳朵，双腿	追在马车后边，穷追不舍，撕成八瓣儿		该死的地狱，老杂种狗（2次）

从表 6-2 的描述可以看出，叙述者采用了现实主义、自然主义的写作方法对市民的那条杂交犬进行了客观、细致的描写塑造栩栩如生、活灵活现的杂交狗的形象。从身体部位来看，叙述者仔细观察了它的颈背、爪子、舌头、口腔、喉咙、眼睛、鼻子、耳朵，它的声音也根据主人家的个人情绪变化而不时发出"嗷嗷叫、嘎吱嘎吱声、咆哮、呜呜号叫、嘀嘀嗒嗒地、低声怒吼"等不同声音。从其动作来看，它也会根据主人的眼神及时做出反应，它有时"狂吠，嗅来嗅去，打喷嚏，搔它那疮痂"，有时"围着乔和我转来转去，觅着食，仰头望着他，打量该咬谁"，最后"醒了过来，追在马车后边，穷追不舍"。据百度百科介绍，爱尔兰猎狼犬（Irish wolf hound），原产地爱尔兰，起源于公元前 100

·237·

年,是世界上最高大的猎犬。它的外观普遍与灵缇犬相似,其被毛十分杂乱;身体结实,肌肉发达。19 世纪时这种犬面临绝种的地步,后来和苏格兰猎鹿犬杂交。①

　　读者不难发现,作为第一人称体验性叙述者,他恪尽职守,像摄像机一样如实地呈现了酒吧里面发生的事情,对杂交狗的叫声、身体部位、动作行为、疾病等进行了仔细观察和客观描述,达到了戏剧化的叙事效果。但就评价语的语体特征和语义效果来看,叙述者的评价语具有都柏林英语口语化的特征,说明叙述者的文化程度不高,没有固定职业,社会地位也较低,他的绝大部分评价语主观性极强,且都是否定的、消极的、令人厌恶的,有的措辞犀利,语言尖酸刻薄,入木三分,如例(25)里的"要是哪位肯把它宰了,那可是桩肉体上的善行哩",例(29)里的"这条饥饿的该死的杂种狗,几乎连罐头都吞下去嘞",例(31)里的"像这样的相互咆哮简直是前所未闻。……从口腔里嘀嘀嗒嗒地淌着狂犬症的涎水"。例(32)里的"说真格的,相隔一英里,你都听得见狗舔水的声音",例(36)里的"那只该死的杂种狗穷追不舍,耳朵贴在后面,恨不得把他撕成八瓣儿!"等等。另外,叙述者的口头禅、粗话、脏话连篇,简单句、省略句、不符合句法的句子很多,带有明显的爱尔兰英语方言。他喜欢的口头禅有"千真万确、天哪、荒唐、可不是嘛、一定的、于是(7 次)、该死的(9 次)",等等;据笔者统计,在第 12 章里叙述者的口头禅"该死(的)"用了 45 次。这个有个性、不完美的小人物形象恰恰体现了乔伊斯小说人物塑造的高明之处,他有血有肉、爱恨分明,是爱尔兰普通市民的真实写照。通过叙述者的眼光和视角,读者看到了活生生的都柏林的市井风貌和小人物的生活境况,更重要的是,通过叙述者漫不经心的叙述,读者读到了本章深刻的主题思想:被边缘化的犹太人的生存境遇和以"市民"为代表的狭隘民族主义。"他的写作从本质上看是自然主义的,也即充满了直接的、外在的细节;要么是象征的,也即表面上的直接描写实际上涉及精神上

---

① https://baike.baidu.com/item/爱尔兰猎狼犬/441221?fr=aladdin,访问日期:2018 年 8 月 25 日。

的启示。"（Riquelme, 2000:128）

6.3.3 第三人称体验性叙事模式

在《尤利西斯》里，除前面讨论的12章外，乔伊斯主要采用了全知叙事、第三人称体验性叙事模式（即"固定式内视角"或"固定式内聚焦"），小说中大量使用了内心独白（internal monologue）、自由联想（free associations）、时间和空间蒙太奇、诗化和音乐化（poeticity and musicality）等现代或后现代创作技法，且叙述者的视角与人物内心独白自由转换，这给乔伊斯的初学者制造了很大的阅读障碍。在小说的前6章、第8、10章都采用第三人称体验性叙事模式。笔者认为该叙事模式具有独特的叙事话语表征方式（意识流语体），能直接透视人物的内心世界，展示人物的思想、知觉和感情，有利于塑造"心理型"人物形象。第三人称体验性叙事视角（内视角）属于"故事内叙述者"（intradiegetic narrator），也即第三人称固定性人物的有限视角，是全知叙述模式的一种特殊形式，是指叙述者固定不变地采用主人公一人的眼光来叙述，它能直接透视人物的内心世界，展示人物的思想、知觉和感情。它与全知叙述的本质区别在于叙述者用人物的眼光来取代自己的眼光，读者可以直接通过人物的眼光来观察故事世界，尤其是人物的内心活动，此时的全知叙述者/作者，正如乔伊斯所说的那样，完全"和创造万物的上帝一样，永远停留在他的作品之内或之后或之外……在一旁修剪着自己的指甲"。由于第三人称体验性叙事具有诸多特权，它常常受到意识流作家的青睐。乔伊斯对该类叙述模式驾轻就熟，他在《青年艺术家的画像》里成功使用了这种模式，小说以主人公斯蒂芬的有限视角叙述了他的成长经历，包括他的生理、心理、艺术上的成长经历。众多意识流小说家也青睐该叙事模式，如伍尔芙的《达洛维夫人》就以克拉丽莎·达洛维的有限视角，通过晚宴把不同的故事线索聚合在一起，揭示了人类生存的整体意识和对和谐生活的诉求。

从故事的话语层面或语体特征来看，内心独白、自由联想多采用自由间接引语或自由直接引语的言语表达方式。自由间接引语也称为自由间接话语、自由间接风格，是用来直接呈现人物内心活动的话语方式，其言语标记体现在：省略转述动词 He said, she asked, they wondered 等；动词的时间发生变化，人称代词、指示代词等也相应发生变化。自由直接引语的言语标记体现在：动词时态、人称代词、引语内容等与直接引语相同。意识流语体具有即时性、现实性、流动性等特点，能够及时捕捉、表征进入人物大脑的各种外在的和内在的意识活动，如由各种感官功能触发的各种知觉、联想、情感、评议等等（详见第 7 章）。

从人物类型来看，小说《尤利西斯》的大部分篇幅是在记录小说里三个主人公——斯蒂芬、布卢姆和摩莉（布卢姆之妻）的意识活动，因此，他们属于"心理型"人物。在叙事研究领域，心理型人物观指注重人物内心活动、强调人物性格的一种认知倾向；传统小说批评关注人物本身，认为作品中的人物是具有心理可靠性或心理实质的（逼真）人，而不是"功能"（申丹、王丽亚，2013:54）。与"心理型"人物观相对应的是"功能型"人物观，后者指的是人物从属于行动，是情节的产物；人物分析应聚焦于人物行动在作品叙事结构中的"语法"功能，忽视对人物自身的研究（申丹、王丽亚，2013:53）。如前所述，《尤利西斯》是经典的意识流作品，小说人物的意识活动是关注的焦点，是被前景化的语言特征，而故事情节则处于次要的、背景化的地位，因此，小说的三个主人公——斯蒂芬、布卢姆和摩莉都属于典型的"心理型"人物。笔者在前面的部分章节中已分析了布卢姆的人物形象，因此，随后的讨论对象仅聚焦在斯蒂芬和摩莉身上，即通过他们的话语表征去窥探他们的概念化语言表征结构、内心活动和情感经历。

（37）可视事物无可避免的形式[①]：至少是对可视事物通过我的眼睛认知。我在这里辨认的是各种事物的标记[②]，鱼的受精卵和海藻，越来越涌近的潮水，那只铁锈色的长筒靴。鼻涕绿，蓝银，铁

[①] 亚里士多德认为，每一物体，每一单一的实物，都是两种本原（物质和形态）所构成，例如铜像是由赋有一定形态的铜做成的。
[②] "各种事物的标记"是德国神秘主义者雅各布·伯梅（1575—1624）的话。

第六章 宏观与微观叙事：认知叙事视角

锈：带色的记号①。透明的限度。然而他补充说，在形体中。那么，他察觉事物的形体早于察觉其带色了。怎样察觉的？用他的头脑撞过，准是的。悠着点儿。他秃了顶，又是一位百万富翁。有学识者的导师②。其中透明的限度。为什么说其中？透明，不透明。倘若你能把五指伸过去，那就是户，伸不过去就是门。闭上你的眼睛去看吧。（3:87）

斯蒂芬·迪达勒斯被认为是乔伊斯22岁时的自我写照，是乔伊斯的自传体小说《青年艺术家的画像》中的主人公，他在小说中经历从幼年、小学、中学、大学的成长过程，随着年龄的增长，他的思想逐渐变得成熟起来，在《青年艺术家的画像》的结尾部分他立志要为民族写一部道德史，"我要面对……现实经历，在灵魂的熔炉锻造我的民族尚未发现的良知"（Joyce, 2016:232）。在《尤利西斯》中，斯蒂芬继续在他坎坷的文学创作道路上孜孜以求，他的视野在不断开阔，他的理性思辨能力在增强，但他缺乏必要的生活经验，他与现实社会的距离还较大，他时常因没有按母亲临终的要求在她的床前跪下祈祷而饱受良心的谴责（the remorse of conscience），他与亲生父亲之间的关系变得生疏，他渴望寻找一位"精神"上或象征性的父亲。总之，斯蒂芬饱受精神、情感、艺术上的彷徨与苦闷，他要与自己的家庭、社会、宗教、艺术去抗争。

乔伊斯在小说的前三章集中介绍了斯蒂芬上午的主要活动和他的所思所想，尤其是他在通往艺术家道路上所经历的精神上的、哲学上的、文学上的困惑和疑虑。该例证选自小说第3章"普洛调"的首段，该章的故事地点是海滩，时间是上午11点，创作技巧是男性独白，大致对应荷马史诗《奥德赛》的第4章。该章与"普洛调"（即变形之神）有关，因此，本章中到处是变形，如转世、繁殖、词形变化，以及物质变

---

① 爱尔兰哲学家、物理学家和主教乔治·伯克利（1685—1753）在《视觉新论》（1709）中提出，我们看到的不过是"带色的记号"，却把它们当成了物体本身。
② "有学识的导师"原文为意大利语，指亚里士多德，见但丁《神曲·地狱》第4篇。

化。斯蒂芬看到他周围的人物、动物、自然,并在构想的诗歌里加以变形,如他把奔跑的狗与熊、幼驴、狼、牛犊、秃鹫等联想起来。"变化多端的斯蒂芬,由于不清楚自己是谁,也不知道去向何方,他把自己幻想成亚里士多德、伯梅、哈姆雷特、布莱克,可能还有莱辛、古茨科、贝克莱。他的语言也不时变化为希腊语、意大利语和德语,他随心所欲地改变单词的词性以及韵律模式,的确是充满千变万化的一章。"(Morse, 2002:37)

在海滩漫步时,斯蒂芬首先想到的是一些有关哲学方面的问题,他想起了从一些哲学大师(如亚里士多德、伯梅、伯克利等)的思想中寻求帮助,希望解决困扰他的一些哲学、艺术等方面的理论问题。通过对一系列哲学家的思想的温习与思辨,通过自我反省,斯蒂芬逐渐认识到自己在文学艺术道路上屡屡碰壁、遭受挫折的原因,他开始意识到他必须要认知周围的世界以及正确把握认知世界的方式和方法,逐步厘清了物质与形态、感官认识与理性知识、语言符号与所指意义之间的关系,认识到要成为一名成熟的艺术家,他要善于观察世界,善于与周围的人有所沟通,善于反思和创新。在本章的最后部分,他开始把理论与实际相结合,开始关注他周围的物质环境,尤其是都柏林的大街小巷、风土人情,还有历史、文化、语言、社会、宗教等各个方面。在本章结束时,读者看到,他甚至开始关注他自身的存在:他在撒尿,摸他的蛀牙,抠他的鼻子,还扭头观望周围的环境,等等。他还从婴儿的脐带得到启发,做了一首有关女性的诗歌。读者有理由相信,斯蒂芬通过对哲学家、艺术家重要理论的追问和领悟,已找到了自己努力的方向,他正满怀信心地奔向自己的目标。由此可见,乔伊斯通过斯蒂芬的体验性叙述视角,逼真地再现了斯蒂芬生活上的苦闷与艺术追求中的彷徨,为读者塑造了一个富有远大理想、融理性和诗性于一身的青年艺术家的形象。

(38)……对啦 还有那一条条奇妙的小街 一座座桃红天蓝淡黄的房子 还有玫瑰园啦茉莉花啦仙人掌啦 在直布罗陀作姑娘

第六章　宏观与微观叙事：认知叙事视角

的时候我可是那儿的一朵山花儿　对啦　当时我在头上插了朵玫瑰　像安达卢西亚姑娘们常做的那样　要么我就还是戴朵红玫瑰吧　好吧　在摩尔墙脚下　他曾咋样地亲我呀　于是我想　喏　他也不比旁的啥人差呀　于是我递个眼色叫他再向我求一回　于是他问我愿意吗　对啦　说声好吧　我的山花　于是我先伸出胳膊搂住他　对啦　并且把他往下拽　让他紧贴着我　这样他就能感触到我那对香气袭人的乳房啦　对啦　他那颗心啊　如醉如狂　于是我说　好吧　我愿意　好吧。（18:1200）

该段选自小说最后一章的结尾部分。小说最后一章全是小说女主人公摩莉在凌晨2点左右的延绵不断、奔涌流淌的意识活动。全章由8个长句组成。在第8个长句里，摩莉想到布卢姆从不拥抱她，只是亲她的屁股，她渴望女性统治这个世界，想到母亲在世的情景，期待明天与斯蒂芬见面，她还计划明天去买些鲜花，等等。摩莉想到明天一早把布卢姆叫醒，坦白地告诉他自己与博伊兰之间的事情，最后回想起了她和布卢姆在霍斯山度过的美好时光，也是布卢姆向她求婚的日子。

从语言表达来看，该段译文具有以下显著的特点：（1）行文没有标点，几乎没有停顿之处，语义模糊不清；（2）语言破碎、不连贯，简单、口语化的话语片段；（3）大量使用停顿（30次，译者使用间隔符号来表示）和语气词。除多次使用"yes"（8次），译者还根据实际需要和汉语的表达习惯增加了许多语气词，如"啦"（4次）、"吧、呀"（各2次）、"儿化音、咋样、喏、啥、吗、啊"（各1次）；还有连接词"于是"（4次），"还有"（2次），"要么、并且"（各1次）等。这种混沌的语言形式恰好反映了摩莉躺在床上似梦非梦、惝恍迷离的神志活动。此时，摩莉的意识之流时而使她想起了那一条条奇妙的小街，五颜六色的房子和那开满鲜花的花园，时而又带她回到了直布罗陀，使她重温了少女时代的梦想，时而又带她来到了摩尔墙脚下，那是她生活中最甜蜜、最浪漫的时刻。不难发现，在这些看似无序的语言片段之间，也同样存在着一个词语衔接链：小街→房子→花园→玫瑰花→求爱，它像一

· 243 ·

根无形的丝线把一颗颗晶莹的珍珠串连起来。另外，上例中多次出现的"yes"是一个最具女性化、最让人琢磨不透的词语。它既像一个连词，把若干分句有机地连在一起，又像一个感叹词，表达了摩莉对过去、现在和将来的生活态度。总的来看，摩莉对生活是认可的、肯定的，这就暗示读者她与丈夫将重归于好。从上面的两个片段来看，摩莉的确是一个"感情浓烈、心情愉快、幽默风趣"的女性形象（Whang, 1996:3）。

在上段直接内心独白中，读者看到的只有女主角摩莉那最原始的、不加整理、没有修饰和控制的意识活动。"直接内心独白是这样一种独白，在描写这样的独白时既无作者介入其中，也无假设的听众。"（汉弗莱，1987:31）它产生的文学效果是，小说所透露的人物的心理和意识完全不受作者的干预，是一种极其自然的坦露，充分反映了人的内心活动的意识银屏。

第七章　意识流语体：表征模式与认知解读

乔伊斯的意识流语体实验一直是乔伊斯学的一个热点话题。乔伊斯的传记作家吉尔伯特（Gilbert, 1957）、艾尔曼（Ellmann, 1966/1983）、罗宾逊（Robinson, 1971）、巴津（Budgen, 1972）、哈特和海曼（Hart & Hayman, 2002）、莱瑟姆（Latham, 2014）等从不同的角度讨论了乔伊斯的意识流语体。艾尔曼认为，"乔伊斯创作出了内心独白使其读者不依靠作者的陪伴就可以进入人物的内心，这是他期待已久的发现"（Ellmann, 1983:358）。吉尔伯特则高度评价了小说中的内心独白，"如果说《尤利西斯》是描写人体的史诗，那么，小说中的内心独白和不抵抗政治思想则是心灵/灵魂的史诗"（Kibberd, 1996: xxviii）。就乔伊斯的意识流语体而言，国内外学者们倾向于从乔伊斯的某部作品或某个章节，如《都柏林人》、《青年艺术家的画像》或《尤利西斯》的某个章节选取例证，从共时的角度对其局部的言语风格、表达效果进行研究，缺乏从历时的角度对其意识流语体实验的不同阶段的表征模式的较全面、系统的研究。因此，有必要对乔伊斯意识流语体的分类、功能与认知解读等方面做进一步的研究。本章首先介绍了利奇和肖特的言语表征模式和思想表征模式的分类和功能，并从认知语法、认知阅读的角度讨论《尤利西斯》里的三种意识流语体的表征模式及其认知语用功能，以期对意识流语体的话语建构策略与认知功能有比较全面的认识和把握。

7.1 意识流语体：一种特殊的语言变体

"意识流"这个术语最早是由哲学家和心理学家威廉·詹姆斯在他的《心理学原理》（1890）中提出的，用以描写人物的内心活动之流。他认为，"意识本身不能切分成小块……它不是连接起来的。它在流动。把它比喻成'河流'或'溪流'最为自然贴切。之后，我们将它称之为思维、意识或主观生活之流"（James, 1950:239）。它涉及人物内心活动的方方面面，如感知、印象、联想、知识、情感、愿望等，其基本特征是延绵不断的、模糊不清的。1918年，梅·辛克莱（1863—1946）在评论英国作家多萝西·理查逊（1873—1957）的首部半自传体系列小说《尖尖的屋顶》时首次使用了"意识流"这一术语。随后，意识流叙述技巧便成为现代主义、后现代主义作家主要的创作技法。

从语言学或文体学的角度看，意识流创作技法也是一种语言变体，即意识流语体，它同新闻英语语体、法律英语语体、广告英语语体、文学英语语体等一样，具有自己的语体特征。从语体的语场（field of discourse）来看，它的语场或主题和文学创作的语场一样，是开放的、多样的，涉及人物心理活动的方方面面，既有现在的，也有过去的、将来的。从语旨（tenor of discourse）来看，意识流语体类似于口语体，其语言正式程度较低，主要表现在：句法不规范、不完整，病句、错句、无效句较为普遍；用词较为简单、直接，新造词、临时用词随处可见；表征内容不流畅、不连贯、逻辑性不够强。从语式（mode of discourse）来看，它介于口语体与书面语之间，或二者兼有，这主要取决于人物的知识程度、职业背景、话题内容等因素。

意识流语体通常可分为内心独白（internal monologue）和自由联想（free associations）两种。内心独白指的是用第一人称直接或用第三人称间接地进入人物的无意识或潜意识活动，从而透视人物隐秘的内心世界，展示人物的所见、所思、所想、所为，使读者更深刻地理解人物的思想感情和精神面貌。通常，人物的意识活动具有如下一些特征：非

第七章　意识流语体：表征模式与认知解读

线性的、无逻辑性的、跳跃性的和随意性的。自由联想指的是当人物受到外部世界的感官刺激（如所见、所闻）而引发的一系列相关的思绪、回忆、想象，这些联想把过去、现在和将来交织在一起，形成一种多层次、多线条和多透视的立体结构，读者似乎能直接观察到人物的意识过程。

在《尤利西斯》里，乔伊斯对小说叙事技巧进行了革命性的实验，传统小说叙事要素被颠覆、被打破，小说不再以惊心动魄的故事情节取胜，代之以细腻地刻画人物看不见、摸不着的意识活动为要旨，人物事迹也不再以轰轰烈烈的伟绩见长，而应该是贴近现实生活，表现真实的人生。在乔伊斯看来，原来那些正统的、规范的语言表征方式不足以模拟现代社会人物瞬息万变的意识活动，一种典型的意识流语体便应运而生。在乔伊斯意识流语体的形成过程中，当时一些著名的文学家、心理学家，如弗洛伊德、杜夏丹、乔治·穆尔、托尔斯泰等，给予了他极大的鼓励和启发。1915年，当乔伊斯一家在瑞士生活时，他认识了弗洛伊德早期的弟子艾多阿多·韦斯博士，对方是一位英俊潇洒、喜欢音乐和文学的青年才俊，也是意大利第一位心理分析家。乔伊斯从他和荣格博士那里学到了不少心理分析的知识。在早期，乔伊斯是"看不起这门学问，但是也发现它有用"（艾尔曼，2016:613）。1922年2—3月，安德烈·纪德在有关陀思妥耶夫斯基的讲座中认为，内心独白方法不是乔伊斯首创，而是由爱伦·坡、勃朗宁和陀思妥耶夫斯基等几位作家共同发展的。但乔伊斯、威廉·卡洛斯·威廉斯则认为迪雅尔丹是首次使用该创作方法的作家，乔伊斯和迪雅尔丹还通过签名赠书的方式高度赞扬对方的成就，迪雅尔丹在赠书中写道，"赠给詹姆斯·乔伊斯，光辉的导师、著名的创造者"，乔伊斯也赠送《尤利西斯》给对方，并称对方为"内心独白的创始人"（艾尔曼，2016:806）。乔伊斯自己后来认为，内心独白成了一种表现思想意识的固定程式，而不是全面揭示思想意识的手段。他对斯图尔特·吉尔伯特说："从我的观点看，这种技巧是否逼真并没有什么关系。他对我起了一种桥梁的作用，使我能将我的十八章人马陆续送去对岸，等我将全部人马都送过去之后，敌军愿意将桥炸

毁都与我无关。"（Gilbert, 1952:28）

7.2 意识流语体：言语与思想表征模式

7.2.1 五种言语表征模式

利奇和肖特在《小说文体论》（1981/2001）中首次提出了五种言语表征模式和五种相应的思想表征模式，至今仍有深远的理论价值和实践价值。在两位学者看来，所有的言语交流活动都存在着五种言语表征模式，即直接引语（Direct Speech, DS）、间接引语（Indirect Speech, IS）、自由直接引语（Free Direct Speech, FDS）、自由间接引语（Free Indirect Speech, FIS）和转述性言语行为（Narrative Report of Speech Acts, NRSA），如：

（1）He asked, "And just what pleasure have I found, since I began to read *Ulysses* a month ago?"（直接引语，DS）

（2）He asked himself what pleasure he had found since he began to read *Ulysses* a month ago.（间接引语，IS）

（3）And just what pleasure have I found, since I began to read *Ulysses* a month ago?（自由直接引语，FDS）

（4）And just what pleasure had he found, since he began to read *Ulysses* a month ago?（自由间接引语，FIS）

（5）He wondered about the pleasure of reading *Ulysses* since his reading.（转述性言语行为，NRSA）

直接引语（DS）与间接引语（IS）的共同特征是由两部分组成：引述动词（表示言语功能的动词，如 say、ask 等）和引语部分。直接引语指的是叙述者原封不动地引用他人的话，引语部分用引号标示，如例（1）所示。在例（1）里，引述动词是"asked"，引述的内容用引号标示，引语的词汇语法结构按实际的话语语境处理。直接引语广泛用于

第七章 意识流语体：表征模式与认知解读

口头语或书面语语篇、文学语言与非文学语篇之中。间接引语，也即是传统语法中的宾语从句，指的是叙述者用自己的话语转述别人的话语，被转述的话语不放在引号内，如例（2）所示。例（2）与例（1）的主要区别在于引语部分：例（1）的现在完成时转变为过去完成时，原来的问句变为陈述句，原来的问号转变为句号。一般来讲，当直接引语为祈使句、陈述句、疑问句被转换成间接引语时，句子的人称、时态、时间状语和地点状语，有时还有词序、标点符号等都要发生改变，如时态（现在、过去、将来）、体式（完成体）、人称代词（我、你、我们、你们以及相应的形容词性物主代词）、指示代词（this, that, these, those）、时间、地点状语（this time, today, this morning, now, here, yesterday, next week）等，都要发生相应的转变。间接引语经常用于新闻文本、学术文本等具有评价性意义的体裁里，偶尔也可能出现在其他体裁里。

自由直接引语（FDS）和自由间接引语（FIS）的共同特点是只有引语部分，没有引述动词，其语用功能在于读者不会受到叙述者的转述干扰，可以直接进入人物的话语之中，确保引语内容的真实性、可靠性和完整性，是意识流语体（Stream of Consciousness, SOC）典型的话语表征方式。自由直接引语深受现代主义作家——尤其是意识流作品作家的青睐，在他们看来，自由直接引语是模拟、表征人物内心活动（如想象、希望、愿望、幻想等情感世界）的最恰当、最有效的方式，如例（3）。例（3）与例（1）的区别在于，前者没有外在的叙述部分，且引语部分不用标点符号。不同的意识流作家倾向于用不同的语言表达形式来呈现叙述者的叙述引语，如伍尔芙常用括号表示叙述者的物理空间和引述行为，福克纳则用斜体字表示人物的物理空间与心理空间的切换，乔伊斯习惯使用破折号表示人物的直接引语，且直接引语不用引号标示。自由间接引语是最为复杂的言语表征方式，与其他三种既有联系又有不同。就词序和标点符号而言，自由间接引语与例（1）的直接引语部分、例（3）的词序相同；就时态和人称变化而言，它又与例（2）相同。正是由于自由间接引语的复杂性和特殊性，不少学者对此展开了研究，斯坦泽尔曾形象地将它称为"叙述变色龙"（Stanzel, 1990:808），杜丽特·科恩认为，自由间接引语的一个必要特征或"石蕊试验"就是可以把它转换成直接引语（Cohn, 1978:100）。雅恩从认知框架的角度，对自由间接引语的特征进行了界定：

　　　自由间接引语的典型标记就是非从属的、被改变的语言结构，要与当前的叙述语境中人称、时态参数保持一致，也与人物的言说、写作或思维紧密联系。（框架1）
　　　框架1可以被置入一个更高级的框架，用以表达人物的感知。（框架2）
　　　框架1或2还可进一步置入明示的叙述引语或归纳框架里。（框架3）（Jahn, 1997:453）

　　框架1属于常规的语言形式特征，如"Oh she simply hated her daughter"；框架2属于感知框架，可以用作听到的话语，过去的回忆或二者兼有；框架3可用于明示的叙述引语和重复性的归纳。
　　例（5）是典型的转述性言语行为，指的是第三人称叙述者用自己的话语对他人的言语表达的主要内容、重要信息进行概括、归纳，省略一些次要的信息，类似于概要的写作方法，常用于新闻报道、学术评论等体裁中。从叙述声音来看，转述性言语行为具有双重或多个叙事声音，既有作者的声音，也有原人物的声音，是最典型的言语表征模式。相对而言，该种言语表征模式在意识流语体里并不多见，不在本章的讨论范围。
　　从认知叙事的角度来看，这五种言语表征模式存在着不同程度的作者叙述干预：叙述干预最强的是转述性言语行为，最弱的是自由直接引语；介入其中的、由强到弱的分别是间接引语、自由间接引语和直接引语。由此可见，自由直接引语是作者、读者进入人物意识活动，窥探人物心理的透视镜，是实现"作家隐退论"的直接媒介。从认知解读的角度来看，读者可以根据不同的言语表达形式中突显的或有标记的言语特征，借助认知语言学/认知诗学的基本理论，如经验感知图式、文本知识图式（认知语法、认知语义、认知隐喻、空间合成理论、认知语境、图形—背景理论）、认知叙事理论（文本世界理论）等，对相关言语表征方式进行相应的认知解读。

7.2.2 五种思想表征模式

思想表征模式是利奇和肖特对人们的思维模式研究的独特贡献。在以往的文献资料中，学者们虽然意识到思维的重要性、语言与思维之间的关系，但尚未对此提出科学的、客观的、具体的思想表征模式。利奇和肖特在研究言语表征模式的基础上提出了相对应的五种思想表征模式，即直接思想（Direct Thought, DT）、间接思想（Indirect Thought, IT）、自由直接思想（Free Direct Thought, FDT）、自由间接思想（Free Indirect Thought, FIT）和转述性思想行为（Narrative Report of A Thought Act, NRTA）。请看下面一组例证：

（6）She thought: "I shall read through *Ulysses*, regardless of what obstacles you say." (直接思想，DT)

（7）I shall read through *Ulysses*, regardless of what obstacles you say. (自由直接思想，FDT)

（8）She thought (that) she would read through *Ulysses*, regardless of what obstacles you said. (间接思想，IT)

（9）She would read through *Ulysses*, regardless of what obstacles you said. (自由间接思想，FIT)

（10）She decided to read through *Ulysses* in spite of any obstacles. (转述性思想行为，NRTA)

不难看出，该组例证与前一组的言语表征模式存在高度的对应关系，所不同的是把前一组的"言语"改变为"思想"，原来的表言语的引述动词改变为表思想的引述动词，如 think、wonder、consider 等。笔者认为，理解思想表征模式的词汇语法特征、认知推理机制、认知叙述策略等与前一组的基本一致，限于篇幅，此不赘述。

就乔伊斯意识流语体而言，笔者认为，乔伊斯的意识流语体实验并非一蹴而就，而是遵循了从简单到复杂、从常规到偏离的语言实验路径，经历了从规范到典型，再到极端的三个阶段，形成了三种不同的SOC（Stream of Consciousness，意识流）表征模式：《画像》里规范型的SOC表征模式、《尤利西斯》里逐步形成的过渡型和极端型的SOC表征模式。笔者拟从认知语法（句法、词汇、正式程度）、认知语境、空间合成理论等角度对三种SOC表征模式进行分析，从而揭示乔伊斯三种不同的文体特征以及认知解读方法。

7.3　规范型的SOC表征模式：以《画像》为例

谈到乔伊斯的意识流语体创作技法，尤其是其产生和形成过程，人们自然会想到他的另一部力作《青年艺术家的画像》（以下简称《画像》，1916/2016）。如果说乔伊斯在《尤利西斯》意识流语体的应用已达到驾轻就熟的程度，那么，在《画像》里乔伊斯却是小试牛刀。在《画像》里，乔伊斯对传统的小说创作技法进行了初步的改革实验，涉及小说文本的叙事策略、话语表征形式、故事情节等多个层面。小说以主人公斯蒂芬·迪达勒斯为叙述视角，叙述声音在第三人称叙述和意识流语体之间毫无痕迹地、巧妙地进行切换，多角度、多层面地呈现了文学青年斯蒂芬的成长经历和心路历程，读者可以直接进入人物的内心世界，感知、认识主人公斯蒂芬从幼年、童年时期，少年时期到青年时期充满叛逆、彷徨、寻求文学之道的思想成熟过程。艾兹拉·庞德曾预测说，乔伊斯的《画像》"在英国文学中占据永恒的地位"，H. G. 威尔斯则称赞其为"迄今为止爱尔兰天主教教育下最重要、最具有说服力的生活画卷"。在《画像》里，乔伊斯首次尝试意识流语体的创作技巧，即使用规范型的SOC表征模式。所谓"规范性"指的是，从语言／文体表征层面来看，人物的意识流语体或自由内心独白与正常或规范的叙述话语表征方式相同，即没有或很少出现不符合语法规范的病句、错句等

第七章 意识流语体：表征模式与认知解读

语言现象，用词较为恰当、准确，语言表征流畅，逻辑性较强。那么，读者如何区分人物的自由内心独白（自由直接引语，FDS）与叙述话语呢？最直接、有效的方法就是细读文本，厘清句子之间的逻辑关系，吃透文本的语境意义和认知意义（联想意义、修辞意义），若有必要也可以通过把自由内心独白转换为直接引语（DS）的方式去理解不同的 SOC 表征模式的文体特征以及其表征效果。需注意的是，在转换为直接引语（DS）时，应注意某些文体标记，如引号、人称代词、时态、语体等，也要发生相应的转变，如 7.2.1 节所述。请看《画像》里的几个例证：

（1）躺在火炉边的地毯上，用手撑着自己的头，想一想这些句子，<u>真是一件令人很舒服的事</u>（评价）。[1] 他身上发着抖，好像满身都沾满了又冷又黏糊的水。[2] 韦尔斯<u>真太不够朋友了</u>（评价），<u>他不应该</u>（评价）因为他不愿用他的小鼻烟壶换韦尔斯的那个曾经打败过四十个敌手的老干栗子，就把他推到那个方形水坑里去。[3] 那里的水是<u>多么冷，又多么脏啊！</u>（评价）[4] 有人曾经看到过一只大耗子跳进上面的那层浮渣里去。[5] 妈妈和丹特一起坐在炉边等待布里基德把茶点拿来。[6] 她把脚放在炉槛上，镶着珍珠的拖鞋已经烤得非常热，发出<u>一种很好闻的热乎乎的气味！</u>（评价）[7] <u>丹特什么事情都知道。</u>（评价）[8] 她曾告诉过她莫桑比克渠在什么地方，还告诉她美洲最长的河是哪一条河，月亮里最高的山叫什么名字。[9] 阿拉尔神父比丹特知道的事情还要多，因为他是一个传教士，可是他父亲和查尔斯大叔都说丹特是一个非常聪明的妇女，<u>她博览群书</u>。（评价）[10] 丹特在吃完饭后发出那么一种声音并把她的手放在嘴边的时候：那就是<u>她感到烧心了</u>。（评价、知觉）[11]（《画像》2016:5—6）。①

---

① 译文中的画线部分、括号里的内容等由笔者添加，下同。

例（1）选自《画像》第 1 章的前半部分，该部分以及整部小说都是以小说主人公斯蒂芬的视角（即第三人称回顾性视角）叙述斯蒂芬在上小学、中学以及大学时的所见、所闻、所思、所为，尤其是他的内心活动以及自己在生理上和精神上的成长经历。该例证由 11 个规范、流畅的英语句子组成，全部是斯蒂芬的自由间接引语，其中有 6 句属于评价性话语，即表征斯蒂芬的情感态度、评价判断等人际功能的句子。此时，斯蒂芬正在回忆近来学校里发生的一幕幕有趣而难忘的事情。在该话语片段中，句 [2] 容易误解为是第三人称叙述，因为句中的主语是第三人称物主代词"他"，实际上，第 2 句同样是斯蒂芬的回顾性话语，句中的主语"他"指的是斯蒂芬本人，他被韦尔斯推进脏水坑。据乔伊斯的传记专家艾尔曼记载，在 1891 年春天，乔伊斯可能被同学推到了水沟或污水坑里，结果发烧卧床了几天（艾尔曼，2016:38）。

从意识流语体的语言表征特征来看，斯蒂芬早年的意识流语体属于规范型的自由间接引语模式，即它们在遣词造句、文本的衔接性、连贯性、逻辑性等方面与规范的、正常的叙述话语没有区别。斯蒂芬的意识流语句都是规范、标准的英语句式：整个话语片段都是回顾性叙述，过去式、过去完成时是其典型的动词时态；句式灵活多样，涉及简单句、宾语从句、状语从句、感叹句、长短句等多种句型；用词恰当，描写内容具体、生动，语义表征清楚，逻辑性较强。由此可见，这种意识流语体的文体特征和普通的叙事话语没有区别，是一种"准意识流语体"，经常出现在乔伊斯早期的文学作品里，如《都柏林人》《画像》等。其优势在于：叙述话语与人物的意识流语体几乎一致，不会给读者带来多少阅读障碍，读者凭借基本的经验感知图式和阅读经验就能读懂。不足之处在于：这种规范的、线性的意识流语体很难恰如其分地表征人物无序、跳跃、混沌、瞬息万变的内心活动；再者，该种意识流语体还存在一定程度的叙述干预，读者很难直接进入人物的内心世界。

认知心理空间理论认为，故事文本或文本世界通常由叙述者/作者所处的物理空间和人物的心理空间构成。前者指叙述者/作者在进行创作时所处的现实空间,也即叙述者/作者的历史文化语境,也称为故事的基础空间;后者是指表达人物意识活动的心理空间,它是由一个或多个心理空间构成。有关心理空间理论,请查看福柯尼耶(Fauconnier, 1994/1997)、王全智(2005)、赵秀凤(2010)等学者的相关论述。心理空间的起承转合,类似于直接引语转变为间接引语(参考7.2节),主要由动词的时、体、态以及人称代词、指称代词、个别时间/地点状语等语言项目来表征。频繁的时空转换是意识流语体的典型特征,叙述者不受时空的限制,任由延绵不断的思绪在过去、现在和未来之间穿梭,层层叠叠,形成一个多层次、多维度、多声共鸣的心理网络空间。上述例证的心理网络空间结构如图7-1所示。

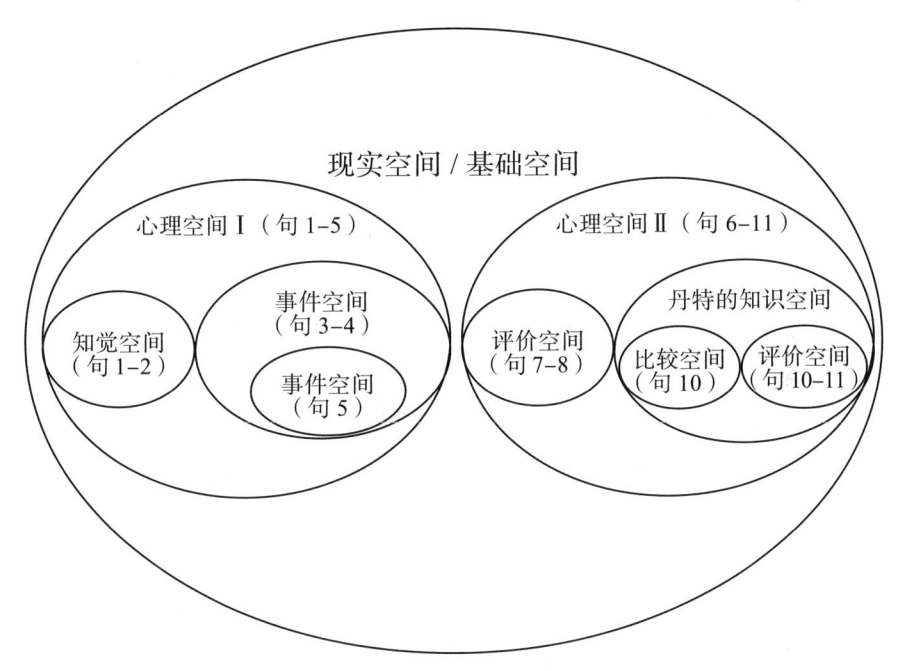

图7-1 例(1)的四级心理网络空间结构

例(1)的现实空间/基础空间:斯蒂芬在克朗戈斯学校的第一学期快结束时,冬天异常寒冷;他因与同学经常发生争吵、打骂等校园欺凌事件而备感孤独、沮丧,学校发生的一件件不愉快的事情与家里温暖的炉火和亲人的呵护不时浮现在他的脑海里,二者之间形成了鲜明的对比。

多层级心理网络空间：此时斯蒂芬的自由联想由两个主要心理空间和多个次级、次次级空间组成。第一个心理空间由句 [1]—[5] 组成，由"躺在火炉边的地毯上"触发语引导，进入了多个次级心理空间：知觉空间（句 [1]、[2]）、事件空间（句 [3]—[5]），次次级事件空间（句 [5]）。第二个心理空间（句 [6]—[11]）由"妈妈和丹特一起坐在炉边"引发，包括两个次级心理空间：评价空间（妈妈的拖鞋的气味，句 [7]）和丹特的知识空间（句 [8]—[11]）；在丹特的知识空间里又包含两个次次级空间：一个比较空间（句 [10]）和一个评价空间（句 [10]、[11]），形成了多层级、立体的心理空间。

该意识流片段的另一大特点是，六个句子是评价性话语，具有极强的认知意义，充分说明儿童时期的斯蒂芬具有敏锐的观察力和极强的思辨能力和评价能力。总之，无论是在语言表征能力还是在智力水平、逻辑思辨能力方面，斯蒂芬都远远超出了与他同龄的儿童，他天资聪慧，目光敏锐，想象力丰富，语言表征能力强，且富有极强的同情心。再看下例：

（2）他们怎么会干那个呢？[1] 他想到那黑暗、寂静圣器室。[2]（叙述话语）那里有一些木架子，上面放着一些折叠好的法衣。[3] 那里并不是礼拜堂，但是，在那里你一定得压低嗓子说话，那是一个神圣的地方。[4] 他记得，有一年夏天，他曾在那里让人给装扮起来，准备去抬香炉船，就是大家列队到树林里小圣坛前去的那个晚上。[5]（叙述话语）那是一个奇怪的神圣的地方。[6] 拿香炉船的那个男孩子，提着中间的一根铁链不停地晃动，好让里面的炭火燃烧得更旺。[7] 他们把那燃烧的火叫木炭：它在那孩子轻轻晃着的时候，静静地燃烧着，并散发出一种淡淡的发酸的气味。[8] 然后等所有人都穿戴好以后，他站在那里向着校长把那个香炉船举过去，校长于是舀一勺香末倒在里面，香末落在红红的炭火上，发出一阵吱吱声。[9]（《画像》2016:39）

第七章 意识流语体：表征模式与认知解读

例（2）同样是斯蒂芬的内心独白，但与例（1）不同的是，例（2）里既有斯蒂芬的内心独白或意识流语体，也有他的第三人称叙述话语，即英语原文句[2]和句[5]。在《画像》里，斯蒂芬身兼二职，他既是故事外第三人称回顾性叙述者，也是故事内的主人公，他可自由地在两种角色间转换，有时是场外的叙述者，有时又不知不觉地进入了自己的内心活动，这也是成长小说特有的叙事模式。因此，在阅读意识流文本时，一定要甄别哪些是叙述者的话语，哪些是人物的意识流语言表征。

例（2）里共有九个英语句子，除句[2]和句[5]外，其余的都是斯蒂芬的意识流话语。第三人称叙述者通过使用叙述引述句"他想……"和"他记得……"，自然地把叙述话语引入斯蒂芬的思想活动中，他回想起了神秘的"圣器室""抬香炉船""炭火燃烧""校长于是舀一勺香末倒在里面""发出一阵吱吱声"。从语域或语体特征来看，例（2）的意识流语体话语与例（1）的如出一辙：九个英语原文语法规范、地道，语言表征流畅，叙述内容具体、生动、形象，属于规范的意识流话语。除此之外，该话语片段长短句、简单句与复杂句交错使用，文本节奏感好，与其说是出自一个刚入学的小学生之口，还不如说来自一位成熟的散文家之手，斯蒂芬无与伦比的语言天赋给读者留下了难忘的印象。如前所述，《画像》以及《尤利西斯》中的主人公斯蒂芬实际上就是乔伊斯的代言人，斯蒂芬的求学经历也是乔伊斯的真实写照。《画像》里的许多事件、许多人物是真人真事。在例（1）中提到的乔伊斯6岁时，他父亲把他送到离家四十英里外的克朗戈斯森林公学读小学，他很快在班上脱颖而出，他的记忆力很强，对所读过的课文、诗歌、散文烂熟于心，他曾在幼年班音乐会上演唱，扮演戏剧，等等。1893年4月6日，乔伊斯开始在贝尔弗迪中学读书，他的成绩优异，在爱尔兰各校学生都参加的预科考试中，他获得了市政府颁发的20英镑的最高奖励，之后，还多次获得各种奖励。乔伊斯在中学时，学习了拉丁语、法语、意大利语，并广泛涉猎文学作品，他如饥似渴地阅读了易卜生、曼根、福楼拜、弥尔顿、叶芝、萧伯纳等作家的作品，他对但丁推崇备至，却对弥尔顿表示出不屑，并开始了诗歌创作和评论文章写作。例（2）的心理网络空间如图 7-2 所示。

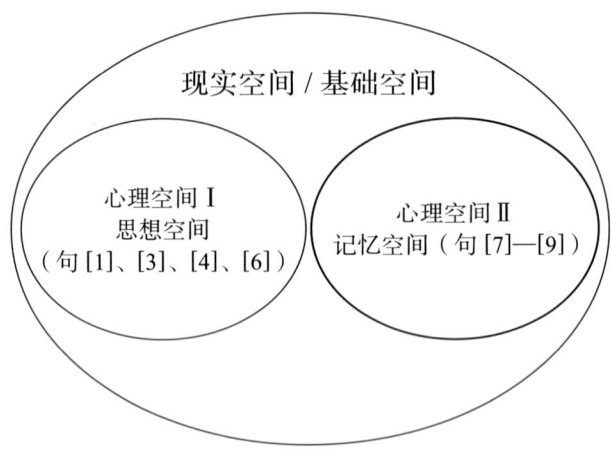

```
现实空间 / 基础空间

    心理空间 I            心理空间 II
    思想空间              记忆空间（句 [7]—[9]）
  （句 [1]、[3]、[4]、[6]）
```

图 7-2　例（2）的并列心理网络空间结构

现实空间 / 基础空间：斯蒂芬假期回到温暖的家里过圣诞节，在圣诞节的晚宴上大人们讨论了政治、宗教、道德等方面的问题，不时爆发出激烈的争论。作为旁观者的斯蒂芬详细记录了晚宴上发生的事情。因听不懂大人们的谈话，他不时心猿意马，老是想起学校发生的逸闻趣事。此时，他想到了"从校长的房间里偷钱的事"、在圣器室"偷喝了那里的酒"，这些引发了他的自由联想。

心理网络空间：斯蒂芬的心理网络空间由两个平行的心理空间构成。一个由引述句 [2] 中的"他想……"引导的思想空间，另一个由引述句 [5] 中的"他记得……"引导的记忆空间。思想空间包括句 [1]、[3]、[4]、[6]：斯蒂芬想到了圣器室里的木架子、一个神圣的地方。记忆空间包括句 [7]—[9]，斯蒂芬绘声绘色地讲述了孩子们护送香炉船的故事：那个男孩子提着香炉船中间的一根铁链，不停地晃动，炭火会燃烧得更旺；木炭发出淡淡的发酸的气味；校长接过香炉船，舀一勺香末倒在炭火上，发出一阵吱吱声。

由此可见，读者在理解规范型的 SOC 表征模式时，需根据叙述者表达心理空间转换的文体标记，如表示时间、地点和人物（事物）等层面的言语标记，逐步厘清各种层级的心理网络空间关系，不断激活相关的基本知识图式和文化语境图式进行推理，达到正确理解该意识流文本的目的。

7.4 过渡型的 SOC 表征模式

在乔伊斯意识流语体实验的初级阶段，他采用了第一种 SOC 表征模式，即常规型的表征模式：从语体特征来看，该类表征模式无论是在话语的词语、句法、修辞、标点符号等层面，还是在文本的衔接与连贯、逻辑性等层面，都与普通的、规范的叙述话语的表征方式没有任何区别。乔伊斯的意识流语体实验不是一步到位的，而是一个逐步改进、逐步完善的过程，这与他在全面进行小说语言创新实验时所遵循的循序渐进、由简单到复杂的创作理念和原则是一脉相承的，这种理念也体现在他的小说语言实验、淡化故事情节实验、叙事技巧实验、文体风格实验等诸多方面。通过在《画像》里进行的意识流语体实验，乔伊斯掌握了意识流语体创作的基本方法，并在《尤利西斯》里进行了更大胆的改革和实验，笔者称之为"过渡型的 SOC 表征模式"，请看下例：

（3）<u>斯蒂芬闭上两眼，倾听着自己的靴子踩在海藻和贝壳上的声音。</u>[1]（叙述话语）你好歹从中穿行着。[2]是啊，每一次都跨一大步。[3]在极短暂的时间内，穿过极小的一段空间。[4]五，六：*持续地*。[5]正是这样。[6]这就是可听事物无可避免的形态。[7]睁开你的眼睛。[8]别，唉！[9]倘若我从濒临大海那峻峭的悬崖之巅栽下去，就会无可避免地在空间*并列着*往下栽！[10]我在黑暗中待得蛮惬意。[11]那把梣木刀佩在腰间。[12]用它点着地走：他们就是这么做的。[13]我的两只脚穿着他的靴子，*并列着*与他的小腿相接。[14]听上去蛮实，一定是巨匠①造物主②那把木槌的响

---

① 巨匠（Los）是布莱克所著《巨匠之书》（1795）中的天神。
② 柏拉图《蒂迈欧》篇中所记载的世界创造者（句[15]中的"造物主"，原文为希腊文）。

声。[15]莫非我正沿着沙丘走向永恒不成？[16]喀嚓吱吱，吱吱，吱吱。[17]大海的野生货币。[18]迪希先生全都认得。[19]（《尤利西斯》3:87，斜体部分为英语原文标示，序号、画线部分为笔者添加）

该意识流片段选自《尤利西斯》第3章开篇的第2段。在小说第2章，斯蒂芬在都柏林达尔基中学上完历史课后，便去迪希校长办公室领取了工资，并就犹太人、历史、妇女的地位等问题与校长进行了激烈的争论。之后，斯蒂芬就在附近的海滩独自漫步，他的思绪如同大海的波涛一样起伏不平。在第3章的开头部分，斯蒂芬认真思考着物质世界本身和他亲眼看到的物质世界究竟有何异同。在上述例证中，斯蒂芬思绪万千，他想到了德国戏剧家莱辛、莎士比亚、布莱克、柏拉图等学者的经典名言和学术观点。那么，该意识流片段究竟有哪些突出的文体特征呢？

从意识流话语特征来看，该言语片段与前面的两则例证可谓天壤之别。二者之间的主要差异体现在省略的句法结构、频繁使用历时现在时、概念化的语言表征、抽象的主题思想等方面。从句法结构来看，该自由联想片段出现了大量的省略句、独词句、言语片段、病句等，如句[5]里的"五，六：持续地"，句[6]里的"正是这样"，句[9]里的"别，唉"，句[15]里的"听上去蛮实，一定是巨匠造物主那把木槌的响声"，句[17]—[19]里的"喀嚓吱吱，吱吱，吱吱。大海的野生货币。迪希先生全都认得"。该言语片段带有口语体的特征，如言语表征形式不符合语法规范、非流利性、思维跳跃性等。这些看似不符合语法规则的"病句"恰恰是意识流言语表征的典型文体（语言）特征，也是人物延绵不断、起伏不平的内心思维活动的真实反映。在该例证中，除句[1]为过去时和句[10]为虚拟语气外，斯蒂芬的全部意识流话语都使用了一般现在时或称为"历时现在时"（historical present），这是一种超常规或前景化的时态现象，与概念化的语言表征、抽象的主题思想密不可分，具有特殊的语义表达功能。历时现在时，或称戏剧现在时、叙事

第七章　意识流语体：表征模式与认知解读

现在时，是指在叙述过去的事件时，使用现在时态的情况，用于表达普遍真理、客观事实、戏剧化叙述等多种语用功能，多用于历史描述（尤其是编年史）、新闻报道、科技文献、文献综述、日常对话等体裁之中。此时，斯蒂芬的思维跳跃性较大，他思考的内容大都是概念化的语言表征，涉及抽象的、深奥的哲学思考，如亚里士多德的时间与空间的关系（句[4]）、物质和形态的关系（句[7]，有关物体的两种本原构成成分）、动态与静态之间的关系①（句[5]中的"*持续地*"、句[10]和句[14]中的"*并列着*"），等等。在小说的前部分，斯蒂芬关注的重点大多是一些形而上的理论问题，如哲学的、美学的、文学的、宗教的等方面。其间，他大量引用了多个领域的名家名言，与哲学家、文艺理论家展开了深入的交流对话，与小说外的社会/历史/文化语境形成了广阔的、开放的、立体的互文性空间。因此，历时现在时是最恰当的时态形式，用以表达具有普遍意义的真理。

从心理空间结构来看，该例证以叙述话语"闭上两眼，倾听……声音"（句[1]）为触发语，进入了由历时现在时建构的双重心理空间结构：现实心理空间（句[16]—[18]）和哲学心理空间（句[2]—[15]）。在现实心理空间，他在思考"正沿着沙丘走向永恒不成？"（句[16]），聆听脚下发出的"喀嚓吱吱"声，中学校长迪希先生收集的"大海的野生货币"，等等。在哲学心理空间里，斯蒂芬的思绪回到了广阔、深奥的哲学世界，与莱辛、柏拉图、布莱克等哲学家、文艺理论家展开了交流对话。从斯蒂芬的心理空间结构可以看出，斯蒂芬不仅关注重要的哲学问题，他也开始思考实际问题，这在小说后面的章节体现得更为充分，也是他逐步走向成熟的一个重要标志，而在《画像》中，他因过于沉溺于自己理想的理论王国而不能自拔，烦恼困惑，很少理论联系实际，很少付诸行动。自小说第3章之后，斯蒂芬开始意识到理论与实践相结合的重要性，意识到自己在文学创作道路上屡遭挫折

---

① 引自德国戏剧家戈尔德·埃弗赖姆·莱辛（1725—1871）的话，他认为画所处理的是物体（在空间中的）并列（静态），而动作（即在时间中持续的事物）是诗所特有的题材（3:105）。

· 261 ·

的真实原因：他必须回到现实中，他必须认知周围的世界，他必须学会与周围的人打交道，才能成为一名名副其实的艺术家。一位充满自信、才思敏捷、勇于探索创新的青年艺术家正迎面朝读者走来！

（4）失去了的你。[1] 这是所有的歌的主题。[2] <u>布卢姆把松紧带拽得更长了</u>。[3]（叙述话语）好像挺残酷的。[4] 让人们相互钟情，诱使他们越陷越深。[5] 然后再把他们拆散。[6] 死亡啦。[7] 爆炸啦。[8] 猛击头部啦。[9] 于是，就堕入地狱里去。[10] 人的生命。[11] 迪格纳穆。[12] 唔，老鼠尾巴在扭动着哪！[13] 我给了五先令。[14] 天堂里的尸体。[15] 秧鸡般地咯咯叫着。[16] 肚子像是被灌了毒药的狗崽子。[17] 走掉了。[18] 他们唱歌。[19] 被遗忘了。[20] 我也如此。[21] 迟早有一天，她也。[22] 撇下她。[23] 腻烦了。[24] 她就该痛苦啦。[25] 抽抽噎噎地哭泣。[26] 那双西班牙式的大眼睛直勾勾地望空干瞪着。[27] 她那波—浪—状、沉—甸—甸的头发不曾梳理。[28]（11:501）[①]。

该片段出现在小说的第 11 章"塞仑"的后部分，该章与其说是《尤利西斯》小说故事情节发展的组成部分，还不如说是一幕不拘一格的音乐剧。《尤利西斯》的第 9 章被认为是小说发展的自然分界线，经过前面章节较为传统的叙述模式之后，乔伊斯自第 10 章起完全摒弃了传统小说创作技法，采用了更大胆、更彻底的小说叙述模式改革试验，此时小说的故事情节已退居二线，取而代之的叙述模式、体裁类型、语言符号等便成为乔伊斯实验的对象。第 11 章是乔伊斯小说创新实验最独特、最精彩的一章。此时是下午 5 点，都柏林几个音乐爱好者聚集在奥蒙德酒吧，本·多拉德声情并茂地演唱了托马斯·库克所作的二重唱《恋爱与战争》，随后，乔伊斯的父亲西蒙·迪达勒斯演唱了《玛尔塔》中的插曲《爱情如今》，布卢姆被一曲曲优美、忧伤的歌曲所打动，他

---

① 斜体部分为英语原文标示，序号、画线部分为笔者添加。

第七章　意识流语体：表征模式与认知解读

不由自主地联想到自己酸甜苦辣的爱情经历，他想起了死亡，想起了当天上午参加的迪格纳穆的葬礼，也想起了今天早上收到玛莎寄来的情意绵绵的情书，并打算给对方回信。上述例证正是布卢姆听完迪达勒斯的演唱之后的自由联想。

该例证可谓乔伊斯意识流话语的典型代表。如果不结合文本的认知语境，读者很难理解这些像电报密码一样的语言片段。英语原文共28个语言片段，78个单词，平均每句仅3.2个单词。除句[3]为第三人称叙述话语外，其余的27个全部为布卢姆的意识流话语。笔者认为，理解该类典型的意识流话语应从三个方面加以考虑：认知语境、语体特征和文本内容（或认知语义）。从认知语境来看，首先是语境信息，此时布卢姆和里奇·古尔丁相约在奥蒙德饭店就餐，他还买了便笺纸打算给玛莎写回信，隔壁酒吧间不时传来酒吧侍女同客人的打情骂俏声以及一阵阵温情眷恋、情意绵绵、百感交集的爱情歌曲，他感同身受，心潮澎湃。另外，认知语境信息还包括：布卢姆的妻子摩莉下午4点与情人博伊兰幽会，这也是他离家出走、有家难回的真实原因；今天早上布卢姆参加了好友的葬礼，墓地里四处乱窜的老鼠让他厌恶；等等。

该言语片段具有如下特征：碎片化、非正式的言语表达，长短句交错使用，陌生化的临时构词，互文性特征，等等。例证中，平均每句仅3.2个单词，足见其碎片化、口语化特征，甚至是有诗化语言的倾向，如"好像挺残酷的""然后再把他们拆散。死亡啦。爆炸啦。猛击头部啦""走掉了。他们唱歌。被遗忘了。我也如此。迟早有一天，她也。撇下她。腻烦了"。在布卢姆自由联想中，共有五个较长的句子（每句超过六个单词），且较为均匀地分布在19个短句、独词句、省略句中，形成了相对平衡、对称、错落有致的文本节奏，巧妙地模拟了布卢姆当时五味杂陈、愤懑忧郁的内心世界。另外，在布卢姆抑郁、喷发的意识活动中，也自然出现了临时造词，如句[10]的"就堕入地狱里去"，句[28]的"她那波—浪—状、沉—甸—甸的头发不曾梳理"。有关这两个临时造词的构词技巧和认知语义，请看第二章2.3.4节的相关讨论。例证里还包括了两处互文性指称，即句[1]的"失去了的你"和句[15]的"*天堂里的尸体*"。"失去了的你"原文为意大利语，是歌剧《玛尔塔》第三幕的插曲，歌剧描写的是一个感人至深的爱情故事。美丽漂亮的哈丽特是英国安妮女王宫廷里的宫女，她装扮成村姑，化名玛尔塔，到里奇蒙集市赶集，邂逅富裕农场主莱昂内尔，双方一见钟情。后来，玛尔塔一度逃跑，致使对方神经错乱。最后，玛尔塔把两人在集市上初次相遇的情景演给他看，他才恢复理智，最终两人结为连理（9:261）。句[15]原文为拉丁语，是布卢姆当天在教堂里听到的两个词临时组合而成的。例（4）的网络空间结构如图7-3所示。

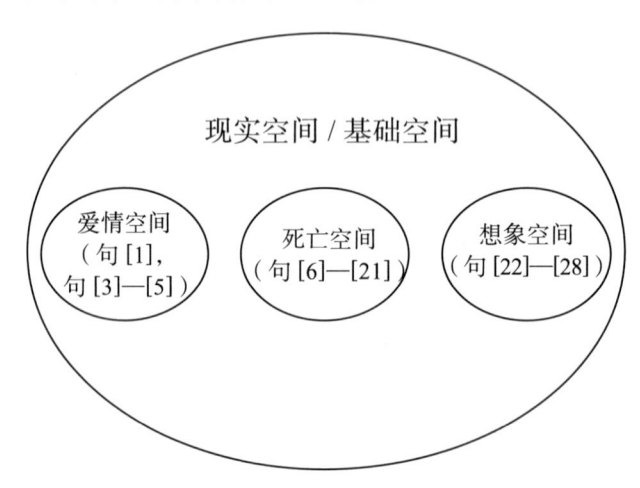

图7-3 例（4）的并列心理网络空间结构

就心理网络空间而言，布卢姆的心理空间由爱情空间、死亡空间和想象空间构成，时态为一般现在时，具有即时性、生动性和戏剧性等特征，既表达了主人公对爱情、生死等方面的理性思考，又对不忠的妻子的未来生活表现出极大的忧虑与惋惜。爱情空间由句[1]—[5]组成（除句[2]外），由爱情歌曲"失去了的你"触发，联想到神圣爱情的魔力（"相互钟情""越陷越深"）。死亡空间由句[6]—[21]组成，布卢姆由生离死别想到了墓地里阴森恐怖的情形（"堕入地狱""老鼠尾巴在扭动着哪""天堂里的尸体。秧鸡般地咯咯叫着"），接着是给死去的迪格纳穆的妻儿寡母捐款五先令，认识到生命的自然规律（"走掉了""被遗忘了")。想象空间由句 [22]—[28] 组成，布卢姆又联想到妻子被浪荡的负心汉博伊兰抛弃的可悲情形，在此他用了一个极度偏离的拟声词"波—浪—状、沉—甸—甸的"来描写摩莉披头散发、蓬头垢面的情形，足见摩莉在布卢姆心中的重要位置。总的来看，此时，布卢姆的意识流话语，尽管出现了不少碎片化的言语片段和时空跳跃现象（涉及过去、现在和将来），但仍属于理性的、有逻辑的思维方式，细心的读者还是可以理解它们的表征意义和话语意图的。

7.5 极端型的 SOC 表征模式

在《尤利西斯》的最后一章，即第 18 章"潘奈洛佩"中，乔伊斯把意识流语体实验推向了极致，是典型的乔氏意识流语体，被认为是意识流语体最极端的表征模式。1930 年，著名心理学家荣格在给乔伊斯的书信中评论说："最后一章没有标点符号的 40 页是一连串名副其实的、最精妙的心理描写。我想只有魔鬼的奶奶才会把一个女人的心思摸得那么透。我则望尘莫及。"（Ellmann, 1982:628）极端型的 SOC 表征模式是在前面两种意识流语体的基础上发展起来的，即具有前两者的所有言语特征，又体现出自己标新立异的言语风格，空前绝后，令人叹为观止。那么，小说最后一章的文本结构如何？意识流语体特征如何？如何理解？

7.5.1 小说第 18 章的结构特征

根据吉尔伯特公布的《尤利西斯》的创作技巧可知，该章的场景是"床"，时间不详（凌晨 2 点左右），器官是"肉体"，象征的是"地球"，技法是"独白"（女性）。1921 年初，乔伊斯借给他的好友拉尔博一份《尤利西斯》提纲，提纲里介绍了这本书和《奥德赛》的对应关系和它的各种独特的写作技巧。他还和拉尔博讨论了第 18 章的写作技巧，拉尔博称之为"内心独白"，这个词是从保罗·布尔热的《国际都市》（1893）中借来的。乔伊斯则解释说这种技巧是爱德华·迪雅尔丹在《月桂树被砍》中首次使用的，而且是大规模使用的（艾尔曼，2016:805）。1921年8月16日，乔伊斯在给好友巴津的信中透露了该章的结构特征：

> 潘奈洛佩是全书的重点（压轴戏）。第一个句子有250个词，全章共8句。开头的第一个字母和结尾的一个字母都是女人词"真的"（yes）。它就像巨大的地球那样，缓慢、平稳地旋转，不停地旋转。它的四个基点是女人的乳房、屁股、子宫和阴部，分别由"因为"、"底部"（包括这个词的所有含义，最底下的纽扣、班上最差的学生、海底、内心深处）、"女人"和"真的"四个词语代表。虽然这一章也许比以前各章猥亵，但我觉得它是完全正确的、全面的、非道德的、可受精的、不可靠的、迷人的、机敏的、有限的、满不在乎的女性。我是一个肯定一切的肉体。（Gilbert, 1957:169）

乔伊斯对该章的坦诚、隐喻性的精彩评价至今仍对乔伊斯的读者或评论者理解该章的结构特征、主题思想、女性思维模式、女性话语、女性人物性格特征具有重要的启发意义。在倒数第二句里乔伊斯使用了一个经典的隐喻："它（18章）是……女性。"此处的"女性"意指"潘奈洛佩"或"摩莉"。乔伊斯别出心裁地用了九个并列形容词对"她"进行评价，其中七个为褒义形容词，用以全面、客观地评价摩莉的性格特征和"大地母亲形象"的人物形象，仅两个贬义形容词，即"非道德的""不可靠的"。但就这些形容词深刻的隐喻意义而言，学界还存在不少争议，限于篇幅，笔者不在此讨论。从该章的结构特征来看，该章由世界上最极端、最长的八个句子组成，毫不夸张地说，每个句子都足以入选英语长句的吉尼斯纪录。其间，没有任何标点符号，只有几声半夜经过的火车的汽笛声偶尔打断摩莉的思绪。该章的句子结构及主要内容如表7-1所示。

第七章 意识流语体：表征模式与认知解读

表 7-1 《尤利西斯》第 18 章的句子分布情况

句子	起止页码	主要内容
1	"对啦"（1143）——"他们绝不会的"（1151）	摩莉回忆布卢姆第一次要求给他送早餐，她感到惊讶、愤怒。凭女人的直觉，她感到丈夫今天有过一次性高潮，想到了丈夫与其他女人的旧情。想到了下午与情人博伊兰滚床单的情景，也对布卢姆和博伊兰各自的优缺点进行了比较。她认为布卢姆还算英俊、不失男子汉气概，也想到乔西和丹尼斯·布林两个女人的不幸婚姻，她暗自庆幸自己的婚姻还算是幸运的
2	"他们个个都那么不一样"（1151）——"我相信你也是的"（1161）	回忆自己众多的崇拜者，如博伊兰喜欢她的脚，达西在教堂吻过她，加德纳上尉死于伤寒，布卢姆喜欢女人的内衣，等等。她想象下周一同博伊兰去参加演唱会的情景，还有博伊兰在金杯赛马赌中失望的神色，她打算减肥、赚钱、打扮时尚一些。她也担心布卢姆给别人拉广告既辛苦又不赚钱，能够在办公室谋个有油水的职位最好，他还想起为布卢姆的工作的事她求过卡夫先生，但对方只盯着她的乳房看，并不表态
3	"对啦 由于他嗫论文好半响"（1161）——"我哪里等得到星期一呢"（1164）	她为自己丰满的乳房感到得意，还有男性的阳物。她想起有一次布卢姆建议她去拍裸体照赚钱，还有一次布卢姆还叫她把多余的奶放入茶里，他还有很多令人啼笑皆非的趣事，简直可以编一部消遣书
4	"呋噜嘶咿咿咿咿咿咿咿"（1164）——"丢到粪坑底儿上去啦"（1169）	以火车的汽笛开始，汽笛声把摩莉带回了无忧无虑的少女时代，她随当兵的父亲在直布罗陀长大，她有一帮子好姐妹。她感到今非昔比，如今的生活单调乏味。她又想起了女儿米莉寄来的明信片，而给布卢姆却写了封长信，猜想博伊兰是否会给她写封情书
5	"第一封是马尔维给我的"（1169）——"再来一支歌儿"（1175）	说到情书，摩莉又联想到她收到的第一封情书，是在直布罗陀时马尔维中校写给她的，她还在摩尔墙脚下吻过他。又一声汽笛声使她想起了一些情歌和下周的演唱会。她看不起现在的一些年轻歌手，认为自己更受欢迎，若不是嫁给布卢姆她可能已成为众星捧月的明星了。她在床上稍微动了一下，远处又传来一声火车的汽笛声
6	"这下子可松快了"（1175）——"水是怎样从拉合尔冲下来的"（1183）	摩莉的思绪从直布罗陀回到米莉的身上。米莉的相貌、性格与她年轻的时候差不多，有些野蛮。她想到送女儿去外地学摄影还是布卢姆的主意，可能是他察觉到她和博伊兰的隐私。她感到大姨妈来了，然后起身去厕所
7	"难道我身子里头有什么毛病吗"（1183）——"那时候我拿他咋办呢"（1191）	摩莉回到床上，想起他们经常搬家、生活拮据的日子，还有布卢姆一天的活动。他可能给死去的迪纳穆家捐款了，她认为参加葬礼的男人都不错，就是看不起布卢姆。她羡慕斯蒂芬的父亲有一副好嗓子，她脑海里出现了斯蒂芬小时候的模样，并期待与斯蒂芬尽快见面

· 267 ·

续表

句子	起止页码	主要内容
8	"不行"（1191）——结尾（1200）	摩莉又想到布卢姆的怪毛病，他从不拥抱她，倒是亲她的屁股。她设想世界是由女人统治该多好呀，想到母亲的重要性，还有斯蒂芬刚过世的母亲，她们的儿子鲁迪的死亡。她打算明天一早就告诉布卢姆她与博伊兰之间幽会的事，让他明白他自己也该受到惩罚。摩莉打算明天去买些鲜花，迎接斯蒂芬的到来。最后，摩莉回想起她和布卢姆在霍斯山度过的甜蜜、美好的时光，布卢姆向他求婚，她愉快地接受了

从表 7-1 中可以看出，该章八个句子长度不等，其中五个句子（句 1—2，句 6—8）的篇幅在 9—11 页之间，中间三句（句 3—5）在 4—6 页。摩莉的"长句"通常由某个人、事、物引发，然后像一棵大树一样长出茂盛的枝丫，这些枝丫又生发出新的枝丫。这些枝丫就是摩莉使用的各种句法、词语手段。从句法来看，她习惯使用由各种连接词（如 before、after、when 等）引导的状语从句，以及非谓语动词（现在分词、过去分词、动名词）。摩莉的思绪时而如潺潺流水平静缓慢，时而如激流勇进，喷薄而出，但她的所思所想都离不开她的日常生活、她的爱情经历、她对两性关系的看法，还有她的家庭生活、她的狭小的生活圈子、她为人处世的态度，字里行间也流露出她对现实社会的不满，尤其是她对男权意识、女性被动的角色定位表示强烈不满，在一定程度上她是 20 世纪初正在觉醒的女性意识的代言人。乔伊斯用了九个形容词表达他对摩莉这个"大地母亲形象"的高度赞扬和肯定，摩莉"是完全正确的、全面的、非道德的、可受精的、不可靠的、迷人的、机敏的、有限的、满不在乎的*女性*"。

乔伊斯谈到小说的最后一章是由四个基点支撑的，分别是"女人的乳房、屁股、子宫和阴部"，分别由四个英语单词代表，即"因为"（because）、"底部"（bottom）、"女人"（woman）和"真的"（yes）。在小说原文里，这四个英语单词分别出现了 48 次、21 次、74 次和 122 次。一方面，它们就如文本的标点符号一样，起到了衔接文本的作用，把各个碎片化的思绪有机地联系在一起；另一方面，它们又是典型的女性话语，对表征女性的性格特征、刻画女性人物形象起到了重要的作用。

7.5.2 典型的意识流语体特征

摩莉用"是的（yes）因为（because）"开篇，随后她的内心独白、自由联想便如脱缰的野马自由驰骋，一发而不可收，她的思绪是开放的、延绵不断的，不受生活中各种清规戒律的制约，超越了时间、空间的限制，她的言语表征方式同样不受任何语言规则的制约，常规的口语或书面语的表征规约对她已不起任何作用，语法规则、构词规则、语言表征的逻辑性统统被她抛到脑后。摩莉最典型、最极端的文体特征就是原文 40 页没有标点符号，除此之外，摩莉的意识流语体特征还有：叙事散文风格、频繁使用缩略词、多用非谓语动词、运用多种语篇衔接手段、现在时与过去时自由切换，等等。

7.5.2.1 叙事散文风格

叙事散文是一种跨体裁的叙事文类，它既有散文的特征，又有记叙文的特征。散文是一种口头或书面的语言表征形式，是四种文学体裁之一，其他三种为小说、诗歌、戏剧。根据《辞海》的解释，中国六朝以来，为区别韵文与骈文，把凡不押韵、不重排偶的散体文章（包括经传史书）统称"散文"，后又泛指诗歌以外的所有文学体裁。[①] 散文体裁可分为三种次体裁：叙事散文、抒情散文和哲理散文。叙事散文，或称记叙散文，以叙事为主，叙事情节不求完整，侧重于从叙述人物和事件的发展变化过程中反映事物的本质，通常包括时间、地点、人物、事件等故事要素；从某个角度选取题材，用以表达作者的思想感情。摩莉的意识流语体具有典型的叙事散文的特征。如前所述，摩莉的八个长句，每句都涉及众多的人物和他们的逸闻趣事，尤其是摩莉自己的生活经历，它们主要以人物、事件为叙述中心，偶尔也以时间、地点为叙述中心。

---

① https://baike.so.com/doc/280258-296644.html，访问日期：2019 年 4 月 8 日。

（5）*Yes because* he never dd a thing like that *before* as ask to get his breakfast in bed with a couple of eggs *since* the City Arms hotel *when* he used to be pretending to be laid up with a sick voice doing his highness to make himself interesting to that old faggot Mrs. Riordan *that* he thought he had a great leg of and she never left us a farthing all for masses for herself and her soul greatest miser ever was actually afraid to lay out 4d for her methylated spirit telling me all her ailments ... (18:738)

[5] 对啦　因为他从来也没那么做过　让把带两个鸡蛋的早餐送到他床头去吃　自打在市徽饭店就没这么过　那阵子他常在床上装病　嗓音病病囊囊摆出一副亲王派头　好赢得那个干瘪老太婆赖尔登的欢心　他自以为老太婆会听他摆布呢　可她一个铜板也没给咱留下　全都献给了弥撒　为她自己和她的灵魂　简直是天底下头一号抠门鬼　连为自己喝的那杯掺了木精的酒都怕掏四便士　净对我讲她害的这个病那个病（18:1143）

例（5）是第18章的开头部分，摩莉采用了倒叙的方式开始了她的天马行空的自由联想。她首先想到的是第二天早上丈夫反常的行为举止，即生平第一次要求摩莉"把带两个鸡蛋的早餐送到他床头去吃"，摩莉百思不得其解，引发了她对丈夫一连串的回忆：布卢姆时常在床上装病，其原因是"好赢得那个干瘪老太婆赖尔登的欢心"；接着是赖尔登的性格特征——"天底下头一号抠门鬼"，对方是一个虔诚的教徒，受过良好的教育；还有她家的那条狗往摩莉的衬裙里面钻；等等。摩莉无数的逸闻趣事都是以这种方式叙述的，其特点是叙述中的人物、事件都是她亲身经历的或所见所闻的，叙述的口吻坦诚可信，叙述语言通俗易懂，叙述内容真实可靠且不失风趣幽默。虽然摩莉的故事没有跌宕起伏的情节，她也没有轰轰烈烈、海枯石烂的爱情经历，但是她的叙事散文同样具有极强的可读性、亲切感和感染力，读者很容易为她的真诚、坦率所感动，对她的酸甜苦辣的生活感同身受，会不知不觉地进入她的思绪之中，恨不得一口气读完整个章节。这可能就是摩莉式意识流的魅力所在吧。

7.5.2.2 大量使用省略句、缩略词

摩莉的意识流语体的另一个典型的文体特征是口语化的言语表征方式，具体表现在：语法结构不规范，文本中存在着大量的不符合语法的病句、省略句、流水句、松散句，且句子之间缺乏必要的逻辑关系。从词汇特征来看，摩莉的词汇特征同样呈现口语化、生活化的倾向，即她的用词多为单音节的日常词语，简单明了，易读易懂，几乎没有复杂词、生僻词或新造词，即使对英语初学者来说，要读懂她的词汇也并非难事。大量使用的省略句、流水句、缩略词等带有都柏林市民通俗化、口语化、接地气的言语特征。部分缩略词统计如下（表7-2）。

表7-2 《尤利西斯》中部分缩略词出现次数统计

缩略词	次数	缩略词	次数	缩略词	次数
dont	31	shes	19	cant	21
wouldnt	37	hes	81		
couldnt	27	theyre	35	wont	11
didnt	36	theres	26		

从表7-2可以看出，省略语言图式是摩莉内心独白的典型文体特征，主要以情态动词、人称代词+系动词等的省略结构为主，且省略了英语省略符号"'"，如表中的例证 cant, couldnt, wont, wouldnt, dont, didnt, shes, hes, theyre, theres 等。另外，在摩莉的梦呓里，省略语体标记还有时态助动词（表现在时、过去时、将来时的助动词），如 Id like to, Id have to, Id give anything to, Id do that 等，以及体态助动词（完成体、未完成体、进行体），如口语化词汇，如 Poldy, W C, H H, H M S；口头禅，如 whatyoucallit；拟声词，如 Frseeeeeeeeeeeeeeee, frseeeeeeeefronnnng sweeeetsonnnng, ssooooooooong, looooves, sweeeee, pianissimo eeeeee, 等等。摩莉还有使用临时合成词、拼写错误、口误等多种不规范的语言表达现象。所有这些口语化的语言现象既客观真实

地模拟了意识流语体的典型特征，也从一定程度上反映出摩莉较低的文化水平。

7.5.2.3 多用非谓语动词

非谓语动词包括动词不定式、现在分词、过去分词、动名词等四种语法表征形式，增加了故事的生动性、形象性和戏剧性的艺术表达效果，给读者以身临其境、栩栩如生的在场感。在第18章，动词 -ing 形式出现了1047次（含少量拼写为 -ing 的单词，如 thing），请看下面的例证：

（6）the name model laundry *sending* me back over and over some old ones odd stockings that *blackguardlooking* fellow with the fine eyes *peeling* a switch attack me in the dark and ride me up against the wall without a word(18:925)

[6]我冲着模范洗衣坊这个招牌　就送去了几样我的衣物　可回回退给我的是旧玩意儿　一样一只长袜子唔的　那个眼睛挺水灵却长着一副流氓相的家伙　把那嫩枝剥得光光的　黑咕隆咚地朝着我猛扑过来　一声不响地跨在我身上　把我往墙上顶（18:1193）

（7）you wouldnt see women *going* and *killing* one another and *slaughtering* when do you ever see women *rolling* around drunk like they do or *gambling* every penny they have and *losing* it on horses(18:926)

[7]你不会看到女人你杀我我杀你　大批地屠杀人　你啥时候瞧见过女人像他们那么喝得烂醉　到处滚来滚去　赌钱输个精光　要么就连老本都赔在赛马上（18:1194）

在例（6）出现了三个现在分词 sending（送回），blackguardlooking（长着一副流氓相），peeling（剥得光光）。例（7）里有六个现在分词，如 going（去参与）、killing（杀害）、slaughtering（屠杀）、rolling（滚来滚去）、gambling（赌钱）和 losing（赔），这些分词生动形象，

第七章 意识流语体：表征模式与认知解读

给人留下了深刻的印象。此时，摩莉以第二人称的视角"你"来谈论妇女的本质特征：她们生来不争强好斗，不喜欢打打杀杀的事，有时也可能有些另类，如偶尔去喝点酒或赌马输个精光。由此可见，摩莉已成为20世纪初期女性的代言人，她敢于为女性不平的地位、不公的待遇鸣不平。可以发现，摩莉在叙述中使用的现在分词全部是表示物质过程的动词，且及物性动词占绝大部分。从功能语言学的概念功能来看，这类动词通常用来识解"做事"（doing）和"发生的事件"（happenings），既可以表征空间上的运动（如 he drove down the coast; he drove her down the coast）或发生的物理变化（如 the lake frozen; he melted the butter），又可以用来识解抽象概念发生的变化（如 prices fell throughout the period）。物质过程多见于描写文、记叙文、新闻报道、意识流语体等文类中，有助于描写人物、事物、情节、活动的细节特征，达到一种栩栩如生、身临其境的艺术效果。摩莉在使用现在分词时，还经常与接续连词"and"连用，形成了"and + NP + doing"的语言图式结构，如：

she stood there standing when I asked her to hand me *and I pointing* at them… (18:900)

I was jumping up at the pepper trees *and the white poplars pulling* the leaves off and throwing them at him… (18:904)

Im sure that fellow opposite… *and I* in my skin *hopping* around… (18:906)

I noticed he was always… explaining things in the paper *and she pretending* to understand… *and it staring* her in the face… (18:910)

该语言图式结构也是在第12章"独眼巨人"里无名叙述者青睐的口头禅，据笔者不完全统计，该结构出现了十余次，如：

and Alf trying to keep him from tumbling off the bloody stool…

· 273 ·

and he talking all kinds of drivel…*and his tongue hanging* out of him a yard long for more… (12:395)

So then the citizen begins talking about the Irish language…*and Joe chipping* in…*and Bloom putting in* his old goo with… *and talking about* the Gaelic league… (12:402)

But begob I was just loweing the heel of the pint…*and he cursing* the curse of Cromwell on him, bell, book and candle in Irish… (12:444)

Gob, the devil wouldn't stop him till…*and little Alf hanging on* to his elbow *and he shouting* like a stuck pig… (12:446)

the bloody nag took fright and the old mongrel…*and all the populace shouting and laughing and the old tinbox clattering* along the street. (12:446)

非谓语动词语言图式结构不仅是摩莉的个人言语风格，也是其他人物经常使用的语言结构，具有典型爱尔兰英语的语体特征，它们频频出现在小说的叙述话语、人物话语和内心独白里，意识流语体中鲜活的爱尔兰英语对逼真地再现小说世界的人、事、物以及人物的内心活动起到了重要作用，充分体现了《尤利西斯》的口语化特征。语体混用是乔伊斯独特的风格。摩莉在讲故事方面得心应手，通过大量使用动词的物质过程，巧妙地呈现了她意识活动中的逸闻趣事，使读者读来津津有味，回味无穷。

7.5.2.4　多种语篇衔接手段

在摩莉的意识流语体里，各种口语化的衔接手段，如 because、when、before、and 等连接词或过渡词随处可见，它们既有助于文本的衔接与连贯，更有助于突出摩莉意识流语体的口语化、即时性和在场性等特征。部分连接词统计数据如表 7-3 所示。

表 7-3 《尤利西斯》中部分连词的出现次数统计

连接词	次数	连接词	次数
because	48	if	180
when	132	after	80
before	26	and	758

接续连词"and"在文本中出现的频率最高,达到了 758 次(含少量拼写为 and 的英语单词,如 hand),这可能是所有同等长度的英语文本中使用频率最高的,是典型的摩莉式的语言表征风格。笔者认为,连词"and"既可以起到文本衔接功能,又可以用来补充新信息。请看下面例证:

(8) but she was a welleduated woman certainly *and* her gabby talk about Mr Riordan here *and* Mr Riordan there I suppose he was glad to get shut of her *and* her dog smelling my fur and always edging to get up under my petticoats especially then still I like that in him polite to old women like that *and* waiters *and* beggars too (18:871-872)

[8] 话又说回来啦　她的确是个受过良好教育的女人　就是唠唠叨叨地三句话不离赖尔登先生　我觉得他摆脱了她才叫高兴哩　还有她那只狗　总嗅我的毛皮衣服　老是往我的衬裙里面钻　尤其是身上来了的时候　不过我还是喜欢他① 对那样的老太婆有礼貌　不论对端盘子的还是对叫花子(18: 1143)

(9) Andalusian singing her Manola she didnt make much secret of what she hadnt yes *and* the second pair of silkette stockings is laddered after one days wear I could have brought them back to Lewers this morning *and* kicked up a row *and* made that one change

---

① "他"指布卢姆。

them only not to upset myself *and* run the risk of walking into him *and* ruining the whole thing *and* one of those kidfitting corsets Id want（18:888）

[9]那个唱曼诺娜的安达卢西亚姑娘并没有怎么隐瞒她没穿的事　对啦　还有我那另一双人造丝袜　刚穿了一天就抽了一大片丝　今天早上我蛮可以退给卢尔斯　跟他们吵上一通　要求给调换一双　可我还是打消了这个念头　免得心里更烦　说不定还会半路上撞上他①　那就都泡了汤　我还想要一件柔软合身的胸衣（18:1158）

例（8）和例（9）中的"and"分别使用了五次和六次，用以连接各种语言表征形式，如单词、词组、小句，它们的主要功能在于叙述同时发生或先后发生的事物、事件和动作，具有非流利性、即时性、连续性等特点，是摩莉式意识流语体的典型的言语风格。在摩莉的自由联想里，"and"偶尔也起到了语气词或停顿词的作用。

7.5.2.5　现在时与过去时的自由切换

在摩莉的自由联想里，她的思绪异常活跃，尤其是当她逐步接近入睡时，她的大脑在快速运动，时而回忆过去，时而又跳跃到现在，时而又联想到将来，她的思绪延绵不断，现在时和过去时自由切换，构建了一个跨时间、跨空间、立体的文本世界，请参看本章的相关例证。

总之，摩莉的意识流语体具有典型的口语化特征，如叙事散文风格、口语化的言语表征形式、多用非谓语动词/动词-ing形式、多用because/when/before/and等连接词、现在时与过去时的自由切换等五大特征。在她的自由联想里，她通常以生活的真人真事为叙述的主题或内容，然后围绕主题展开联想，思绪在过去时、现在时和将来时之间自由切换。她的语言表征形式不拘一格，灵活多变，不注重语言表征准确性、规范性，而是以表征意义、事例为中心。从措辞来看，用词浅显易

---

① "他"指布卢姆。

第七章 意识流语体：表征模式与认知解读

懂，明白晓畅，人物、事件等专用名词真实可靠；从句式来看，摩莉似乎是语法规则的叛逆者，她不注重语法的准确性和规范性，而是重视语法表征的实用性和事实性，句式多以简单句为主，辅之以省略句、各类状语从句、碎片化的语言表征等。笔者认为，摩莉式的语言表征风格逼真地模拟了意识流语体的本质特征，不愧为意识流语体经典范例。

从摩莉坦诚的内心独白可以看出，她是一位具有独立意识、自由思想的新女性，她从不掩饰自己内心的思想、情感和渴望，她的身体属于她自己，不会受到世俗的、传统的男人世界的左右，摩莉"的确代表了小说中一类新女性人物形象：强悍、有影响力、冷静而自信。尽管几乎没有现代女性主义者希望成为那样的女性形象，显而易见，乔伊斯基于他自己对传统女性人物的理解而塑造了这样一个人物形象，他的雌雄同体的观念尽管显得有些冒失，但却是女性主义者的有力维护者而不是攻击者"（Brown, 1990:101）。乔伊斯笔下的女性人物形象，不管真实的还是虚构的，都具有现代意识而非传统观念，她们会在两性交往中积极主动，在性爱过程中享受性快乐。乔伊斯笔下的女性人物，如诺娜、摩莉和贝莎，尽管在两性交往、婚姻关系等方面会受到宗教、社会、伦理等多方面的束缚与制约，在婚前就分别与她们的恋人詹姆斯、利奥波德和理查德发生了性爱关系，但这些具有现代意识的新女性没有在传统观念面前屈服。摩莉是乔伊斯在小说中着力塑造的一位新女性形象，她与布卢姆的婚姻代表着一种基于相互尊重和宽容的新型婚姻关系。

从前面的分析可以看出，读者看到的只有女主角摩莉那最原始的、不加整理、没有修饰和控制的意识活动。"直接内心独白是这样一种独白，在描写这样的独白时既无作者介入其中，也无假设的听众。"（汉弗莱，1987:31）它表达的叙述效果是，小说所透露的人物的心理和意识完全不受作者的干预，是一种极其自然的坦露，充分反映了人的内心活动的原貌。意识流小说常常是"以一件当时正在进行的事件为中心，通过触发物的引发，人的意识活动不断地向四面八方发散又收回，经过不断循环往复，形成一种枝蔓式的立体结构"（转引自陈斌、王琴，2013）。从表面上来看，摩莉的思想似乎是随意的、杂乱无章的，但从深层次上来看，它却是有序的，有一定规律可循的。由此可见，虽然心理学上的"下意识"或"无意识"在本质上呈现出混沌、朴素、本原的特点，但在乔伊斯和其他意识流语体作家的笔下，表达这种无序的、朦胧的"先语言"却是有序的，是可以认识和把握的，因此，在这两种"无意识"之间还存在着某些本质上的差异。正是这种差异起到了重要作用，意识流语体才会被人们认识和把握，作家—文本—读者三者之间的对话才可能实现。

总　结

　　本书借用认知诗学、认知心理学、认知叙事学的相关理论，如认知语法（认知语音、认知词汇、认知句法）、语言突显理论（图形—背景理论）、认知隐喻理论、体验性叙事等，采用文本细读、审美批评、认知阅读等批评方法，从语言表征、人物思维风格、叙述策略、意识流文本建构策略等层面对《尤利西斯》的语言表达艺术、认知语义、主题思想和美学价值展开了研究。各章主要内容如下。

　　绪论简要介绍《尤利西斯》的故事梗概、国内外《尤利西斯》批评的研究现状和学术动态、认知诗学的理论基础和批评方法、研究方法和主要目标等内容。在当下，文学研究的认知转向已初见端倪，"认知批评"、"认知文学批评"或"认知诗学"等认知批评范式已在不同程度上应用于文学文本的阐释活动中，并取得了初步的成果，这为本书提供了坚实的理论基础和认知诗学分析模式。就《尤利西斯》的认知诗学批评而言，霍格（Hogan）的《尤利西斯与认知诗学》（2014）是目前国外唯一一部借用认知叙事理论研究《尤利西斯》的叙事风格的力作，虽然他的著作从认知叙事学的角度对小说的心理叙事、集体/个体身份认同和情感态度进行了颇有见地的研究，但未能涉及小说中认知语法、认知隐喻、人物思维风格等方面的研究。

　　第一章首先介绍了认知突显理论（图形—背景理论），然后讨论了小说中某些独特而清晰的非言语声音——教堂钟声和马车铃铛声。认知突显观是认知语言学研究的三大研究范式或框架之一（另外两种为经验观和注意观），指的是当人们在观察、感知物体时，物体的某个或某些突显的部分会从背景中显露出来。斯托克韦尔认为文体学中的前景化概念与图形—背景概念相对应，而在文本中前景化语言特征可以通过多种途径来实现，如重复、不同寻常的命名、富有新意的描写、创新的句法排序、双关语、押韵、头韵、格律重心、创新隐喻等，所有这些突显的语言形式把它们与周围普通的语言特征区别开来，起到了强调、突出的效果。

小说中的某些非言语声音，如同词汇偏离和文体仿拟一样，都属于突显的文体特征，它们不仅具有丰富的认知语义，也蕴含深刻的情感意义。《尤利西斯》是一个声音的世界：有人类的、有动物的、有高亢的、有低沉的、有轻柔的、有粗鲁的、有滑稽的、有荒谬的，如猫的叫声、乔治教堂的钟声、印刷机的"咝咝"声、打击乐器、马车发出的"叮当"声、顾客的吆喝声、碰杯声、盲人调音师的敲打声，还有布卢姆不雅的放屁声。贯穿于小说中两种突显的特殊声音——教堂钟声和马车铃铛发出的"叮当"声具有独特的象征意义或认知语义。乔治教堂低沉而悠长的钟声在小说中回荡，为小说涂抹上一层黑暗或阴郁的底色。教堂钟声、祷告词"饰以百合的光明"和堆积如山的其他死亡意象共同烘托出小说的死亡主题，"这种半生不死、瘫痪凋敝的底色正是二十世纪初都柏林的真实写照"。布卢姆妻子摩莉老是埋怨他们那张带黄铜环的老式床发出的叮当声泄露了布卢姆夫妻床上的秘密，博伊兰（摩莉当天约会的情人）赴约时乘坐的马车轻快的铃铛声暗示小说的另一个主题：性爱。这些突显的拟声词诉诸人们的听觉官能，诙谐幽默，节奏感强，具有丰富的情感性意义。

第二章讨论了小说中两大类、五小类词汇突显以及其认知语义，力求揭示乔伊斯的词汇创新艺术和他的语言观，即语言的游戏性、不确定性和创新性。词汇突显分为词类转换和复合词类。词类转换涉及动词类转换和非动词类转换。动词类转换，或称为"动态转换"，是乔伊斯典型的词汇创新手段。经他之手，不仅是名词，形容词（如

"blue""wet")、副词(如"almost"),甚至是古英语词(如"thou"和"thee"),也可以转换为动词。这类新动词从其他背景词汇中突显出来,很容易吸引读者的眼球,产生陌生化、前景化的艺术效果,它们新颖别致,语义浓缩,短小精悍,有助于增强语言的经验功能,有助于逼真地再现都柏林的人、事、物。复合词类包括名词复合词、动词复合词、形容词复合词和复杂复合词。复杂复合词可分为两种:(1)超过三个以上词干的复合词(不包括三个);(2)复杂复合词。该类复合词没有中心词,通常由三个及以上的实词、拟声词组合而成,有的是由短语或句子组成。最长的由16个单词组成的复杂复合词可能是迄今为止世界上最长的复合词。特别值得一提的是拟声复合词,拟声词"Endlessnessnessness"(绵绵无绝期,无绝期,无绝期)由4个后缀组成,可谓匠心独运,每个词缀都是一个音符,都是一个颤音,既体现了迪达勒斯高超、专业的演唱水平,又传递了丰富深刻的情感意义,即对长相厮守、天长地久的美好爱情生活的渴望与赞美。拟声复合词"wavyavyeavyheavyeavyevyevy"由"wave"(波浪)和"heavy"(沉重)两个核心词和多个拟声音组成,具有特殊的情感意义和认知意义:具有形象性、动态性、韵律性和音乐性。此时,布卢姆陷入了矛盾的情感困境之中:一方面,布卢姆对摩莉的未来感到忧心忡忡;另一方面,他对摩莉的无知和博伊兰的轻浮行为感到愤怒。该章还简要论述了布卢姆的三个重要性格特征:(1)与英勇的尤利西斯形成鲜明对照,布卢姆是一个典型的"反英雄"人物形象,是一个地地道道的普通爱尔兰人;(2)布卢姆并不是一个"淫秽"的人,而仅仅是20世纪以来西方现代社会中男性个体代表,他们被病态的社会剥夺了和谐的性爱权利;(3)布卢姆是"新女性化男子"的代表,勇于打破西方社会固有的男女性别角色,即男权至上的传统观念。总之,乔伊斯小说创新实验的方法和手段不拘一格,令人耳目一新,呈现出巴赫金意义上的"语言狂欢"的图景,拓展了文学语言的表达空间,充分体现了语言的游戏性、不确定性和创新性等本质特征。

第三章讨论了戏仿在《尤利西斯》中的两大认知语义功能:用于反

讽或嘲弄，表达崇敬和隐喻意义。从语言层面来看，文体戏仿是一种独特的语言突显现象，也是一种典型的互文性特征。在巴赫金看来，所有的话语都与其他文本存在明示的或暗含的互文关系，也即是文本之间存在相互吸收、对比对照、讽刺性、反讽性回应等关系。

第四章借用认知隐喻理论、空间合成理论，用翔实的例证和图表，论述了《尤利西斯》中三类不同认知隐喻类型、认知语义及情感意义。小说中的隐喻分为三类：身体类、生活/爱情类和花草类。身体类隐喻包括"眼睛"隐喻、"手"隐喻、"头"隐喻三种类型，生活/生命隐喻包括生活是容器、生活是实体、生命之流等七种类型。"眼睛"隐喻可为为五种类型："眼睛是情感容器""视线是触摸"/"眼睛是肢体""眼睛是发光物体""眼睛是（像）其他物体"和"其他类别"；"生活/生命"隐喻分为七种类型："生活是容器""生活是实体""生命是河流""人生是梦幻""生活是奋斗/战场""其他隐喻"和"'爱情'隐喻"。在小说中，身体类隐喻使用的频率相当高，足见乔伊斯对生命个体、身体语言、身体美学的高度关注，又向读者传递着不同的情感意义、认知意义。

花草类隐喻具有丰富的情感意义，用以表达积极、消极、性爱等不同情感意义，并从空间合成理论的角度对"男人花"的认知语义生成机制进行了论述。空间整合意义过程也是一个语用认知推理和意义协商与生产的过程，涉及多方面的因素，如读者已有的百科图式知识、相关概念的知识程度、逻辑推理能力、语境因素，等等。本章还从凯特·米勒的性别政治学角度探讨了小说中布卢姆和他妻子摩莉的人物性格特征：布卢姆是一个忠厚老实的"普通人"，他既不强悍、胆大，也不具备进攻性和侵略性，而是具有阴阳协调、雌雄同体的两面性；摩莉则是一位敢于突破禁区、敢于超越传统的行为模式和性别角色定位的新女性形象。她不再被动、顺从甚至忠诚，尤其是在性事方面，她敢恨、敢爱，敢于向读者坦露自己的心扉、性渴望、性行为。身体描写、身体叙述、身体隐喻在乔伊斯的作品里占据重要的位置，身体的语言、情感与渴望得到了最大程度的释放与展现，反映出乔伊斯对身体本体、对个体生命的崇敬与关注，闪耀着人文主义的艺术光芒。乔伊斯笔下的认知隐喻类型多种多样，充分体现了认知隐喻的形象性、体验性和创新性等本质特征，拓展了文学语言的表达空间，对刻画人物性格特征、突出小说主题等方面起到了积极的作用。

第五章首先介绍了语言图式理论和思维风格理论，随后对小说中的两个男主人公布卢姆和斯蒂芬的言语表征模式与思维风格之间的关系进行了探讨。语言图式是指我们期待的文本主题所体现的言语模式或风格的恰当形式。在《尤利西斯》里，省略句和倒装句语言图式既是爱尔兰英语语体特征，也是小说男主人公布卢姆最典型的言语表征方式，形成了布卢姆式的语言图式。布卢姆的倒装句图式可以分为主句倒装图式和从句倒装图式。这些典型的语言图式表征对刻画人物性格、人物思维风格具有重要意义。思维风格指的是"作者、叙述者或人物的世界观，是由文本的概念结构构成的"。笔者认为布卢姆具有局部型和内倾型的思维风格特征，原因在于：局部型的人谦虚好问、关注细节，但有时也可能会过于关注细节而忽略对整体大方向的把握；内倾型思维风格的人以内在的自我感受为核心，倾向于将内在的感觉和观念投射到外部环境中去，他们思想丰富，行动力却较差，他们敏感多疑，注重自我感受。青年艺术家斯蒂芬（乔伊斯的代言人）具有隐喻性的思维风格，主要体现在：他经常思考一些形而上的哲学、文学问题，且语言具有诗化、隐喻性的倾向。在第3、9章，斯蒂芬关注的是一些哲学和文学问题，如物质和形态之间的关系、时间与空间之间的关系、灵魂、"哈姆雷特理论"，标志着他在文学道路上又迈出了坚实的一步，同时，也体现了斯蒂芬的文艺理论功底以及勇于探索的创新精神。斯蒂芬具有典型的隐喻性或哲学性的思维风格特征，他与布卢姆的思维风格形成了鲜明的对照、互补关系，这对刻画两个鲜明的人物性格特征以及突出小说的"寻父主题"都具有重要意义。

第六章讨论了以下三个问题：（1）简要介绍了认知叙事学的基本理论和研究方法，如弗卢德尼克和申丹有关叙事化和体验性视角理论；（2）《尤利西斯》隐喻性的宏观与微观叙事策略；（3）第一、第三人称体验性叙事策略及认知叙事功能。认知叙事学研究叙事如何建构人类经历以及赋予它意义，探讨人类对故事的叙述和接受的普遍规律以及参与叙事处理与理解的模式。叙事化是理解故事宏观框架和微观故事话语的能力，读者需要通过自然讲述、体验或目击叙事的方式来理解文本：将不连贯的东西组合成最低程度的行动和事件结构。理解叙事化应重点抓住以下几个核心概念：叙事规约、不连贯文本、矛盾与断裂、行动和事件。叙事化或自然化是一种建构叙事文本的认知能力，即对文本中出现的省略、伏笔、歧义、碎片化的叙事进行语用推理的能力。第一人称体验性叙事具有两大认知叙事功能。一是具有现场叙事的艺术效果，即共时性感与客观性。作为故事的亲历者，通过自己敏锐的视觉、听觉、嗅觉、触觉等感官功能，尽可能真实全面地描述或刻画故事的发生、发展和结果。二是叙述评议反映叙述者的情感体验。讲述者可以在恰当的时间、地方，针对不同的人物、话题，及时表达自己的观点、态度、情感、价值取向、审美价值等，有利于读者更好地理解故事中的人物、情节、主题、启发意义等。第三人称体验性叙事模式，即"固定式内视角"或"固定式内聚焦"，是意识流体通用的叙事模式，小说的前6章、第8、10章都大量地采用了该叙事模式，它具有独特的叙事话语表征模式（意识流语体），能直接透视人物的内心世界，展示人物的思想、知觉和感情，有利于塑造"心理型"人物形象。通过对斯蒂芬和摩莉意识流片段的样例分析，可以清楚地看到第三人称体验性叙事是如何表达、反映文本的概念结构、人物的内心活动、情感经历和性格特征的。本章还讨论了小说的隐喻性叙事结构：荷马史诗神话叙事框架、西方戏剧"三一律"的经典叙事策略、"抛物线"叙事轨迹、"太阳轨迹"叙事结构等内容。

第七章首先介绍了利奇和肖特五种言语表征模式和五种思想表征模式，然后从认知语法、认知阅读的角度讨论了乔伊斯三种独特的意识流语体表征模式——规范型、过渡型和极端型的SOC表征模式，及其认知语用功能。就意识流语体而言，两种言语表达模式——自由直接引语和自由间接引语，以及对应的两种思想表达模式——自由直接思想和自

总　结

由间接思想，是最基本的言语表达模式或叙述技巧。

从语言/文体表征层面来看，规范型的SOC表征模式出现在乔伊斯意识流语体实验的初期，以乔伊斯早年的现实主义作品《画像》为代表，此时，人物的意识流语体或自由内心独白与正常或规范的叙述话语或表征方式相同，即很少有不符合规范的语言现象，用词恰当、准确，语言表达流畅，逻辑性较强。从人物的认知心理空间来看，它是由一个或多个心理空间构成的，人物的心理空间的起承转合，类似于直接引语转变为间接引语，主要由动词的时、体、态以及人称代词、指称代词、时间/地点状语等语言项目来表征。频繁的时空转换是意识流语体的典型特征，叙述者不受时空限制，任由延绵不断的思绪在过去、现在和未来之间穿梭，层层叠叠，形成一个多层次、多维度、多声共鸣的心理网络空间。过渡型的SOC表征模式介于规范型和极端型之间，兼有二者的一些特征，如碎片化、非正式的言语表征形式，长短句交错使用，陌生化的临时构词，互文性特征，等等。从布卢姆的自由联想片段来看，布卢姆的心理空间由爱情空间、死亡空间和想象空间构成，时态为一般现在时，具有即时性、生动性和故事性等特征，既表达了他对爱情、生死等方面的理性思考，又表达了他对不忠的妻子未来生活极大的忧虑与惋惜。

极端型的SOC表征模式出现在小说的最后一章，该章记录了女主人公在凌晨2、3点半梦半醒、喷涌而出的意识活动。摩莉用"是的（yes）因为（because）"开篇，随后她的内心独白、自由联想便如脱缰的野马自由驰骋，一发而不可收，她的思绪完全不受时间、空间的限制，她的语言，如同她无拘无束的生活方式一样，同样不受任何语言规则的制约，语法规则、构词规则、语言表征的逻辑性统统被她抛到脑后。摩莉的意识流语体有如下文体特征。①八个"长句"一气呵成，句子之间没有标点符号。②叙事散文风格。以叙事为主，叙事情节不求完整，侧重于从叙述人物和事件的发展变化过程中反映事物的本质和叙述者的思想感情。③不符合规范的语法结构。文本中存在大量的不符合语法的病句、省略句、流水句、松散句，且句子之间缺乏必要的逻辑关系；用词较为简单通俗，几乎没有复杂词、生僻词或新造词。④大量使用缩略词。统计表显示，省略语言图式是摩莉内心独白的典型文体特征，主要以情态动词、人称代词＋系动词等省略图式结构为主，且省略了英语省略符号。她还使用了临时合成词、拼写错误、口误等多种不规范的语言现象。⑤大量使用非谓语动词。摩莉经常使用动词不定式、现在分词、动名词等语法表征形式。在第 18 章，动词 -ing 形式出现了 1047 次。在使用现在分词时，她还经常与接续连词"and"连用，形成了"and ＋ NP ＋ doing"的语言图式结构，增加了故事的生动性、形象性，给读者以身临其境、栩栩如生的在场感和戏剧效果。⑥多用文本衔接手段。各种口语化的衔接手段，如 because、when、before、and 等连接词或过渡词随处可见，既有助于文本的衔接与连贯，更有助于摩莉意识流语体的口语化、即时性和在场性等特征。⑦现在时与过去时自由切换。她的思绪延绵不断，现在时和过去时自由切换，构建了一个跨时间、跨空间、立体的文本世界。

总之，乔伊斯是 20 世纪以来最彻底、最成功的小说实验家，其小说创新实验在小说创作的话语和叙述层面进行了大胆而卓有成效的改革试验。从话语层面来看，乔伊斯诉诸人们的感官功能、审美取向、接受心理等诸多因素，对语言表达的形式层面，如语音（包括非言语声音）、词汇创新、句法结构、文体戏仿、修辞手段等，都进行了离经叛道的创新实验，而这些标新立异的创新手法，就其本质而言，都与俄国形式派的"偏离说、陌生化说"、文体学中的"突出观、前景化观"、认知语言学的"认知突显观"（图形—背景理论）一脉相承，其目的是给读者的阅读阐释过程带来"陌生化"和新奇感的艺术效果，增加读者的阅读、审美体验。另外，语言创新也与认知隐喻、人物思维风格、意识流语体特征密切相关。这些突显的语言表征在不同的认知语境里具有重要的认知语用功能：对突出小说的局部主题、刻画人物性格特征和思维风格、推动故事发展都具有重要的意义。读者可以结合已有的百科图式知识、相关概念的知识程度、逻辑推理能力、语境因素等，通过语用认知推理和意义协商等手段，去识解、建构文本意义。乔伊斯不拘一格的语言创新手段不仅拓展了文学语言的表达空间和生命力,也充分反映了他的语言观:语言的创新性、不确定性和游戏性。从叙事层面来看,乔伊斯在每章都进行了大胆的革新实验,把小说叙事艺术推向了极致。在《尤利西斯》中,乔伊斯采用了隐喻性的宏观叙事策略和微观叙事策略。前者包括荷马史诗神话叙事结构、西方戏剧"三一律"的经典叙事、"抛物线"叙事轨迹、"太阳轨迹"叙事结构等叙事技法,后者涉及小说中第一人称和第三人称体验性叙事技巧,它们都是乔伊斯小说叙事艺术的组成部分,具有重要的认知叙事功能。

《尤利西斯》的小说创新艺术是乔伊斯小说理论的重要组成部分,其小说成就贵在"实验""创新",这种勇于探索创新的精神在当下也具有特别重要的意义。《尤利西斯》在小说技法的创新与探索、人物意识的深度与层次、处理经验世界的角度与力度等方面都做了大胆的实验与创新,乔伊斯对现代小说、现代文学乃至对现代艺术都产生了决定性的影响。

参考文献

中文文献

包亚明，2003，《现代性与空间的生产》，上海教育出版社。

彼得·布鲁克斯，2005，《身体活：叙述中的欲望对象》，朱生坚译，新星出版社。

布斯：1987，《小说修辞学》，华明、胡晓苏等译，北京大学出版社。

程瑾涛，2014，《小说中的隐喻与隐喻角色：〈简·爱〉的认知文体学研究》，北京交通大学出版社。

陈斌、王琴，2013，《谈中国新感觉派对意识流的接受》，《淮阴工学院学报》第6期。

陈锐，1996，《论维柯的历史循环论》，《杭州师范学院学报》第4期。

陈永国，2003，《互文性》，《外国文学》第1期。

戴从容，2011，《用真实撼动美的殿堂——詹姆斯·乔伊斯文本结构的变化》，《外国文学研究》第1期。

戴从容，2011，《"什么是我的民族"——谢默斯·希尼诗歌中的爱尔兰身份》，《外国文学评论》第2期。

戴维·洛奇，1986，《现代主义小说的语言：隐喻与转喻》，陈先荣译，《文艺理论研究》第4期。

汉弗莱,1987,《现代小说的意识流》,程爱民、王正文译,湖南人民出版社。

亨利·伯格森,2018,《创造进化论》,高修娟译,北京时代华文书局。

胡壮麟,1997,《语言·认知·隐喻》,《现代外语》第4期。

胡壮麟,2010,《认知符号学》,《外语学刊》第5期。

胡壮麟,2012,《认知文体学及其与相邻学科的异同》,《外语教学与研究》第6期。

金隄,1986,《西方文学的一部奇书——论詹姆斯·乔伊斯的〈尤利西斯〉》,《世界文学》第1期。

金隄,1998,《乔伊斯的人物创造艺术》,《世界文学》第5期。

贾晓庆、张德禄,2013,《认知文体学理论构建的几个重要问题探讨》,《外语与外语教学》第2期。

康传梅、吴显友,2017,《满园"花"色关不住:〈尤利西斯〉里花的隐喻》,《西安外国语学院学报》第2期。

雷淑华,2016,《近二十年思维风格研究述评》,《湖北第二师范学院学报》第3期。

理查德·艾尔曼,2016,《乔伊斯传》,金隄、李汉林等译,北京十月文艺出版社。

李维屏,1998,《乔伊斯的美学思想和小说艺术》,上海外语教育出版社。

李维屏,2002,《英美意识流小说》,上海外语教育出版社。

刘世生、曹金梅,2006,《思维风格与语言认知》,《清华大学学报》第2期。

刘文、赵增虎,2014,《认知诗学研究》,中国文史出版社。

马菊玲,2007,《生命的空间——〈乞力马扎罗的雪〉的认知文体分析》,《外语教学》第1期。

马菊玲,2017,《世界转换中的碎片世界——〈五号屠场〉的认知叙事模式探微》,《英语研究》第2期。

齐振海、高波,2009,《第三代认知科学视域下的语言神经模拟研究》,《北京第二外国语学院学报》第8期。

齐振海、王寅，2013，《认知语法》导读，John R. Taylor 著，《认知语法》，世界图书出版公司。

邵军航、余素青，2006，《认知语言学的经验观、突显观、注意观及其一致性》，《上海大学学报》（社会科学版）第 5 期。

申丹，2001，《叙述学与小说文体学研究》，北京大学出版社。

申丹，2004，《叙事结构与认知过程——认知叙事学评析》，《外语与外语教学》第 9 期。

申丹、王丽亚，2013，《西方叙事学：经典与后经典》，北京大学出版社。

斯克多韦尔，P.，2012，《文学认知研究的精妙科学》，马菊玲译，《外国语文》第 6 期。

司建国，2014，《认知隐喻、转喻视角下的曹禺戏剧研究》，中山大学出版社。

汪虹，2016，《罗伯特·弗罗斯特诗歌的认知诗学研究》，湖南人民出版社。

王全智，2005，《可能世界、心理空间与语篇的意义建构》，《外语教学》第 4 期。

王江，2016，《句法、主语与器官：乔伊斯的现代语言修辞思想》，《外国文学研究》第 3 期。

王寅、王天翼，2018，《英语词汇认知学习法》，高等教育出版社。

王友贵，2000，《乔伊斯在中国：1922—1999》，《中国比较文学》第 2 期。

文洁若，1996/2003，《〈尤利西斯〉与〈奥德修斯〉》（对照），《尤利西斯》（上、下册），萧乾、文洁若译，译林出版社。

吴国杰，2018，《实物能说话：大饥荒年代爱尔兰移民小说中的写实浪漫主义》，《外国文学研究动态》第 6 期。

吴国杰，2018，《爱尔兰移民小说中的记忆身份认同》，《外国文学》第 6 期。

吴显友，2006，《〈尤利西斯〉里的语音修辞及其语言诗化倾向》，《解放军外国语学院学报》第 5 期。

吴显友，2011，《寻觅语言家园——论〈尤利西斯〉里的爱尔兰英语》，《重庆师范大学学报》（哲学社会科学版）第 4 期。

吴显友，2016a，《前进中的文体学——第五届文体学国际研讨会暨第九届全国文体学研讨会文选》，上海外语教育出版社。

吴显友，2016b，《"亲爱的男人花"：〈尤利西斯〉中花的语言与花的隐喻》，《外国语文》第 2 期。

吴显友，2017，《国外主要文本世界理论综述》，《认知诗学》第 4 辑。

吴显友，2020，《〈尤利西斯〉里的身体隐喻：以"眼睛隐喻"为例》，《西安外国语大学学报》第 4 期。

吴显友、豆晓莉，2018，《语言图式与思维风格——〈尤利西斯〉里布卢姆两类语言图式表征解读》，《外国语文》第 3 期。

萧乾，1994，《叛逆·开拓·创新——序〈尤利西斯〉中译本》，《世界文学》第 2 期。

肖燕、文旭，2016，《语言认知与民族身份构建》，《外语研究》第 4 期。

谢纳，2010，《空间生产与文化表征》，中国人民大学出版社。

熊沐清，2008，《语言学与文学研究的新接面——两本认知诗学著作述评》，《外语教学与研究》第 4 期。

熊沐清，2012，《"从解释到发现"的认知诗学分析方法——以 The Eagle 为例》，《外语教学与研究》第 3 期。

亚里士多德，1959，《形而上学》，吴寿彭译，商务印书馆。

杨建，2011，《乔伊斯诗学研究》，华中师范大学出版社。

约翰·安德森，2015，《认知心理学及其启示》，秦裕林等译，人民邮电出版社。

西摩·查特曼，2013，《故事与话语：小说和电影的叙事结构》，徐强译，中国人民大学出版社。

詹姆斯·乔伊斯，1983，《一个青年艺术家的画像》，黄雨石译，外国文学出版社。

詹姆斯·乔伊斯，1996/2003，《尤利西斯》（上、下册），萧乾、文洁若译，译林出版社。

詹姆斯·乔伊斯，2013a，《乔伊斯书信集》，蒲隆译，上海译文出版社。

詹姆斯·乔伊斯，2013b，《乔伊斯文论政论集》，姚君伟、郝素玲译，上海译文出版社。

詹姆斯·乔伊斯，2016，《一个青年艺术家的画像》，黄雨石译，译林出版社。

张淑芬，2011，《论库弗小说创作的游戏性特质——以〈宇宙棒球联盟〉为例》，《外国文学》第6期。

张敏，2007，《〈诗经〉的认知诗学与心理分析研究》，华南师范大学博士学位论文。

赵秀凤，2010，《意识流语篇中心理空间网络体系的构建——认知诗学研究视角》，《解放军外国语学院学报》第5期。

赵秀凤、叶楠，2012，《跨文化视域中认知诗学的本土化研究构想》，《外国语文》第1期。

赵艳芳，2001，《认知语言学概论》，上海外语教育出版社。

郑茗元，2014，《〈尤利西斯〉小说诗学研究：理论与实践》，人民出版社。

邹智勇、薛睿，2014，《中国经典诗词认知诗学研究》，武汉大学出版社。

外文文献

Abercrombie, David, 1965, *Studies in Phonetics and Linguistics*, London: Methuen.

Attridge, Derek, 2000, *Joyce Effects on Language, Theory, and History*, Cambridge: Cambridge University Press.

—, 2004, *The Cambridge Company to James Joyce*, Cambridge: Cambridge University Press.

Bachelard, Gaston, 1994, *The Poetics of Space*, Boston: Beacon Press.

Baldick, Chris, 2003, *Oxford Concise Dictionary of Literary Terms*, Shanghai:

Foreign Language Education Press.

Bakhtin, Mikhail, 1986, *Speech Genre and Other Late Essays*, Caryl Emerson & Michael Holquist eds., trans. by V. W. McGee, Austin: University of Texas Press.

Barger, Jorn, 1994, "A Preliminary Stratigraphy of 'Scribbledehobble' ", Andrew Treip ed., "Finnegans Wake": "teems of times", Amsterdam: Rodopi.

—, 1997, "Review of Hayman, David: 'Slote, Sam, Genetic Studies in Joyce, 1995' ", *James Joyce Quarterly*, 34 (3).

Barthes, Roland, 1975, S/Z, London: Cape.

Bennaerts, Lars, et al., 2013, *Stories and Minds: Cognitive Approaches to Literary Narrative*, Lincoln & London: University of Nebraska Press.

Bénéjam, Valérie & John Bishop, 2011, *Making Space in the Works of James Joyce*, London: Routledge.

Benja, Morris, 1992, *Jame Joyce: A Literary Life*, Columbus: Ohio State UP.

Benstock, Bernard, 1974/2002, "Telemachus", In Clive Hart & David Hayman eds., *James Joyce's Ulysses: Critical Essays*, Berkeley, Los Angeles & London: University of California Press.

—, 1988, *James Joyce: The Augmented Ninth*, Syracuse: Syracuse University Press.

Booth, Wayne, 1961/1987, *The Rhetoric of Fiction*, Chicago: Chicago University Press.

Borach, George, 1954, "Coversations with James Joyce", *College English*, Ⅳ.

Bortolussi, Marisa & Peter Dixion, 2003, *Psychonarratolgy*, Cambridge: Cambridge University Press.

Brazeau, Robert & Derek Gladwin eds., 2014, *Eco-Joyce: The Environmental Imagination of James Joyce*, Cork: Cork University Press.

Brown, Richard, 1990. *Jams Joyce and Sexuality*, Cambridge: Cambridge University Press.

Budgen, Frank, 1934/1972, *James Joyce and the Making of Ulysses*, London: Oxford University Press.

Bulson, Eric, 2006, *The Cambridge Introduction to James Joyce*, Cambridge: Cambridge University Press.

Burgess, Antony, 1965, *Re-joyce*, New York: Random House.

Carr, David, 1986/1991, *Time, Narrative, and History*, Bloomtown, Indiana: Indiana University Press.

Cohn, Dorrit, 1978, *Transparent Minds: Narrative Modes for Presenting Consciousness in Fiction*, Princeton: Princeton University Press.

Culler, Jonarthan, 1975, *Structuralist Poetics*, London: Routledge & Kegan Paul.

Curran, Constantine, 1941, "Curran's Obituary of Joyce", *The Irish Times*, Jan. 14.

Derrida, Jacque. 1982. *Magins of Philosophy*, trans. by Alan Bass, Chicago: University of Chicago Press.

Duffy, Enda, 2014, "Setting: Dublin 1904/1922", in Sean Latham ed., *The Cambridge Company to Ulysses*, Cambridge: Cambridge University Press.

Eastman, Jacqueline F., 1989, "The Language of Flowers: A New Source for 'Lotus Eaters'", *James Quarterly*, Vol. 26.

Edwards, Bian, *Theoies of Play and Postmodern Fiction*, New York: Garland Science, 1998.

Ellmann, Richard, 1959/1983, *James Joyce*, Oxford: Oxford University Press.

—, 1966, *The Letters to James Joyce* (Vols. II & III), New York: Viking.

—, 1975, *Selected letters of James Joyce*, London: Faber & Faber.

Fauconnier, Gilles, 1994. *Mental Space*, Cambridge: Cambridge University Press.

—, 1997, *Mapping in Thought and Language*, Cambridge: Cambridge University Press.

Fauconnier, Gilles & Mark Turner, 1998, "Conceptual Integration Networks",

Cognitive Science, 22(2).

—, 2002, *The Way We Think: Conceptual Blending and the Mind's Hidden Complexities*, New York: Basic Books.

Ferrer, Daniel, 1988, "Characters in *Ulysses*: The Featureful Perfection of Imperfection", in Bernald Benstock ed., *James Joyce: The Augmental Ninth*, Syracuse: Syracuse University Press.

Fludernik, Monika, 1996, *Towards a Natural Narratology*, London: Routledge.

—, 2003, "Natural Narratology and Cognitive Parameters", in David Herman ed., *Narratology Theory and the Cognitive Sciences*, Stanford: CSLI.

Fowler, Roger, 1996, *Linguistic Criticism*, Oxford: Oxford University Press.

Fonagy, Ivan, 1978, "A New Method of Investigating the Perception of the Prosodic Features", *Language and Speech*, (21).

French, Marilyn, 1982, *Th Book as World*, London: Sphere Books Ltd.

Gavins, Joanna & Gerard Steen, 2003, *Cognitive Poetics in Practice*, London: Routledge.

Genette, Gérard, 1976, *Miologiques: Voyage en Cratylie*, Paris: Éditions du Seuil.

Gifford, Don & Robert J. Seidman, 1988, *Ulysses Annotated*, Berkeley: University of California Press.

Gilbert, Stuart, 1931/1952, *James Joyce's Ulysses: A Study*, New York: Knopf.

—, 1957/1966, *The Letters of James Joyce* (Vol. I), New York: The Viking Press.

Gillespie, Michael Patrick, 1989, *Reading the Book of Himself: Narrative Strategies in the Works of James Joyce*, Columbus: Ohio State University Press.

Giovanelli, Marcello & Chloe Harrison, 2018, *Cognitive Grammar in Stylistics*, London: Bloomsbury Academic.

Goldberg, Samuel Louis, 1961/1986, *The Classical Temper: A Study of James Joyce's Ulysses*, London: Chatto & Windus.

Gunn, Ian, Clive Hart & Harald Beck, 2004, *James Joyce's Dublin: A Topographical Guide to the Dublin of Ulysses*, London: Bloomsbury Academic.

Halliday, Michael A. K., 1971/1996, "Linguistic Function and Literary Style: An Inquiry into William Golding's *The Inheritors*", in Jonathan J. Webster ed., *The Stylistics Reader: From Roman Jacobson to the Present*, London: Arnold.

Harrison, Chloe, 2017, *Cognitive Grammar in Contemporary Fiction*, New York: Benjamins.

Hart, Clive & David Hayman, 1974/2002, *James Joyce's Ulysses: Critical Essays*, Los Angeles: University of California Press.

Heath, Stephen, 1984, "Ambivalences: Notes for Reading Joyce", in Derek Attridge & Daniel Ferrer eds., *Post-structuralist Joyce: Essays from the French*, Cambridge: Cambridge University Press.

Heffernan, Laura, 2008, *Today's Most Popular Study Guides: Ulysses*, trans. by Su Lingtong, Tianjing: Tianjing Scientific Translation Publishing Company.

Heidegger, Martin, 1962/2001, *Being and Time*, trans. by John Macquarrie & Edward Robinson, Oxford: Blackwell Publishing.

Henke, Suzette A., 1990, *James Joyce and the Politics of Desire*, New York & London: Routledge.

Herman, David, 2002, *Story Logic: Problems and Possibilities of Narrative*, Lincoln and London: University of Nebraska Press.

Herring, Phillip F., 1972, *Joyce's Ulysses Notesheets in the British Museum*, Charlottesville: University Press of Virginia.

Hodgart, Matthew, 1983, *James Joyce: A Student's Guide*, London: Routledge & Kegan Paul.

Hogan, Patrick Colm, 2014, *Ulysses and the Poetics of Cognition*, New York & London: Routledge.

Houston, John Porter, 1989, *Joyce and Prose—An Exploration of the Language of Ulysses*, Cranbury: Associated University Press.

Jahn, Manfred, 1997, "Frames, Preferences, and the Reading of the Third-Person Narratives: Towards a Cognitive Narratology", *Poetics Today*, (18).

James, William, 1890/1950, *The Principles of Psychology*, New York: Dover Publications.

Jeffries, Lesley & Dan McIntyre, 2010, *Stylistics*, Cambridge: Cambridge University Press.

Joyce, James, 1996, *Ulysses*, with "An Introduction" by Declan Kiberd, Nanjing: Yilin Press.

—, 2016, *A Portrait of the Artist as a Young Man*, Nanjing: Yilin Press.

—, "Ulysses" Notesheets in the British Museum (add. MS49975), unpublished, Joyce's "Ulysses",—Notesheets in the British Museum (add. MS49975), unpublished.

Joyce, Patrick Weston, 1979, *English as We Speak It in Ireland*, Dublin: Wolfhound Press.

Kiberd, Declan, 1996, "Inroduction", in James Joyce's *Ulysses*, Nanjing: Yilin Press.

Kristeva, Julia, 1986, "Word, Dialogue and Novel", in Toril Moi ed., *The Kristeva Reader*, Oxford: Basil Blackwell.

Lakoff, George, 1990, *Women, Fire and Dangerous Things*, Chicago: University of Chicago Press.

Lakoff, George & Mark Johnson, 2003, *Metaphors We Live By*, Chicago: The University of Chicago Press.

Latham, Sean, 2014, *The Cambridge Companion to Ulysses*, Cambridge: Cambridge University Press.

Leech, Geoffrey N., 2001, *A Linguistic Guide to English Poetry*, Peking: Foreign Language Teaching and Research Press.

—, 2008, *Language in Literature: Style and Foregrounding*, New York:

Pearson Longman.

Leech, Geoffrey N. & Michael H. Short, 1981/2003, *Style in Fiction: A Linguistic Introduction to English Fictional Prose*, Peking: Foreign Language Teaching & Research Press.

Lefebvre, Henry, 1991, *The Production of Space*, Oxford: Blackwell Press.

Levin, Harry, 1941/1960, *James Joyce: A Critical Introduction*, New York: New Directions.

——, 1956, *The Essential James Joyce*, Middlesex: Penguin Books.

Levine, Jennifer, 2000, "*Ulysses*" in Derek Attridge ed., *James Joyce*, Shanghai: Shanghai Foreign Language Education Press.

Levitt, Morton P., 2000, *James Joyce and Modernism*, Lewiston: The Edwin Mellen Press.

Lowell, Amy, *A Critical Fable*, Boston & New York: Houghton Mifflin Company, 2010.

Magnus, Margaret, 1999, *Gods of the Word: Archetypes in the Consonants*, Kirksville: Truman State University Press.

Martin, James R. & David Rose, 2003, *Working with Discourse: Meaning Beyond the Clause*, London & New York: Continuum.

Merleau-Ponty, Maurice, 1962, *Phenomenology of Perception*, London & New York: Routeledge.

Millett, Kate, 1970, *Sexual Politics*, Garden City: Doubleday.

Morse, Mitchell, 1959, *The Sympathetic Alien: James Joyce and Catholicism*, New York: New York University Press.

——, 2002, "Proteus", in Clive Hart & David Hayman eds., *James Joyce's Ulysses: Critical Essays*, Berkelly: University of California Press.

Nash, John ed., 2002, *Joyce's Audiences*, New York: Rodopi.

Norris, Margot, 2014, "Character, Plot and Myth", in Sean Latham ed., *The Cambridge Company to Ulysses*, Cambridge: Cambridge University Press.

Nuttall, Louise, 2018, *Mind Style and Cognitive Grammar: Language and*

Worldview in Speculative Fiction, London: Bloomsbury Academic.

Parrill, Fey, Vera Tobin & Mark Turner, 2010, *Meaning, Form, and Body*, Stanford: CSLI Publications.

Pearce, Richard ed., 1994, *Molly Blooms: A Polylogue on "Penelope" and Cultural Studies*, Madison: University of Wisconsin Press.

Platt, Len, 2007, *Joyce, Race and Finnegans Wake*, Cambridge: Cambridge University Press.

Power, Arthur, 1974, *Conversations with James Joyce*, New York: Barnes & Noble.

Rader, Ralph W., 2011, *Fact, Fiction and Form: Selected Essays*, in James Phelan and David Richter eds., Columbus: Ohio State UP.

Reynolds, Mary T., 1981, *Joyce and Dante*, Princeton: Princeton University Press.

Rice, Thomas Jackson ed., 2016, *James Joyce: A Guide to Research*, New York: Routledge.

Riquelme, John Paul, 1983/2000, *Teller and Tale in Joyce's Fiction: Oscillating Perspectives*, Baltimore, MD: John Hopkins University.

Robinson, Karl E., 1971, "The Stream of Consciousness Technique and the Structure of Joyce's 'Portrait'", *James Joyce Quarterly*, Vol. 9 (1).

Ryan, Marie-Laure, 2003, "Cognitive Maps and the Construction of Narrative Space", in *Narratology Theory and the Cognitive Sciences*, David Herman, ed., Stanford: CSLI.

Saldívar, Ramón, 1983, "Bloom's Metaphors and the Language of Flowers", *James Quarterly*, Vol. (20).

Schlauch, Margaret, 1955, *The Gift of Language*, New York: Dover Publications, Inc.

Schwarz, Daniel R., 1987, *Reading Joyce's Ulysses*, London: Palgrave Macmillan.

Semino, Elena & Jonathan Culpeper, 2002, *Cognitive Stylistics: Language and Cognition in Text Analysis*, Amsterdam: John Benjamins Publishing Company, 2002.

—, 2008, "Cognitive Stylistic Approach to Mind Style in Narrative Fiction", Ronald Carter & Peter Stockwell eds., *The Language and Literature Reader*, London: Routledge.

Schechner, Mark, 1974, *Joyce in Nighttown: A Psychoanalytic Inquiry into Ulysses,* London: University of California Press.

Simpson, Paul, 2014, *Stylstics: A Resource Book for Students,* London: Routledge & Kegan Paul.

Spinks, Lee, 2009, *James Joyce: A Critical Guide*, Edinburgh: Edinburgh University Press.

Stanzel, Franz Karl, 1984/1990, *A Theory of Narrative*, trans. by Charlotte Goedsche, Cambridge: Cambridge University Press.

—, 1996, "Free Indirect Discourse", in Wahlin Claes ed., *Perspectives on Narratology*, New York：Langman.

Sternberg, Robert J., 1997, *Thinking Styles*, New York: Cambridge University Press.

Stockwell, Peter, 2002, *Cognitive Poetics: An Introduction*, London: Routledge.

—, 2009, *Texture: A Cognitive Aesthetics of Reading*, Edinburgh: Edinburgh University Press.

Talmy, Leonard, 2000, *Towards a Cognitive Semantics*, Cambridge: The MIT Press.

Taylor, John R., 2013, *Cognitive Grammar*, Peking: World Publishing Corporation.

Tatham, Mark, 1990, "Cognitive Phonetics", W. A. Ainsworth ed., *Advances in Speech, Hearing and Language Processing*, Vol. (1). London: JAI Press.

Thelen, Ether, 2000, "Grounded in the World: Developmental Origins of the Embodied Mind", *Infancy*, (1).

Thagard, Paul, 2012, *The Cognitive Science of Science: Explanation, Discovery, and Conceptual Change*, Cambridge, MA: MIT Press.

Thornborrow, Joanna & Shan Wareing, 2000, *Patterns in Language: Stylistics for Students of Language and Literature*, Beijing: Foreign Language Teaching & Research Press.

Thornton, Weldon, 2000, *Voices and Values in Joyce's Ulysses*, Gainesville: University of Florida.

Tindall, William York, 1959, *A Reader's Guide to James Joyce*, New York: Syracuse University Press.

Tsur, Reuven, 1992, *Towards a Theory of Cognitive Poetics*, London: North-Holland Elsevier Science Publishing Company.

Tucan, Gabriela, 2013, "The Reader's Mind Beyond the Text—The Science of Cognitive Narratology", *Romanian Journal of English Studies*, 10(1).

Turner, Mark, 1991, *Reading Minds: The Study of English in the Age of Cognitive Science*, Princeton: Princeton University Press.

—, 1996, *The Literary Mind: The Origins of Thought and Language*, Oxford: Oxford University Press.

Ungerer, Friedrich & Hans-Jorg Schmid, 2001, *An Introduction to Cognitive Linguistics*, Beijing: Foreign Language & Research Press.

Van Peer, 1986, *Foregrounding and Psychology*, London & Sydney: Croom Helm.

Wales, Katie, 1992, *The Language of James Joyce*, Houndmills: MacMillan Education LTD..

West, David. 2011, "Teaching Cognitive Stylistics", in Lesley Jeffries & Dan McIntyre eds., *Teaching Stylistics*, London: Palgrave Macmillan.

Whang, Jennifer Y., 1996, "Down-to-Earth: the Portrait of Molly Bloom in Ulysses", http://www.english.pomona.edu/joyce/site/stupaps/molly.htm. Pomona College.

Wu, Xianyou, 2015, "The Phonological Rhetoric and Poetical Texture in

Ulysses: A Cognitive Phonological Perspective", *Journal of Language Teaching & Research*, (2).

Wu, Xianyou & Zheng, Yi, 2018, "Symbolic Sounds in *Ulysses*", *Journal of Language Teaching & Research*, (8).

Zunshine, Lisa, 2015, *The Oxford Handbook of Cognitive Literary Studies*, Oxford: Oxford University Press.

附录1 《尤利西斯》的写作提纲（吉尔伯特，1931）

章节号	题目	场地	时间	器官	艺术	颜色	象征	技巧
1	帖雷马科	炮塔	上午8点	/	神学	白色、金色	继承人	叙事（青年）
2	奈斯陀	学校	上午10点	/	历史	棕色	马	教理问答（个人的）
3	普洛调	沙滩	上午11点	/	语文学	绿色	潮汐	独白（男性）
4	卡吕蒲索	房屋	上午8点	肾脏	经济学	橘黄色	女神	叙事（成熟）
5	吃萎陀果的种族	澡堂	上午10点	生殖器	植物学化学	/	圣餐	自恋
6	阴间	墓地	上午11点	心脏	宗教	白色、黑色	看管人	梦魇
7	埃奥洛	报社	中午12点	肺	修辞学	红色	编辑	省略推理法
8	莱斯特吕恭人	午餐	下午1点	食道	建筑学	/	巡警	蠕动
9	斯鸠利和卡吕布狄	图书馆	下午2点	大脑	文学	/	斯特拉幅德伦敦	辩证法
10	游岩	街道	下午3点	血液	力学	/	市民	迷宫
11	塞仑	音乐吧	下午4点	耳朵	音乐	/	女服务员	赋格曲

·303·

续表

章节号	题目	场地	时间	器官	艺术	颜色	象征	技巧
12	独眼巨人	客栈	下午5点	肌肉	政治学	/	芬尼亚会会员	畸形
13	瑙西卡	岩石	晚上8点	眼睛鼻子	绘画	灰色、蓝色	圣母玛利亚	肿胀、消肿
14	太阳神的牛	医院	晚上10点	子宫	医学	白色	母亲	胚胎发育
15	刻尔吉	妓院	子夜	运动器官	巫术	/	娼妓	幻觉
16	尤迈奥	棚屋	凌晨1点	神经	航海	/	水手	叙事（老年）
17	伊大嘉	房屋	凌晨2点	骨骼	科学	/	彗星	教理问答（非个人的）
18	潘奈洛佩	床	/	肉体	/	/	地球	独白（女性）

附录2　詹姆斯·乔伊斯生平大事记

1882年	2月2日，詹姆斯·奥古斯丁·乔伊斯出生在都柏林郊区拉斯加（Rathgar）富裕小镇，其父为约翰·乔伊斯，其母为玛丽·乔伊斯（née Murray，爱尔兰语）。
1888年	入读久负盛名的耶稣会寄宿学校——克朗戈斯·伍德（Clongowes Wood）公学。
1891年	乔伊斯家开始家道中落，因为经济困难，乔伊斯从克朗戈斯公学退学，为了躲避债主，乔伊斯一家时常搬家。
1893年	乔伊斯就读于耶稣会名校——贝莱弗迪尔（Belvedere）公学，并获得奖学金。
1898年	由于中学阶段成绩优异，乔伊斯顺利进入皇家大学都柏林学院，熟练掌握了拉丁语、法语、意大利语和德语。
1900年	大学期间发表题为《戏剧与人生》的演讲，创作第一部戏剧（现已遗失）《辉煌的事业》。同年在著名杂志《双周评论》上发表文章评论易卜生的作品《当我们死而复醒时》，该文获得易卜生的称赞。
1901年	出版小册子《乌合之众的时代》，支持爱尔兰文学剧院（Irish Literary Theatre），驳斥狭隘的爱尔兰民族主义思潮。
1902年	获学士学位，12月去巴黎学习医学。
1903年	只听取了少量医学课，却花了大量时间在法国圣日内维耶图书馆，将他的读书笔记和想法记录在一系列的笔记本里。接到通

	知他母亲患癌的电报后回都柏林，母亲八月去世。
1904 年	该年也许是乔伊斯一生中最重要的一年，后来他将《尤利西斯》的故事时间设定在 6 月 16 日（后来的"布卢姆节"），也是乔伊斯与他的未来伴侣——诺娜·巴纳克尔首次约会的时间。同年，在《爱尔兰家园报》（*The Irish Homestead*）乔伊斯发表了三篇短篇小说——《姐妹们》、《伊芙琳》和《车赛之后》。乔伊斯在多基的一所学校代课。8 月，乔伊斯与奥利弗·圣·约翰·戈加蒂和塞穆尔·切尼维克斯·特伦奇一起住进了圆形炮塔。10 月，乔伊斯和诺娜离开爱尔兰。他们先赴苏黎世，后赴波拉（现改名普拉）。
1905 年	3 月，詹姆斯和诺娜前往奥匈帝国的国际港口城市的里雅斯特，四个月之后，他们的第一个儿子乔治出生，詹姆斯的胞弟斯坦尼斯洛斯前来与他们短暂同住，并成为乔伊斯一家主要的经费来源（对此弟弟时常表达怨气）。乔伊斯将故事集《都柏林人》的早期版本寄给都柏林出版商格兰特·理查兹，该书引起了一系列有关诽谤和淫秽的官司，此后九年内未能出版。
1906 年	乔伊斯一家来到罗马，詹姆斯在银行谋了份工作。几个月之后又回到的里雅斯特，开始创作"死者"，并计划写一个命名"尤利西斯"的新故事，但当时并没有动笔写作。
1907 年	詹姆斯出版了第一本书——象征主义诗歌集《室内乐》。开始在的里雅斯特当地的报纸上发表关于爱尔兰的评论文章。仍在原校任教，但讲授少量课程，同时开始修改自传体小说《斯蒂芬英雄》。7 月，乔伊斯夫妇的第二个孩子露西娅·安娜出生。
1909 年	该年两次回到都柏林，第二次回国是为了在的里雅斯特投资人的资助下，来都柏林开设第一家电影院——沃尔特电影院。
1910 年	回到的里雅斯特，照顾两个胞妹：伊娃和艾琳，她俩帮助诺娜照料孩子。乔伊斯一家仍然经济窘迫，主要收入是来自斯坦尼斯洛斯的持续资助。沃尔特电影院关闭。
1912 年	诺娜带着露西娅离开的里雅斯特回到爱尔兰，詹姆斯和乔治紧随其后，重聚的一家人最后一次离开了都柏林。乔伊斯自费发表了猛烈抨击都柏林印刷商和出版商的诗歌"火炉冒出的烟"。

附录2　詹姆斯·乔伊斯生平大事记

1914年　乔伊斯创作力爆发，完成了《一个青年艺术家的画像》，开始创作以婚姻为题材的戏剧《流亡者》，并着手写作《尤利西斯》。在埃兹拉·庞德的帮助下，伦敦前卫杂志《自我主义者》开始连载《青年艺术家的画像》，同年《都柏林人》付梓，但由于第一次世界大战爆发，该书销量不佳。

1915年　一战爆发后，由于热衷于政治，斯坦尼斯洛斯被扣留，詹姆斯及家人获准前往中立国瑞士，一家人定居苏黎世。

1916年　《一个青年艺术家的画像》在纽约出版。都柏林爆发的复活节起义被残忍镇压。

1917年　《一个青年艺术家的画像》在英国出版，乔伊斯收到200英镑匿名礼物，礼物来自富有的英国人哈里特·肖·韦弗女士，她后来成为乔伊斯的固定资助人。同年夏天，乔伊斯接受了第一次眼睛手术。

1918年　在庞德的帮助下，乔伊斯将《尤利西斯》的前三章寄给纽约先锋杂志《小评论》。该杂志的编辑是玛格丽特·安德森和简·希普。没有征得乔伊斯的同意，编辑对打字稿进行了删减，以便减少小说被禁止的风险。由于触犯美国《邮政法》，该书牵涉四项指控，尽管如此，该小说仍持续连载三年。

1920年　乔伊斯一家移居巴黎，乔伊斯在此结识该市一些著名艺术家和侨民，与艾德丽安·莫尼耶、瓦莱丽·拉拉波特和"莎士比亚书屋"书店老板西尔维亚·比奇建立了深厚的友谊。九月，由于刊登《尤利西斯》"瑙西卡"一章，《小评论》被指控刊载猥亵作品，随后安德森和希普卷入刑事审判并被判有罪，《尤利西斯》美国出版无望。

1921年　比奇同意以"莎士比亚书屋"的名义出版《尤利西斯》，以订阅的方式首次出版一千册，法国印刷商莫里斯·达戎提耶开始设定出版稿，其间乔伊斯对该书做了重大修改。

1922年　2月，《尤利西斯》在乔伊斯的生日当天出版，但被普遍认为是一部晦涩难懂、饱受非议的作品。爱尔兰内战爆发，重访爱尔兰期间，诺娜和孩子们被卷入一场小冲突中，她们被迫躲藏。

1923年　开始写《芬尼根的守灵夜》，但这部书的创作最初仅被外界知

	道这是一项"进行中的工作",它占用了乔伊斯接下来的整整十五年,他的作家生涯也在该书的完成中结束。
1924年	《芬尼根的守灵夜》的开头部分刊登在《大西洋两岸评论》,但即使是乔伊斯的拥护者们,也认为该部分内容唯我独尊、晦涩难懂。
1927年	《芬尼根的守灵夜》的章节持续在不同杂志上发表,该年尤金·乔拉斯和玛利亚·乔拉斯在巴黎主编的《转折》期刊开始连载该书。莎士比亚书屋出版抒情诗集《一分钱一首的诗》。
1929年	《尤利西斯》法译本出版。露西娅开始表现出严重的精神疾病症状,乔伊斯为此耗尽精力,最终露西娅被送进疗养院。塞穆尔·罗斯在美国出版盗版《尤利西斯》,这是乔伊斯在该年遭受的另一个挫折。
1931年	3月,詹姆斯和诺娜赴伦敦,两人正式登记结婚,以便家人合法继承詹姆斯的房产和知识产权。年底,约翰·乔伊斯去世。
1932年	乔治和海伦的儿子斯蒂芬·詹斯·乔伊斯出生,露西娅首次住院。
1933年	在"美国诉《尤利西斯》一书"案件中,约翰·伍尔西法官解除美国对《尤利西斯》的禁令,兰登书屋随即出版此书。
1936年	《尤利西斯》首次在英国由波德利黑德出版社出版。
1938年	《芬尼根的守灵夜》完成。
1939年	《芬尼根的守灵夜》在美国和英国同时出版,评论好坏参半。
1940年	第二次世界大战爆发,战乱肆虐,乔伊斯和诺娜移居苏黎世,将露西娅送到波尔尼谢的法国疗养院。
1941年	十二指肠溃疡穿孔,手术无效,乔伊斯于一月十三日去世,葬于苏黎世。
1951年	4月10日,乔伊斯的妻子诺娜·巴纳克尔去世。
1955年	6月16日,乔伊斯的弟弟斯坦尼斯洛斯去世。
1976年	6月12日,乔伊斯的儿子乔治·乔伊斯去世。
1982年	12月12日,乔伊斯的女儿露西娅·乔伊斯去世。